Une Meute de Sang et de Mensonges

olivia wildenstein

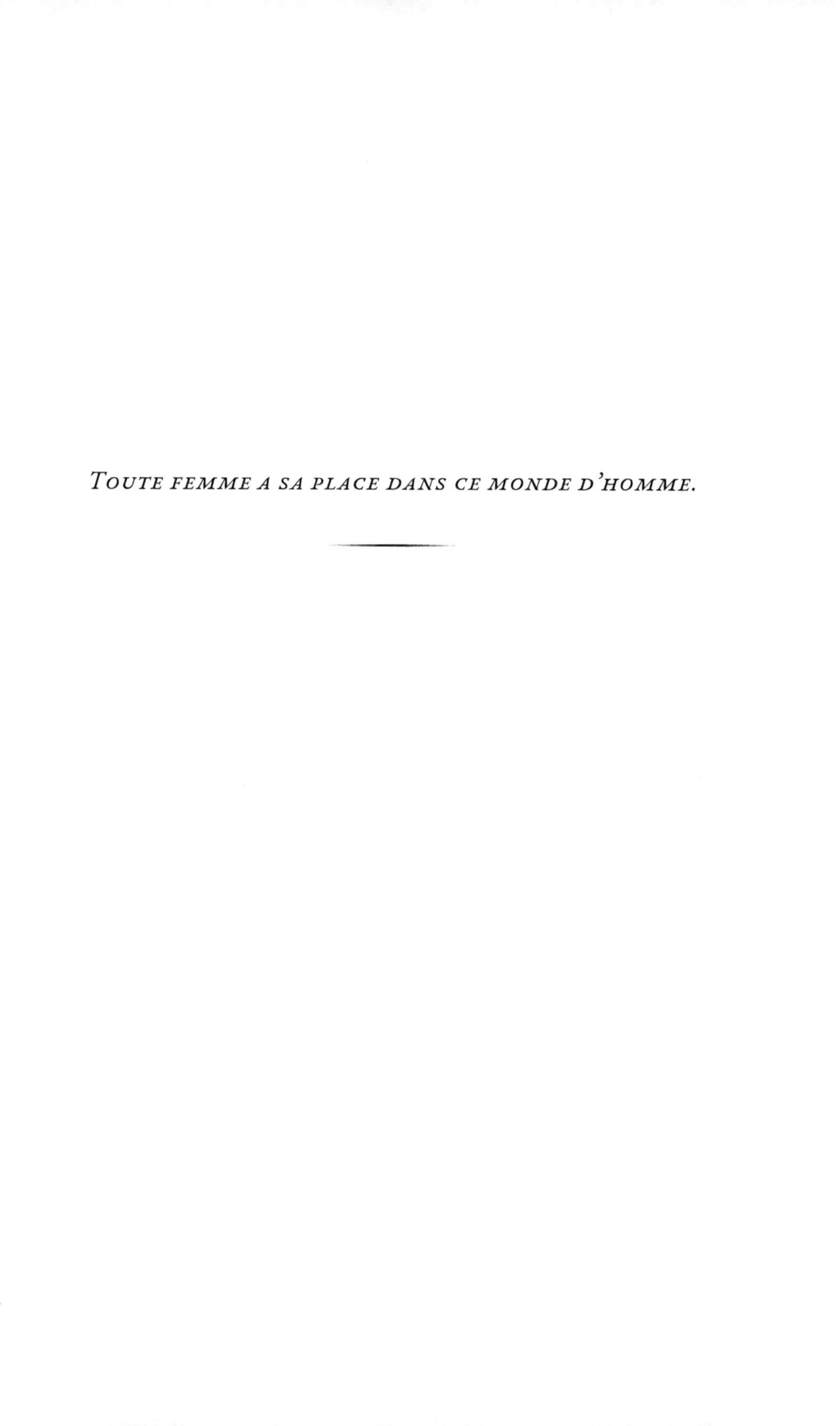

TOUTE FEMME A SA PLACE DANS CE MONDE D'HOMME.

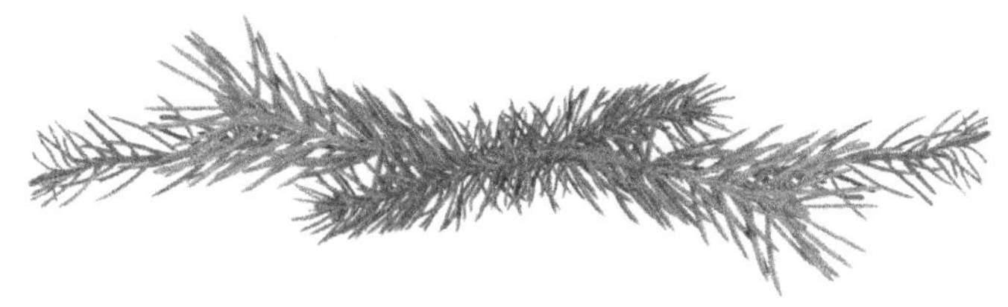

L'odeur âpre de l'ammoniac et du produit à vitre me titillait, mais je repoussai l'odeur tout en frottant la table de verre, jusqu'à ce qu'elle réfléchisse le gratte-ciel à l'autre bout de la rue. Il y a six ans, je supportais à peine d'être dans la même pièce que du produit à vitre, mais l'éloignement avait diminué la sensibilité de mon odorat.

J'étirai mon cou d'un côté puis de l'autre et m'éloignai de la table pour ranger les produits ménagers et faire rouler mon chariot jusqu'à la salle de travail.

— Evelyn, j'ai fini !

Quand je repérai une crinière teinte de noir, je lâchai le chariot et posai mes avant-bras sur le haut des cloisons en bois séparant chaque bureau.

— Tu veux de l'aide ?

— Non, j'ai fini aussi, *querida*.

Je sentis ma gorge se serrer à la vue du foulard vif en soie noué dans les cheveux d'Evelyn.

Maman ne possédait pas grand-chose de valeur : l'alliance couronnée d'un diamant que je portais au bout d'un collier en cuir et le foulard de marque qu'Evelyn ne quittait jamais depuis qu'elle le lui avait donné. Je n'étais pas le moins du monde jalouse qu'Evelyn l'ait eu. Si quelqu'un méritait un si beau présent, c'était bien la femme qui avait veillé sur nous depuis notre arrivée à Los Angeles, six ans plus tôt.

Nous habitions dans un quartier à problèmes, pour le dire gentiment, alors je ne devais ouvrir la porte à personne. Quand Evelyn avait frappé deux jours après notre emménagement, je l'avais fixée dans le judas et lui avais dit de partir. Elle l'avait fait, mais elle était revenue par la suite.

La fois d'après, elle avait glissé un bout de papier sur lequel elle avait gribouillé son nom et le numéro de son appartement. En rentrant de son entretien et en voyant le papier que j'avais laissé sur la table, maman était montée comme une flèche, était passée en furie devant le piètre graffiti violet ornant l'escalier en béton, puis avait frappé à la porte d'Evelyn pour savoir ce qui l'intéressait chez une enfant de onze ans.

En réalité, Evelyn voulait juste aider. Maman était rentrée avec les joues rouges, folle de rage, en criant que nous n'avions pas besoin de charité... que tout allait *bien* !

Nous n'allions pas bien.

Heureusement, Evelyn s'était montrée persistante et était revenue, apaisant ma mère avec de quoi nourrir un régiment et des vêtements qui prenaient la poussière dans le fond de son placard. Naïvement, j'avais pensé qu'elle était juste une femme mauvaise en calcul, qui entassait ses affaires.

Evelyn débrancha l'aspirateur, puis recula en boitant et appuya sur le bouton qui remontait le fil. Il s'enroula à l'intérieur de l'appareil aussi vite qu'un serpent à sonnettes. Avant qu'elle ne puisse se pencher au-dessus de l'aspirateur, j'attrapai la poignée et le montai sur son chariot. Ensemble, nous emportâmes tout le matériel jusqu'au placard d'entretien. Tout le long, Evelyn serra les dents. Même si elle ne se plaignait jamais, son épaule droite lui faisait mal depuis un moment déjà. En plus de son boitillement, causé par une balle perdue il y a vingt ans, Evelyn était considérablement ralentie.

— J'ai fait tes tacos préférés, mais ne te sens pas obligée de manger avec moi, *querida*. Si tu as un rencard...

— Non, rien de cela.

Je n'en avais pas eu depuis la mort de ma mère.

Au début, je m'étais tenue loin des garçons, car la dépression m'engloutissait tout entière. Puis, payer le loyer et les factures avait primé sur le reste et j'avais fait autant d'heures de ménage que possible. Certains jours, le trajet m'épuisait plus encore que le travail et les odeurs chimiques. Je ne trouvais aucun réconfort à rouler dans des bus à travers des paysages urbains et gris, éloignée le plus possible des passagers qui sentaient leur dernier repas, pris quelques heures auparavant, ou la transpiration accumulée pendant la journée.

Ce soir, au moins, Evelyn était assise à côté de moi, ses longs doigts fermement posés sur ses genoux, le menton plongé vers le bas et les paupières fermées. Quelques secondes avant notre arrêt, je la secouai doucement et murmurai :

— On est arrivées.

Elle se réveilla en sursaut. Elle glissa son bras à mon coude pour trouver du soutien et nous descendîmes. La nuit était tombée, mais les rues n'étaient pas particulièrement animées à cette heure-ci. Les habitués étaient déjà dehors, comme le vétéran de guerre, à la forte odeur d'alcool, qui parlait à son petit chien chétif, celui qui me montrait perpétuellement les crocs. Ou les deux travailleuses du sexe, couvertes de maquillage, qui portaient des bas résille déchirés et sentaient la sueur et le chlorure de vinyle. Ou encore les hommes en sweat à capuche, recherchés autant par la police que par leurs clients nerveux.

À part le chien, ils étaient tous plutôt agréables.

L'un des dealers à capuche me siffla.

— Quand est-ce que tu me fais passer un peu de bon temps, Ness ?

Des mois auparavant, j'avais bêtement porté l'étiquette indiquant mon prénom accroché à mon uniforme jaune poussin.

Un sourire au coin des lèvres, je lui fis un doigt d'honneur, ce qui fit ricaner ses deux associés. Tous les soirs, quand je passais près d'eux, ils me sifflaient ou produisaient des bruits de baisers et tous les soirs, je leur montrais ce que je pensais de leurs avances subtiles.

Une fois, l'un d'entre eux n'était pas là et je m'étais inquiétée qu'il se soit fait coffrer par les flics. Suzie, la prostituée, m'avait dit que ses parents étaient sortis de prison et étaient venus chercher leur fils pour commencer une nouvelle vie.

Parfois, j'espérais que quelqu'un viendrait m'emmener pour commencer une nouvelle vie, moi aussi.

En entrant dans le cube de béton sale que nous appelions « chez nous », je chassai mes pensées de désertion et annonçai à Evelyn :

— J'arrive dans une minute.

L'ascenseur était hors service... *encore*. Elle commença sa longue ascension jusqu'au deuxième étage, laissant dans son sillage l'odeur mentholée du baume qu'elle appliquait sur ses articulations douloureuses. L'odeur de menthe se mélangeait à celle de l'urine fraîche. Son épaule n'était pas la seule chose qui m'inquiétait. Sa mauvaise jambe semblait également lui faire mal.

Après avoir entendu ses clés cliqueter, par-dessus les cris de mes voisins de palier et le bruit des dessins animés de chez Mme Fletcher, je marchai jusqu'à mon appartement et sortis mes clés, avant de me figer au milieu du couloir.

Je reniflai l'air : fumée de cigarette, pot-pourri et pin. Le mélange d'odeurs me fit tressaillir.

Ma porte d'entrée était fermée, mais une lumière jaune filtrait sur le sol gris acier du couloir. J'appuyai sur la poignée et poussai la porte d'un coup.

Deux personnes étaient attablées à ma table, achetée dans un marché aux puces.

L'homme sauta sur ses pieds si vite que la chaise tomba en arrière sur le lino. Il attrapa le dernier barreau en bois avant qu'elle ne heurte le sol.

— Ness.

— Comment êtes-vous rentrés ?

J'avais l'air calme, ce qui était étonnant, car je ne l'étais pas du tout. Chaque nerf de mon corps était à cran.

Mon oncle baissa la tête vers la fenêtre, au-dessus du canapé en denim. Des éclats de verre brillaient sur le tissu élimé.

Je reculai et me pris un mur.

Non, pas un mur.

Des mains se posèrent sur mes biceps et me maintinrent en place.

— Bonjour, cousine.

Je tournai la tête et vis des yeux noisette familiers. Je dévisageai à nouveau oncle Jeb et tante Lucy.

— Nous sommes venus te convaincre de rentrer à la maison, annonça Lucy en se levant enfin.

Quand j'avais souhaité une nouvelle vie, ce n'était pas ce que j'avais en tête.

Je repoussai les mains de mon cousin Everest et essayai de m'écarter, mais son corps obstruait le chemin vers la sortie.

— Plutôt aller en enfer qu'y retourner !

— Pourquoi n'as-tu pas appelé quand Maggie est morte ?

Ma tante essuya le coin de ses yeux avec un mouchoir. Ma mère n'avait jamais compté pour elle quand elle était vivante, et maintenant Lucy avait le cœur brisé ? *Quel cran !*

— Et pourquoi est-ce que je vous l'aurais dit ?

— Parce qu'on est une famille, décréta Jeb.

— Vous avez perdu ce titre quand vous nous avez forcées à quitter Boulder.

Mon oncle se gratta derrière l'oreille.

— Ness, si nous avons pressé ta mère à partir, c'est que nous avions nos raisons.

— Oh oui, je m'en souviens bien : *Ness est fragile, elle ne devrait pas courir avec les garçons, c'est dangereux.* C'étaient bien tes mots, tonton ?

Jeb rougit.

— Et soudainement, vous voulez que je revienne ? Pourquoi irais-je avec vous ?

Je parlais si fort que mon voisin cessa de battre sa femme assez longtemps pour passer sa tête par la porte. Probablement pour vérifier qu'il n'y avait pas les flics. Il ne demanda pas si j'allais bien, mon bien-être ne l'intéressait pas ; c'était une ordure.

Comme mon oncle et ma tante.

— Tu dois venir avec nous, tu es mineure, protesta Lucy.

— J'aurais dix-huit ans en septembre.

Ma tante froissa son mouchoir en boule dans sa main ridée.

— D'ici là, nous sommes tes tuteurs légaux, alors c'est nous qui prenons les décisions.

— Comment avez-vous découvert la mort de maman, d'ailleurs ? demandai-je, incrédule.

— Les nouvelles vont vite, commenta Everest.

Je n'avais plus aucun lien avec la ville de Boulder. Le certificat de décès de ma mère était peut-être sur internet, à la vue de tous.

— Le principal de ton lycée a appelé, m'expliqua Jeb. Tu n'as pas assisté à la remise de diplôme et n'es même pas allée le chercher. Il essayait de joindre ta mère, mais le numéro n'était plus attribué. Puisqu'elle m'avait mis en deuxième personne à appeler, il m'a contacté.

La colère et le choc embrumèrent ma vision. Colère que ma mère ait mis mon oncle dans mon dossier scolaire et choc que ma propre erreur les ait menés jusqu'à moi.

— Depuis quand est-ce que tu vis comme *ça* ? s'indigna Lucy en plissant le nez.

Mon appartement n'était pas un palace. J'en avais conscience, mais qu'elle le déclare avec autant de dégoût me hérissait les poils. Son regard passa sur notre canapé délavé, sur le vernis blanc peu onéreux du comptoir et sur la trace jaune sur le plafond craquelé.

— Retire ton bras, jeune homme.

Une voix familière. Je me retournai. Evelyn tenait un spray au poivre face au visage d'Everest.

— Waouh, calmez-vous madame.

Mon cousin baissa la paume qu'il avait plaquée contre le mur pour me bloquer. En gardant le spray dirigé vers Everest, Evelyn m'ordonna :

— Viens derrière moi, Ness.

Je n'obéis pas et elle étendit son bras pour me forcer à reculer. Inquiète de la réaction de mon oncle, je baissai son bras et chuchotai :

— Tout va bien.

Même si ce n'était pas vrai. Ma tante fronça les sourcils, laissant apparaître des rides sur sa peau lisse et laiteuse.

— Qui est-ce ?

Evelyn lui lança un mauvais regard.

— Vous, qui êtes-vous ?

— Des gens que je connaissais avant, marmonnai-je.

— Sa famille, corrigea Jeb.

Evelyn haussa ses sourcils maquillés.

— Ils sont la raison pour laquelle maman et moi avons quitté Boulder.

— Et vous, qui êtes-vous, madame ? demanda mon oncle.

— Evelyn.

Lucy croisa ses bras épais couverts de taches de rousseur, et une colonne de bracelets en métal cliqueta.

— Et comment connaissez-vous Ness ?

— Elle joue le rôle auquel vous avez misérablement échoué, lui appris-je en serrant les dents. Si quelqu'un devait être mon tuteur légal, ça devrait être elle, pas vous.

Evelyn me regarda par-dessus son épaule, puis observa mon oncle.

— Je serai ravie d'être sa tutrice. Confiez-la-moi.

Mon cœur bondit à cette idée.

— Je ne confirais jamais Ness à une personne que je ne connais ni d'Eve ni d'Adam.

Jeb secoua la tête.

— Pourquoi pas ? *Moi*, je la connais, répliquai-je.

Il frappa le comptoir de la cuisine et grogna :

— Ce n'est pas comme ça que cela marche. Maintenant, fais tes affaires, jeune demoiselle, sinon... sinon...

Vu la ride entre ses deux yeux, je voyais bien que je venais à bout de sa patience, mais il devait comprendre que je n'étais plus le chiot obéissant qu'il pouvait contrôler à sa guise.

Je levai le menton.

— Sinon, quoi ?

— Sinon, Everest te portera jusqu'à la voiture.

— Il n'oserait pas.

Everest me lança un sourire effronté. *Merde*. Si, il oserait.

— Evelyn était là pour moi, contrairement à vous ! Je ne la laisserai pas seule ici.

Elle posa ses doigts calleux sur mon poignet.

— Chut, *querida*.

— Alors j'imagine qu'on l'emmène aussi, déclara Everest.

Je clignai des yeux.

— Personne n'emmène personne...

Jeb fit un signe de tête à Everest qui arracha le spray des mains d'Eve-lyn. Je m'apprêtais à le frapper de mes poings, mais il les empoigna et les bloqua dans mon dos.

— Lâche-moi tout de suite !

J'essayai d'arracher mes poignets de son emprise, mais c'était aussi futile qu'essayer de desserrer le nœud de la corde auquel on est pendu.

— Désolée, cousine. Je ne peux pas.

— Nous ne sommes pas tes ennemis Ness, annonça mon oncle en marchant sur le spray qu'Evelyn tentait d'attraper.

— Eh bien, ce n'est pas ce que disent vos actions !

J'essayai de donner un coup de tête en arrière à mon cousin, mais il dut prédire mon geste, car il agrandit l'espace entre nos corps, tout en maintenant l'étau à mes poignets.

— Je ne veux pas te faire de mal, Ness.

— Je viendrai avec elle.

La déclaration d'Evelyn figea tout le monde. Lucy eut un mouvement de tête de recul, ce qui fit osciller son double menton.

— Quoi ? Non.

Elle avait pris du poids depuis la dernière fois. Elle n'a jamais fait un quarante non plus, mais elle était plus musclée avant.

— Vous ne pouvez pas décider de partir juste comme ça, madame, confirma Jeb.

— Je peux et je le ferai. Maintenant, lâchez-la avant que j'appelle la police et qu'elle voie à quel point vous n'êtes pas apte à être un tuteur.

— On ne craint pas la police, affirma Everest avec assurance.

J'étais si furieuse que je voulais lui cracher dessus. Sur lui et sa fierté. Mon oncle leva une paume ouverte.

— Lâche-la, Everest.

Il me relâcha et je frottai mes poignées en lui lançant un regard noir, qui trahissait tout ce que je ressentais pour ce petit vantard. Je me retins de cracher.

— Savez-vous cuisinier, madame ? l'interrogea Jeb. Nous avons besoin d'une nouvelle cuisinière à l'auberge.

Au début, j'avais cru que la route lui avait donné faim – mon oncle et mon cousin avaient toujours faim. Lucy protesta, surprise :

— Jeb, on ne peut pas...

— C'est une cuisinière remarquable, la coupai-je.

— Mais...

— Papa a raison. On a besoin d'une nouvelle cuisinière et Ness ne veut pas venir sans Evelyn. C'est gagnant-gagnant.

Lucy hoqueta.

— On ne peut pas prendre quelqu'un dans la rue, comme ça.

— On n'est pas dans la rue, maman, répliqua Everest.

Le soutien de mon cousin était inattendu et me rappela une autre fois où il m'avait défendu, mais ma gratitude dégonfla comme un ballon percé quand je me rappelai comment il venait de me traiter.

— On ne peut pas vous promettre que cela marchera, l'avertit Jeb.

— Mais elle restera avec moi jusqu'à ce que j'aie dix-huit ans, même si ça ne marche pas. Tu lui laisseras une chambre à l'auberge.

Evelyn était ma vie. À cinquante-huit ans, vivant seule dans un appartement décrépi, jamais je ne laisserai Jeb la mettre dehors.

— Tu en demandes beaucoup.

— Et toi, tu m'arraches à ma vie. J'ai bien le droit d'être exigeante.

Et ce n'est pas la première fois, en plus.

Jeb lança un regard à sa femme, mais Lucy était trop occupée à me regarder méchamment pour croiser son regard.

— Nous lui laisserons une chambre, mais il y aura un impact sur son salaire. *Si* ça marche.

Lucy leva la main, contaminant l'air d'une odeur de nicotine qui avait rendu le bout de ses ongles jaune.

— Tout ça est très bien, mais nous devrions goûter à la cuisine de cette femme avant, non ?

— Cette femme a un nom. Evelyn. Et elle a fait des tacos au poisson.

— Je goûterais bien, se dévoua Everest.

Bien sûr que oui. L'appétit de mon cousin était monstrueux lorsque nous étions petits.

— J'irai chercher les tacos avec elle, proposai-je.

— Non. J'irai, s'interposa Everest.

— Comme si j'allais te faire confiance là-dessus.

— Everest ira avec toi.

Jeb avait-il peur que j'en profite pour fuir ?

L'idée m'avait traversé l'esprit, mais une autre avait rapidement pris sa place : Evelyn ne pourrait pas courir. Et puis, où irions-nous ? Je ne m'étais jamais fait d'assez bons amis pour que je puisse les appeler à l'aide. J'avais essayé au collège, mais les enfants me trouvaient bizarre et me tenaient à l'écart. Je me rappelle m'être demandé s'ils pouvaient sentir ce que j'étais, comme je pouvais sentir leurs sérums pour l'acné et leur baume à lèvre teinté. Je n'avais jamais osé poser la question à ma mère. Je craignais qu'elle débarque à l'école et frappe les enfants pour m'avoir évitée, ce qui ne m'aurait pas aidée.

Evelyn, Everest et moi allâmes au deuxième étage et revînmes avec les tacos. Pendant qu'Evelyn les réchauffait au micro-ondes, je fis mes affaires. Rassembler tout ce que je possédais me prit quinze minutes et je n'eus besoin que de deux sacs Ikea bleus.

— C'est tout ?

Jeb se saisit d'un des sacs et tenta de me prendre le deuxième des mains, mais je tins bon.

— C'est tout.

Pendant que Jeb et moi marchions jusqu'au van noir avec le logo de l'auberge de Boulder, nous parlâmes de mes derniers loyers et du coût de réparation de la fenêtre. Ensuite, il me demanda si je possédais une voiture et je secouai la tête. Je n'avais même pas le permis.

— Un copain ou des amis à qui tu veux dire au revoir ?

Je repensai à mes dealers admirateurs et aux prostituées sympathiques, l'espace d'une seconde.

— Non.

— Vraiment ? Personne ?

Sa sollicitude me surprit. J'imagine qu'agir comme si je n'avais pas de vie ici ne lui servirait à rien.

— J'ai Evelyn, finis-je par dire pour qu'il arrête de me prendre en pitié.

Lucy et Everest testaient les tacos lorsque nous revînmes. Evelyn proposa une assiette à mon oncle et observa le délice disparaître dans sa gorge.

— Si tous vos plats sont aussi bons, vous n'aurez pas à vous inquiéter au sujet du travail, finit-il par admettre.

Evelyn me sourit et son expression désagrégea une partie de la tension qui s'accumulait dans mon sang, depuis que j'avais ouvert ma porte et posé mes yeux sur mon passé.

Un passé que je craignais de retrouver.

Un

UN MOIS PLUS TARD

L'auberge était pleine.

Des hommes musclés de tous les âges étaient arrivés avant le repas, seuls ou accompagnés de leur femme, leur petite amie ou leurs fils.

Je reconnaissais la plupart d'entre eux, mais pas eux. Dans mon uniforme gris, je me confondais avec le reste du personnel. Chaque fois que quelqu'un regardait vers moi, je disparaissais dans la cuisine, où Evelyn préparait un festin, ou entrait dans l'une des chambres inoccupées que j'avais aidé à préparer pour l'occasion.

L'énergie crépitait dans les couloirs moquettés, dans le salon au haut plafond soutenu par des poutres, illuminé grâce à ses immenses vitres sur deux étages et dans les petits salons détentes adjacents, couverts de tartan. Sur la grande terrasse, chaque chaise longue était occupée. Des voix retentissaient. Des rires jaillissaient. C'était comme si toute la meute Boulder ne s'était pas réunie depuis des années. Pourtant, je savais bien qu'ils se retrouvaient une fois par semaine. Enfin, les hommes. Les femmes et les enfants n'étaient pas invités aux réunions régulières de la meute.

— Si tu continues, le métal va finir par s'écailler.

Je me figeai et le plumeau que j'utilisais sur le chandelier à côté de l'ascenseur chuta sur le tapis bordeaux.

Cette voix...

Plus grave, mais toujours familière.

Lentement, je me tournai pour faire face à Liam Kolane, l'un des hommes qui s'étaient opposés à ma demande pour rejoindre la meute, le jour où mon père s'était fait tirer dessus. Je n'étais pas petite pour une femme – un mètre soixante-dix comme ma mère –, mais je devais quand même lever la tête.

Je dissimulai ma haine derrière un sourire.

— Parfois, la saleté n'est pas visible à l'œil nu, mais ça ne veut pas dire qu'elle n'est pas là.

Une petite ride apparut entre les sourcils foncés chapeautant ses yeux brun-rouge.

Je ramassai mon plumeau et avançai dans le couloir, agitant les longues plumes grises sur les autres chandeliers. Lui ne bougea pas.

— On s'est déjà rencontrés ?

Je le regardai par-dessus mon épaule, mon faux sourire toujours en place.

— Pas dans cette vie.

Cette fois-ci, c'est son front entier qui se plissa. Je lui lançai un clin d'œil en tournant au coin du couloir. Dès que je fus hors de vue, j'abandonnai mon sourire et me précipitai dans la chambre que ma tante et mon oncle m'avaient prêtée. Je fermai la porte et m'appuyai contre elle. Mon cœur battait si fort qu'il menaçait de dérailler. Liam ne m'avait pas reconnue. J'étais en sécurité.

Du moins, c'est ce que je crus, pendant quelques minutes. Deux coups sur ma porte me firent faire volte-face.

— Ouvre.

Je humai l'air. Des pins. *Pas Liam.* Je tournai la poignée et laissai mon cousin entrer.

Il avait fallu que sa copine frôle la mort pour que je pardonne à mon cousin son comportement détestable à Los Angeles. Je n'avais pas pardonné à ses parents, en revanche. Ils m'avaient arrachée à ma vie trop souvent pour être pardonnés.

— Je viens d'entendre Liam parler à ses amis de la belle femme de ménage blonde qu'il vient de voir. C'était toi ?

Il se laissa tomber dans le fauteuil rembourré en flanelle, au coin de la pièce. Je croisai les bras.

— Je suis vexée que tu aies besoin de demander.

— Si je demande, c'est parce que je pensais que tu comptais te terrer dans ta chambre jusqu'à ce que la meute parte.

— J'ai pas le droit de changer d'avis ?

— Tu *peux* changer d'avis, mais si j'étais toi, je resterais très loin.

— Noté.

— Je suis sérieux, Ness. Surtout au sujet de Liam Kolane. Il est du même bois que son père.

Un frisson me traversa.

— Il viole des femmes aussi ?

— Il y a des rumeurs...

Everest passa ses longs doigts dans ses cheveux rouges. Je venais de lui rappeler le destin de sa petite amie, violée par le père de Liam, Heath... un monstre.

Je m'assis sur la couette que j'avais mise en place après mon réveil et repliai une jambe sous moi.

— Oppose-toi à Liam.

— Quoi ?

— Pour le titre d'alpha. Oppose-toi à lui.

Everest exhala une longue bouffée d'air.

— Je n'ai pas envie d'être à la tête de la meute.

— Tu préférerais que Liam te dise quoi faire ?

— Non.

Depuis la tentative de suicide de sa petite amie, une semaine après mon arrivée à Boulder, je m'étais adoucie à son sujet. Sa perte, même si elle était différente, me rappelait la mienne. Peut-être était-ce la raison pour laquelle je lui pardonnais Los Angeles. Son impertinence avait volé en fumée, remplacée par cet abattement étouffant qui avait un peu fait de lui un reclus.

— Je n'arrête pas de penser à ce que Heath a fait à Becca, murmura-t-il.

Ses yeux noisette s'humidifièrent sous l'émotion. Il n'y avait pas grand-chose qui m'émeuve, mais un homme qui pleure... oui.

Je me penchai et touchai ses mains jointes.

— Heath est mort, Everest. Il a eu ce qu'il méritait.

Même si Heath était mort une semaine auparavant, Everest n'en avait toujours pas conscience. Peut-être parce que Liam avait décidé d'enterrer son père à une cérémonie intime, avec uniquement une poignée d'invités faisant partie de la meute. Même si c'était un moment brutal, voir le corps de ma mère être mis sous terre m'avait permis de tourner la page.

— Il n'est plus là, mais Becca non plus.

— Elle n'est pas morte.

Il haussa un sourcil.

— Les chances qu'elle se réveille sont ridicules.

— C'est déjà mieux qu'aucune chance.

Il renifla.

— Je n'arrive pas à croire que de nous deux, ce soit toi l'optimiste.

Il avait raison. J'étais une fille du genre à voir le verre à moitié vide. Il soupira et se leva.

— Je devrais y aller. La réunion commence bientôt.

— Pense à ce que je viens de te dire. À mettre ton nom dans le chapeau.

— Il n'y aura pas de chapeau. Personne ne s'opposera à Liam.

— Tu n'en sais rien.

Il me lança un regard du type *qu'est-ce-que-tu-crois-exactement*.

Et moi qui pensais que la meute avait des couilles. Plusieurs paires, même. N'y avait-il personne pour s'opposer à un Kolane ?

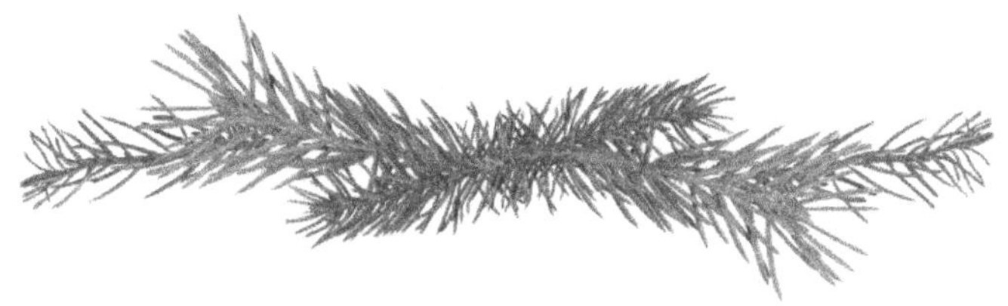

Deux

Dès qu'Everest fut parti, je troquai mon uniforme gris de femme de ménage pour un jean skinny et un débardeur blanc. L'alliance de ma mère bondissait contre ma poitrine tandis que j'avançais jusqu'au salon principal de l'auberge. Les conversations et les rires éclataient au-delà des portes closes. Je me préparai mentalement, puis appuyai sur la porte en cuivre sculpté et ouvris la porte.

Des carrés de lumière mouchetaient la grande pièce. Les gens étaient rassemblés en groupes importants, affalés sur les canapés en cuir ou debout face aux buffets de sucreries et de boissons, près de l'immense cheminée en pierre. Aucun feu ne crépitait en son centre noirci et pourtant, la pièce était chaude et sentait la fumée, comme si l'odeur des feux d'hiver avait pénétré les murs en stuc jaunis et les tapis aux motifs indigènes.

En parcourant du regard la foule, j'attirai l'attention de Lucy. Elle me lança un regard qui aurait pu faire faner une de ses précieuses roses venues d'ailleurs. Elle n'était pas la seule à me regarder méchamment, ils étaient nombreux. Parmi eux, il y avait Liam et les deux jeunes hommes à ses côtés.

J'étais à nouveau l'étrangère. Par chance, cela ne me faisait pas peur.

Lucy joua des coudes à travers la pièce baignée de soleil vers moi, se saisit de mon bras et m'attira sur le côté.

— Que fais-tu là ?

Je me dégageai d'un mouvement d'épaule.

— J'ai décidé que tu avais raison. Que je devrais sortir et rencontrer des gens.

Lucy baissa son menton dans son cou dodu.

— Ness...

— Oui ?

Son avertissement mourut. Ma tante n'osait pas faire une scène et étant donné combien la pièce était devenue calme, elle opta pour le silence au lieu d'une confrontation bruyante.

L'un des garçons quitta le petit groupe de Liam et s'approcha de moi, ses sourcils noirs froncés. Il s'arrêta à quelques centimètres et baissa la tête. Je croisai les bras, m'attendant à ce qu'il me dise de dégager.

— Jolies-fossettes ? C'est bien toi ?

Si j'avais été le genre de fille à rougir, je serais devenue rouge tomate en entendant ce surnom. Pas parce que c'était faux... j'avais bel et bien des fossettes – des cratères même –, mais juste à l'entendre être prononcé aussi fort.

— On m'appelle Ness maintenant. Et tu es ?

Il sourit.

— Merde, Ness. Tu as bien grandi.

— Six ans passés te font grandir, oui.

Je haussai un sourcil et j'étudiai son visage, le teint brun clair de sa peau et la constellation de taches de rousseur, le nez proéminent, mais droit, la barbe de trois jours, les cheveux noirs coupés court, les yeux noisette.

— August ? demandai-je, hésitante. August Watt ?

Son sourire s'élargit.

Puis, je souris à mon tour, car August était la personne que j'aimais le plus au Colorado, après mes parents. Quand j'avais demandé à la meute la permission de rejoindre leurs rangs, lui et son père avaient parlé en ma faveur, joignant leurs voix à celle d'Everest. Ils avaient été noyés dans le chœur des *hors de question.*

Une femme dans une meute entièrement constituée d'hommes ? Quelle idée révoltante !

Ce n'était pas ma faute si j'étais née femme. Et je ne pouvais pas m'engager dans une meute des alentours, car les loups-garous ne pouvaient pas changer de meute. Soit ils faisaient partie de leur propre meute, soit ils partaient loin – très loin –, pour que la distance empêche leur corps de se transformer. Ceux qui restaient – les loups solitaires – étaient incontrôlables et traqués par tous.

August secoua la tête.

— Je ne pensais pas que tu reviendrais un jour.

— Je ne comptais pas revenir, mais c'est la vie.

Il me lança un regard qui me rendit folle. De la pitié. Je n'aurais pas dû laisser sous-entendre que quelque chose s'était passé et que je n'avais pas eu le choix.

— Tu vas bien ?

— J'ai connu des jours meilleurs, mais aussi des pires.

Il fronça les sourcils encore plus. Je passai ma main dans mes longs cheveux parce que, maintenant je me sentais gênée, pour le coup. Lentement, son visage se détendit.

— Tu comptes rester ?

— Je n'ai pas encore décidé.

J'avais la chair de poule à cause de l'air froid qui entrait par-dessus ma tête. Je serrai mes bras sur ma poitrine.

— Tu veux poursuivre cette conversation dehors ? proposai-je.

J'avais froid, mais je voulais quitter le regard incendiaire de ma tante.

— Oui, si tu veux.

Nous traversâmes les portes vitrées ouvertes jusqu'à la terrasse sur pilotis, presque aussi spacieuse que le salon.

— Tu n'es pas *obligé* de me parler, d'ailleurs, lui fis-je remarquer.

Il entoura un bras autour de mon épaule et m'attira à lui. Mon corps se raidit à son contact.

— Tais-toi donc. Je viens de récupérer ma fille préférée, laisse-moi profiter d'elle.

Je ricanai.

— Ta fille préférée ?

— Femme, corrigea-t-il.

Je l'observai avec attention. Ses taches de rousseur semblaient s'être assombries.

— J'imagine que tu as beaucoup de nouvelles femmes préférées. Regarde-toi. Tu es devenu un homme pour de bon.

Il gloussa.

— Pour de bon ? Si tout le monde ne nous fixait pas en ce moment, je te ferais une prise et ébourifferais tes jolis cheveux.

— Tu n'as pas intérêt.

— D'accord. Sérieusement, ça me fait plaisir de te voir.

— De même. Comment vas-tu ?

Nous atteignîmes la rambarde de bois poncé et entremêlé et je retirai son bras lourd de mes épaules.

— Assez bien. Je me suis engagé un an après ton départ. Ça paie pour la fac.

— La marine ou l'armée de terre ?

— La marine.

Je passai mes doigts sur les nœuds fauves du bois que mon père et celui d'August avaient mis en place quand Jeb avait acheté l'auberge. Mon père était un charpentier talentueux. Il avait appris son art au père d'August, qui avait racheté son entreprise à sa mort.

J'appuyai mes avant-bras sur l'épaisse rambarde et plissai les yeux pour admirer le bosquet dense de pins qui parsemaient les arêtes des Flatirons. La vue depuis l'auberge battait celle que j'avais depuis ma maison de l'époque. Je ne l'avouerais *jamais* à personne, en revanche.

— J'ai entendu dire que tu travaillais avec ton père, maintenant.

— Oui.

August caressa le bois, ses doigts se déplaçant en douceur sur les nœuds. Puis il se retourna et s'adossa à la rambarde.

— Comment ça va les affaires ?

— C'est florissant. Tu veux du travail ?

— Du travail ?

— Je me rappelle que tu adorais sculpter le bois.

— C'était...

Le visage de mon père apparut sous mes yeux.

— ... il y a longtemps. Et puis, j'ai déjà un travail. Je bosse ici.

Je voulais que mon oncle paie à Evelyn un salaire complet alors j'avais proposé d'aider pour le ménage. Ma tante guindée avait rechigné, mais elle avait vite changé d'avis en voyant combien j'étais efficace. Si Evelyn entendait parler de cet accord, elle me lâcherait tout un tas de mots en espagnol. Chaque fois qu'elle s'énervait ou était émue, sa langue maternelle jaillissait comme l'eau d'un geyser.

Au début, j'avais aidé sur le ménage à proprement parler, mais au bout d'une semaine, mon odorat était devenu tellement développé que je devais rester éloignée des produits ménagers. Je m'en étais donc tenue à la lessive et au fer à repasser, ainsi qu'à l'aspirateur de temps en temps. J'assistais également Evelyn dans la cuisine.

Les épais sourcils d'August se rejoignirent presque complètement.

— Je viens de penser à quelque chose.

— Quoi, donc ?

— Tu as croisé Liam tout à l'heure ?

— Pourquoi ?

Son regard se fixa sur un point derrière moi et une veine apparut à sa tempe.

— Je crois qu'on s'est bel et bien rencontrés dans cette vie-là, Ness Clark.

Quand on parle du loup. Je me retournai doucement. Liam m'observait, énervé. Je vous jure que de petits éclairs surgissaient de ses yeux.

— Où est ton plumeau ?

Je penchai la tête sur le côté et répliquai :

— Tu voulais l'emprunter ?

Les éclairs se transformèrent en véritables décharges électriques. Un clap retentit, brisant la tension, et Lucy s'exclama :

— Tous les membres de la meute doivent se rendre dans la salle de réunion.

À contrecœur, August s'éloigna de la rambarde.

— On se retrouve pour manger ?

Je hochai la tête. Il me retrouverait bien plus tôt encore.

La mâchoire de Liam bougea, comme s'il allait dire quelque chose. Finalement, il recula sans rien ajouter.

Je regardai les hommes partir, leur laissant une avance. Qu'ils le veuillent ou non, je descendais de cette meute et leurs décisions affecteraient ma vie. Je n'avais pas eu mon mot à dire au sujet de mon retour à Boulder, mais je voulais m'immiscer dans ce qui allait se passer et j'en avais assez de me cacher.

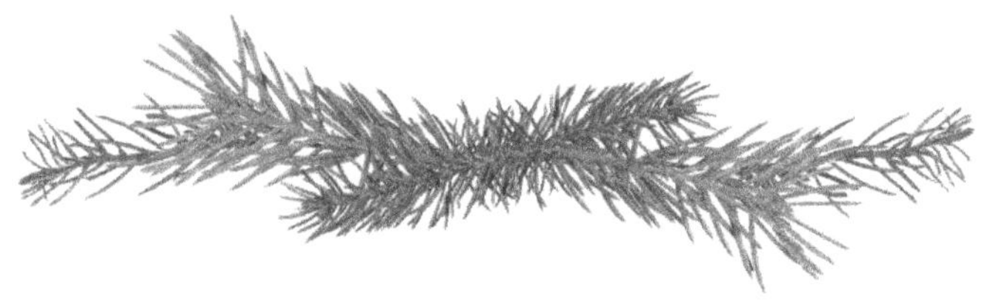

Trois

J e passai entre les groupes de femmes qui sirotaient leur boisson dans des gobelets cuivrés. Le mélange de parfum et de jus acidulés était enivrant et me titillait le nez.

— Ness ?

Quelqu'un tapota mon épaule et je pivotai.

— C'est moi. Amanda.

J'étudiai la brune qui arborait un carré droit et bouclé, des yeux fauves aux longs cils et un visage en forme de cœur.

— Amanda Frederick, précisa-t-elle.

Enfin, je la replaçai. Elle était Miss Populaire à l'école et au collège. Pas une fille méchante. Juste quelqu'un qui s'intéressait à tout ce qui m'indifférait. Ses lèvres s'étirèrent en un sourire satisfait quand elle vit que je la reconnaissais.

— Tu es là pour l'été ou tu restes plus longtemps ?

— Je ne sais pas encore vraiment.

Deux autres filles nous rejoignirent et m'indiquèrent leur prénom. *Taryn* et *Sienna*. Cette dernière me rappelait un bout de soie pâle, avec ses cheveux blonds très fins, ses yeux café crème et son teint parfait. Taryn, elle, n'était que traits anguleux et contrastes forts. Son visage était aussi mince qu'une lame, ses cheveux d'un noir goudron et ses yeux d'un bleu glacial.

— Avec qui êtes-vous venues ?

La meute n'avait pas de filles – pas une seule depuis un siècle, pas avant moi – alors ces filles étaient forcément là pour accompagner quelqu'un.

Taryn releva son menton pointu.

— Lucas Mason.

Je me souvenais de lui : des cheveux noirs hirsutes, une acné sévère et un air sûr de lui. Il était le meilleur ami de Liam. Peut-être était-ce toujours le cas.

— Je suis avec Matthew Rogers.

Le nom appela à moi l'image d'un géant blond.

— Sienna..., commença Amanda en désignant la délicate jeune fille blonde, elle est avec August.

Cela sonnait comme un avertissement.

— Toi et August semblez proches, fit la douce voix de Sienna.

Je n'avais jamais rencontré quelqu'un dont la voix s'accordait ainsi avec l'apparence.

— August est le frère que je n'ai jamais eu, expliquai-je.

— Tu as Everest, grogna Taryn.

Qu'est-ce que ça voulait dire ? Que je ne devrais pas passer du temps avec August ?

— Désolée, je dois me rendre quelque part.

J'avançai jusqu'aux portes du salon, mais je fus arrêtée par Lucy. J'allais marmonner un « quoi ? » exaspéré, mais elle fut plus rapide :

— Où vas-tu ?

— Dans ma chambre.

Elle examina mon visage.

— Evelyn aurait bien besoin d'aide dans la cuisine.

Sans la combattre, je me dirigeai vers la cuisine, jusqu'à ce que Lucy avance vers le buffet. Puis, je fis demi-tour et avançai vers le bâtiment. Quand j'entrai dans la salle de réunion, quarante visages se tournèrent vers moi. J'eus le droit à toute une gamme d'expression : l'agacement, la colère, le choc, la curiosité. Principalement l'agacement.

— Ness ? s'étrangla mon oncle. Tout va bien ?

L'odeur salée des hommes était surpuissante.

— Très bien.

Je cherchai une chaise libre, mais n'en trouvai pas.

— Pardon pour mon retard, mais la copine de Matt est bavarde.

Un grand blond avec un cou aussi épais que son visage croisa ses bras costauds devant son torse aux allures de frigo. Il pouvait sûrement briser le tronc d'un arbre avec ces bras-là.

— Que fais-tu là ? demanda Jeb.

— C'est une réunion de la meute, non ?

— En effet.

— Il faut être membre de la meute pour y être, indiqua quelqu'un.

— Heureusement que j'en suis une, alors.

Un homme âgé avec des cheveux touffus blancs et des sourcils broussailleux joignit ses mains et décréta :

— Ness Clark, tu ne fais pas partie de cette meute.

— Ça, c'était sous Heath Kolane. Maintenant qu'il n'est plus là, vous avez sûrement modifié vos principes misogynes.

Everest laissa échapper un petit bruit surpris. Il ne fut pas le seul. Matt devint encore plus sombre, comme s'il était imbibé de lasure. August et son père me regardaient, bouche ouverte. Nelson pianotait nerveusement sur le bois de la table, mais August ravala un sourire.

— Tu dois avoir juré fidélité à la meute avant ta puberté pour être membre de la meute, contra un ancien.

Mon cran et ma colère délièrent ma langue.

— Qu'est-ce qui vous fait croire que j'ai atteint la puberté ?

La moitié de la pièce me reluqua. Pour leur défense, je les avais invités à le faire.

— Bon, d'accord. J'ai atteint la puberté. Mais c'est une règle stupide. En plus, j'étais physiquement absente de Boulder, alors je devrais avoir un laissez-passer.

— Les règles sont les règles.

La déclaration d'un ancien chauve fut comme un coup de fouet brûlant. *Bande de connards.*

Le silence se fit dans la pièce, uniquement perturbé par le son du denim contre le cuir. Jeb posa un regard peiné sur moi. Je sentais au fond de moi qu'il allait me demander de partir.

— Ness...

— Les alphas peuvent accepter de nouveaux loups à n'importe quel âge, du moment qu'ils sont du même sang que la meute et qu'ils peuvent se transformer à volonté, coupa Everest.

Tous les yeux étaient rivés sur lui, maintenant. Ses joues, son cou et ses oreilles devinrent rouges.

J'articulai silencieusement un *merci*.

— Tu as été à l'écart un long moment. Peux-tu te transformer en loup à volonté ? demanda Liam.

— Oui, mentis-je.

Je ne m'étais pas transformée en six ans, mais maintenant que j'étais de retour à Boulder, proche de la meute, ce n'était sûrement qu'une question de jours avant que mes ongles se transforment en griffes, mes mains en pattes et qu'une fourrure pousse sur mes membres.

— Quand t'es-tu transformée pour la dernière fois ?

— Il y a trois jours.

Du coin de l'œil, je vis Everest pincer les lèvres. Avec un peu de chance, personne n'avait vu son expression.

— Le problème demeure vu qu'il n'y a pas d'alpha, s'entêta un ancien. Quand nous en aurons choisi un, tu pourras défendre ton cas. Jusque-là, les réunions de meute te resteront secrètes.

S'il m'avait chassé d'un « oust » ou s'il avait claqué des doigts, je l'aurais frappé.

— Qui sont les candidats ?

Des soupirs exaspérés se firent entendre.

— Liam Kolane, indiqua l'ancien en montrant Liam comme si je ne savais pas qui c'était.

— Et ?

— C'est tout.

Je parcourus les visages autour de la table. Les loups ne se languissaient pas d'être leaders ? Surtout quand la possibilité d'être alpha se présentait aussi rarement ? Ce serait probablement la seule et unique chance de notre génération. Passé quarante ans, un loup-garou n'était plus éligible, car son corps ne pouvait plus se transformer sur commande.

Je jetai un coup d'œil vers Everest, le défiant de tenir tête à Liam. Heath aurait détesté.

L'ancien au crâne luisant et chauve se racla la gorge.

— Nous te demandons de partir gentiment.

Abruti.

— Quelles conditions faut-il remplir ? À part l'âge ?

— Les conditions pour quoi, Ness ? demanda Nelson, sa peau ébène ridée par l'incrédulité.

— Pour être alpha.

— Tu dois avoir moins de trente ans et posséder le sang de la meute, répondit Everest.

— Alors je remplis les conditions ?

Mon oncle se raidit.

— Ness...

— C'est juste une question, tonton.

— Une question bien spécifique, commenta Sourcils-Broussailleux.

August avait pâli, à moins que le contraste avec la peau beaucoup plus foncée de son père rende la sienne plus pâle.

— Tu les remplis, oui, confirma Everest.

Cette affirmation me heurta comme une douce pluie. Mais comme celle-ci, elle me refroidit et me ramena à moi-même. À quoi est-ce que je pensais ?

Mettre mon nom dans le chapeau face à Liam Kolane était un jeu dangereux. Un que je n'étais pas sûre de vouloir jouer, et pas parce que je craignais de perdre – je n'avais *rien* à perdre –, mais plutôt par peur de gagner. Que se passerait-il alors ? Je devrais rester à Boulder et mener une meute que je détestais jusqu'à ma mort ou jusqu'à ce que je sois trop âgée.

Ce n'était pas la vie que je voulais.

Du moins, avant, je n'avais jamais voulu ça.

Quatre

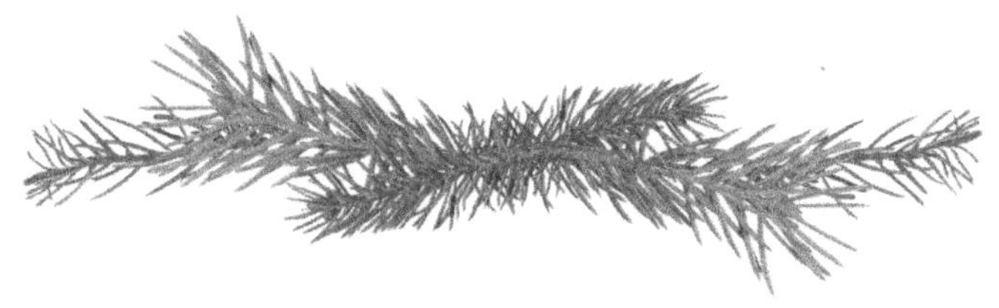

J'appliquais une fine couche de mascara sur mes cils, quand quelqu'un frappa à ma porte. Ce n'était jamais bon. Cela voulait dire que j'avais des problèmes. Après le coup que j'avais fait, je n'étais pas étonnée. En fait, ce n'était pas vrai. J'aurais pensé que les coups assourdissants à ma porte viendraient plus tôt. Mais après tout, j'étais occupée à aider Evelyn dans les cuisines, alors mes détracteurs n'avaient pas su où me trouver.

Un sourire aux lèvres pour cacher mon cœur battant, j'ouvris la porte. Mon sourire faiblit. Je m'étais attendue à Jeb ou Everest.

Je m'appuyai contre la porte de ma chambre, arborant une expression d'ennui.

— À quoi dois-je le plaisir de ta visite, Liam ?

Il passa devant moi et je m'écartai de la porte sans la fermer.

— Bien sûr, rentre donc...

Il tourbillonna vers moi.

— Qu'est-ce que c'était que ça ?

Je haussai un sourcil.

— Tu considères vraiment l'idée de me défier pour le titre d'alpha ?

— Oh. *Ça.*

Je retournai à ma salle de bain et appliquai du kohl à l'intérieur de la muqueuse. Être ignoré agaçait les gens. Et j'avais toutes les intentions du monde d'agacer Liam et de piétiner son ego démesuré. Il prenait tout le pas de la porte, les yeux rivés aux miens dans le miroir.

— J'y réfléchis, annonçai-je doucement.

— Si c'est juste pour entrer dans la meute, j'envisagerai ta candidature une fois nommé alpha.

— Comme c'est généreux de ta part.

Je jetai mon eye-liner dans ma trousse de maquillage et fis volte-face, m'appuyant sur l'évier en porcelaine froid. Je croisai les bras et il fronça les sourcils.

— Ne t'oppose pas à moi.

— Sinon, quoi ? Tu t'en prendras à moi ?

J'avançai vers lui et pointai un doigt sur son torse.

— J'ai perdu mes deux parents et j'ai été forcée de revenir dans ce trou paumé, où les gens me regardent de haut parce que je ne suis pas née avec la bonne paire de chromosomes. Qu'est-ce que tu crois pouvoir entreprendre pour me faire du mal ?

Il fixa mon doigt et recula pour qu'il ne touche plus son torse musclé.

— Je ne te ferai pas de mal, mais tu perdras.

— Tu ne me tiens pas en haute estime, n'est-ce pas ?

Son regard s'assombrit.

— Et si toi, tu perdais ? repris-je.

— Je ne perdrai pas.

Je ne m'étais pas encore décidée, mais *ça...* cela m'a décidée.

— Je vois que l'arrogance, c'est un truc de famille chez les Kolane.

Il me lança un regard noir avant de s'avancer vers la porte de ma chambre.

— Tu sais quoi ? Vas-y. Oppose-toi à moi.

Il ferma son poing et fit craquer ses phalanges.

— Ça sera un plaisir pour moi de t'apprendre l'humilité.

Je sentis le rouge me monter aux joues. Quand il partit, je claquai ma porte et fixai le panneau de bois jusqu'à ce que ma respiration se stabilise.

Je réfléchis un long moment pour savoir si je devrais descendre dîner. Y aller montrerait à Liam que je me fichais qu'il soit venu dans ma chambre me menacer. Mais cela m'obligerait à supporter des petites discussions sans intérêt et je n'étais pas d'humeur à faire la conversation.

Je retirai mon jean et mon débardeur et enfilai un legging, des baskets et une brassière de sport. Rassemblant mes cheveux dans une queue de cheval, je traversai le couloir vide, les escaliers désertés et me rendis jusqu'à la grande salle de sport.

Je fermai la porte et allumai la lumière et la musique. Je sortis le mannequin qui dormait dans un coin sombre, comme un voyeur, et mis des gants de boxe. Jeb et Lucy avaient plus de matériel de sport ici que la piètre salle de sport dans laquelle j'allais, avant que maman ne tombe malade.

Je plissai les yeux devant le mannequin, imaginant le visage de Liam. J'engageai une série de coups qui le fit osciller sur ses ressorts, sans qu'il y ait de sang ou de bleus.

Liam pensait que je n'avais aucune chance. Il avait tort.

Oui, il a tort.

Ce n'était pas parce que j'étais une femme que j'étais faible.

Abruti.

J'assénai mes coups à grande vitesse. La sueur coulait le long de ma colonne vertébrale, trempant le dos de ma brassière. Je transpirais aussi sur les côtés de mon visage et je passai mon avant-bras sur mon front, avant de prendre de l'élan pour frapper encore. Une main se referma sur mon biceps et m'obligea à me retourner. Je réagis avec un coup dans l'estomac. August souffla sous le choc tandis que mon gant rencontrait son abdomen. Il me lâcha et frotta son ventre.

— Oh, je suis tellement désolée, criai-je par-dessus la musique.

J'arrachai mes gants, traversai la pièce vers la fontaine d'eau pour humidifier une serviette d'eau glacée, et la lui ramenai. Il refusa d'un geste de la tête et un sourire crochu remplaça sa grimace.

— Où as-tu appris à frapper comme ça ?

— J'ai appris seule.

J'utilisai la serviette sur mon visage et mon coup, rafraîchissant ma peau rougie.

— Le repas est déjà fini ?

— Non, on en est au plat principal.

— Alors pourquoi es-tu ici ?

— Parce que le siège que je t'avais réservé est vide.

Je baissai les yeux vers le sol en mousse noir.

— Je n'ai pas faim.

— Tu n'as pas faim ou tu es en colère ?

— Peut-être les deux.

— Que t'a dit Liam ?

Je croisai à nouveau son regard.

— Comment sais-tu qu'il est venu me voir ?

— Je l'ai entendu demander à ta tante le numéro de ta chambre.

Alors c'est comme ça qu'il avait su où me trouver... Le fait que Lucy ait partagé cette information m'agaçait. Pensait-elle que sa visite serait plaisante ou était-elle contente d'encourager ses techniques d'intimidation ? Probablement la deuxième option.

— Oui. Il est passé.

— Écoute, je ne suis pas venu parler de lui.

— J'espère que tu n'es pas venu me traîner au repas, parce que je n'irai pas.

— Même si j'admire ton cran, je crois que tu ne devrais pas t'opposer à Liam. Tu ne veux pas être alpha, Ness. Même moi, je ne voudrais pas être à la tête de la meute.

Je tentai de stabiliser ma respiration, mais mon larynx faisait des siennes.

— Pourquoi pas ?

— Comment ça, pourquoi pas ?

— Pourquoi ne veux-tu pas être à la tête de la meute ?

— Parce que gérer les egos surdimensionnés et les tempéraments difficiles laisse des séquelles sur quelqu'un. Même si Heath était... eh bien, pas le meilleur homme du monde... il a beaucoup fait pour la meute.

— Il a peut-être beaucoup fait pour la meute, mais il a pris beaucoup à ceux qui n'en faisaient pas partie.

August pinça les lèvres.

— La petite amie d'Everest a tenté de se tuer, elle avait trop honte.

— Il n'est plus là maintenant, rappela August à voix basse. Il a payé pour ce qu'il a fait.

— Lui est mort, mais ce n'est pas le cas de Liam Kolane.

August toucha mon épaule nue.

— Liam n'est pas Heath, le défendit-il. Laisse-le être alpha.

Comme je ne retirais pas sa main, il referma ses doigts sur mon épaule et la serra gentiment. Une nouvelle odeur s'ajouta à celle d'August, évoquant la sciure et les produits pour homme de la marque Old Spice. Une odeur florale, aqueuse. Dans l'entrée, je repérai un visage pâle et des yeux brillants.

— Ta petite amie est là, murmurai-je.

Il ne me lâcha pas.

— Si tu veux une place dans la meute, je m'assurerai que tu l'aies, mais ne fais pas ça.

La chanson endiablée de Drake s'estompa. Avant qu'une nouvelle chanson ne débute, Sienna interpella August par son nom. Il ne réagit pas.

— Tu perdras, m'assura-t-il.

Comme des griffes, ses mots blessèrent mon amour-propre. Je me redressai et carrai les épaules.

— C'est Liam qui t'envoie ?

— Non.

Je reculai loin de lui et son regard s'obscurcit.

— Ness...

— Je suis grande, August. Je prends mes propres décisions. Merci de t'inquiéter pour moi, mais ça ira.

Je marchai jusqu'au panier à linge et fourrai la serviette à l'intérieur.

— Tu vas aller jusqu'au bout, n'est-ce pas ?

— J'aime détromper les gens.

— Ce n'est pas un jeu.

— J'en ai conscience.

J'ouvris la porte en grand et Sienna s'écarta de mon chemin, s'aplatissant contre le mur de miroir. Au moins, j'inspirai de la peur chez quelqu'un, même si ce n'était pas la bonne personne.

— Pardon d'avoir occupé son temps ailleurs, marmonnai-je.

Non pas que ce soit ma faute. Je n'avais pas demandé à August de venir me dire à quel point j'étais idiote. De quelqu'un d'autre, cela ne m'aurait rien fait. Mais l'opinion d'August comptait. Je détestais qu'elle compte. Je détestais que cela me fasse remettre en question ma décision.

À mi-chemin vers ma chambre, je croisai Everest.

— Si tu es là pour me convaincre d'abandonner, épargne ta salive.

Il me suivit en marchant vite.

— Tu plaisantes ? Je suis complètement partant pour que tu t'opposes à Liam.

Voilà qui me prenait par surprise. Je m'arrêtai.

— C'est vrai ?

— Bien sûr. Mais si tu es sûre de toi, tu dois le dire aux anciens avant minuit.

— Pourquoi ? Ils se transforment en citrouilles après ça ?

Everest me lança un sourire narquois qui dispersa l'anxiété qui marquait son visage depuis que Becca avait sauté de son toit.

— Le serment de sang se déroule à minuit.

Je me rappelai alors mon père me parlant de ses serments de sang, pendant la nomination d'un alpha. Les membres de la meute entaillaient leur peau puis joignaient leur blessure à celle de l'alpha. Après ce contact, la magie faisait son travail et transformait un loup ordinaire en une véritable bête. Je n'étais pas sûre de savoir comment cela fonctionnait quand on entrait en compétition pour le titre.

— Lave-toi et retrouve-moi sur la terrasse.

Devant l'entrée de la salle à manger, je repérai Liam qui parlait avec Matt, le géant blond, et un autre garçon aussi grand que Matt, mais un peu plus sec, avec des cheveux hirsutes et une cicatrice difforme qui traversait l'un de ses sourcils.

Quand ils me virent les fixer, je reportai mon attention sur Everest.

— J'y serai dans une seconde.

Puis, je trottinai pour me préparer.

Je donnerai à cet abruti un vrai défi.

Est-ce que je voulais gagner ? Bien sûr. Qui voudrait perdre ? Est-ce que je voulais être à la tête d'une bande de connards ? Non. Mais si je gagnais, je pourrais sûrement nominer quelqu'un d'autre à la tête de cette meute. Je me demandais ce que mon père aurait pensé de ma décision. Se poserait-il des questions sur ma santé mentale ou serait-il fier ?

Ma mère m'avait élevée pour que j'aille en quête de ce que je désirais. Et je voulais empêcher un autre Kolane d'être en position de force. Je m'accrochais à cette idée, en me préparant à me battre pour mes idéaux.

Cinq

Le personnel apportait les desserts et les digestifs sur la grande terrasse quand j'arrivai. Les bougies fixées à d'immenses supports projetaient des ombres dansantes et des lumières féériques sur les visages tournés vers moi. Les conversations prirent fin. Le seul son troublant le silence était l'instrument de jazz provenant des haut-parleurs camouflés au plafond.

Jeb se tourna vers moi, un verre de whiskey entre les mains.

— Désolée d'avoir raté le repas.

— Tu veux manger quelque chose ?

— Je mangerai plus tard.

Il baissa son verre jusqu'à ses hanches étroites et ses glaçons tintèrent.

— Ness...

— S'il te plaît, tonton. Ne me dis pas quoi faire.

— Il y a un mois, tu ne voulais pas revenir. Tu ne voulais rien avoir à faire avec la meute, et maintenant tu veux concourir pour le titre... d'alpha.

Il agita sa main et du whiskey éclaboussa le sol.

— Laisse-moi deviner, je ne devrais pas parce que je suis une fille et que, selon toi, ce sont de pauvres petites choses.

Sa gorge se colora de rouge.

— J'étais peut-être faible quand vous m'avez chassée de Boulder, mais je ne le suis plus.

— Cesse de dire que je t'ai chassée d'ici, tu veux bien ? siffla-t-il.

— Eh bien, c'est la vérité.

— J'essayais de te protéger, grinça-t-il entre ses dents.

— À cause de ce que Heath a fait à maman ? demandai-je d'une petite voix.

J'observai ses yeux soudain exorbités. Même si les gens étaient proches de nous, ils étaient trop occupés à échanger des potins pour nous écouter. Ou peut-être pas.

Comme si ça m'importait.

D'autres gouttes de whiskey débordèrent de son verre.

— Tu... Tu...

— Je sais ? Oui. Maman m'a dit. Je sais aussi que tu n'as rien fait en représailles. À part nous obliger à partir, bien sûr. Il valait mieux que maman ne tente pas à nouveau votre vénéré alpha, n'est-ce pas ?

Au début, j'avais cru que le cancer l'avait fait délirer, mais Everest avait confirmé sa version des faits lors d'une de nos soirées passées à discuter, après la tentative de suicide de Becca. Cette confession avait été les derniers mots de ma mère. Une fois son terrible secret avoué, son âme s'était glissée hors de son enveloppe corporelle, me laissant seule pour gérer les conséquences d'une horrible vérité.

J'avais été en colère contre elle. Puis, Evelyn m'avait rappelé que c'était l'une des étapes du deuil, alors j'avais accepté cette colère. Envers ma mère et envers Heath. J'avais pardonné à ma mère de ne pas me l'avoir dit, mais je n'avais jamais pardonné à Heath.

— Alors tout ceci n'est qu'une vendetta personnelle ? demanda Jeb.

— Pas uniquement.

Sa pomme d'Adam remonta.

— Liam n'est pas comme son père.

Mon Dieu, combien de gens allaient me dire ça ? Je hochai la tête et j'allai trouver Everest. Traverser la terrasse était comme passer au milieu d'un peloton d'exécution. Même si les regards de travers piquaient, je relevai la tête et fis semblant de ne pas en être affectée.

— J'avais oublié à quel point les Coloradiens étaient amicaux, marmonnai-je en atteignant mon cousin.

Il était à la machine à café et en servait un dans une tasse qu'il me tendit.

— Papa a essayé de te dissuader ?

Je bus une gorgée de la boisson trop forte.

— Je ne lui en ai pas laissé le temps. Il sait que je sais, au sujet de maman.

Le cliquetis du métal contre un verre interrompit notre conversation. L'ancien aux sourcils broussailleux se leva de sa chaise longue.

— D'habitude, les questions de la meute sont débattues uniquement avec la meute, mais puisque le choix d'un alpha affectera nos vies à tous, pas uniquement celles des loups, mais aussi celles de nos partenaires, nous avons décidé d'aborder le sujet avec vous. Comme vous le savez, Liam Kolane a proposé de remplacer son père en tant qu'alpha, mais il a de la concurrence.

Son regard glissa sur moi pour s'arrêter sur le grand blond à côté de Liam.

— Matthew Rogers et Lucas Mason (l'ancien montra de la tête le gringalet avec sa méchante cicatrice blanche et sa tignasse brune) ont décidé de se mesurer au fils de Heath.

Je me raidis et attrapai le bras d'Everest.

— Tu savais ?

Il secoua la tête. Le regard de l'ancien se posa de nouveau sur moi.

— Je crois qu'il n'y a pas d'autres candidats.

Le silence se fit.

Matt et Lucas me déshabillaient du regard, mais le visage de Liam était neutre, calme. Trop calme. Trop neutre. Son expression me dérangeait encore plus que celle de ses camarades. Puis, je compris qu'il devait avoir tout orchestré. Il leur avait demandé de mettre leur nom pour me dissuader de mettre le mien.

Intelligent.

Si je ne les avais pas repérés en train de parler, j'aurais sûrement été influencée, mais j'étais prête à parier que Lucas et Matt se retireraient soudainement ensuite pour laisser Liam à la tête de la meute.

Le regard de l'ancien était rivé sur moi.

— Si quelqu'un d'autre est intéressé par la position d'alpha, qu'il parle maintenant ou se taise à jamais.

August se tenait à l'opposé de la terrasse, à côté de son père. Ils avaient tous les deux les bras croisés, mais seul August avait l'air renfrogné. Son père humidifiait sans cesse ses lèvres, nerveux et inquiet. Pendant un court instant, je fermai les yeux. Quand je les rouvris, la détermination avait chassé l'hésitation.

Je dévisageai Liam et annonçai d'une voix claire :

— Inscrivez mon nom.

Les femmes tressaillirent autour de moi, puis poussèrent des exclamations de surprise. Personne n'avait l'air plus stupéfait que ma tante, en revanche. Son visage, qu'elle avait toujours maintenu loin du soleil, était devenu aussi blanc que les draps que j'avais repassé toute la matinée.

Jeb vida son verre de whiskey en une longue gorgée.

Le mépris était visible dans plus d'un regard. Celui d'August était empli d'autre chose. La déception. Si j'avais appris une chose dans ma vie, c'était bien que ravir tout le monde était impossible.

Je baissai les yeux sur le liquide noir ondulant dans ma tasse, à cause de mes mains tremblantes. Je raffermis ma prise.

— Tu as des couilles, meuf, murmura Everest.

— Quelqu'un d'autre ? demanda l'ancien.

Je levai le menton et parcourus du regard les visages autour de moi. Beaucoup me regardaient toujours. Beaucoup murmuraient toujours. Amanda et ses deux meilleures amies arboraient un sourire suffisant. Auraient-elles réagi ainsi si elles avaient été louves ou auraient-elles soutenu l'effort de leur sœur ?

— Je convoquerai les anciens pour discuter des règles de cette compétition. Après le petit-déjeuner, nous délibérerons avec les quatre candidats dans la salle de réunion. Avant que nous partions, nous devons collecter une goutte de sang pour officialiser votre candidature.

Sourcils-Broussailleux leva son doigt plié. Je tendis ma tasse à Everest et rejoignis les autres, qui s'étaient déjà approchés.

— Poignets.

Son ongle s'était déjà allongé en griffe. Liam, Matt et Lucas tendirent leur bras.

— Ness ?

J'avançai mon bras.

— Avec ce sang, vous vous liez à moi. Je connaîtrai tout de vos allées et venues et je surveillerai votre santé. Une fois qu'un alpha sera choisi, votre connexion à moi sera rompue.

Il griffa son poignet, puis les nôtres tour à tour. Je serrai les dents devant le choc de la douleur. Sourcils-Broussailleux pressa son sang contre le nôtre.

— Voilà qui est sain, marmonnai-je.

— Les loups ne peuvent pas transporter de maladie, Ness, me rassura l'ancien.

Le loup en moi le savait ; l'humain voyait toujours le sang comme transporteur de maladies.

Presque aussitôt, les bords des plaies des garçons se refermèrent. Lucas ricana devant ma coupure toujours béante.

— Tu guéris pas bien vite, hein ? Tu veux un petit bandage pour ton bobo ?

Je lui lançai un regard noir et retournai à la table de desserts. J'attrapai une serviette en papier que je maintins contre ma peau. *Guéris*, ordonnai-je à mon poignet. Ça ne marchait pas. Voilà qui n'allait pas arranger ma crédibilité. Sous mes yeux, la serviette blanche devint rouge.

— Nous nous retrouverons demain matin pour discuter de la compétition.

Sourcils-Broussailleux quitta la terrasse, encadré de quatre autres anciens.

Amanda s'éloigna de ses amies pour avancer vers moi, ses bottines à talons tapant sur le sol dur.

— Hun, hun. Te mesurer à nos gars était une très mauvaise idée.

— *Vos* gars ?

— Oui, *nos* gars. On a grandi avec eux, on est restées avec eux. On était là pour leur faire des câlins quand ils avaient besoin d'affection.

Je serrai plus fort les doigts sur mon poignet.

— On fait autant partie de la meute que toi. En fait, non, ce n'est pas vrai. Tu ne fais pas partie de la meute.

— Assez, Amanda, intervint Liam.

J'étais tellement absorbée par ses débilités que je ne l'avais pas vu s'avancer.

Elle tourna sur elle-même, déployant ses boucles autour d'elle, révélant une odeur d'abricot qui se mélangea à celle du café qui refroidissait dans ma tasse, du sang à mon poignet et de l'eau de Cologne évoquant les pins d'Everest. Mon estomac se retourna sous cette attaque sensorielle.

— Je ne faisais que dire à voix haute ce que tout le monde pense.

Liam avait les lèvres si pincées que lorsqu'il parla, je crus que c'était Everest :

— Laisse-la tranquille.

Liam me défendait ? J'avais sûrement mal entendu. À moins qu'il ait une raison cachée. Après s'être mal conduit, il pouvait faire le gentil pour me déstabiliser.

— Je peux me défendre toute seule, Liam.

— Je suis sûr que tu le peux, mais nous ne nous critiquons pas les uns les autres. D'autres meutes peut-être, mais pas nous.

Il avait l'air si noble. Je comprenais pourquoi personne n'allait contre lui. Il parlait comme s'il était déjà alpha. Mais s'il avait appris ça de Heath, je ne pouvais qu'imaginer ce qu'il avait appris d'autre.

Amanda fit la moue et une grande main se posa sur son épaule. Elle leva la tête et sourit à Matt, plus grand d'une tête et demie.

Il me tendit une immense main.

— Je ne sais pas si tu te souviens de moi…

— Je me souviens.

Je fixai sa main un moment avant de la serrer. Il n'écrasa pas mes doigts comme je me l'étais imaginé.

Comme si le contact entre Matt et moi avait fait fondre la glace invisible m'entourant, les autres s'approchèrent. Ils se présentèrent, ou plutôt se *représentèrent*. Six ans avaient changé les visages des adolescents et pourtant, je reconnaissais et me souvenais de la plupart d'entre eux.

Un sourire narquois trônait aux lèvres de Lucas.

— On devrait développer nos liens, suggéra-t-il.

J'avalai ma salive de travers et toussai.

— Pardon ?

— Faire un exercice qui nous rapproche.

Il attira Taryn à ses côtés, sa main presque sur ses seins. Classe.

Ses mots combinés à son sourire espiègle avaient inoculé dans mon esprit des images indécentes, pleines d'entraves en cuir et de chaînes en fer. Pourquoi avais-je pensé à ça en l'entendant parler de liens ?

— Pourquoi pas un paintball ? proposa un jeune garçon dont les cheveux roux lui arrivaient aux épaules.

— Exactement ce à quoi je pensais. On devrait tous jouer au paintball demain. Tu as déjà joué, ma poupée ?

Il affichait toujours un sourire bête en me regardant.

— Ne m'appelle pas ma poupée.

La cicatrice de Lucas se tordit en réaction à ma réprimande.

— Et non, je n'y ai jamais joué.

Amanda caressa les doigts épais de Matt pendant que Taryn murmurait à l'oreille de Lucas. Je cherchai Sienna et la repérai parlant doucement avec August. Contrairement aux deux autres couples, ils n'étaient pas tactiles. D'ailleurs, leur langage corporel raidi m'indiquait qu'ils se disputaient sûrement.

Il y avait d'autres filles sur la terrasse, qui discutaient à l'écart, aveugles à notre conversation ou pas intéressées. Je me demandai si la copine de Liam était parmi elles. J'imagine qu'il en avait une, vu le nombre de filles qui étaient venues à cet événement.

Je reposai mon regard sur Lucas.

— Tout le monde vient ?

Il sourit à nouveau.

— Juste la meute et *toi*. Serais-tu intimidée par autant de testostérone, Clark ?

Je sentis la chaleur monter en moi. Probablement à cause du mur de corps qui m'entourait. Ou à cause de la perte de sang. Je levai la serviette rougie et remarquai que la coupure était plus superficielle et que la peau s'était légèrement refermée. La blessure guérissait, c'était bon signe.

Je remis la serviette à sa place, puis pressai ma paume sur ma nuque, mais ma main moite ne me refroidit guère.

— Il n'y a pas grand-chose qui m'intimide, Lucas. Mais merci de t'en inquiéter.

Cela sembla faire sourire Liam ou du moins, je crus voir de l'amusement sur ses lèvres, mais je l'avais sûrement imaginé.

Mon Dieu, comme il faisait chaud. J'avais besoin d'air. Et d'espace. Je reculai et entrai dans le torse de quelqu'un. De la transpiration et des odeurs de fleurs m'assaillirent. Je me concentrai pour respirer par la bouche.

— Bonne nuit à tous.

Je sentis mon estomac se retourner encore plus et ma tête... C'était comme si je venais d'être frappée par des crampons.

— Pardon.

Comme personne ne bougeait, je jouai des coudes au milieu de la marée de corps. Avec mes baskets, je marchai sur un grand pied, trébuchai et entrai en collision avec Liam. Son verre se renversa sur son tee-shirt noir.

— Dé... désolée.

Il enroula sa main sur mon bras pour me stabiliser.

Quelqu'un avait-il glissé quelque chose dans mon café ? Je me hérissai et arrachai mon bras de la poigne de Liam, puis avançai sur la terrasse comme une personne ivre. J'atteignis le salon sans vomir, puis me précipitai dans ma chambre. Mes jambes semblaient détachées de mon corps.

Que m'arrivait-il ?

La sueur coulait le long de ma colonne vertébrale, qui me picotait. J'essayai de rentrer ma clé dans la serrure, mais le métal glissa en vain contre le bois. Je réessayai et échouai encore.

— Ness ! Attends.

Everest fonçait vers moi dans le couloir.

Il y avait deux versions de lui. Non, *trois*.

Je ne voulais pas vomir dans le couloir. Il me prit les clés, ouvrit ma porte et m'aida à entrer. Je me ruai jusqu'à la salle de bain et m'agenouillai devant les toilettes au moment où je me mettais à vomir.

— Tu as mangé quelque chose qu'il ne fallait pas ?

Je n'avais rien mangé depuis midi. Je secouai la tête, mais cela aggrava le martèlement dans mon crâne.

Une autre vague de vomissements m'assaillit.

Ma vision devint floue, puis s'ajusta. Malheureusement, mon odorat était toujours aussi fort. La puanteur acide du vomi était si forte que j'en avais mal aux narines.

Everest s'assit au bord de la baignoire.

— C'était vrai, ce que tu as dit tout à l'heure ? Tu t'es transformée il y a trois jours ?

— Tu me fais vraiment passer un interrogatoire, là ?

Je me relevai péniblement, tirai la chasse et ouvris le robinet.

— Ce n'est pas un interrogatoire, juste une théorie. Tu t'es déjà transformée, oui ou non ?

J'éclaboussai mon visage et plissai les yeux devant mon reflet. Mes yeux étaient étranges. Je clignai des paupières. Mes iris brillaient comme le néon du glacier où August m'emmenait les après-midis, quand il faisait chaud et que nos pères travaillaient.

Je fis volte-face vers Everest.

— Ça... ça arrive maintenant !

Il soupira.

— Si je comprends bien, tu ne t'es pas transformée il y a trois jours...

Je levai mes mains devant mon visage et les tournai doucement. Mes ongles s'étaient déjà allongés et étaient incurvés.

Horrifiée, je dévisageai Everest. Je ne pouvais pas me changer en loup ici. Pas dans ma salle de bain, j'allais la détruire. Sous ma forme de bête, mes muscles allaient grossir et mes mouvements deviendraient agités et brutaux. À onze ans, quand je m'étais transformée pour la première fois, j'avais détruit ma chambre et griffé le canapé du salon. Il m'avait fallu des semaines pour contrôler ma forme de loup.

Me faudrait-il encore des semaines ?

Une peine aveuglante me traversa l'échine, comme si quelqu'un arrachait mes vertèbres. Je me cambrai en arrière et grinçai des dents. Des canines pointues poussèrent dans ma mâchoire inférieure, perçant ma gencive. Du sang coula le long de mon menton. Mes omoplates se déboîtèrent et je retins un cri. Je tombai lourdement en avant, sur mes paumes et mes genoux.

La coupure à mon poignet se rouvrit. Une rivière rouge jaillit et s'écoula sur les joints entre les dalles.

— Ça va aller, Ness. Je suis juste là. Tout ira bien.

La voix d'Everest semblait venir d'une autre pièce. Il s'accroupit devant moi, posa sa paume froide sur ma nuque brûlante.

Le sang dans ma bouche éclaboussa le sol et se mélangea à celui qui avait coulé de mon poignet. Je m'affaissai et clignai des paupières. Était-ce aussi douloureux il y a six ans ? La douleur s'était-elle accrue à cause des années de privation ?

Des larmes ruisselèrent sur mes joues et se mêlèrent au sang.

— Je ne peux pas. J'ai mal...

Ma voix était plus un grognement que de véritables mots.

Mon esprit devint brumeux sous la douleur et mes coudes cédèrent. Je glapis et m'effondrai en avant. Ma joue heurta le sol froid. Le coup me donna l'impression que le cartilage s'était brisé, mais peut-être était-ce le loup à l'intérieur de moi qui altérait ma structure osseuse, délogeant les articulations et renforçant mes tendons. Je fermai les yeux et ordonnai à mon corps de s'arrêter.

Je priai pour qu'il s'arrête.

Et il s'arrêta.

Mon crâne tambourinait. *Argh.* Je pressai un oreiller contre mon visage et fermai fort mes paupières et mes lèvres. Une douleur vive irradiait dans ma bouche. Je retirai l'oreiller et me redressai pour m'asseoir, tellement vite que ma chambre vacilla. Je touchai ma lèvre inférieure douloureuse. Mes doigts revinrent rouges, tâchés de sang.

Ce n'était pas un rêve.

La soirée me revint en tête. Je frissonnai, même si j'étais entièrement habillée. J'imagine qu'Everest m'avait mise au lit, mais il n'avait pas retiré mes habits. Les coutures de mon jean cisaillaient ma peau et la baleine de mon soutien-gorge semblait gravée dans mes côtes.

Je me levai du lit chaud et avançai à pas de loup jusqu'à la salle de bain. J'allumai les lumières et sentis le sang avant même de le repérer. Ma poubelle regorgeait de mouchoirs gorgés du liquide sombre. J'avançai jusqu'à l'évier et observai mon reflet abominable. Ma lèvre inférieure était coupée et enflée, ma joue droite avait bleui et même si la coupure à mon poignet avait disparu, il restait un hématome devenu violet.

J'allumai la douche et me déshabillai. Des lignes rouges marbraient mon corps, mais la trace des draps disparaîtrait vite, contrairement aux blessures sur ma chair. Guérir me prendrait plusieurs heures, si j'avais de la chance. Le pire, c'était que même si je parvenais à camoufler le bleu sur ma joue, je ne pouvais rien faire au sujet des lèvres. Tout le monde le verrait. S'ils apprenaient que je m'étais mordue moi-même, ils comprendraient que je n'avais aucun contrôle sur ma forme lupine, ce qui me disqualifierait pour le titre d'alpha.

Je retournai dans ma chambre, attrapai mon téléphone portable qui sonnait, éteignis l'alarme et envoyai un message à Everest.

Je me suis évanouie parce que j'étais malade et ma lèvre s'est fendue en tombant. Viens me retrouver dans la cuisine quand tu te réveilleras.

Quelques secondes plus tard, j'ajoutai un autre message : **Merci d'être resté avec moi. Et de m'avoir mise au lit.**

Puis, je me préparai pour la longue journée qu'il me restait à affronter, avec la sensation que mon corps avait été frotté contre les crêtes en métal installées sur les murs de la laverie, pour y frotter le linge, un bon rappel de mon enfance au Colorado.

Sept

Dès que j'entrai dans la cuisine, Evelyn s'exclama :

— *Dios mío !*

Elle plaqua sa main sur sa bouche et posa son fouet. Les œufs baveux mélangés à du lait gouttèrent sur l'îlot en acier rayé, mais brillant, dépourvu de taches.

— Qui t'a fait ça ?

Même si nous étions seules dans la cuisine et probablement les seules réveillées dans toute l'auberge, elle parlait à voix basse. Je ne lâchai pas du regard le fouet qui gouttait.

— Je suis tombée.

Sceptique, elle plissa les yeux.

— Tu es tombée à cause du poing de qui ?

— De personne. Je te le promets. J'étais malade et tu sais comment je suis quand je vomis... Je me suis évanouie.

C'était vrai. Je m'évanouissais toujours quand je vomissais.

Elle contourna l'îlot et prit mon menton entre ses doigts, tournant mon visage à gauche et à droite, examinant ma joue. Je mordis ma propre lèvre avant de me rappeler ma blessure. Je lâchai immédiatement ma lèvre et retirai mon visage de ses mains.

Elle fronça ses sourcils maquillés en étudiant le reste de mon corps, repérant les bleus sur mes coudes et mon poignet.

— Je veux la vérité, *querida*.

La vérité... Pouvais-je lui dire la vérité, ou repartirait-elle en courant et en hurlant à Los Angeles ? Ou pire, cesserait-elle de m'aimer à cause de ce que j'étais ? Pourquoi n'y avais-je pas pensé avant de la faire tout quitter pour venir avec moi ? Je pensais que j'allais pouvoir lui cacher ma double nature pour toujours ?

— C'est pour ça que tu as quitté Boulder à l'époque ? Quelqu'un te faisait du mal ?

— Personne ne me faisait du mal. Mais oui, c'est pour cette raison que nous sommes parties.

Ma mère lui avait-elle parlé de Heath ?

Ses yeux brillèrent furieusement en observant ma peau, qui arborait le même motif de camouflage que le débardeur que je portais sous mon uniforme gris. J'aurais probablement dû opter pour des manches longues.

Je soupirai.

— Est-ce que tu peux me promettre de ne pas me détester quand je t'aurai dit toute la vérité ?

Elle posa une main sur sa poitrine, sur son cœur.

— Te détester ? Il est trop tard pour que je te déteste.

Je me laissai choir sur l'escabeau qu'Evelyn utilisait comme chaise, quand ses genoux lui faisaient mal. Je cachai ma tête entre mes mains.

— Tu vas croire que je suis folle.

— Je ne penserais jamais quelque chose comme ça.

— Oh, si. Et tu vas même partir.

J'avais dit à Liam que rien ne pourrait me faire de mal, mais ce n'était pas vrai. Si Evelyn me fuyait, cela me causerait une douleur phénoménale.

— Je ne te quitterais jamais.

— Tu le jures ?

Je relevai la tête pour fixer ses yeux emplis de gentillesse.

— Je le jure sur notre Seigneur, là-haut. Maintenant, dis-moi.

— Je suis un...

J'inspirai profondément.

— Un... *loup-garou*.

Ma voix était plus basse encore que le ventilateur qui tournait au-dessus du four. La bouche maquillée de rouge d'Evelyn s'ouvrit en grand. Se referma. S'ouvrit à nouveau. Elle me rappelait les truites que mon père et moi attrapions lorsqu'elles jaillissaient en l'air, dans les ruisseaux de la montagne.

— *Un lobo* ?

Elle m'avait appris assez d'espagnol pour que je comprenne le mot *lobo* : loup. Même pour moi, qui avais grandi en sachant que ces créatures fantastiques existaient, cela semblait monstrueux. De mes doigts tremblants, je repoussai une mèche de cheveux derrière mon oreille.

— Oui.

Elle ne recula pas ni ne partit pas en courant, mais la confusion se peignit sur ses traits.

— À quel point est-ce que tu t'es cogné la tête ?

— Je vais te montrer.

Je me concentrai de toutes mes forces, levant mes mains tremblantes et demandant à mes ongles de se transformer en griffes. Rien ne se produisit. J'essayai à nouveau. Toujours rien. Je glissai mes deux mains sous mes cuisses.

— Avant, je pouvais me transformer à volonté, mais être loin...

— Oh, mon cœur...

— Evelyn, s'il te plaît. Je te dis la vérité.

Elle me lança un regard rempli de tant de douleur et de sympathie que j'attrapai mon téléphone dans ma poche et composai le numéro d'Everest.

Après quelques sonneries, j'entendis sa voix ensommeillée.

— Allo ?

— Viens dans la cuisine maintenant.

— Ness, il n'est même pas six heures.

— S'il te plaît.

— Bon, d'accord, grogna-t-il.

Le silence se fit entre Evelyn et moi. Je voyais bien qu'un millier de mots attendaient sur le bout de sa langue, sans qu'elle les prononce. Elle se contentait de me fixer, le visage aussi inquiet que le jour où nous l'avions enfin laissée entrer chez nous.

Cinq minutes plus tard, Everest entra.

— Quoi ?

— Montre à Evelyn.

— Lui montrer quoi ?

— Ce qu'on est.

Il écarquilla les yeux.

— Ness...

— Je ne peux pas lui cacher un tel secret plus longtemps.

Il se tourna vers elle. L'appréhension creusait les lignes autour des yeux et de la bouche d'Evelyn.

— S'il te plaît, chuchotai-je.

— D'accord, céda-t-il.

Il leva les mains. En quelques secondes, ses ongles s'allongèrent et se recourbèrent, puis ses doigts se rétractèrent dans sa paume.

Evelyn devint aussi pâle que sa pâte à pancake. Elle fit une croix sur sa poitrine puis... elle s'évanouit. Everest la rattrapa avant que sa tête ne heurte les carreaux. Je descendis de l'escabeau et l'aidai à l'y placer. Je me précipitai vers l'évier et humidifiai du sopalin.

— Pourquoi fallait-il *absolument* que tu lui dises ? marmonna Everest, la voix encore un peu rauque.

— Elle aurait fini par le découvrir. Notre existence dans le monde n'est pas tant que cela un secret.

— Ce n'est pas parce que les gens suspectent notre existence que tout le monde y croit.

Ses paupières papillonnèrent, puis elle ouvrit ses yeux. Elle cligna des yeux tout en reprenant ses esprits. Ensuite, ses yeux noirs se posèrent sur moi, révélant une émotion, soit de la peur soit de la surprise.

— S'il te plaît, dis quelque chose Evelyn.

Je tapotai le sopalin sur son cou.

— Le petit-déjeuner, murmura-t-elle. Je dois faire le petit-déjeuner.

Elle repoussa mes mains, s'appuya sur l'îlot et se remit sur pied. Everest ne l'avait pas lâchée, mais elle retira ses mains comme si elles étaient des araignées.

Elle prit un couteau cranté et se tourna vers moi. Je reculai et tombai les fesses au sol. Allait-elle me tuer ?

— Peux-tu couper le pain, Ness ? Fais des tranches épaisses.

En essayant de calmer mon rythme cardiaque, je me relevai et m'avançai pour prendre le couteau. La lame crantée chuchotait dans l'air et brillait à la lumière.

Evelyn retourna à sa pâte et reprit son fouet, comme si ma révélation n'avait pas eu lieu, comme si les mains d'Everest ne s'étaient pas changées en pattes.

— Si on a plus besoin de moi, je vais aller dormir quelques heures de plus, annonça Everest. À moins que tu aies besoin que je reste.

— Non. Vas-y. Merci.

Avant qu'il ne parte, j'ajoutai :

— Lis tes messages.

— Je les ai lus.

J'affichai un faible sourire tandis qu'il traversait les portes battantes. Puis, je me rendis jusqu'à la planche à découper, sur laquelle trônaient trois miches de challah.[1]

— Evelyn, es-tu...

J'allais lui demander si elle était en colère, mais elle leva la main pour m'arrêter. Les larmes me montèrent aux yeux. Elle ne voulait pas me parler. Elle était horrifiée, mais comment aurais-je pu lui en vouloir ?

Nous travaillâmes l'une à côté de l'autre en silence. Pendant qu'elle installait d'épaisses tranches de bacon dans une poêle en fonte, je trempais les tranches de pain dans un mélange d'œufs et de lait, les préparant pour le grill qu'Evelyn avait beurré. Nous ne nous regardâmes pas une seule fois. J'avais peur de ce que je pouvais voir dans ses yeux, et peut-être bien qu'elle aussi.

Pendant qu'elle cuisinait, j'enfilai des gants en caoutchouc et lavai la tour de bols et de matériel de cuisine. Puis, j'alignai les récipients en acier et aidai Evelyn à disposer les toasts dorés, les pancakes moelleux, les galettes de pomme de terre croquantes, les saucisses grillées, les tranches de bacons luisantes et les œufs brouillés.

En emportant les récipients dans la salle à manger déserte, je remarquai l'aube qui pointait au-dessus des montagnes, perçant entre les majestueux pins, dotant les rochers et les feuilles d'une teinte lavande. L'aube avait toujours été le moment que je préférais. Peut-être parce que c'était le plus calme d'une journée, ou parce que cela ressemblait à une feuille blanche, sur laquelle on pouvait tout dessiner.

Mais pas aujourd'hui. Aujourd'hui, l'aube me semblait stérile et entachée par le silence d'Evelyn.

Après avoir placé tous les plats où il le fallait et allumé les petites bougies qui les garderaient au chaud, jusqu'à ce que la meute descende, je préparai le café et le thé et remplis plusieurs thermos des liquides sombres et fumants, le tout mécaniquement.

La porte claqua en s'ouvrant.

— Sais-tu où je peux trouver…

Le regard de Liam croisa le mien. Je levai un thermos.

— Du café ?

Lentement, il hocha la tête et me tendit la tasse en céramique qu'il tenait entre ses longs doigts. Je la remplis pour lui.

— Comment le bois-tu ?

— Qu'est-il arrivé à ton visage ?

Je léchai la croûte sur ma lèvre.

— Je suis tombée. Tu veux du lait ? Du sucre ?

Il fronça ses sourcils noirs.

— Juste du lait.

J'en versai un peu dans sa tasse.

— Plus ?

Il regardait toujours ma bouche.

— Veux-tu plus de lait ?

Il secoua la tête, puis glissa une main dans ses cheveux bruns et les ébouriffa. Je ne me rappelai pas dans les détails de sa mère, elle était morte quand j'avais cinq ans et lui, neuf. Dans mes souvenirs, c'était une femme belle et douce. Au lieu de chercher Heath dans Liam, je la cherchai elle, mais cette mâchoire ciselée et carrée, ses yeux marron, ses sourcils foncés, tout ça lui venait de Heath.

— Prête pour aujourd'hui ? demanda Liam alors que je posai le lait sur le grand plateau en bois.

— Pour la réunion avec les anciens ou le paintball ?

J'alignai les carafes et thermos, puis remplis des pichets de glace et d'eau avant de les reposer sur le plateau.

— Les deux.

Je lui lançai un sourire présomptueux qui m'envoya une salve de douleur. Plus de sourires pour aujourd'hui.

— Je suis prête depuis ma naissance.

J'agrippai les poignées du plateau et le soulevai.

— Tu veux de l'aide ?

Même si mes articulations souffraient un peu, je répondis :

— Je n'ai besoin de l'aide de personne.

Je décrivis un grand arc de cercle à côté de lui, pour que nos bras ne se frôlent pas. Puis, je pressai mon épaule contre les portes battantes.

J'avais uniquement besoin qu'Evelyn continue à aider la bête que j'étais.

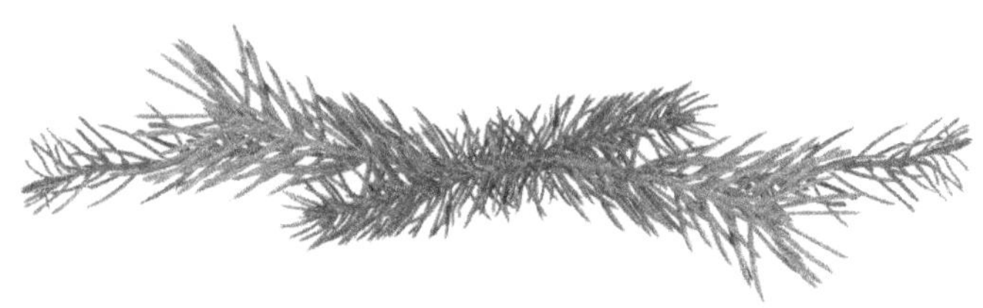

Je retirai mon uniforme de travail avant la réunion avec les cinq anciens. J'enfilai un jean skinny et une paire de Timberland abîmée qui semblait appropriée pour le paintball.

Lucas, Matt et Liam étaient déjà dans la salle de réunion quand j'arrivai, bien installés sur des chaises.

— Ferme la porte, Ness, ordonna Sourcils-Broussailleux.

Même si l'idée d'être enfermée dans une pièce avec huit hommes était déplaisante, je fermai la porte avant d'aller m'installer dans le siège disponible, à côté de Matt. Je sentis son regard examiner mon visage. Celui de Lucas aussi.

L'ancien chauve se pencha en avant et joignit ses mains l'une à l'autre.

— Est-ce que quelqu'un t'a... fait mal ?

— Non. Alors, qu'est-ce qui est prévu ?

Je n'entrai pas dans les détails. Les chaises grincèrent en réponse au mouvement de leurs occupants.

Sourcils-Broussailleux but une gorgée d'eau.

— Bien. Passons aux choses sérieuses. Il y aura trois tests. D'abord, un test d'endurance. Vous devrez courir trente kilomètres en loup sur un terrain où seront disposés des obstacles et des pièges. La dernière personne à arriver à destination perdra. Celui ou celle qui se changera en humain pendant l'épreuve sera aussitôt disqualifié.

Mon pouls s'emballa dans mes veines. Pour ces tests, il me faudra me transformer. Complètement. Pas juste la pathétique tentative de la veille. Je priai pour que les sens surdéveloppés des loups autour de moi ne remarquent pas ma nervosité.

— Quand est-ce que ce test se déroulera ?

— Le plus tôt sera le mieux. Est-ce que la semaine prochaine irait à tout le monde ?

Cela me laissait une semaine pour maîtriser ma forme de loup. Ce n'était pas l'idéal, mais c'était mieux que quelques heures. Je jouai avec la bague de ma mère, la glissant à un doigt, puis à un autre. Tout le monde hocha la tête.

— Ensuite, nous testerons votre ingéniosité. Les détails de cette épreuve seront donnés aux trois vainqueurs de la première.

Ce test-là devrait aller. Je lâchai la bague de ma mère et la glissai dans mon débardeur, où le métal chaud reposa contre mon cœur.

— Nous terminerons par un test de force. Un combat entre les deux derniers candidats.

— Un combat ? croassai-je.

— Tu croyais que c'était un concours de beauté, Ness ? demanda le chauve.

Je pinçai fort mes lèvres pour ravaler la réplique acerbe qui menaçait de sortir de ma bouche. Un combat n'était pas juste, mais les anciens le savaient sûrement. Même si j'étais forte, quel genre de dégât pouvait faire une fille de soixante kilos sur un monstre de plus de cent kilos comme Matt ? Je pouvais le blesser, d'accord, mais le battre... c'était peu probable. Mais peut-être que Matt ne serait pas celui sur le ring.

Peut-être que *moi*, je n'y serais pas.

— Est-ce que quelqu'un a des questions ? demanda Sourcils-Broussailleux.

Les trois autres secouèrent la tête. Je ne fis rien et restai immobile.

— Bon, parlons maintenant des règles. Eric ? fit Sourcils-Broussailleux en désignant le chauve.

— Les candidats ne faisant pas partie de la meute...

Je me hérissai sur-le-champ.

— Alors ces règles ne s'appliquent qu'à moi ?

— Juste la première. Si tu perds, Ness, tu ne pourras pas demander au futur alpha de t'inclure dans la meute.

Il avait la même voix que s'il avait mangé du gravier au petit-déjeuner. Je plissai les yeux.

— Alors je devrais quitter Boulder ?

— Oui.

Même si je comptais partir, je voulais que ce soit mon choix. Pas le leur.

— Mais si l'un des autres perd, il pourra rester dans la meute ?

— Exact.

C'est injuste.

— Vous serez cordiaux les uns avec les autres. Nous ne voulons pas que vous vous opposiez en dehors des épreuves.

— Des conflits intérieurs ne feront qu'affaiblir la meute, intervint Sourcils-Broussailleux. Ne pas avoir d'alpha pendant une période si prolongée nous a déjà fait assez de mal comme ça et a renforcé la confiance des meutes aux alentours. Ne tendons pas le bâton pour se faire battre.

La nuit dernière, ils avaient tous été cordiaux avec moi. Ce matin, Liam avait presque été gentil. Est-ce que ça continuerait ? La meute m'avait évincée quand j'avais eu besoin d'aide, après la mort de mon père. J'avais une bonne mémoire, qui impliquait beaucoup de méfiance.

— D'accord, Ness ? insista Eric.

Je n'appréciais pas d'être tout particulièrement désignée. *Encore une fois.* Je redressai les épaules et m'appuyai contre le siège en cuir.

— Je sais être agréable.

— Vraiment ? demanda Lucas.

Je lui lançai un sourire railleur.

— Quand je le veux, oui.

— Eh bien, nous espérons que tu voudras bien l'être. Un comporte-ment incivil rapporté donnera lieu à de sérieuses conséquences, menaça Sourcils-Broussailleux. L'élimination étant la punition la plus douce.

Son nom me revint soudain en tête. Frank. Frank McNamara. Il était alpha quand mon père avait mon âge. Il m'avait déjà parlé de lui, en très bon terme. Je me demandai si Frank m'aurait permis de faire partie de la meute, s'il avait été alpha à la place de Heath. Mais quel but y avait-il à se torturer l'esprit sur quelque chose qui ne pouvait se produire ?

— Je crois que vous avez prévu une petite activité pour vous amuser, alors nous nous arrêterons ici.

Oui, nous amuser. Ou pas.

— Samedi prochain, rendez-vous au Q.G. de la meute à midi. Ne soyez pas en retard.

Frank se leva. En passant devant ma chaise, il posa sa paume sur mon épaule.

— Jeb m'a dit pour ta mère ce matin.

Génial. Lucy donnait mon numéro de chambre à des étrangers et Jeb informait les gens de mon deuil. Merci pour le respect de la vie privée. Malheureusement, ma tante et mon oncle étaient à la hauteur de mes attentes... qui étaient bien basses.

— Maggie était une femme très bien.

J'eus l'impression d'avoir reçu un coup de poing dans la gorge. Frank serra mon épaule, puis continua son chemin.

— De quoi est-elle morte ? se renseigna Matt alors que je me levai.

Je repoussai une mèche de cheveux derrière mon oreille. Même si je ne voulais pas parler de ma mère avec qui que ce soit, je ne voulais pas qu'ils aillent trouver l'information ailleurs.

— Un cancer des ovaires.

— C'est pour ça que tu es si amère ? demanda Lucas.

Liam et Matt lui lancèrent un regard d'avertissement. Lucas leva les mains en l'air.

— Je me demandais juste si elle nous rembarrait parce qu'elle ne nous supportait pas ou si son comportement sortait de l'ordinaire. J'ai pas le droit de demander ?

— Putain. Moi qui pensais que j'avais été charmante. Je devrais sûrement travailler sur mon savoir-vivre.

Je souris. Mon téléphone vibra dans ma poche arrière, mais quand je le sortis et vis le numéro sur l'écran, je refusai l'appel et le rangeai à nouveau dans ma poche.

— Bon, c'est parti pour le paintball ? demandai-je.

Mon cœur s'emballait dans ma poitrine. Si seulement j'avais pu appuyer sur un bouton pour le faire taire, lui aussi.

Un petit bus attendait devant l'auberge, déjà rempli de membres bruyants de la meute. J'inspirai profondément et je montai, Everest à ma suite. Je me glissai sur les sièges de la première rangée pour ne pas avoir à traverser tout le bus. Everest se laissa tomber à côté de moi.

Je repérai August, de l'autre côté de l'allée. Il semblait déterminé à déchiffrer le slogan écrit en lettres capitales et en gras sur la casquette du conducteur. Everest se pencha vers moi et murmura tout bas :

— Il a rompu avec Sienna la nuit dernière.

Cela expliquait l'air maussade d'August.

— Cela faisait combien de temps qu'ils étaient ensemble ?

— Quelques mois. Tu ne saurais pas pourquoi il y a mis fin, par hasard.

— Moi ? Pourquoi saurais-je quoi que ce soit ?

Je fronçai les sourcils. Everest me lança un regard *allez-on-me-la-fait-pas*.

— Je ne la connaissais même pas...

Il plissa les yeux.

— Quoi ? m'exclamai-je.

— *Jolies-fossettes* ? murmura-t-il.

— Tu crois que c'est à cause de *moi* ?

Il haussa les épaules.

— Peut-être qu'ils traversaient déjà une mauvaise passe avant qu'il dise que tu étais sa fille préférée.

Je lui lançai un coup de coude, car il parlait trop fort. Tellement qu'August me lança un regard. Je doutais qu'il ait rompu avec sa petite amie pour moi. Everest me donnait plus d'importance que je n'en avais.

La porte du bus se referma après l'entrée de Liam, Lucas et Matt. Matt s'installa à côté d'August, pendant que Liam et Lucas prenaient place derrière moi. Je m'enfonçai un peu plus dans mon siège. J'entendis Matt demander à August comment il tenait le coup.

— Ça va, grogna-t-il.

— Comment était la réunion ? m'interrogea Everest.

Le bus se mit en route et roula en direction de l'ouest, tandis que je racontai à Everest le premier test et la première règle, celle qui ne s'appliquait qu'à moi. Je lui parlai également de la dernière épreuve. Il écarta les yeux et ouvrit grand la bouche.

— Tu ne peux pas gagner un combat physique, murmura-t-il.

— Merci pour la confiance.

Il avait sûrement raison, pourtant.

Lucas se pencha en avant, faisant apparaître dans ma vision périphérique ses cheveux noirs et gras. Je m'attendais plus ou moins à ce qu'il parle des tests, mais il ne le fit pas.

— Je repense à la dernière fois que je t'ai vue sous ta forme de loup. Tu étais une boule de poils blancs toute maigrichonne.

Le bus passa sur un trou dans la route et mes seins se balancèrent. Je repliai mes bras pour les maintenir en place.

— Tu es sûr que tu ne m'as pas confondue avec un chaton ?

Il afficha un sourire en coin.

— Je sais faire la différence entre un chat et un loup. Ils ont tous les deux des griffes, mais un seul mord.

Mon téléphone vibra contre mon genou. Everest se raidit, signe qu'il avait reconnu le numéro de téléphone. Je le retournai.

— Qui est-ce que tu évites ? Un ex ? demanda Lucas.

— Exactement.

— Tu as beaucoup d'ex à... Où est-ce que tu habitais déjà ?

— Los Angeles, répondit Matt à ma place.

— Tu as beaucoup d'ex à Los Angeles ?

— Peut-être.

— Tu sais, Ness, les anciens n'ont pas instauré cette règle officiellement, sûrement parce qu'il n'y a pas eu de filles dans la meute depuis un siècle, mais on ne sort pas quelqu'un de la meute. On cherche pas la merde, si tu vois l'idée.

Je haussai un sourcil.

— Dans quel monde est-ce que je voudrais sortir avec l'un d'entre vous ?

Il montra Everest de son long menton.

— Toi et ton cousin avez l'air très proches.

Le choc s'empara de moi en comprenant qu'il pensait que je coucherais avec mon propre cousin. Everest se retourna d'un coup et balança son poing dans le sourire bête de Lucas, qui bondit sur ses pieds.

Liam attrapa du poing le tee-shirt de son ami et le tira sur son siège.

— Ça suffit !

Ses yeux brillaient dangereusement. Il ne voulait sûrement pas que son ami soit viré de la compétition pour avoir eu un comportement *peu civilisé*.

— Tu frappes comme une fille, Everest, marmonna Lucas.

— Arrête de te comporter comme un con, Lucas, grogna August.

Le bus devint extrêmement silencieux, tellement que j'entendais la respiration lourde d'Everest. J'enroulai mes doigts autour de son poignet, mais il écarta sa main et bouda le reste du trajet.

Lucas n'essaya pas de nous adresser à nouveau la parole, mais il parla avec Liam. Il évoqua l'orgasme explosif qu'il avait donné à Taryn ce matin-là, ce qui me fit plisser le nez. Puis, il lui demanda s'il était toujours partant pour ce soir, parce que Tamara avait *très très* hâte de le voir.

Je n'étais pas du genre à écouter les conversations, mais celle-ci n'était pas un secret. Lucas était sûrement ravi que je l'entende. Je parie qu'il pensait que cela les rendait attirants. Toutes ces filles, qui se jetaient sur les métamorphes parce qu'ils étaient musclés et puissants et qu'ils pouvaient se transformer en bête féroce.

Peu d'humains connaissaient notre existence. La plupart pensaient toujours que nous étions des êtres de fiction, ce que les meutes encourageaient, car tout le monde n'était pas excité et attiré par quelqu'un qui pouvait se transformer en bête. Ceux-là nous haïssaient pour ce que nous étions.

Comme le chasseur qui avait tué mon père d'une balle en argent.

Les gens détestent souvent ce qu'ils ne comprennent pas.

Personne ne comprenait pourquoi une fille était née dans la meute et ce fait inspirait la haine.

Neuf

Le terrain de paintball ressemblait à une décharge post-apocalyptique. Un vieux bus rouillé aux fenêtres cassées reposait au centre d'un terrain boueux entouré de plusieurs carcasses de voitures érodées et bouts de métal assez grands pour protéger quelqu'un – et assez aiguisés pour couper quelqu'un aussi. Un tunnel en plastique reliait la partie nord de la zone à la partie sud. Plusieurs murs de briques étaient arrangés comme un labyrinthe le long de la clôture ouest. Un chalet en bois avait été construit contre la clôture nord. À l'intérieur, les pièces étaient pleines de poussière, les meubles éventrés et retournés, les placards cassés et de travers et leurs portes s'ouvraient et se fermaient comme des ailes d'oiseau cassées.

À l'est, il y avait une tour étroite avec un escalier sinueux et une plate-forme menant à un bateau en bois au sol, qui semblait sortir d'une aire de jeu. Les fenêtres rondes étaient sales et les couloirs étaient étroits et obscurs.

Quelques minutes auparavant, on nous a donné une combinaison à manches longues, des talkies-walkies, des casques avec visière, de lourds pistolets chargés avec des balles de peinture et une mission. En plus de vaincre l'équipe ennemie, nous devions localiser cinq objets disséminés sur le terrain.

L'humeur grincheuse d'Everest s'apaisa. Même August semblait moins accablé. Ces gars-là adoraient s'affronter dans des jeux.

Everest était dans mon équipe, mais pas August. Il était dans l'équipe rouge, avec Lucas. Liam et Matt étaient dans l'équipe verte, avec moi. Les équipes avaient été faites avant notre arrivée. Non que j'aurais voulu être avec les rouges, j'étais plutôt contente que Lucas soit contre moi.

Je me trouvai dos au mur en brique. Nos talkies-walkies étaient réglés sur une station spéciale, uniquement accessible à notre équipe. J'entendis la voix de Liam, qui demandait à Matt sa position. Celui-ci répondit qu'il était dans la tour. Je levai les yeux et le repérai, juste avant de voir le canon de son pistolet pointé vers moi. Quelque chose me frappa l'estomac avec violence.

Il m'a tiré dessus, le bâtard !

J'étais dans son équipe, putain. Il sourit et sa voix grésilla dans le talkie.

— Oups, j'ai tiré sur l'une des nôtres. Désolé, Clark.

Je lui lançai un regard noir qui accentua son sourire vorace.

Je quittai le terrain, pistolet et mains levés pour indiquer que j'étais touchée. Deux balles volèrent à moi, une rouge et une verte. Ces abrutis connaissaient les règles au moins ? Je n'avais jamais joué, mais j'avais écouté le débrief.

Je m'assis dans le camp vert, attendant que l'arbitre me donne la permission de retourner sur le terrain – pas que j'en aie envie. J'écoutai les voix dans le talkie et entendis l'un de mes équipiers annoncer qu'ils avaient localisé le deuxième objet et le ramenaient au camp. Puis, un autre déclara qu'il était touché. Quelques secondes plus tard, après qu'il fut arrivé dans le camp, je ressortis et courus vers le bateau en bois où je retrouvai Everest.

— Cet abruti de Matt m'a tiré dessus.

— J'ai entendu.

Il ouvrit une trappe au moment où l'on entendit des bruits de pas au-dessus de nos têtes. De la poussière tomba du plafond bas.

— Le tuyau rouillé est quelque part dans le bateau. Cherche à l'arrière.

J'entrai dans la coque et fonçai dans quelqu'un, caché dans l'ombre. La lumière verte sur son casque m'indiquait qu'il était dans mon équipe, même si je ne pouvais pas voir son visage.

Une balle s'enfonça dans mon dos. Je sursautai et grinçai des dents en me retournant. À travers le brouillard se formant sur ma visière, je croisai le regard satisfait de Lucas.

— Touché, Clark.

Il ne tira pas sur mon coéquipier. Il garda son pistolet rivé sur moi.

— Tu ferais mieux de filer avant que je ne te tire dessus encore une fois.

— Sois gentil, Lucas, dit la personne derrière moi.

Liam.

Il me contourna et battit en retraite en faisant grincer les planches de bois. Je ne m'attendais pas à ce qu'il reste, mais je pensais qu'il se ferait toucher. Mais non.

Je dépassai Lucas en le heurtant à l'épaule et il gloussa.

— Abruti, marmonnai-je.

Je retournai au camp, sans prendre la peine de lever mon pistolet. On me tira dessus six fois de plus, dont une à la mâchoire, ce qui me valut une nouvelle coupure.

Après une minute coincée à nettoyer ma dernière plaie en date, je décidai que puisqu'ils ne jouaient pas fairplay, je n'allais pas le faire non plus.

Dès que je fus de retour dans le jeu, je me mis à la recherche de Lucas, sans prendre en compte les ordres de notre capitaine – ô, surprise, c'était Liam – qui ordonnait de se réunir au nord pour mettre au point une stratégie. Je remarquai d'abord les cheveux noirs de Lucas qui dépassaient de son casque et je lui tirai entre les deux omoplates. Il se retourna, les bras levés, et je tirai encore. Et encore. Je pris un grand plaisir à voir la peinture colorée éclabousser sa combinaison.

Quand l'un de ses coéquipiers me toucha à la taille, cela ne m'importa même pas. Je retournai d'un pas lourd au camp et rechargeai mes munitions.

— Tu ne sais pas faire la différence entre le sud et le nord, Clark ? fit Liam qui débarqua dans le camp quelques secondes après moi, une large tache de peinture sur la poitrine.

— On joue en équipe maintenant ? Parce que si je me souviens bien, Matt et deux autres membres de l'équipe m'ont tiré dessus. Mais tu n'as probablement pas remarqué, trop occupé que tu étais à aboyer des ordres.

— Matt croyait que tu étais…

— Oh, on ne me la fait pas ! J'ai une putain de lumière verte qui clignote sur mon front.

J'essuyai la buée sur ma visière.

— Qui t'a eu ? lui demandai-je.

— August.

Je souris.

Nous n'échangeâmes pas un mot après cela. Liam était trop occupé à étudier les vidéos du terrain. L'arbitre nous informa qu'on pouvait retourner sur le terrain.

— Il nous manque encore la boussole et une pince jaune, indiqua Liam sans allumer son micro. Je crois que la boussole est dans le tunnel. Tu veux venir avec moi la trouver ?

— Tu comptes me tirer dans le dos ?

— Je ne tire pas sur les gens dans leur dos.

C'est ça, oui.

Il soutint mon regard.

— Je ne sais pas ce que tu as entendu sur moi, mais vu comme tu me traites, j'imagine que ce n'était que de mauvaises choses.

Je ne répondis pas.

— Je te couvrirai, promit-il. Viens avec moi dans le tunnel.

— Très bien. Si tu veux. Mais sache que si tu me tires dessus, je ferai de ta vie un enfer.

Il eut l'audace de sourire.

— Plus que c'est déjà le cas ?

J'émergeai de notre bunker et me dirigeai vers le tunnel en plastique. Pendant que Liam annonçait notre position et demandait si quelqu'un avait les yeux sur la sortie, je jetai un coup d'œil à l'intérieur.

— La voix est libre, dit quelqu'un.

— Cherche au milieu du tunnel.

— Tu envoies la fille en premier. Comme c'est digne d'un gentleman.

Les yeux de Liam envoyèrent des éclairs. Il me poussa pour passer et se plaqua à plat ventre pour commencer à ramper dans le tunnel.

— Couvre-*moi* alors.

C'est ce que je fis. Je crus apercevoir une lumière rouge. Pour sûr, quelqu'un de l'équipe adverse se déplaçait dans le chalet. Je levai mon pistolet et tirai par la fenêtre. Ma balle atteignit sa cible. Le gars se tourna vers moi. Je ne pouvais pas voir qui c'était, mais quelle importance ? Il se retira dans le bunker de son camp, pistolet et mains levés. De l'autre côté du tunnel, je remarquai une autre lumière rouge. J'escaladai le monticule de terre à côté du tunnel et tirai sur la personne avant qu'elle ne puisse esquiver et localiser Liam. Ma belle atteignit le casque de la personne.

Il leva ses mains et son pistolet au moment où une balle frappait ma colonne vertébrale à ma nuque.

— Je t'ai encore eue, Clark.

J'attrapai mon talkie.

— Je suis touchée. Lucas est à l'entrée sud du tunnel, Liam.

Pendant que je parlais, Lucas leva son pistolet vers moi encore, mais avant que l'imbécile ne puisse me tirer encore dessus, une balle de peinture le frappa à la cuisse.

Je me tournai, m'attendant à moitié à ce que l'un de mes coéquipiers lui ait tiré dessus, mais je tombai sur l'un des siens.

— Arrête de t'en prendre à elle, Lucas, grogna August.

Lucas lui lança un regard mauvais avant de partir.

— Merci, mais tu n'avais pas besoin de faire ça.

— Ceci est un avant-goût des épreuves, Ness. Ils te poignarderont dans le dos dès qu'ils en auront la chance. Retire-toi. Tu m'entends ? Re-ti-re toi.

— Si je me retire, je dois faire mes valises cet après-midi.

— Je parlerai aux anciens.

— J'aimerais autant que tu ne le fasses pas.

Il souffla.

— Je ne resterai pas là à les regarder te faire du mal.

Je posai une main sur son avant-bras.

— C'est un jeu, August. Ils ne vont pas me tuer.

— Ils ne vont peut-être pas te tuer, mais ils...

Il sursauta quand une balle s'écrasa dans son dos. Liam était sorti de l'autre côté du tunnel et avait fait feu.

— Qu'est-ce qu'on lui fera, August ?

Sa voix était aussi dure que l'était son tir.

— Vous n'hésiterez pas à lui faire du mal, cracha-t-il.

— Tu n'as pas entendu ? Rien ne peut lui faire de mal.

Liam me balançait mes propres mots d'un ton si dérisoire que, pendant une seconde, je refermai ma prise sur mon pistolet, tentée de lui tirer dessus.

Mais je ne m'abaissai pas à son niveau, je me tournai et m'éloignai.

Si *ça*, c'était un avant-goût, alors au moins, je savais à quoi m'attendre.

Mon corps ressemblait à un buvard. Comme des taches d'encre, les bleus marbraient presque chaque membre de mon corps. Le pire était celui à l'intérieur de ma cuisse.

Mon équipe avait fini par gagner. Je ne m'étais pas non plus sentie d'humeur à la fête. Après le jeu, j'avais disparu dans ma chambre prendre un bain chaud, puis j'avais enfilé un tee-shirt très doux, qui tombait d'une de mes épaules. Je ne portais pas de soutien-gorge, car les baleines s'enfonçaient dans mes côtes bleuies. Ma joue et ma mâchoire allaient beaucoup mieux, en revanche. Mon sang de loup-garou jouait son rôle.

Je priai juste pour que mon corps ne se transforme pas ce soir. Je ne pensais pas pouvoir supporter plus de douleur.

Lucy me demanda par message d'aller dans la laverie en fin d'après-midi. Maintenant que le week-end était fini, tous les lits avaient été défaits.

Je chargeai les draps, les taies d'oreillers et les couvertures dans les machines à laver immenses, en essayant de ne pas m'offusquer de certaines taches. Je me lavai les mains deux fois, puis commençai à repasser ce qui avait déjà été lavé et séché. Je glissai drap après drap dans la presse à repasser en observant les plis se défaire sur le tissu, ce qui m'apaisait.

Je craquai mon cou, tâchant de défaire les nœuds que j'avais, à force de porter un équipement lourd et de toujours surveiller mes arrières. En attrapant une couverture volumineuse, je sentis une nouvelle odeur de sciure et d'Old Spice.

Je me retournai et découvris August dans le couloir, la main levée. Il s'immobilisa. Sans frapper, il glissa la main dans la poche de son jogging.

— Ta tante m'a dit que je devrais te trouver ici.

Bien sûr.

— Tu es venu me dire à quel point je suis stupide ?

La surprise se peignit sur son visage.

— Je n'ai jamais dit que tu étais stupide.

J'attrapai la couverture, la pliai en deux et la posai en place. Je l'entendis s'approcher... et encore.

— Ness... Je ne pense pas que tu sois stupide.

Je sentais son souffle sur ma nuque. Je ne me retournai pas.

— Alors pourquoi es-tu là ?

— Je suis là pour te dire que j'ai décidé de retourner dans la marine.

Je lâchai la couverture et fis volte-face.

— Tu y retournes ?

— Juste quelques mois.

— Pourquoi ?

Il m'étudia.

— Ça me manque.

— C'est pour cette raison que tu as rompu avec Sienna ?

— Les nouvelles vont vite.

— C'est pour ça ou pas ?

— En partie. Et aussi parce que c'est une chouette fille qui mérite un mec bien.

— Et tu n'es *pas* un mec bien ?

— Pas bien pour elle.

Il regarda le fer qui fonctionnait tout seul et humidifia sa lèvre inférieure. Je n'avais jamais remarqué les lèvres d'August. Elles étaient très jolies.

— Tu me donneras ton numéro ?

— Tu veux mon numéro ? soufflai-je.

— Oui. Tu sais, pour pouvoir t'appeler.

Il sourit.

— Tu ne pars pas à cause de moi, n'est-ce pas ?

Je me rendis compte que c'était très prétentieux dès que les mots furent sortis de ma bouche. Je repoussai mes cheveux en arrière et tentai de me rattraper :

— Ce n'est pas parce que tu ne veux pas me voir me faire anéantir ?

La chaleur se propagea dans ma mâchoire et ma gorge, puis dans ma poitrine.

Tais-toi, Ness.

Tais. Toi.

Une ride apparut entre les sourcils d'August.

— Non, dit-il après une longue pause. J'ai juste besoin de m'éloigner de Boulder un peu. Ça fait trois ans que je suis là. Je n'aime pas rester au même endroit pendant de longues périodes. J'ai toute ma vie pour construire mes racines, mais avant d'y être obligé, j'aimerais bouger un peu.

— Et aller te battre en... Où est-ce que tu vas ?

— C'est classé secret.

— Et aller te battre c'est ta version de bouger un peu ? Tu pouvais pas aller faire un tour dans les Rocheuses ou dans les Appalaches ?

Un sourire s'étira à ses lèvres.

— Tu t'inquiètes pour moi ?

Je sentis le bout de mes oreilles chauffer.

— Hum, oui. Tu vas Dieu sait où combattre Dieu sait qui. Bien sûr que je m'inquiète.

L'amusement brillait dans ses yeux.

— Arrête de gagner du temps et donne-moi ton numéro.

Il avait déjà son téléphone en main. L'écran était déverrouillé, alors je m'en saisis, créai un nouveau contact et tapai mon numéro.

— N'en fais pas trop, d'accord ?

Ma voix était désormais rauque.

Sa pomme d'Adam tressauta.

— Toi non plus.

Je me sentais déchirée au sujet de son départ. Avec dix ans de plus que moi, August Watt avait été comme un grand frère pour moi. Il m'avait appris à grimper aux arbres et à jouer au backgammon quand nos parents dînaient pendant des heures. Il m'avait accompagnée à pied jusqu'au glacier, et quand il faisait mauvais, il était venu me chercher à l'école avec son pick-up.

Avant que la raison ne me rappelle, j'enroulai mes bras autour de son cou et collai ma joue à la sienne. Je sentais son cœur battre, fort et calme.

— Merci d'être aussi gentil avec moi. Depuis que je suis revenue et aussi toutes les années avant mon départ.

Pendant une seconde, il ne bougea pas, puis ses bras se refermèrent sur moi et me serrèrent contre lui.

— Ne remercie jamais quelqu'un d'avoir été gentil. Surtout pas moi.

Nous restâmes longtemps ensemble, jusqu'à ce qu'un sèche-linge bipe avec assez d'insistance pour me forcer à mettre fin à ce câlin pour éteindre la machine.

— On reste en contact, d'accord ?

Il semblait un peu ému et je lui adressai un piètre sourire – le meilleur que je pouvais fournir.

— J'aurais besoin de ton numéro pour ça.

Il posa son doigt sur l'écran de son téléphone et le mien commença à sonner.

— Décroche.

Je fronçai les sourcils.

— D'accord.

Je récupérai mon téléphone posé sur une pile de draps propres et acceptai l'appel. Quand je le vis porter son téléphone à son oreille, je fis de même.

— Hey, fit-il avant de me faire un clin d'œil et de disparaître par où il était entré. Qu'est-ce que tu fais ?

C'était tellement bête. Mais ça me faisait sourire.

— La lessive.

— C'est toujours un code pour autre chose, ça.

— Ah oui ?

Je ris.

— Et c'est un code pour quoi ?

— Tout le monde sait ce que ça veut dire.

Je touchai mon nombril, me sentant soudain à l'étroit dans mes vêtements et je fus prise d'une vague de chaleur.

— Éclaire-moi alors.

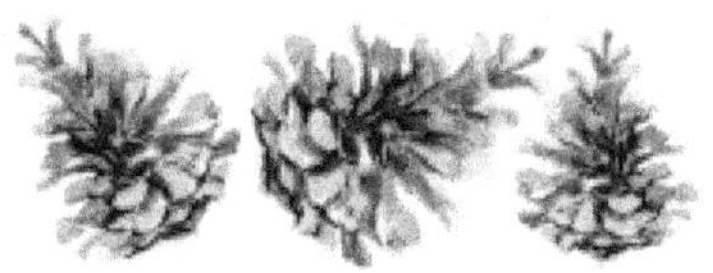

Cette nuit-là, juste alors que je m'endormais, un coup résonna doucement dans ma chambre. Étant donné que la meute était partie, je pensais que ce serait Everest, pourtant en avançant vers la porte, je sentis une odeur de menthe et de bacon grillé.

Evelyn.

Était-elle venue me dire qu'elle partait ? Mon cœur battait à cent à l'heure quand j'ouvris la porte. Les bras serrés autour d'elle, elle se tenait dans le couloir sombre, le visage démaquillé, contrairement à son habitude. Les bords rouges autour de ses yeux m'indiquaient qu'elle avait pleuré.

C'est ma faute.

J'avais été *égoïste*.

Elle serra plus fort ses bras sur le peignoir noir tout doux que maman lui avait offert à Noël, quelques années auparavant. Pour ne pas avoir à s'en séparer, Evelyn avait réparé presque toutes les coutures. Accordera-t-elle à notre relation le même traitement ?

Elle fit la moue en voyant les bleus parsemant ma peau.

Je voulais lui expliquer, mais quand j'ouvris la bouche, un petit sanglot s'y échappa. Les bras d'Evelyn retombèrent, puis elle me prit dans ses bras. Elle me serra contre sa poitrine et caressa mes cheveux tandis que je trempais le tissu doux de larmes.

— Tu ne partiras pas ?

— Non, *querida*. Je ne partirai jamais. Tout comme je ne pourrais jamais te détester, même si tu te transformais en dragon.

Un gloussement se glissa entre deux sanglots.

— Ça n'existe pas.

— *Gracías a Dios.*

Si je n'avais pas été dans ses bras, j'étais sûre qu'elle aurait fait le signe de la croix. Les lumières du couloir tremblotèrent et grésillèrent.

— Je suis prête à entendre le reste. Tu me racontes ?

Je hochai la tête et la tirai à l'intérieur. Une fois la porte fermée, quand elle fut installée sur le lit à côté de moi, je lui racontai tandis qu'elle passait ses doigts dans mes cheveux. Comment j'avais essayé de faire partie de la meute après que mon père avait été tué par un chasseur. Comment était Heath et ce qu'il avait fait à maman quand elle l'avait supplié de m'entraîner.

Je ne lui dis pas que je m'étais proposée pour être alpha. Je ne voulais pas qu'elle s'inquiète ni qu'elle me dise à quel point j'étais bête.

Onze

Le mercredi matin, quand mon téléphone sonna, je répondis sans vérifier le numéro. Ces trois derniers jours, tous mes appels provenaient d'August. On parlait tous les jours et quand on ne s'appelait pas, on s'envoyait des messages.

Je n'avais jamais parlé avec quelqu'un aussi facilement. Il me faisait rire. Il me faisait aussi sentir des choses... qui étaient apparemment contre les lois de la meute. Des choses qui me faisaient regretter qu'il ne puisse pas rentrer à Boulder plus tôt que prévu.

— Candy, tu es vivante ! dit une voix enjouée.

Je m'assis si vite que je dus m'appuyer à ma table de chevet pour éviter de tanguer.

— Bonjour, Sandra.

— J'ai un travail pour toi.

— Un t-travail ?

— Un client a vu ton profil...

— Je croyais t'avoir dit de le fermer !

— Je l'ai fait, mais il a fait une capture d'écran de ta photo et m'a supplié de le mettre en contact avec toi.

Effrayant.

— Je ne suis pas intéressée.

— Ma chérie, tu t'es fait arnaquer la dernière fois à cause du décès du client. J'essaie de me rattraper, là.

— C'est pas grave, Sandra.

Je n'aurais pas pris l'argent de ce client de toute façon.

— Et ces factures qu'il faut encore que tu paies ?

Je lâchai ma table de nuit. J'avais toujours besoin d'argent pour payer le découvert du compte bancaire que j'avais partagé avec maman, mais je ne voulais pas le gagner… comme ça.

— Pourquoi crois-tu qu'Everest a insisté pour que je te mette avec Heath Kolane ? continua-t-elle.

Sandra croyait que mon cousin avait soutenu ma candidature pour que je gagne de l'argent très vite. Elle avait rencontré Everest par l'intermédiaire de Becca, qui était l'une de ses *filles*. Je n'avais pas joué l'escort de Heath pour son argent, mais expliquer mes véritables intentions m'aurait valu une injonction d'éloignement au lieu d'un travail.

— Quel dommage qu'il soit mort ! C'était l'un de mes meilleurs clients. Vraiment dommage. Bref, le client dont je te parle propose trois mille dollars.

Je m'étouffai.

— Trois mille dollars ?

— T'es intéressée maintenant, hein ?

Le boulot d'escort était un job comme les autres non ? Et puis… trois mille dollars. Je ne pouvais pas vraiment refuser. J'avais toujours des dettes et je voulais rembourser Evelyn pour l'argent qu'elle m'avait prêté pour les funérailles de maman. Même si elle insistait sur le fait qu'elle ne l'accepterait jamais, les funérailles avaient coûté cher, car nous voulions offrir à ma mère une fin digne de la femme qu'elle avait été.

— Tu peux me parler plus du boulot ?

— Un dîner au Pelligrini.

— Pas de sexe, hein ?

— Absolument, pas de sexe ! Je ne gère pas un bordel.

Je pouvais bien dîner avec cet homme. C'était sécurisé.

— Pourquoi est-ce que quelqu'un paierait trois mille dollars pour un dîner ?

— Je ne peux pas te donner de détails avant que tu acceptes. Alors, c'est oui ?

Si Evelyn le découvrait... Je ne pouvais même pas finir cette pensée sans frémir. Je n'étais pas une prostituée, il s'agissait juste d'accompagner un homme qui ne voulait pas passer du temps à apprendre à connaître quelqu'un. Mais la plupart des gens n'y verraient pas de distinction.

C'était mon cas, avant qu'Everest m'explique. Il avait rencontré Becca par l'agence. Il était trop timide pour inviter une fille à sortir alors il s'en était payé une.

— OK. Mais ne me garde pas sur ta liste après, Sandra, d'accord ?

— C'est comme tu veux, Candy.

Elle me donna enfin les détails du rendez-vous, que je gribouillai sur un petit morceau de papier à côté du lit, et m'indiqua de bien m'habiller.

J'avais deux jolies robes : l'une était la noire à paillettes que j'avais portée pour mon « rendez-vous » avec Heath Kolane ; l'autre était une petite robe en soie rouge cerise avec des bretelles fines, qui avait appartenu à maman.

Même si enfiler quelque chose qui était à elle me donnait des frissons, j'optai pour la rouge.

Je ne voulais pas me souvenir de Heath ce soir.

***

J'étais prête en avance. J'avais appliqué du fond de teint sur mes bleus, même si la plupart avaient déjà disparu ; du mascara sur mes cils et un rouge à lèvre aussi rouge que ma robe sur mes lèvres.

Je ne voulais pas attendre dans l'auberge pour m'attirer d'autres questions de Lucy comme « où est-ce que tu vas habillée comme une... comme une... ». Elle n'avait pas fini sa phrase, mais j'avais très bien compris. Je lui avais répliqué que j'avais un rendez-vous et qu'il ne fallait pas m'attendre. Elle ne m'aurait pas attendue de toute façon. Elle m'avait rétorqué de ne pas finir en cloques et je l'avais remerciée pour les conseils non demandés.

J'attendis donc dans l'allée de l'auberge, les yeux fermés, le visage tourné vers le soleil couchant. Le temps était inhabituellement chaud pour la fin juin, ce qui allait bien à la fille de Los Angeles en moi. L'hiver à Boulder – si je restais aussi longtemps – serait particulièrement brutal maintenant que j'étais habituée à des températures plus douces.

— Eh bien, il y a quelqu'un ici qui s'est mis sur son trente-et-un.

J'ouvris les paupières et repérai Lucas qui sautait du siège passager d'une Mercedes noire, munie de gros pneus tout terrain. Liam était là aussi, portant un tee-shirt noir à manches courtes avec un col en V, les cheveux habilement ébouriffés, comme s'il les avait coiffés à la main avec du gel, tout en oubliant quelques mèches.

Comme j'aurais aimé qu'il soit couvert de verrues ! Le détester aurait été plus facile.

— Tu vas où, Clark ? fit Lucas d'une voix traînante en s'arrêtant devant moi.

J'étais contente de porter des talons qui me donnaient quelques centimètres de plus.

— Dîner avec un ami.

— Tu as des amis ?

Connard.

Liam lui donna une tape.

— Tu es très jolie, Ness.

Je fronçai les sourcils, sans savoir comment réagir à ce compliment. Je resserrai la veste en cuir que j'avais ajoutée à ma robe.

— Merci ?

Pourquoi, mais pourquoi est-ce qu'il fallait que ça sorte comme une question ?

— Qu'est-ce que vous faites ici ?

— On vient juste prendre quelques bières dans notre auberge préférée. Tu croyais qu'on venait te voir ? railla Lucas.

Je reculai et rétorquai aussitôt :

— Pourquoi penses-tu que je voudrais vous voir, Lucas ?

Il ignora mon commentaire.

— Prête pour la première épreuve ?

— Bien sûr.

Je n'étais pas prête. Je ne m'étais toujours pas transformée en loup, je n'avais même pas essayé. J'avais été trop occupée à panser mes blessures du paintball pour m'inquiéter d'autre chose. Je m'en préoccuperai demain, et si d'ici samedi je ne pouvais pas me transformer, je ferais mine d'être malade. Ils ne me forceront pas à faire la compétition en étant malade.

Ou peut-être que si ?

Lucas se frotta les mains.

— Alors... excitée à l'idée de rentrer à Los Angeles ?

— Pourquoi est-ce que tout le monde est aussi convaincu que je vais perdre ? Et ne t'avise pas de dire que c'est parce que je suis une fille.

Son sourire bête s'élargit.

— Laisse-la tranquille.

Liam poussa Lucas vers les portes à tambour, juste quand une limousine se gara sur le chemin. C'était pour moi. J'avançai d'un pas léger vers le véhicule et un conducteur très imposant sortit et m'ouvrit la porte. Je le remerciai et entrai.

— M. Michaels vous attend dans le restaurant.

Sa voix était aussi imposante que lui. J'étais sûre que Liam et Lucas, plantés devant l'entrée de l'auberge, avaient entendu le conducteur parler. Ils semblaient bouche bée devant la limousine, qui, j'imagine, n'était pas un véhicule habituel à Boulder.

Sandra m'avait envoyé quelques informations sur M. Michaels. Il possédait des hôtels cinq étoiles à Denver, Beaver Creek et Las Vegas. Un homme très riche de soixante ans, qui avait grandi à Boulder, mais avait quitté le lycée à dix-sept ans pour déménager à Las Vegas. Là-bas, il avait commencé à faire du *management* et à amasser de l'argent grâce à des paris prospères, avant de recevoir un montant conséquent en héritage après la mort d'une grand-mère.

J'étais un peu excitée à l'idée de le rencontrer, pas à cause de sa richesse ou de son statut, mais parce que quelqu'un qui montait aussi haut les échelons était forcément intéressant à rencontrer... Il y avait sûrement beaucoup à apprendre de lui.

Le restaurant était à trente minutes de route, dans une grange qui avait été rénovée avec des banquettes en peau de vache et des tables noires laquées. Des lustres en verre modernes conféraient à l'endroit une lumière tannée qui rendait le tout encore plus joli.

Une serveuse habillée en combishort me guida jusqu'à une table à l'arrière, où un homme buvait un liquide ocre avec un glaçon de la taille d'une boule de neige.

Aidan Michaels se leva quand j'arrivai et m'examina à travers ses lunettes aux montures métalliques.

— Votre photo ne vous rend pas justice, Candy.

— Merci, Monsieur Michaels.

— Désolé de ne pas avoir pu venir vous chercher moi-même, j'avais un appel important à passer avec mon avocat.

— Ce n'est rien.

Il contourna la table et tira ma chaise.

— Voulez-vous du vin ? Ou peut-être un verre de champagne ?

— Pourquoi pas du champagne.

Il demanda à la serveuse un verre de leur meilleur champagne, puis il poussa ma chaise sous la table avant de retourner à sa place.

— Tu n'as pas l'air d'une Candy. Quel est ton vrai nom ?

— Vous ne me payez pas assez pour obtenir mon vrai nom.

Il se renfrogna, mais ensuite, il rit.

— Je peux vous demander quelque chose, moi aussi ?

Il s'enfonça dans sa chaise et porta son verre à ses lèvres.

— Je t'en prie.

— Pourquoi un homme couronné de succès comme vous passe-t-il par une agence pour trouver quelqu'un pour manger avec lui ?

— Haha. Une question à un million de dollars. Je me suis marié une fois et elle m'a brisé le cœur. Alors j'ai décidé que ça n'arriverait plus jamais et j'ai tenu cette promesse, traitant ma vie sociale comme je traite les affaires, n'acceptant que des transactions sociales carrées.

Il reposa son verre. Son honnêteté me rassurait et mes omoplates se détendirent.

— À mon tour. Pourquoi est-ce qu'une jolie chose comme vous fait quelque chose comme ça ?

Je dépliai ma serviette et la posai sur mes genoux.

— J'ai besoin d'argent.

Il hocha la tête.

— Combien avez-vous besoin?

Je me hérissai.

— C'est privé.

— Pardon. C'était inconvenant de ma part. Je me demandai juste combien de fois je pourrais passer du temps en votre compagnie. Alors, parlez-moi de vous, Candy.

Il passa une main dans ses cheveux argentés, réajusta ses lunettes et se pencha en avant, attentif.

Candy n'était pas Ness. Je voulais qu'elle n'ait rien en commun avec Ness.

— Je vivais à New York jusqu'à il y a un mois.

— Une ville fabuleuse ! Vous avez aimé ?

— Oui. J'avais un superbe appartement sur les jetées.

Il fronça un peu les sourcils.

— Les jetées ? Les jetées de *Chelsea*, vous voulez dire ?

Sans rompre notre contact visuel, je confirmai :

— Oui.

— Et qu'est-ce qui vous a amené par ici ?

J'allais dire la fac, mais j'étais censée avoir vingt et un ans.

— La famille.

— *Ah...* la famille.

— Vous avez encore de la famille ?

— Ma femme est partie, mon père est décédé et ma mère a Alzheimer. Alors non. Pas de famille. Mais j'ai un chien.

Il me tendit son téléphone où il fit défiler des photos de son chien. J'aimais les animaux – j'en étais un, après tout –, mais l'amour d'Aidan pour son chien était quelque chose.

— Vous aimez chasser ? demanda-t-il.

J'étouffai un cri.

— Chasser ?

Je pris un morceau de pain et j'attaquai la croûte. La chasse me rappelait mon père. J'avalai ma bouchée de pain mâché.

— Pas particulièrement, répondis-je.

— Vous n'êtes pas une militante de Greenpeace, si ?

— Non. Je suis juste... Je n'aime pas les armes à feu.

Fais comme si de rien n'était, Ness.

— Qu'est-ce que vous chassez ?

— Des ours, des pumas, des cerfs... des loups. Vous avez remarqué combien il y en a dans nos forêts ?

Je me forçai à le regarder droit dans les yeux.

— Je n'ai jamais remarqué, prétendis-je au moment où le serveur arrivait pour prendre notre commande.

Mon appétit s'était envolé, alors je commandai une salade. Aidan me demanda si je faisais attention à ma ligne, parce que si c'était le cas, c'était stupide. Je répondis que non, et il me raconta tous les régimes qu'il avait dû faire quand il était marié, car sa femme était une cuisinière formidable.

— C'était bien la seule chose à laquelle elle était bonne.

Un sourire en coin apparut sur ses lèvres.

— Je retire ce que j'ai dit. Elle était douée pour garder des secrets.

Je me raidis. Cet homme avait un sérieux problème. Il avait besoin d'une psy, pas d'un rancard. Mais j'imagine que pour trois mille dollars, je pouvais bien lui donner un dîner digne d'une thérapie.

Douze

Après le plat principal, je m'excusai pour aller aux toilettes, même si je n'avais qu'une envie : déguerpir. Avant chaque bouchée, Aidan essuyait sa fourchette sur sa serviette. Toutes les quelques secondes, il frottait son lobe d'oreille.

Je sentis son regard sur moi en traversant le restaurant bondé. Je jetai un œil à la sortie avec envie, mais j'avais passé la moitié du repas. Il ne restait plus que le dessert – je n'allais rien commander et avec un peu de chance, lui non plus – et je serai payée.

Je demandai à un serveur où je pouvais trouver les toilettes et il m'indiqua le bar. En passant devant, mon sang se mit à battre à mes tempes. Alignés sur des tabourets en peau de vache, Liam, Lucas, Matt et Cole, le frère aîné de Matt, étaient assis.

Je croisai les bras.

— Il n'y avait plus de bières à l'auberge ?

Lucas se retourna.

— Comment se passe ton rancard ? Ça a l'air super sympa.

Il fit tournoyer le goulot de sa bouteille entre ses longs doigts.

— C'est une coïncidence si vous êtes tous là ?

Cole haussa l'un de ses sourcils dorés. Il était imposant et blond comme son frère, mais il avait la boule à zéro.

— On ne fait pas plus glauque qu'Aidan Michaels, Ness.

— Et alors ? Vous êtes venus m'avertir ?

Matt s'adossa au bar.

— Oui. On prend soin des nôtres.

— Des vôtres ? Je ne fais même pas partie de la meute.

— Tu pourrais, si tu abandonnais la compétition avant samedi, fit remarquer Liam.

— Comme si j'allais vous croire sur parole.

— Ouch.

Lucas posa sa main sur son cœur.

— Écoutez, merci pour l'avertissement, mais je vais bien, leur indiquai-je.

Liam et Cole sautèrent de leurs tabourets et avancèrent jusqu'à moi. L'odeur de tabac froid collait à la peau bronzée de Cole.

— Ça ira, *oui*. Si tu rentres avec nous.

— Je ne peux pas.

Liam fronça les sourcils.

— Il te force à être là ?

— Personne ne me force à faire quoi que ce soit, mais je ne peux pas partir.

J'essayai de le contourner pour aller aux toilettes, mais Liam posa sa main sur mon bras.

— *Pourquoi* est-ce que tu ne peux pas partir ?

— Pardon. J'ai dit que je ne pouvais pas ? Ce n'est pas ce que je voulais dire.

— Tu ne peux pas fréquenter un type comme Aidan Michaels.

Je me dégageai d'un haussement d'épaules.

— Personne ne me dit ce que je peux faire ni ne peux pas faire.

Il me fusilla du regard.

— Ce mec a soixante ans et il ne sort qu'avec des putes et des escorts, m'informa Cole.

— Peut-être que c'est pour ça qu'elle est là, avança Lucas.

Liam écarquilla les yeux.

— Je ne suis pas une prostituée, répliquai-je sèchement.

Lucas haussa un sourcil.

— Une escort alors.

— Il te paie pour être là ?

La voix de Liam était menaçante, comme si les ombres imprégnant désormais son visage s'étaient glissées dans sa gorge.

— Laissez-moi tranquille. Tous les quatre. Et arrêtez de prétendre que vous ne pensez qu'à mon bien. C'est faux.

J'avançai vers les toilettes, mais Liam agrippa mon bras. *Encore.*

— Tu as besoin d'argent ?

— Ce ne sont pas tes affaires.

— Si tu es un loup de Boulder, alors ce sont nos affaires.

— Je ne suis pas un loup de Boulder, répliquai-je.

— Il y a un problème, mademoiselle ? intervint le barman.

— Tout va bien, grognai-je.

Puis j'ajoutai à l'intention de Liam et de ses trois acolytes :

— Vous... *vous quatre...* il vaut mieux que vous soyez partis quand je ressors.

— Ou quoi ? Tu vas faire un caprice ? ricana Lucas.

— Peut-être bien.

Je pus enfin aller aux toilettes. Quand je ressortis, ils n'étaient pas partis, mais au moins, ils s'étaient rassis. Je retournai à ma table où le serveur avait apporté une coupe glacée au chocolat énorme et d'épaisses tranches de pommes agrémentées de crème à la cannelle.

— Je ne savais pas ce que tu aimerais, alors j'ai commandé les deux.

Je regardai les desserts.

— On peut commander autre chose si tu...

— Non. Non. C'est bon. Merci.

Je plongeai ma cuillère dans la coupe glacée et pris une bouchée pour calmer mon estomac qui gargouillait.

— Ces garçons sont des amis à toi ?

Ma respiration s'arrêta un instant.

— Je t'ai vue leur parler.

Il frotta son oreille.

— Ce ne sont pas des amis, juste des connaissances.

— J'ai beaucoup de terre et de concessions. L'argent et le pouvoir attirent les détracteurs.

Même s'il souriait, il avait l'air tendu... J'eus un soupçon de pitié pour cet homme qui n'avait ni ami ni famille, juste un chien, quelques fusils et un véritable empire. Son sourire disparut et ses yeux s'assombrirent. Il leva la tête.

— Si ce n'est pas Liam Kolane en chair et en os.

Mes yeux remontèrent le corps raidi de Liam et tombèrent sur son regard incendiaire.

— Mes plus sincères condoléances, commenta Aidan.

— Je ramène Ness à la maison.

Je grimaçai en l'entendant utiliser mon vrai prénom.

— Non, je la ramènerai moi.

Aidan glissa sa main sous la table et caressa la soie rouge de ma robe. Mon genou eut un mouvement de recul si ferme que sa main tomba.

Beurk.

— N'as-tu pas pensé que peut-être elle ne voudrait pas rentrer à la maison ?

J'espère qu'Aidan le disait uniquement pour énerver Liam, parce que je ne risquais pas d'aller ailleurs.

— Ness, maintenant.

Liam ne semblait tolérer aucun refus.

— Liam, ton comportement est impoli. Je prendrai un taxi.

Le dîner était sur le point de se terminer, je ne pouvais pas partir maintenant. Comme il restait là, les yeux lançant des éclairs, j'ajoutai :

— Liam est sur les nerfs depuis que son père… est décédé.

— C'est compréhensible. Surtout avec la façon dont il est mort. Est-ce que la police a attrapé le meurtrier ?

— Le meurtrier ? lâchai-je surprise. Je croyais que Heath s'était suicidé.

Le visage de Liam était devenu de marbre. Je clignai des yeux vers lui, puis face à la crème fondue qui entourait ma tarte à moitié mangée. Heath ne s'était *pas* suicidé ? Quelqu'un l'avait tué ? Un frisson me retourna l'estomac.

— Oh non. Apparemment, quelqu'un l'a tué.

Les yeux d'Aidan brillaient. Liam murmura quelque chose dans sa barbe, puis m'empoigna par le bras.

— Liam !

J'essayai de repousser sa main, mais il me tenait fermement. Aidan ne fit pas d'histoires et n'intervint pas, mais il lui lança un regard noir. J'essayai de lutter contre Liam qui me tirait. Même si Aidan était un homme étrange, le moins que je pouvais faire était d'être polie. Et puis, j'avais besoin de mon sac et ma veste. J'attrapai les deux.

— Merci pour le dîner, Monsieur Michaels.

Aidan étudia l'endroit où les doigts de Liam avaient touché ma peau.

— Je vois que tu traites tes femmes comme le faisait ton père.

Liam le fusilla du regard, puis me guida à travers le restaurant. Dès que nous fûmes sortis, il reprit la parole :

— Je n'arrive pas à croire que tu ailles à un rendez-vous avec ce sale rat.

D'un mouvement d'épaule, je dégageai mon bras et sortis mon téléphone de mon sac.

— Qu'est-ce que tu fais ? cria-t-il.

— J'appelle un taxi.

Il fit un geste vers sa voiture aux immenses pneus.

— J'ai une voiture.

— Et j'ai pour principe de ne pas monter dans une voiture avec un étranger.

— Pourtant, tu es montée dans cette limousine, tout à l'heure.

— C'était différent.

— Monte, Ness.

Je commençai à chercher dans mon téléphone le numéro, mais Liam me l'arracha des mains.

— Hé !

— Allez, monte.

— Non.

— Écoute, si tu ne montes pas, je te jette dedans.

— Tu n'oserais pas.

Un éclat blanc apparut sur le visage basané de Liam.

— Tu veux tester cette théorie ?

Je soufflai, avançai vers sa voiture et montai.

— Tu es vraiment chiant, tu sais ?

Il lança mon téléphone sur mes genoux avant que je ne ferme la porte. Pendant que j'attachais ma ceinture, il monta à la place du conducteur.

— Où sont partis les autres ?

— Je ne surveille pas les faits et gestes de mes potes.

— Juste les miens, alors ?

Il ne répondit pas, mais ses yeux glissèrent vers moi avant de se reposer sur la route.

— Quelle chance, grognai-je.

La musique de sa radio remplissait le silence d'un rythme endiablé. Dans le noir, mon téléphone s'alluma en indiquant le numéro de l'agence. Je soupirai. Je connaissais déjà la raison de cet appel. Je me tournai vers la fenêtre et répondis à voix basse :

— Allo.

— Candy, tout va bien ? Je viens de recevoir un message d'Aidan qui se plaignait que tu l'aies planté.

— J'ai eu une urgence familiale, grognai-je.

— Oh. D'accord. Bon, ma chérie, il a demandé un rabais et comme c'est un bon client, j'ai été obligée d'accepter. J'espère que tu comprendras.

— Quel genre de rabais ?

— Deux fois moins.

Je serrai les doigts sur mon téléphone.

— Autrement, il était content de toi. Il a demandé si tu étais intéressée pour...

— Non.

— Si tu changes d'avis...

— Je ne changerai pas d'avis.

— D'accord. Je transvaserai ta paie sur ton compte. Salut, Candy.

Je lâchai un profond soupir. J'avais supporté tout un dîner jusqu'au dessert et le gars avait eu le culot de marchander. Ce n'était pas comme s'il n'avait pas l'argent pour me payer. J'étais tenté de dire à Liam de faire demi-tour pour dire à Aidan ce que j'en pensais.

— Depuis combien de temps fais-tu ça ?

— Quoi, ça ?

Les yeux de Liam brillaient dans le noir.

— Aller à des rendez-vous pour de l'argent.

— C'était la première fois, mentis-je.

— Tu as des dettes ?

— Comme tout le monde, non ?

— Combien dois-tu ?

J'enfonçai mon coude dans l'accoudoir et soutins ma tête.

— Beaucoup.

— Beaucoup, c'est pas un nombre. Cinquante mille balles ? Cent mille ?

Je clignai des yeux, horrifiée.

— Non ! Six mille dollars.

Si je devais cent mille dollars je... je... Mon Dieu, je ne sais pas ce que je ferai.

— Pour l'université ?

— Non.

— Payer les factures ?

Je soufflai.

— Payer le loyer en retard et les funérailles de ma mère. Tout le monde n'a pas un fond d'argent infini comme toi.

Il freina si soudainement que ma ceinture me cingla les seins.

— Ness, tu veux pas me lâcher un peu ? Je viens de perdre mon père moi aussi, d'accord ? J'ai mes propres problèmes à gérer. Pourtant, je ne me comporte pas comme un connard avec tout le monde et je ne me dévalorise pas pour quelques billets.

La honte s'empara de moi. Il mit ses feux de détresse, le souffle court. Ses doigts étaient serrés sur le volant.

— Pardon. C'est sorti plus violemment que je ne l'aurais voulu.

Il toucha ma manche en cuir, mais j'écartai mon bras.

— Ne me touche pas.

Je fixai les lumières orangées qui apparaissaient et disparaissaient dans le noir.

— Tu peux me ramener, s'il te plaît ?

— Tu veux que je te prête l'argent ?

Je secouai fermement la tête.

— Et avoir une dette envers *toi* ? Non merci.

— Tu préférerais continuer à...

Il fit un geste vers l'arrière de sa voiture, mais je savais qu'il voulait parler du travail d'escort.

— Non. Je vais me trouver un vrai travail.

— Tu n'en as pas déjà un ?

Je fronçai les sourcils.

— Tu travailles à l'auberge, non ?

— Ils ne me paient pas.

— Pourquoi pas ?

— Parce que. Je ne le fais pas pour moi.

— Pour qui le fais-tu ?

— Quelqu'un d'autre.

Il humidifia sa lèvre inférieure, plus mince que l'autre. Elle brillait dans le noir.

— Ta tante et ton oncle savent pour tes dettes ?

— Ils sont au courant de certaines.

— Et ils ne t'aideront pas ?

— Je n'accepterai jamais leur aide.

Jeb avait proposé de me prêter l'argent pour le loyer en retard, mais j'avais refusé. Je l'avais juste laissé payer la facture pour la fenêtre qu'il avait cassée.

— D'ailleurs, ils ne savent pas pour ce soir, alors ne t'avise pas de leur dire quoi que ce soit.

— Je ne dirai rien sur ton *rendez-vous*.

Dire ce mot semblait lui demander des efforts.

— Tu aurais couché avec lui, s'il avait payé plus ?

Je plissai le nez.

— Je ne coucherais jamais avec quelqu'un pour de l'argent.

Même si je distinguais à peine son visage dans la pénombre, je savais qu'il soupesait mes mots.

— Pourquoi ? Tu le ferais ? demandai-je.

— Coucher avec quelqu'un pour de l'argent ? Heureusement, je n'ai pas besoin d'avoir recours à ça.

Il eut un petit rire.

— Non, je voulais dire, tu as déjà payé pour coucher ?

— Non.

— Ton père...

— Je sais ce que mon père faisait. Ça ne veut pas dire que *je* fais la même chose. Je n'ai *rien* à voir avec lui.

Il lâcha un bruit à mi-chemin entre un grognement et un soupir.

— C'est ce que disent les autres. Que tu n'es pas comme lui.

— Mais tu ne les crois pas ?

— J'aime me faire ma propre opinion.

Il réinséra enfin la voiture sur la route.

— On dirait que tu t'es déjà fait ton opinion.

Mon cœur battait à tout rompre dans mes veines. Je le sentais à mon cou. Je me serais presque excusée, mais c'était un Kolane. Il n'était peut-être pas *entièrement* mauvais, mais il était la chair et le sang de l'homme qui avait ri face à une fillette de onze, ayant juste besoin d'un guide. Celui qui avait violé une veuve endeuillée, quand elle l'avait supplié de l'aider.

Treize

Le reste du trajet se fit dans un silence embarrassé. Je quittai Liam sans dire au revoir, la gorge et la poitrine trop serrées par la colère et la douleur.

Je me rendis directement dans ma chambre, sur le petit balcon pourvu d'une unique chaise longue. Je me laissai tomber dessus et regardai le ciel rempli d'étoiles et la cime des pins.

Peut-être que j'étais injuste avec Liam. Après tout, son père avait été assassiné. Non pas que la mort de Heath soit ma faute. J'étais juste allée chez lui en tant qu'escort pour qu'il me laisse rentrer. Si je m'étais présentée en tant que Ness Clark, il m'aurait claqué la porte au nez. Après avoir été gentille pendant un moment incroyablement long, Candy lui avait dit qu'elle savait ce qu'il avait fait à la mère de Ness Clark, à Becca Howard et à une poignée d'autres femmes. Elle lui avait dit qu'elle allait porter plainte. Heath lui avait ri au nez.

Il *m*'avait ri au nez.

Alors je l'avais frappé. Fort. Ses yeux sombres étaient devenus glaciaux. Mais au moins, il ne s'était pas transformé, grâce aux pilules écrasées que j'avais glissées dans son cocktail Manhattan. Je l'avais drogué, de peur qu'il ne me tue en apprenant ma véritable identité.

En tant qu'homme, il était effrayant, mais avec une fourrure, c'était un monstre.

Quand je lui avais révélé qui j'étais, il avait grogné :

— Sors... de... là.

Et j'étais partie.

Quelqu'un avait dû entrer après moi.

Un meurtre.

Ce mot de sept lettres me glaçait le sang. Je refermai mes bras sur moi et me levai pour rentrer, quand le hurlement d'un loup résonna au loin.

Une ombre se déplaça au bord de la forêt, un grand loup noir aux yeux brillants. Le loup me regarda de l'autre côté de l'herbe et hurla encore. Son hurlement me donnait la chair de poule partout. Un nouveau cri provoqua un spasme en moi et mes ongles se transformèrent en griffes.

— *Merde. Merde. Merde*, murmurai-je en reculant dans ma chambre.

J'arrachai ma veste et mon collier et retirai ma robe tandis que mon torse tressautait. La chaleur submergea ma peau, puis une épaisse fourrure blanche poussa sur mes bras en feu et mes jambes. Mes cuisses se musclèrent et se raccourcirent. Mes dents s'aiguisèrent, je les sentis du bout de la langue, plus grandes et plus épaisses. J'essayai de retirer mes sous-vêtements, mais mes mains étaient déjà des pattes. Des pattes aux griffes acérées.

Une vague de douleur frappa ma colonne vertébrale. Je me cambrai et rejetai la tête en arrière, tandis que mes lèvres s'étiraient encore et encore, comme mon nez et mes oreilles. Un grognement jaillit de mon petit museau caoutchouteux. Mes os bougeaient sous ma peau, comme mon omoplate qui se tournait.

Je tombai au sol. Les coussinets noirs ayant remplacé ma paume absorbèrent le gros de la chute. Une queue surgit de mon squelette, déchirant ma culotte. Elle s'agita et heurta mon bureau et mon lit. Les articulations de mes genoux craquèrent et changèrent de position, jusqu'à ce que j'aie les jarrets d'un loup.

L'adrénaline fusa en moi, électrifiant chaque parcelle de peau, aiguisant tous mes sens. J'entendais les conversations jusqu'au salon. Je distinguais le hululement d'une chouette, le croassement d'un corbeau, le bruissement des épines de pin. Je sentais le détergent et la javel, tout comme l'odeur de nature provenant de la forêt. J'entendais le battement de cœur de petits animaux : des insectes, des lapins et des chouettes.

Je courus jusqu'aux portes ouvertes de mon balcon, me tapis sur moi-même et sautai par-dessus la balustrade. Je m'élevai dans l'air froid de la nuit, le corps vibrant de plaisir après avoir libéré le loup qui dormait sous ma peau humaine.

Je heurtai le sol sur mes quatre pattes. Puis, je galopai à travers la clairière qui menait à la forêt, en soulevant des mottes de terre. Derrière moi, sur la grande terrasse, des exclamations bruyantes et des petits cris retentirent, suivis par un brouhaha captivé. Je levai la tête et découvris une poignée de personnes réunies devant la rambarde en bois, à me pointer du doigt.

L'observation de loups était une activité mentionnée dans la brochure de l'auberge. Les visiteurs étaient rarement déçus.

Je levai le museau en l'air et reniflai pour retrouver la piste de l'autre loup, mais je fus distraite par un écureuil qui pépiait sur le tronc d'un grand cèdre. La boule de poil s'arrêta pour m'observer, sa chair souple se soulevant délicieusement sous sa fourrure fauve. Une fois, j'avais attrapé un écureuil. J'avais déchiqueté son corps chaud et brisé ses os dans ma mâchoire. J'étais une bête pourvue d'une conscience, mais une bête tout de même.

J'observai l'écureuil un peu plus longtemps, puis une nouvelle odeur attira mon attention – une odeur fraîche, voluptueuse et épicée, comme du musc frais ou de la menthe écrasée. Je courus en direction de l'odeur. Mes griffes creusaient dans la terre et les épines de pin. Mes pattes heurtaient les troncs abattus et troublaient l'eau des rivières, illuminée par la lune. Je plongeai dans un des ruisseaux, nageai jusqu'à la rive, puis m'ébouriffai.

Libre.

Voilà ce que j'étais… sauvage et libre de toute entrave.

Je piquai un sprint. Loin de l'auberge. Loin de la fille que j'avais laissée derrière. Celle emprisonnée par la culpabilité et les dettes. Je courrai jusqu'à ce que mon cœur manque de dérailler, et même après. Je ne ralentis qu'en passant sur une crête rocheuse. L'odeur séduisante de menthe et de musc tourbillonnait dans l'air. Je tendis le cou et rencontrai le regard d'un impressionnant loup noir, qui marchait sur la corniche, quatre mètres plus haut.

Sous un tapis de feuilles, une souris remua. Je ne la chassai pas ; les souris n'étaient que du cartilage, plus que de la viande. Le loup poussa un petit cri qui porta jusqu'à moi. Il n'y avait pas de mots derrière ce son... ou peut-être que mon cerveau lupin n'avait pas encore réactivé la connaissance de notre langue.

Est-ce Liam ?

Si oui, m'avait-il traquée ou était-ce une coïncidence ?

Je pensai à Heath avant de me rappeler que les loups pouvaient lire dans les esprits. Je détalai en courant. La forêt s'étalait en une longue bande, sombre et sauvage. Ce ne fut que quelques heures plus tard que je me rappelai la vérité : les loups ne lisaient pas dans les esprits. Par contre, ils pouvaient parler dans l'esprit des autres, mais seul l'alpha possédait ce pouvoir et je n'avais pas d'alpha.

Mes secrets étaient en sécurité.

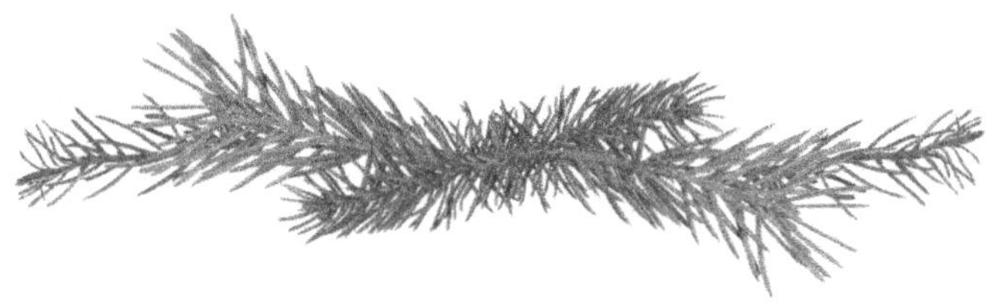

Le vendredi soir, des papillons affluaient dans mon estomac. Moins d'un jour plus tard, la première épreuve commencerait… et se terminerait. Même si j'arrivais à me transformer, aurais-je une chance contre des loups qui n'avaient pas cessé de le faire pendant six ans ? J'observai ma chambre, me demandant si je devrais sortir les sacs Ikea de mon placard. Ma mère aurait honte de mon attitude défaitiste. Elle croyait fermement à la supériorité de l'esprit sur la matière.

Enfin, ça ne lui avait pas été d'une grande aide.

Je serrai l'alliance dans mon poing en quittant la salle de bain pour aller retrouver Everest. En chemin, je passai par la cuisine. Depuis le soir où Evelyn s'était glissée au lit avec moi et que je lui avais tout raconté, nous n'avions plus reparlé de la meute. Nous parlions de sujet neutres, comme la cuisine ou l'université. Elle voulait que je postule quelque part, mais je n'avais pas passé les tests d'admission. Ce soir-là, elle était encore bloquée sur les universités.

— J'ai des économies…, commença-t-elle.

— Non. Je ne prendrai plus ton argent. Pas à moins que tu me laisses te rembourser.

— Ness…

— Es-tu allée voir un médecin ?

Je montrai son genou. Lucy m'avait donné le nom de son médecin, que j'avais transmis à Evelyn.

— Mon arthrite va mieux.

Elle versa une louche de gaspacho dans des bols en bois, puis les agrémenta de croûtons dorés, de petits carrés de légumes crus et d'un filet d'huile d'olive.

— Vraiment ?

— Vraiment.

Après avoir fini les soupes, elle sonna pour attirer l'attention d'un des serveurs et entreprit de faire mon plat préféré : des quesadillas au poulet.

— Tu deviens trop maigre.

J'avais perdu du poids, en effet, mais j'avais regagné les muscles qui s'étaient flétris quand j'accumulai deux voire trois jobs différents à Los Angeles. J'engloutis les triangles dorés remplis de fromage fondu devant moi jusqu'au dernier.

Evelyn vérifia la feuille de commande que le serveur avait laissée, ouvrit le frigo et retira d'épaisses tranches de saumon qu'elle étendit sur le grill déjà fumant.

— Qui chante déjà ce soir ? demanda-t-elle.

— The Lemons.

— Ils sont bien ?

— Ils...

La porte s'ouvrit à la volée. Everest était arrivé, mais pas tout seul.

— Frank voulait rencontrer notre nouvelle cuisinière, expliqua-t-il.

Evelyn lâcha la spatule en métal qu'elle utilisait pour retourner le saumon. L'ustensile tomba au sol bruyamment, tachant son tablier blanc de gouttes d'huile. Depuis notre arrivée, Evelyn s'était rarement éloignée de la cuisine et encore moins de l'auberge. Elle n'avait jamais été particulièrement extravertie, mais déménager dans une ville inconnue l'avait rendue carrément nerveuse. Et voilà que mon cousin insensible ramenait quelqu'un dans son refuge – et pas n'importe qui : Frank McNamara.

Frank se pencha pour ramasser la spatule.

— Evelyn, c'est ça ?

Elle resta la bouche ouverte tandis qu'il lui tendait la spatule. Elle serra les poings et il finit par placer l'ustensile sur l'îlot.

— J'ai obligé Everest à me présenter la nouvelle cuisinière. Les Clark ont eu de la chance de vous trouver.

Puisque les pieds d'Evelyn semblaient s'être enracinés dans le sol, j'attrapai une poignée d'essuie-tout pour nettoyer le carrelage. Elle bougea enfin et toucha mon épaule.

— C'est bon, Ness.

Je me redressai et la regardai. Ses hautes pommettes avaient légèrement rosi.

— On ferait mieux d'y aller ou on va manquer le début, indiqua Everest.

J'attendis que Frank parte. Ses yeux clairs se posèrent sur moi, puis de nouveau sur Evelyn. Enfin, il avança jusqu'à la porte battante.

— J'espère que vous resterez parmi nous, Evelyn.

Elle ne dit rien, mais hocha la tête. Frank lui lança un sourire timide, puis il partit et les portes se refermèrent sur lui.

— Ça va ? murmurai-je.

Elle mit du temps à réagir, mais quand elle le fit, un sourire s'étirait à ses lèvres.

— Tout va bien.

Elle passa un doigt sur ma joue.

— Ness ? m'appela Everest.

Le sourire d'Evelyn disparut. Si le dégoût n'entachait plus la façon dont elle me regardait, elle observait mon cousin avec une certaine réserve. Comme si elle ne pouvait pas le voir sans voir la bête à l'intérieur. Me regarderait-elle comme ça, si elle voyait mon autre forme ?

Note à moi-même : ne jamais me transformer devant Evelyn.

— Tout Boulder va venir les voir ? demandai-je à Everest pendant qu'on sortait de l'auberge.

Nous montâmes dans sa Jeep décapotable. Il avait retiré le toit en tissu noir et l'air volait dans mes cheveux. Je les relevai et les tins en place, pour que je n'arrive pas au festival en ayant l'air de faire partie du groupe. Les coupes mulets et bananes n'étaient plus à la mode depuis des années, mais cela ne dissuadait pas The Lemons.

— Tu es sûre que tu veux y aller ?

— Oui. J'aime bien The Lemons.

Il me lança un regard de côté, un œil plissé.

— Tu les connais vraiment ?

— Je ne vivais pas dans une cave à Los Angeles.

— Pas une cave, mais...

Je fredonnai l'une de leurs chansons en guise de preuve et pour l'empêcher de me balancer un commentaire désagréable. Ma mère avait travaillé dur pour obtenir cela.

— Comment va Becca ? finis-je par demander.

— Comme avant.

Une longue ligne de véhicules s'était formée devant. Les lumières éclairaient le bois sombre. La circulation était bloquée jusqu'au champ transformé en parking, mais nous finîmes par y arriver. Comme des fourmis, les voitures se déversaient sur la pelouse et la terre.

Je sortis de la Jeep et tirai sur ma robe blanche. Un regard autour de moi me rassura : la plupart des filles montraient beaucoup plus de peau que moi.

— Eh bien, si ce n'est pas notre candidate numéro quatre, s'exclama Lucas dans mon dos. J'avais parié avec Liam que tu te reposerais avant l'épreuve pour être toute pimpante.

Je me raidis. Des gloussements répondirent à sa pique. Leurs copines étaient là aussi. Mes pupilles semblèrent se voiler sous la colère ; je fermai les yeux durant une milliseconde, puis les rouvris.

— Tu croyais que je comptais sur ma beauté pour vous distraire et gagner ?

Taryn, agrippée à la taille de Lucas comme si son équilibre en dépendait, plissa les yeux en me regardant. Bien sûr, Liam était aussi là. À ses côtés se tenait une ravissante rouquine. Était-ce la fille dont ils avaient parlé dans le bus, l'autre jour ? Quel était son nom, déjà ? Le coin de ses yeux remontait vers ses tempes, lui prêtant des traits félins. Mon Dieu, je ne l'aimais déjà pas, et ce pour aucune raison, à part qu'elle était sublime et qu'elle le savait sûrement.

— C'est *elle* ? murmura-t-elle à Liam, en fronçant le nez.

Liam ne répondit pas. Il ne la regarda même pas. Il me regardait. Non, pas moi directement. C'était comme si son regard me traversait, comme si je n'étais même pas là.

— Salut Tammy, fit Everest en avançant vers moi.

Tammy referma sa main sur celle de Liam.

— Salut, Everest.

Ma cage thoracique sembla se refermer sur moi quand je vis leurs mains entremêlées.

— Aidan ne pouvait pas venir ? demanda Lucas.

Everest haussa un sourcil. *C'est vrai.* J'avais oublié de mentionner mon *rendez-vous* avec Aidan Michaels. Au lieu de répondre, je fis volte-face et me mêlai à la foule. Si je restais avec la meute, la soirée allait être très désagréable.

Mon cousin me rattrapa et me tira par le coude.

— De quoi parlait-il ?

— Je suis allée à un rendez-vous avec Aidan Michaels.

— Tu as quoi ?

Ses yeux s'écarquillèrent. Les vigiles fouillaient les sacs et j'ouvris le mien, dont la sangle ciselait mon torse. Quand le vigile me laissa passer, je tendis mon ticket à une femme qui le scanna.

— Comment le connais-tu, d'abord ? insista Everest.

— D'après toi ?

— Sandra ?

— Bingo.

— Je croyais...

— Elle m'a proposé trois milles. Je pouvais pas vraiment dire non.

— Trois milles ?

— Oui. Il n'a payé que la moitié parce que Liam, qui comme par hasard se trouvait là, m'a forcée à partir. Il dit qu'Aidan est un sale type de première. C'est vrai ?

Everest semblait chiffonné, à cause de la concentration, de la surprise ou peut-être de quelque chose de tout à fait différent.

— Quoi ? demandai-je.

J'agitai la main pour chasser l'épaisse fumée qui s'échappait d'un *food truck*. Lentement, il m'expliqua :

— Aidan Michaels détestait Heath.

De la basse s'échappaient des amplis près de nous et mon cœur manqua un battement. Si Aidan détestait Heath comme moi, ce n'était peut-être pas un homme si mauvais.

— Mais est-ce que c'est un sale type ?

— Je resterais loin de lui si j'étais toi. Tu veux une bière ?

Everest frotta ses mains sur son jean.

— Pourquoi pas ?

Il nous guida vers un *food truck* qui se chargeait des boissons. Des gens criaient et sifflaient pendant que le serveur versait un liquide mousseux dans deux grandes bouteilles en plastique. Je déglutis et humidifiai mes lèvres. Exactement ce dont j'avais besoin.

Nous traversâmes la foule qui devenait de plus en plus dense. Les premières notes d'une des chansons les plus populaires du groupe retentirent et les gens devinrent fous. Les corps se tortillaient, le public criait, levait les mains et les agitait dans l'air. Le batteur commença les percussions et le chanteur aux cheveux orange, coiffé d'une coupe mulet, sauta en chantant à tue-tête.

Je bougeais les hanches en rythme, une main levée. L'alcool coulait dans mes veines, tourbillonnait dans mon corps et étouffait les pensées et les inquiétudes qui tournaient en boucle dans ma tête. D'ici la troisième chanson, l'entièreté de mon gobelet était bue et alimentait le rythme endiablé et la voix du chanteur.

Je me sentais un peu joyeuse. Même Everest souriait. Il ne dansait pas, mais sa tête oscillait en rythme. Je lui lançai un coup de coude.

— Merci de m'avoir amenée ! C'est génial !

Je criais pour qu'il puisse m'entendre par-dessus les chœurs. Il sourit, puis attrapa mon gobelet vide.

— Je vais nous resservir. Ne bouge pas, sinon je ne te retrouverai jamais.

— Je ne vais nulle part.

Je bougeais la tête de gauche à droite, la musique vibrait dans mon corps. La nuit était chaude et contenait un millier d'odeurs : les hot-dogs, le ketchup, l'herbe, la bière, la transpiration, le jasmin, l'abricot...

Je cherchai l'origine de cette odeur, craignant de reconnaître Amanda. En effet, elle était quelques mètres plus loin, prise en étau dans les bras costauds de Matt. À côté d'eux se tenait le reste de la meute. Quelques gars me regardaient, les yeux brillants. Tamara se collait au corps raidi de Liam. Ses mains à lui ne touchaient pas son corps, mais cela ne l'arrêtait pas. Il n'était peut-être pas friand d'attentions publiques.

J'avais promis à Everest de ne pas bouger, alors je restai en place et essayai de faire comme s'ils n'étaient pas là. Je reportai mon attention sur la scène, mais mon regard se posa sur un mec, habillé d'un débardeur blanc et d'un jean taille basse. Au lieu d'être face à la scène, il me regardait, comme ses deux amis. Je fronçai les sourcils et les vis lever leur menton et flairer l'air. Ils parlèrent entre eux, puis m'approchèrent l'air de rien.

— Ness Clark ? demanda celui en débardeur.

Je redressai mes épaules.

— Et tu es ?

— On a appris que la chienne de la meute était de retour, mais putain, on nous avait pas dit à quel point elle était bonne.

Pour la première fois depuis mon retour ici, j'avais trouvé quelqu'un que j'aimais encore moins que Liam et Lucas.

— Tu peux appeler tes femelles des chiennes, mais moi je préfère le terme de louve.

Il me lança un sourire narquois et avança vers moi.

— Approche-toi encore et je m'assurerai que tu ne puisses jamais te reproduire, sifflai-je.

— Eh bien, elle a du caractère la chienne.

La colère s'enflamma dans mes veines. Mon corps vrombissait.

— Laisse-moi tranquille.

Il leva la main en l'air.

— Juste une question et on part.

— Je ne répondrai à aucune question.

Son visage était si proche du mien que je sentais son haleine.

— T'as pas mal au cul, à force d'être la seule chienne dans ta meute ?

Mon regard se darda sur un seul point. Je frappai sa pomme d'Adam et lui donnai un gros coup entre les jambes. Puis, des bras m'attirèrent en arrière et un mur de corps me sépara de l'abruti. J'essayai de me dégager, mais les bras autour de moi se refermèrent plus fort.

— Qu'est-ce qu'il t'a dit ?

C'était la voix de Liam. Comme si j'allais lui dire. Il se demanderait sûrement pourquoi j'avais été aussi violente devant une pique aussi basse. Ou pire, il l'utiliserait contre moi.

— Rien, grognai-je.

— Justin Summix est un connard, Ness. Alors je répète, qu'est-ce qu'il t'a dit ?

Justin Summix. Je gravai ce nom dans ma mémoire.

— Peu importe.

Liam me relâcha enfin et je me tournai pour chercher Everest dans la marée de visages. Comme je ne le trouvais pas, je dévisageai Liam et le surpris à faire un signe du menton. Je pivotai sur moi-même au moment où Matt traversait la ligne de corps.

— C'était pour quoi, ça ? demandai-je.

— Rien.

— Rien, mon cul, oui.

Ses pupilles palpitaient à la lumière des projecteurs.

— Tu ne parles pas, je ne parle pas.

— Argh, grognai-je en passant mes mains dans mes cheveux.

Des glapissements s'élevèrent autour de moi. La meute se déplaçait à travers le champ, pourchassant Justin et ses deux amis. Trois agents de sécurité quittèrent leur poste autour de la scène pour courir après les garçons.

— Ils vont se faire arrêter ! m'exclamai-je.

Liam observa attentivement son groupe, les lèvres pincées et la mâchoire serrée.

— Liam, rappelle-les.

— Je ne suis pas leur alpha. Je ne leur donne pas d'ordres.

Et pourtant, c'était exactement ce qu'il avait fait.

Le chanteur bégaya sur une des paroles en voyant la collision de personnes au bord du champ, mais il reporta son attention sur la foule en délire et reprit comme si de rien n'était.

— Tu as vu Everest ?

— Pas depuis qu'il t'a laissée seule.

— Liam, pleurnicha Tamara. Tu manques tout le…

— Qu'est-ce qui vient de se passer ? coupa Amanda en la bousculant.

Je ne savais pas si elle s'adressait à moi ou à Liam. Celui-ci examina mon visage.

— Des loups des pins ont insulté Ness.

— Qu'est-ce qu'ils ont dit ?

J'eus la chair de poule et me mis à me frotter les bras. Amanda pencha la tête sur le côté, comme si elle essayait de voir à l'intérieur de ma tête. Elle était une fille, elle devinait sûrement ce que des gars pouvaient dire susceptible d'énerver une fille.

Je commençai à contourner Liam, mais il attrapa mon poignet. Tamara fixa les doigts de son rancard.

— Où vas-tu ?

— Je vais chercher Everest pour qu'il me ramène.

Matt et les autres revenaient vers nous. Chacun dépassait les autres spectateurs d'une tête. Leurs visages arboraient une soif de sang et un sourire satisfait. Pendant une fraction de seconde, je pensai qu'ils avaient peut-être tué Justin et les deux autres métamorphes, mais je chassai cette idée. Ils étaient des loups-garous, pas des monstres.

— Ils ne t'embêteront plus, Ness, affirma Matt.

Amanda se précipita dans ses bras et il lui tourna la tête pour l'embrasser si passionnément que je dus détourner le regard. J'avais malgré tout aperçu le sang séché sur ses phalanges.

Le tee-shirt blanc de Lucas était taché de sang aussi. *Merde.*

Je me mordillai la lèvre.

— Il ne fallait pas... faire ce que vous avez fait.

— Je te l'ai dit : on protège les nôtres.

La voix de Liam était douce, même si sa poigne ne l'était pas.

— Je n'ai pas besoin de votre protection.

Il approcha sa bouche de mon oreille et me dit d'une voix rauque :

— Eh bien, tu l'auras, que tu le veuilles ou non. C'est comme ça que la meute de Boulder fonctionne.

Mon cœur s'emballa.

— Je dois trouver Everest.

Je ne voulais pas que Liam soit gentil. C'était plus dur de le détester. Je repoussai sa main.

— Je veux rentrer, expliquai-je.

— J'allais partir. Je te ramènerai.

— Non. S'il te plaît. Tu es venu accompagné.

— Je dois être au top de ma forme demain.

Tamara, que j'avais presque oubliée, souffla :

— D'accord. Laisse-moi dire au revoir aux filles.

J'aurais préféré déboucher des toilettes qu'être coincée dans une voiture avec Liam et sa copine. Où était passé Everest ?

— Reste là, Tammy. Amuse-toi.

Elle cligna des paupières.

— Mais je veux m'amuser avec *toi*.

C'était une image dont je n'avais pas besoin. J'envoyai un message à Everest, dans l'espoir qu'il le verrait et volerait à la rescousse.

— Pas ce soir. Je te verrai demain. Lucas te ramènera.

— Je ne veux pas que Lucas me ramène, se plaignit-elle.

Je vérifiai mon téléphone. *Sérieusement, Everest...* Combien de temps fallait-il pour prendre une bière ? Je commençais à m'inquiéter et lui envoyai : **Ça va ?**

— On part dès que tu es prête, annonça Liam.

Je relevai les yeux de mon téléphone et glissai une mèche de cheveux derrière mon oreille. Tamara marmonnait quelque chose à Taryn, l'air en colère. Même si je ne pouvais pas entendre ce qui se disait, vu comme elles me regardaient, c'était forcément en rapport avec moi.

Je soupirai.

— Je devrais vraiment trouver Everest avant.

— On regardera en chemin.

Je me mordillai l'intérieur de la joue en regardant chaque *food truck* devant lequel on passait. Juste au moment où je le repérai à côté d'une fille à une table de pique-nique, je reçus sa réponse : **Ça va. J'ai juste croisé une amie. Tout va bien ?**

Liam dut suivre mon regard, car il proposa :

— Tu veux que je lui dise que je te ramène ?

Il commença à avancer, mais je touchai son bras pour l'arrêter.

— Non. Ne le dérange pas. Il a eu un mois difficile.

Je répondis à son message : **Ça va.** Je lui enverrai un autre message quand je serai à l'auberge.

Je marchai à côté de Liam, fatiguée de cette étrange soirée. J'étais contente de rentrer plus tôt ; si je ne me reposais pas, la course de demain serait une catastrophe.

— Tu es noir ?

Il haussa un sourcil.

— Je crois que tu me confonds avec August.

— Très drôle. Je voulais dire sous ta forme de loup.

Un sourire en coin se forma sur son visage.

— Oui.

Même si l'air autour de Liam vibrait de l'odeur fraîche et chaleureuse de menthe et de musc, je voulais en avoir confirmation.

— Tu étais dans les bois mercredi ?

Il hocha la tête.

Nous passâmes devant un groupe d'ados turbulents – légèrement plus jeunes que moi – et cela me rappela le lycée et les bandes auxquelles je n'avais jamais fait partie. Je me demandais si Liam avait été populaire à l'école. Je pariai que oui, comme les autres de la meute. Je me détournai du groupe qui désignait Liam en rougissant.

— Tu vas à la fac ? lui demandai-je.

— J'ai eu mon diplôme il y a un mois.

— Et maintenant ?

— Maintenant ?

— C'est quoi tes plans ?

— Je veux reprendre le travail de mon père.

— Dans l'immobilier ?

Il hocha la tête.

— Et toi ?

J'inspirai profondément l'air étouffant et empli de l'odeur de sueur.

— Je ne sais pas. Je veux juste passer l'été et on verra ce que je ferai en septembre.

— Tu n'es plus aussi sûre de gagner ?

Je n'étais sûre de rien, mais je le gardai pour moi. En réponse, je restai silencieuse à fixer devant moi la longue ligne de voiture, baignée par la lumière de la lune.

— Comment vont tes bleus ?

Je clignai des paupières.

— Mes bleus ?

— Ceux du paintball.

Il jeta un coup d'œil à mes jambes, ce qui me mit bizarrement mal à l'aise. Je fronçai les sourcils face à son inquiétude.

— Je guéris à nouveau vite.

— À nouveau ? Ce n'était pas le cas quand tu étais loin ?

— Je ne prenais pas beaucoup de coups quand j'étais loin.

Il ouvrit sa voiture et je vis une émotion traverser son regard. Le remords, peut-être, à moins que cela ne soit que la réflexion des lumières de sa voiture. Je le sentis hésiter à me suivre côté passager. Finalement, il dut se souvenir que je n'étais pas un rendez-vous à impressionner, car il monta derrière le volant et j'ouvris ma propre portière pour monter.

Pendant qu'on sortait du parking, je demandai :

— Ça fait longtemps que vous sortez ensemble, Tamara et toi ?

— On ne sort pas ensemble.

— Tu es sûr qu'elle le sait ?

— Elle sait.

Je ne l'interrogeai pas sur ce qu'ils faisaient s'ils ne sortaient pas ensemble. J'étais vierge, mais pas stupide. Ils ne sortaient peut-être pas ensemble, mais ils couchaient ensemble. Mon téléphone sonna, indiquant que j'avais un message, ce qui me tira de mes pensées. En voyant le nom d'August apparaître, je souris.

Il m'avait envoyé un selfie de lui et ses amis de l'armée. Ils tenaient des micros improvisés – des bananes. L'image était accompagnée d'un message : **Tu loupes un putain de concert. Comment est le tien ?**

— Et toi et August alors ?

Je détournai les yeux de mon téléphone.

— Quoi, August et moi ?

— Vous êtes ensemble ?

— August et moi ?

J'avais l'air d'être bloquée sur cette partie-là.

— Non. Nous sommes simplement amis.

— Tu es sûr qu'il le sait ?

Les traits de son visage étaient aussi durs que la pierre.

— Bien sûr qu'il le sait.

Il émit un son provenant du fond de sa gorge, comme un grognement sans en être un vraiment.

— Quoi ?

— Il semblait juste terriblement content de te voir, c'est tout.

— August me gardait en baby-sitting, Liam. Il a dix ans de plus que moi. Crois-moi, il me voit comme une petite sœur et rien de plus. Tu espérais que *tout le monde* à Boulder me déteste autant que toi ?

Je retirai un fil qui dépassait de ma robe. Son regard sombre quitta la route pour se poser sur moi.

— Ne me fais pas dire ce que je n'ai pas dit.

Il ne me parla plus après cela et se contenta de conduire bien au-delà de la limitation de vitesse.

Les pins bordant la route se mélangeaient dans un flou sans fin aux couleurs genévrier. Quelqu'un était pressé de se débarrasser de sa passagère. Non pas que je veuille passer une minute de plus que nécessaire coincée dans une voiture avec Liam Kolane. Pourquoi étais-je dans sa voiture déjà ? Ah oui... parce qu'Everest semblait passer un bon moment.

Mon cousin me devait gros.

Quand Liam s'arrêta devant l'auberge en faisant crisser les pneus, j'appuyai sur la poignée.

— Merci de m'avoir ramenée.

Liam ne répondit pas, il ne me regarda même pas pendant que je descendais. À la seconde où je fermai la portière, il partit et les pneus crissèrent à nouveau sur la route. Ses feux arrière éclairaient la nuit d'une teinte rouge sang.

Quinze

Je n'avais pas fermé l'œil de la nuit et m'étais retournée encore et encore. Ma soirée repassait en boucle dans ma tête. Chaque moment de ma rencontre avec cet imbécile de Justin Summix, au chemin du retour en compagnie de l'exaspérant Liam Kolane. Tamara m'était apparue quelques fois aussi, et même si j'avais essayé de l'imaginer avec de l'acné et des dents de lapin, elle s'était quand même transformée en belle sirène.

Argh !

Je finis par sortir du lit à l'aube. Même si je ne voulais pas m'épuiser avant le marathon piégé que les anciens avaient mis en place, je me rendis dans la salle de sport faire quelques exercices puis allai dans la cuisine. Je demandai à Evelyn un petit-déjeuner plein de protéines, prétextant vouloir aller courir cet après-midi. Je ne précisai pas sous quelle forme ni pourquoi et, Dieu merci, elle ne me posa aucune question.

Elle me prépara trois œufs, grilla d'épaisses tranches de pain complet et deux saucisses. J'emportai mon petit-déjeuner dans ma chambre et mangeai sur le balcon en observant le soleil se lever et remplir le monde de couleurs.

Laissant une odeur de cigarette, Lucy passa dans ma chambre à neuf heures et ce n'était pas pour me souhaiter bonne chance. Elle me demanda de nettoyer la chambre d'invité.

— Mais je dois être au Q.G. à midi.

Ma tante avait coiffé ses cheveux roux et ils tombaient en boucles presque enfantines sur ses épaules laiteuses.

— Mieux vaut te dépêcher alors.

Elle glissa son doigt sur mon bureau, comme pour vérifier qu'il n'y avait pas de poussière. Elle n'en trouverait pas.

— Qu'as-tu fait du bocal de pot-pourri ?

— Quoi ?

— Le bocal de pot-pourri, celui que je mets dans chaque chambre. Qu'est-ce que tu en as fait ?

— Oh. Il est sur le balcon. L'odeur est un peu... *forte* pour moi.

C'était vrai, mais je l'avais surtout mis là-bas parce que l'odeur de fleurs desséchées me rappelait Lucy. Partager mon toit avec elle était assez agaçant sans que j'aie à en subir l'assaut olfactif.

— Les pétales vont pourrir, murmura-t-elle en avançant vers les portes du balcon.

Elle ouvrit les portes et ses talons claquèrent sur le sol en contreplaqué, tandis qu'elle cherchait son précieux mélange qui piquait les yeux.

Comment Jeb supportait-il l'odeur ? Et Everest ? Ça ne les gênait pas ?

Elle entra à nouveau dans la chambre et avança vers le couloir, son bocal serré contre sa poitrine.

— Lucy, je peux travailler demain au lieu d'aujourd'hui ? S'il te plaît ? Je ferai deux fois plus d'heures.

— Tu ne seras peut-être pas physiquement en forme pour travailler demain. En plus, le samedi est toujours plus chargé que le dimanche. Tu devrais le savoir, maintenant.

Elle posa ses yeux noisette sur moi, me mettant au défi de me plaindre encore.

Ce n'était pas juste, mais c'était peut-être la raison pour laquelle elle me faisait travailler. En enfilant mon uniforme gris, j'appelai Everest pour savoir s'il m'emmènerait toujours à l'épreuve, mais il ne répondit pas.

Je lui envoyai un message. Pas de réponse.

Au bout d'une heure de travail, je lui envoyai un nouveau message.

Le Q.G. était à une trentaine de kilomètres de l'auberge et dans les montagnes, rouler à plus de trente kilomètres-heure était rapidement dangereux. Il me faudrait presque une heure pour y aller et il était 10 h 30, ce qui voulait dire que je devais partir dans une demi-heure pour y être à temps.

À 10 h 45, je finis de nettoyer les chambres et repartis dans la mienne pour mettre un short et un tee-shirt. Je rappelai Everest, à court de patience. Cinq minutes plus tard, il n'avait toujours pas répondu et je trottinai jusqu'à sa chambre et tambourinai à la porte.

Pas de réponse.

Putain. Je courus jusqu'à l'accueil, prête à ramper pour que Jeb m'emmène, mais Lucy m'informa qu'il était parti faire une course avec Everest.

— Une course ? m'exclamai-je d'une voix stridente.

— Baisse la voix.

— Everest avait promis de...

— Il a dû oublier. Pourquoi n'empruntes-tu pas un des vans ?

Je sentis ma gorge se serrer.

— Je n'ai pas le permis.

— Sans rire.

Vu l'intonation de sa voix, je compris qu'elle le savait déjà. Le tic-tac de l'horloge au mur résonnait trop fort.

— Pourrais-tu m'emmener ?

— Je n'ai peut-être pas l'air occupée, mais j'ai un établissement à gérer. Je ne peux pas partir comme ça pour t'emmener à une compétition idiote.

La chaleur monta en moi.

— Ce n'est pas une compétition idiote.

Elle se pencha par-dessus le comptoir.

— Vraiment ? Tu as des attentes et un but déraisonnables. Les femmes ne peuvent pas guider une meute d'hommes, c'est masculinisant.

Mon cœur en pagaille s'arrêta brusquement. Je clignai des yeux, ébahie.

— Tu t'attendais à ce que je te caresse dans le dos pour t'encourager ? reprit-elle en secouant la tête. Tu aurais dû te contenter d'être leur égale, ou d'en épouser un.

Je reculai. J'avais serré fort mes poings et mes ongles s'allongeaient. Avant que je ne hurle sur ma tante ou lui tranche la gorge de mes griffes acérées, je poussai les portes de l'auberge.

J'inspirai profondément plusieurs fois pour apaiser ma colère cuisante et envisageai l'idée d'y aller en courant, mais courir pendant trente kilomètres avant un marathon n'avait aucun sens. Et puis, je n'arriverais jamais à faire trente kilomètres en une heure, même en louve. Je sortis mon téléphone si vite que je faillis le lâcher, puis cherchai le numéro d'une compagnie de taxi. Je fus mise en contact avec une femme qui m'informa que mon taxi arriverait dans dix minutes. Il était déjà 11 h 5. Je n'y serai jamais à temps.

Jamais.

J'écrivis une douzaine de messages blessants à Everest, mais je les supprimai tous. Maman m'avait dit un jour que parler en étant en colère était une très mauvaise idée. Vu ce que j'avais écrit – des choses qui pouvaient endommager irrémédiablement ma relation avec Everest –, elle avait raison.

Enfin, un taxi jaune apparut sur le chemin sinueux. Je tapotai du pied. Avant même que le conducteur ne parle, je me lançai sur le siège arrière et lui donnai l'adresse. À mi-chemin, je me rendis compte que je n'avais pas pris de sac et, donc, que je n'avais pas de portefeuille. Je décidai de ne rien dire jusqu'à notre arrivée.

Le taxi montait précautionneusement les routes de montagne, à vingt-cinq kilomètres-heure. Mon regard était fixé sur les chiffres rouges, sur le compteur.

— Pourriez-vous rouler plus vite ? Je suis un peu en retard.

Le chiffre monta jusqu'à vingt-neuf kilomètres par heure. Comme je voulais sauter devant et appuyer mon pied sur cette pédale d'accélérateur ! J'avais dit à Liam que je ne savais pas trop ce que je voulais faire, mais à ce moment je sus ce que je voulais : passer le permis.

Je me renseignai là-dessus, puisqu'observer la vitesse stagner et le prix monter faisait des ravages sur mes nerfs. À 11 h 58, le Q.G. de Boulder se dressa devant nous comme une oasis dans un désert. La petite structure en pierre grise entourée de clôtures rouillées et d'herbe brûlée par le soleil n'avait pas changé d'un pouce.

— Le mot circule que cet endroit est plein de loups, commenta le conducteur.

Il observait la grande pancarte en bois indiquant *Propriété privée*.

— C'est ce que j'ai entendu, mais apparemment ils ne sont pas agressifs.

Il grogna – visiblement, il n'y croyait pas – puis se retourna.

— Ça fera quarante-huit dollars.

— En fait, j'ai oublié mon portefeuille... Je peux vous payer demain ?

— Quoi ? Non.

— Mais je n'ai pas d'argent sur moi.

— Vos amis peuvent peut-être payer.

— Mes amis ?

Il montra du menton Matt, qui était désormais dans notre ligne de mire. Il regardait le taxi de travers. Liam et Lucas se flanquèrent à ses côtés. Le soulagement me parcourut en voyant qu'ils étaient toujours sous leur forme humaine.

— J'aimerais mieux ne pas leur demander, mais je vous promets...

— J'ai une famille à nourrir, des assurances à payer, sans parler des taxes et des frais de scolarité. Si j'acceptais des promesses à la place de paiement, ma famille mourrait de faim et serait expulsée.

Mon Dieu.

— Vous acceptez PayPal ?

— Non, je ne prends pas PayPal et même si j'avais un compte, je n'accepterais pas d'argent électronique.

— Bien.

Les joues rouges, j'ouvris la porte et m'avançai jusqu'à mon comité d'accueil.

— Tu es en retard, fit gaiement Lucas en mâchouillant un cure-dent.

— Pourquoi est-ce que le taxi ne part pas ? Tu l'as invité à regarder ? demanda Matt.

Sans quitter des yeux l'herbe trop haute qui sentait l'urine, je marmonnai :

— J'ai oublié mon portefeuille. Est-ce que quelqu'un peut me prêter cinquante dollars ?

— Tu as déjà dépensé tout cet argent durement gagné, hein ? railla Lucas.

Je posai mon regard sur lui.

— J'ai juste oublié mon portefeuille. Si quelqu'un a PayPal, je peux lui transférer directement l'argent.

— Tiens. Fais partir ce mec.

Liam me tendit un billet. Je le pris en marmonnant :

— Merci.

Je retournai au taxi et jetai le billet par sa fenêtre, puis attendis. Une fois qu'il fut parti en envoyant de la terre et des cailloux sur mes chevilles, je retournai voir les autres.

— Tu n'as pas l'air en forme, commenta Lucas.

Mon Dieu, si seulement je pouvais le frapper. En voyant qu'il m'avait agacée, il sourit encore plus.

— C'est quoi ton compte PayPal, Liam ?

— Je n'en ai pas.

Pourquoi personne n'avait-il de compte PayPal ?

— Je te rembourserai plus tard.

— Pas de soucis.

Il haussa les épaules sans me regarder, entièrement concentré sur Frank, qui remontait la colline menant à la forêt.

— On commence ? demanda-t-il.

Frank hocha la tête et glissa son téléphone dans l'étui de révolver à sa ceinture.

— Transformez-vous en loup.

Matt arracha son tee-shirt, puis retira son pantalon. Bientôt, Lucas et Liam firent de même et restèrent là, en caleçon.

Lucas me déshabilla du regard.

— Tu comptes nous reluquer ou nous rejoindre ?

Je pâlis. À moins de vouloir déchirer mes vêtements, je devais moi aussi les retirer. Ma fierté mourait lentement. Je passai les doigts sur le rebord de mon débardeur quand Liam proposa :

— Pourquoi ne vas-tu pas te transformer derrière le bâtiment ? Personne n'est à l'intérieur.

— Les alphas se transforment avec la meute, protesta Matt.

Liam lui lança un regard mauvais.

— Ness n'est pas un alpha.

Je considérai l'idée de me retourner et me déshabiller dos à eux, mais cela me nouait l'estomac.

Pendant que je me dirigeais derrière la structure, j'entendis Liam m'avertir :

— Fais attention à la grille, elle est en argent pur.

Une grille en argent ? Je tournai au coin, en marchant lentement et prudemment. Je sentis l'odeur métallique de l'argent avant même de voir ce que Liam avait mentionné. Contre le petit bâtiment, il y avait une grille de deux fois la taille d'une bouche d'égout. Je regardai à travers le solide quadrillage métallique et vis un trou aussi profond qu'un puits.

— Ness ? Tu es prête ?

La voix de Frank me fit sursauter et je m'écartai. Je mis de la distance entre moi et la grille en argent, puis balançai mes baskets, retirai mes vêtements et me concentrai.

Rien ne se produisit.

J'essayai encore, de toutes mes forces.

Toujours rien.

Après tout ce que j'avais fait pour être ici. Et maintenant ça ! *Maudit corps.*

— Je t'en prie, priai-je.

Mais apparemment, supplier mon loup était vain. Les minutes défilèrent et je restai sous ma forme humaine, faible et pâle.

Seize

Je n'étais pas du genre à abandonner, mais cela faisait dix minutes et j'étais toujours dans ma peau. Je ne comprenais pas pourquoi les autres n'avaient pas encore contourné le bâtiment pour me trouver. Je tendis la main pour attraper ma culotte quand un hurlement retentit.

Un autre loup hurla à son tour.

Et un autre.

La base de ma colonne vertébrale me picota et mes muscles commencèrent à se transformer sous ma peau. Des larmes de soulagement coulèrent sur mes joues, pendant que mes oreilles migraient en haut de ma tête et que ma bouche s'allongeait en un museau rempli de dents, qui pouvaient cisailler du bois comme des os. Le duvet de poils sur mon corps s'épaissit pour laisser place à une fourrure d'été. Je tombai sur mes pattes avant tandis que celles de derrière se raccourcissaient et s'ajustaient. Le loup remplaçait l'humain.

Je trottinai autour de la maison, à quatre pattes.

Un grand loup gris avec des yeux bleus perçants – Lucas, j'imagine – hurla et, cette fois-ci, je le compris. *Tu devais aller chier ou quoi ?*

Je lui grognai dessus.

Matt était plus un ours qu'un loup, d'une couleur dorée comme le beurre, avec des yeux verts. À côté de lui, j'avais l'air d'un chiot maigrichon. De près, Liam était beaucoup plus imposant que lorsque je l'avais vu dans les bois. Ses yeux ambrés brillaient et parcouraient mon corps insignifiant. Il regarda ensuite Frank, accroupi à côté de nous, une bande de tissu pourpre dans les mains.

— Vous devrez vous rendre au sud.

Il pointa l'épaisse forêt, du côté des montagnes.

— Nous avons disséminé des bandes comme ceci dans les bois. Suivez la piste et vous trouverez Eric. Le reste de ce tee-shirt est sur lui. C'est votre ligne d'arrivée.

Il passa le tissu de l'un à l'autre, pour que l'on puisse s'imprégner de l'odeur : une légère odeur de cigarette et de cèdre.

— Le chemin le plus rapide est d'aller tout droit par la montagne, mais c'est aussi le plus dangereux. Si vous finissez coincé dans un piège, nous ne vous libérerons qu'à la fin de la course. N'oubliez pas : ne vous retransformez pas. Je le sentirai.

Il tapota son poignet en se redressant et enroula le tissu autour de sa paume.

J'étais contente de ce pacte de sang, contente que quelqu'un surveille mes allées et venues, ainsi que ma santé. J'échauffai mes articulations puis me tapis au sol. Les hautes herbes titillaient mon ventre.

— À vos marques, prêts, partez !

La voix de Frank résonnait comme un révolver donnant le départ. Nous nous lançâmes en avant.

Les pattes arrière de Lucas envoyaient de la terre dans mes yeux. Je clignai des paupières, ralentis, puis changeai de direction. Frank avait dit que le chemin le plus court était le plus dangereux. Était-ce vrai ou était-ce un piège ?

Lucas se précipita jusqu'à la ligne d'arbres et disparut dans la forêt qui se déversait sur le flanc de la montagne. Apparemment, il ne s'inquiétait pas pour les pièges, à moins qu'il ne change de chemin à un moment. Très vite, Matt et Liam disparurent sous les arbres aussi. Même si j'entendais le bruit sourd de leurs pattes et le trépidant battement de leur cœur lointain, je ne les voyais plus. C'était mieux ainsi. Je devais concentrer mon attention sur le sol.

Je courais presque tranquillement, avançant d'un pas léger dans les broussailles. Des ratons laveurs effrayés se précipitaient devant moi et des oiseaux s'envolaient des arbres. Leurs ailes noires ressortaient sur le ciel d'un bleu éclatant.

À un moment donné, j'oubliai que c'était une course et détalai sur des sentiers en copeau de bois, au hasard. Le grondement distinct d'une voiture me rappela que je devais me fondre dans la forêt. Je traversai une vague de fougères avec des piques et en ressortis accompagnée d'une couronne de mouches noires. J'agitai les oreilles et ma queue, puis grognai jusqu'à ce qu'elles partent.

Des broussailles denses ratissaient mon poitrail et des feuilles s'empêtraient dans ma fourrure blanche pendant que je trottinais jusqu'à un courant d'eau. Mes muscles commençaient à avoir envie de vitesse alors j'accélérai. Quand mes pattes touchèrent le ruisseau froid, je m'arrêtai et lapai l'eau. Je bondis dans l'eau pour rafraîchir mes membres chauds. Ensuite, je me dirigeai vers le rivage, en sautant sur des arbres morts et des pierres lisses.

Je crus voir un mouvement de fourrure noire, à ma gauche, mais quand je regardai, il n'y avait rien d'autre qu'un gros rocher. Si je n'avais pas bu, j'aurais pu mettre ça sur la soif, mais mon esprit était clair. Je m'inventais de la compagnie pour me rassurer au sujet de ma position dans la course ? Étais-je loin derrière ?

Je levai le museau et sniffai l'air, repérant l'odeur musquée d'un autre loup. Je le cherchai du regard, mais ne le trouvai pas. J'accélérai, slalomant entre les arbres en soulevant des mottes de terre sèche. Je reniflai encore. Cette fois, c'est l'odeur de tabac et de cèdre qui me vint. Un bout de tissu rouge était attaché à une branche basse. Au moins, j'étais dans la bonne direction.

Je passai sous la branche, mais trébuchai quand mes pattes se prirent dans quelque chose. Je reculai. Un fil de pêche transparent brillait au soleil. Était-ce l'un de leurs pièges ou le vestige d'une partie de pêche dans le ruisseau à côté ? Je ruai pour déterrer le fil, mais le nœud se referma autour de ma patte.

Je grognai en voyant le fil s'emmêler de plus en plus, glissai mes crocs contre lui et ma peau et tirai. Le fil de pêche me trancha la peau avant de se casser enfin.

Je gémis de soulagement et rebroussai chemin pour changer de route.

Un autre fil, tendu cette fois, entra en contact avec mon jarret. Je bondis en avant, mais le clic avait déjà retenti.

Le sol trembla comme si un troupeau de mustangs dévalait la pente. Je tournai la tête.

Aucun cheval sauvage ne galopait.

Le bruit venait de rochers.

D'énormes rochers.

Ils roulaient et se brisaient les uns sur les autres. Des débris tranchants pleuvaient sur moi et fouettaient ma croupe. Je me mis en marche tandis qu'un grand rocher effleurait ma patte arrière. Je chancelai, mais finis rapidement par retrouver mon équilibre. Le désespoir laissa place à l'adrénaline pure. Alors que les pierres s'approchaient à grande vitesse, je courus. Le monde se transforma en un flou de vert, de brun et de gris. Des épines et des bouts d'écorce abîmaient les coussinets de mes pattes, mais je continuai à courir.

J'essayai de changer de direction, mais un petit rocher déchira l'air et tomba sur mon dos, me coupant la respiration. Je tombai encore et encore, dégringolant en roulant. Tout tournait autour de moi sans que je puisse voir quoi que ce soit. Je pensai aux anciens et à la cruauté de leurs petits jeux. Étaient-ils en train de regarder ? Savouraient-ils ma douloureuse chute ?

Le visage de ma mère me vint à l'esprit. Ses yeux bleus, ses cheveux flottant autour de son visage comme les brins de blé au gré de la brise. Je me laissai porter par la beauté de ce souvenir. Son sourire éclatant me réconfortait, comme le timbre grave de sa voix quand elle disait mon nom. Ce nom se transforma et se déforma en quelque chose de complètement différent.

Un rugissement.

Un rugissement inhumain qui m'obligea à ouvrir les paupières. Une forme noire flottait entre ciel et terre. Un autre rocher ? Je clignai des yeux, mais des éclats de pierre recouvraient mon visage, ruinant mon champ de vision déjà mauvais. Un autre rugissement retentit, évoquant plus un loup que la pierre, et je me réveillai complètement.

J'enfonçai mes griffes dans le sol, mais ce n'était pas un sol mou. Je dégringolai sur une pierre solide. Et pas juste une pierre. *Un flatiron*. Oh mon Dieu...

Depuis mon point de vue, je ne pouvais pas savoir combien ma chute était escarpée. En rassemblant le peu d'énergie me restant, je canalisai tout mon poids dans mes pattes et enfonçai mes griffes fermement dans la roche brûlante. Mes muscles hurlèrent, mais ma vitesse diminua. Mes griffes et mes coussinets s'abîmaient et je descendais toujours trop vite vers le bord de la falaise.

En serrant les dents, je tendis mes muscles et m'accrochai de toutes mes forces à la pierre.

À quelques centimètres du bord, je m'arrêtai enfin. Je gardai la tête baissée jusqu'à ce que les gravats cessent de heurter mon corps meurtri.

Tremblante, le cœur battant, j'attendis que le silence remplace le crépitement de la pierre. Puis, je levai la tête et plissai les yeux en suivant la trace de sang et de griffures.

J'avais survécu à la chute, mais allais-je survivre au reste de cette épreuve brutale ?

Je léchai mes plaies un long moment. Ce n'était pas comme si je pouvais encore gagner. À moins qu'un autre participant soit tombé dans un piège plus périlleux que le mien. J'en doutais. Les autres avaient une démarche plus assurée et étaient plus attentifs au terrain que moi, grâce aux années d'expérience qu'ils avaient en plus.

Après un long interlude d'autoapitoiement, je me relevai sur mes pattes déchiquetées, le corps meurtri. Je grognai ; j'avais l'impression de peser une tonne de plus qu'au départ de cette course. J'avançai d'un pas et gémis. Un autre pas. Un autre gémissement.

Ça va être marrant, dis donc.

Et lent.

J'espère que vous passez un bon moment, bande de connards, hurlai-je dans le vide.

Courir était hors de question. Je trébuchai régulièrement sur le sol pentu des Flatirons et me dirigeai vers les pins. Au moins, à cette vitesse pathétique, je ne risquais plus de tomber dans un piège.

Le soleil tapait sur mon dos tandis que j'avançais maladroitement entre les arbres. Après ce qui sembla durer un jour entier, j'atteignis la forêt abritée. L'ombre me rafraîchit et la mousse humide soulagea la douleur de chaque pas. La mousse et l'ombre ne pouvaient malheureusement rien faire pour mon dos douloureux. Plus d'une fois, je me demandai si la pierre que j'avais reçue sur le dos ne m'avait pas déplacé une vertèbre.

On peut toujours bouger avec une vertèbre déplacée ?

Je n'étais pas médecin, mais je pensais que ma colonne vertébrale était intacte.

Ma respiration n'était plus hachée. Elle s'allongeait à mesure que l'ombre avançait, suivant le cours du soleil. Je humai l'air pour m'assurer que j'allais toujours dans la bonne direction. Je sentis l'odeur du tabac et du cèdre, mais elle était mélangée à celle du sang.

Du sang frais.

Je m'arrêtai et sentis mes pattes. Ce n'était pas mon sang.

Je reniflai encore.

Puis, je suivis la piste légère dans les arbres, passai à travers un rosier sauvage qui couvrait l'odeur du sang. Les épines s'agrippèrent dans ma peau et faillirent m'arracher une touffe de poils.

Matt tourna la tête vers moi, posa ses yeux verts sur mon visage et lâcha un grognement rauque. Je reculai, puis mon regard se posa sur le piège en métal refermé sur sa patte avant.

Le piège avait pénétré la chair, révélant un os blanc et un tendon rose. Il claqua des mâchoires face à moi. Je grinçai des dents et aboyai : *Je ne suis pas venue jubiler. Enfin, regarde mon état.*

Il m'étudia et en comprenant que je n'étais pas une menace, il baissa son museau vers le métal, essayant de l'ouvrir avec ses crocs. Tout ce qu'il réussit à faire, c'est maculer de sang la fourrure de son visage.

Je restai immobile pendant un moment.

Je pouvais toujours gagner.

Cette idée se fraya un chemin en moi, aussi doucement qu'un petit papillon.

Je pouvais le laisser derrière moi.

Même s'il se dégageait, il n'arriverait jamais à me battre avec une patte broyée. Je me tournai vers le sud et fixai les arbres. La course se terminait quelque part dans ces bois. Je pouvais y parvenir en quelques minutes – quinze, vingt au maximum – et une fois que j'aurais trouvé Eric, je pourrais l'informer de l'état de Matt.

De faibles pleurs résonnèrent.

Je fermai les yeux.

Matt pleurait.

Cet homme-ours pleurait.

Adieu la victoire.

Je me retournai et vis la brute mordiller son avant-bras. Comptait-il arracher sa propre patte pour sortir de ce piège ? Elle ne se régénérerait pas. Nous étions des loups, pas des lézards.

Je m'avançai vers lui.

Arrête.

Un grognement pathétique s'échappa de son museau rougi : *va-t'en.*

Je secouai la tête, puis la baissai vers le collet. Je n'aurais aucun plaisir à gagner en le laissant derrière. L'odeur du sang de Matt et son agonie submergeaient mes sens. Je faillis vomir.

Matt claqua des dents, couvertes de sang. En grognant, j'enfonçai ma tête dans son poitrail pour qu'il recule.

Arrête tes jappements, Hulk. J'essaie de t'aider.

Il se figea. Je posai mes pattes de chaque côté du collet et appuyai sur les leviers de tout mon poids. À part envoyer de violentes décharges de douleur dans mes os, cela créa une légère ouverture, pas de quoi libérer la patte de Matt. J'essayai encore en grimaçant. Matt avait dû bouger la patte, car quand le collet se referma, il lâcha un cri de douleur et le sang frais tacha sa fourrure.

Ne bouge pas.

Il grogna et je lui lançai un mauvais regard qui devait bien transmettre ce que je pensais, car il la ferma. J'appuyai encore avec mes pattes et le piège s'ouvrit encore, mais pas assez pour qu'il s'échappe. Pourquoi fallait-il qu'il ait des pattes de géant ?

Argh.

J'essayai encore.

Rien.

Encore.

Mes tentatives étaient ridicules et maladroites. Si j'avais des mains au lieu de pattes...

J'inspirai profondément au moment où les yeux de Matt se tintèrent d'un éclat vitreux, comme les billes que je faisais rouler sur le parquet, petite.

Matt s'écroula si soudainement que je sursautai.

Merde. Merde. Merde.

Matt !

Ses oreilles abattues ne bougèrent pas d'un pouce.

Je hurlai, espérant que quelqu'un viendrait, mais ils ne s'étaient pas déplacés pour moi, alors ils ne viendraient probablement pas pour lui non plus. J'attendis quand même. Frank n'était-il pas inquiet ? Personne ne me répondit et je lâchai un souffle rauque, fermai les yeux et ordonnai à mon corps de se transformer.

Je serai disqualifiée, mais au moins, je serai capable de vivre avec moi-même, peu importe où j'allais devoir vivre.

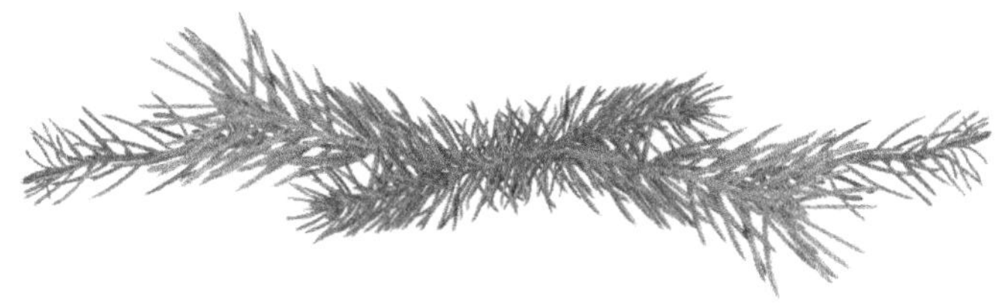

J'avais eu à moitié raison au sujet de ce à quoi ressemblerait mon corps. Même si toute ma peau n'était pas mouchetée de bleus, mes paumes et la plante de mes pieds étaient en lambeaux ensanglantés. Sur le coup, je me réjouis que Matt se soit évanoui. Après tout, j'étais nue devant lui.

Même si j'étais un véritable animal écrasé, je restais un animal écrasé *prude*. Je m'agenouillai à côté de sa silhouette massive et inerte et glissai mes doigts ensanglantés autour des leviers pour ouvrir le collet. D'un coup rapide, je tirai sur le piège qui s'ouvrit comme une fleur nocturne.

La sueur coula le long de mon cou et sur ma colonne vertébrale, tandis que je soulevai délicatement la patte ravagée de Matt et la posai sur l'herbe, près de sa tête. Je jetai le piège sur le côté et il tinta en se refermant.

— Quel piège de merde, grommelai-je !

Matt bougea et je sautai derrière le rosier. Il n'était pas assez dense pour me protéger, mais il faut faire avec ce qu'on a. Les épines me firent la sensation de dents de piranha sur ma peau. Je les arrachai en lâchant une flopée d'injures. Comparé à la douleur irradiant dans mes os, être un coussin à aiguille vivant n'était rien, mais quand même. Une brindille craqua et je relevai la tête et tombai sur des yeux désormais pleinement conscients.

Je clignai des paupières stupidement face à Matt. Sa patte traînait, mais il était déjà debout. *Comment est-ce possible ?*

En me souvenant que j'étais nue, je me retournai et appelai la fourrure pour recouvrir mes formes. Je plissai des yeux si fort que n'importe qui aurait cru que j'étais constipée. Heureusement, à part Matt, personne n'était là.

Quand je sentis un museau humide se poser sur mon dos voûté, je sursautai.

— Va-t'en !

Matt poussa un petit bruit que mes oreilles humaines ne pouvaient déchiffrer. Puis il poussa un petit gémissement qui fit trembler ma peau.

Non, elle ne tremblait pas.

Elle se transformait.

Son cri m'aidait à me transformer en loup.

Une fois à nouveau en fourrure, je me tournai et montrai le chemin. *Tu peux marcher ?*

Pas bien.

Tu veux rester ici pendant que je vais chercher de l'aide ?

Et te laisser gagner ?

Je redressai les épaules. Son côté compétitif n'avait visiblement pas souffert du collet.

Tu vas gagner quoiqu'il arrive. J'ai brisé les règles, tu te rappelles ?

Pour m'aider.

Peu importe, je me suis transformée.

J'aurais juré qu'il venait de lever les yeux au ciel. *Allez, petite louve.*

Je renâclai, ce qui me valut un regard amusé. Nous commençâmes à descendre la colline en boitant. Matt ne gémissait plus, mais moi si, et je n'avais pas honte.

J'ai l'impression d'être passée dans un broyeur pour déchets.

Ton dos a un gros bleu.

Adieu les tenues légères en public.

Les loups ne riaient pas, mais Matt émit un bruit qui ressemblait presque à un gloussement. Puis, il demanda comment je m'étais fait ce bleu et je lui racontai l'éboulement.

Même si nous avancions lentement, nous progressions quand même.

Bientôt, nous atteignîmes les arbres. Je repérai l'odeur de tabac et de cèdre. Elle était forte.

On y est presque, annonça Matt en boitillant à côté de moi.

Un éclat de rouge apparut au milieu de la verdure. Il était enroulé autour du poignet d'Eric.

Je n'arrive pas à croire qu'on ait réussi, murmurai-je.

Des silhouettes se déplaçaient dans les bois comme des fantômes. Je reconnus Liam, Lucas, Cole et un grand nombre d'autres personnes de la meute.

Matt faiblit à mes côtés et atterrit au sol dans un grand bruit.

Je m'arrêtai.

Allez, Hulk, lève-toi.

Il gémit.

Je fourrai mon museau dans la fourrure de son épaule.

Lève-toi.

Lentement, comme une montagne surgissant de deux plaques tectoniques, il se leva. Et encore plus lentement, il avança clopin-clopant à côté de moi.

Ne dis à personne que tu m'as vue nue ou je fous un collet dans ton lit.

Il laissa échapper un petit grognement.

Du métal m'aveugla quand j'essayai de me concentrer sur le tissu rouge. Il y avait des voitures. Un grand nombre.

Tant mieux, parce que j'en avais marre de marcher.

Probablement pour le reste de ma vie.

Je repensai à mon permis. Au moins, maintenant que j'avais terminé cette stupide course, j'avais beaucoup de temps pour m'y consacrer.

Matt ralentit. J'attendis.

Vas-y, petite louve.

Je secouai la tête.

Arrête de grogner et bouge tes fesses toutes poilues. Je suis éliminée, je me suis changée en humaine.

Ils ne le savent pas.

J'ai fait le même serment de sang que toi. Frank le sait.

Matt m'observa un long moment, puis se mit enfin en mouvement. Nous atteignîmes Eric en même temps. J'avais fini cette course moi-même. J'avais triché, mais au moins je n'avais pas abandonné.

Un frisson de fierté me parcourut au moment où je m'écroulais aux pieds d'Eric. La lumière du soleil et des voix bruyantes dansaient autour de moi comme les pistils d'un pissenlit. J'essayai faiblement de me relever, mais... je ne pouvais pas.

Une idée ridicule me traversa l'esprit. Si je me transformais en étant inconsciente, tout le monde verrait mes fesses nues. J'en aurais presque ri.

Mais à ce moment, mes muscles glissèrent et se remirent en place. Incapable de repousser la transformation, je la laissai s'emparer de moi.

Quel pathétique spectacle je devais offrir ! Heureusement, les ténèbres m'enveloppèrent avant que je ne puisse entendre quiconque rire.

Dix-Neuf

Je me réveillai face à une Evelyn en colère. Si j'avais cru auparavant que ses yeux étaient noirs, ils étincelaient d'une nouvelle teinte : noirs comme des trous dans la nuit.

— Dieu merci !

Elle lança le livre qu'elle lisait sur la table à côté du fauteuil et avança vers moi, des chaussons aux pieds.

— Ness Clark, je suis tellement en colère contre toi ! Si tu étais ma fille, tu serais grondée jusqu'à tes trente ans ! Grimper une falaise seule ! *Sola* !

Malgré ses couches de fond de teint, ses joues conservaient le même rose que le ciel derrière elle.

— Quand ce *chico* t'a portée jusqu'à l'auberge...

— Quel garçon ?

Elle cligna des yeux plusieurs fois, visiblement surprise que j'aie interrompu son coup de gueule pour quelque chose d'aussi idiot que l'identité de la personne qui avait porté mon corps nu.

— Liam Kolane.

— Liam ?

La chaleur me monta à la tête. *Putain*. Je grognai de honte.

— *Sí*, et tu étais inconsciente et couverte de sang. *Mi corazón* s'est arrêté de battre. Mon cœur s'est arrêté !

L'espagnol se mêlait toujours à l'anglais quand elle était agitée.

— J'ai cru... j'ai cru que ta colonne vertébrale était *rota* !

Elle avait la voix qui tremblait. Ses mains aussi. Tout son corps tremblait.

Même si j'étais encore morte de honte à l'idée que Liam m'ait ramenée, je tendis la main et la refermai sur ses doigts froids. Le contact n'était pas assez pour elle et elle ajouta son autre main par-dessus la mienne.

Les larmes dégoulinaient le long de ses joues, faisant couler son mascara. Un sanglot agita son corps. Je me redressai en position assise et grinçai des dents. Je ne savais pas combien de temps j'avais été inconsciente, mais visiblement, ce n'était pas assez. On aurait dit que quelqu'un avait cogné ma chair avec un maillet avant de le frotter contre une râpe.

— Je suis désolée, Evelyn. Désolée de t'avoir fait traverser ça.

Je lâchai ses mains pour pouvoir lui faire un câlin. Mes bras semblaient être attachés à des haltères de vingt-cinq kilos, mais je repoussai la douleur pour l'attirer à moi.

Elle se pressa contre moi et je jappai sous la douleur causée par mes bleus. Elle ne relâcha pas son étreinte – elle ne m'avait sûrement pas entendu, avec ses pleurs.

— Plus jamais. Plus jamais. Tu me le promets ? Ça fait deux jours que je suis à ton chevet, à te regarder...

Je l'éloignai de moi.

— Ça fait deux jours ?

— *Sí*, deux jours !

— J'ai dormi pendant deux jours ?

— Oui !

Waouh.

— Tes bleus disparaissent assez... vite, mais...

Je me levai soudain. Mes jambes semblaient raides, mais au moins, elles me soutenaient et je pus avancer jusqu'au placard. J'ouvris la porte pour me voir dans le miroir plein pied. Je soulevai mon débardeur et me retournai. L'arrière de mes cuisses et mon dos étaient jaune-vert. Ça aurait pu être pire. Ça aurait pu être noir. En fait, le pire était mes cheveux, ébouriffés et emmêlés. Mes ongles étaient en bien mauvaise forme aussi, en forme d'écailles de pomme de pin.

Evelyn apparut dans le miroir derrière moi, son visage aussi pâle qu'un fantôme comparé à mon teint hâlé. Au moins, « grimper des falaises » et dormir pendant quarante-huit heures m'avait donné un joli teint. Maman m'avait toujours répété de voir le bon côté des choses quoiqu'il arrive. Elle disait que c'était comme ça qu'elle était restée en vie. *Voilà pour toi, maman.*

Je me détournai du miroir et fermai la porte.

— J'ai lavé ton corps, mais je n'ai pas osé m'attaquer à tes cheveux. Tu as une grosse entaille ici.

Elle posa doucement ses doigts sur un point au dos de ma tête qui semblait incroyablement sensible. Je m'attendais presque à ce que ses doigts ressortent tachés de sang. Mais non.

— Même si c'est toujours dur pour moi... d'accepter ce que tu es... je crois que sans ça... je crois que tu n'aurais pas survécu.

Elle haussa les épaules. Je rassemblai ses mains dans les miennes.

— Je n'irai nulle part.

Je n'avais plus d'expéditions mortelles prévues prochainement, ni même dans le futur lointain. Mais il y aurait une expédition quand même : je devais quitter la ville demain. Jeb ne me lâcherait pas – j'étais mineur et bla-bla-bla. Je n'évoquai pas le sujet avec Evelyn. Elle avait eu assez de stress pour aujourd'hui.

À la place, je lui dis :

— Je t'aime.

Elle recommença à pleurer et je lui fis un câlin, même si cela me donnait l'impression d'être écartelée.

Il me fallut l'encourager chaudement pour qu'elle parte, alors qu'elle avait bien besoin de se reposer. Après son départ, je pris un bain terriblement chaud, tout en réfléchissant. Cela me rendait anxieuse, car la plupart de mes pensées me renvoyaient à combien de gens m'avaient vue nue après la course.

Je me glissai sous la surface de l'eau, regrettant que le savon ne puisse laver mon cerveau de mon anxiété ridicule. Après tout, j'avais failli mourir. *Mourir !* Et moi, je m'inquiétais de ma nudité. Mes priorités étaient clairement à revoir.

Après avoir lavé mes cheveux, tâche qui sembla plus difficile que dévaler une pente coursée par des rochers ; je sortis du bain, séchai mon corps et étalai de la crème sur chaque centimètre de peau, comme si cela pouvait apaiser mes muscles meurtris. Ça ne fonctionna pas, mais au moins, je sentais bon, comme de la noix de coco grillée.

J'allais me mettre en pyjama quand quelqu'un frappa à ma porte. J'avançai en peignoir, pensant que c'était Everest. Evelyn devait lui avoir dit que j'étais réveillée.

Note à moi-même : cesser de supposer des choses.

Ce n'était pas mon cousin.

Vingt

—A manda ? m'exclamai-je d'une voix perçante.
— Tu es vivante.

Elle repoussa une longue mèche bouclée derrière son oreille, un sourire joyeux aux lèvres. Pourquoi est-ce qu'elle me souriait ? Était-ce un piège ? Je vérifiai le couloir à la recherche d'un téléphone qui filmerait, mais il n'y avait qu'un couple qui quittait sa chambre main dans la main.

— Pourquoi es-tu là ?

— Un, pour vérifier que tu vas mieux. Quand je suis venue hier, ta grand-mère a dit que tu étais toujours en convalescence. Et deux, pour te remercier.

— Me remercier ?

— D'avoir aidé Matt.

Je fronçai les sourcils et elle haussa l'un des siens.

— Tu as une commotion cérébrale ou une chose dans le genre ?

— Non.

— Bon, alors tu dois bien te souvenir que tu as sauvé la main de mon chéri.

— Oh. Elle est toujours... fonctionnelle ?

Je me mordillai la lèvre.

— Oui, oui. Ils ont agrafé sa peau. Les nerfs et les tendons se régénèrent.

Mon estomac se retourna à la mention de chair agrafée.

— Bref, on va tous ensemble jouer au billard et prendre quelques bières.

Je cessai de m'attaquer à ma lèvre.

— Et tu m'invites ?

Elle leva les yeux au ciel.

— Non, je viens me vanter de ma soirée pour te rendre jalouse. Bien sûr que je t'invite ! Non, oublie ça. Je suis là pour venir te *chercher*.

— Je ne me sens pas vraiment d'attaque à sortir.

— Tu es vivante. Et propre. On sort, alors va t'habiller.

Je me renfrognai. Mes cheveux étaient toujours mouillés et je n'avais pas eu le temps de limer mes ongles – cette partie semblait particulièrement importante, bien que superficielle.

— On t'attendra dans la voiture.

— Amanda...

— Tu préfères qu'on vienne tous à toi ?

Elle coula un regard vers ma chambre.

— On risque d'être un chouïa serré ici.

Je blêmis.

— Tu plaisantes ?

— Je ne plaisante jamais.

Même si les commissures de ses lèvres étaient légèrement levées, ses yeux étaient très sérieux.

Je soupirai.

— Très bien.

— Tu as dix minutes.

— Qu'est-ce qui arrive dans dix minutes sinon ?

— J'envoie Matt te traîner hors de ta chambre.

Non seulement elle était très autoritaire, mais aussi lunatique. Une semaine avant, elle voulait que je reste loin de *ses* gars, et maintenant elle me forçait à passer du temps avec eux. Puisque j'étais inquiète à l'idée qu'elle organise une soirée dans ma chambre, je finis par accepter :

— Bon, d'accord. Je vais me préparer.

Après avoir fermé la porte, j'essayai d'enfiler un jean, mais ce geste me donnait l'impression de frotter du papier abrasif sur ma peau. J'optai donc pour un legging et un tee-shirt. Porter un soutien-gorge était hors de question, mais mes tétons n'étaient pas *trop* visibles – enfin, j'espérais. Bon, on les voyait un petit peu, mais il fallait vraiment regarder.

Avec un peu de chance, personne ne le ferait. Ils s'étaient sûrement tous déjà rincé l'œil samedi.

Oh mon Dieu...

Et Liam qui m'avait porté nue...

Putain.

J'essayai de chasser ma gêne, mis du mascara et du rouge à lèvres, coiffai rapidement mes cheveux mouillés et passai un petit coup de lime sur mes ongles. J'attrapai mon sac, mon téléphone – qu'Evelyn avait dû charger pour moi – et mes clés. En traversant le couloir, je regardai mes messages : j'en avais reçu cinq d'August.

Ness ?

Rappelle-moi ?

J'ai appris ce qui s'était passé.

Ness ? Envoie-moi des nouvelles, putain.

NESS APPELLE-MOI.

Je souris devant l'écran.

Il était en train d'incendier une base abandonnée ou de piéger en embuscade des ennemis et pourtant, il pensait à moi. August était le plus adorable de tous.

J'ai l'impression qu'un train m'est passé dessus, mais je suis vivante. Merci de t'inquiéter pour moi.

J'hésitai à ajouter un smiley cœur. August était mon ami. Est-ce que les filles envoyaient ce genre de smiley à leurs amis au masculin ? Je n'en avais jamais envoyé à Everest et il était de ma famille.

— Tu nous as bien fait peur.

Je relevai la tête et vis mon oncle, à l'accueil. Il se frotta la nuque. Il s'attendait à ce que je m'excuse ?

— Lucy était folle d'inquiétude...

— Lucy était inquiète ? Elle a essayé de m'arrêter, Jeb. Elle m'a dit que les filles ne devraient pas jouer aux mêmes jeux que les hommes. Je me demande d'où une telle idée lui vient.

Jeb rougit, des pieds à la tête.

— On essayait de te protéger, Ness. On ne voulait pas que tu sois blessée et c'est quand même ce qui s'est passé. Tu n'étais pas censée réussir à y aller.

— Alors c'est pour ça qu'Everest a disparu de la surface de la Terre ?

Il hocha la tête.

— Je suis peut-être à ta charge, tonton, mais c'est ma vie.

— Donc, on devrait juste rester en arrière et te regarder mettre ta vie en jeu ? Tu crois que c'est ce que ta mère aurait voulu ?

— Je ne vais pas mourir.

— Vous, les jeunes… Vous croyez que vous êtes invincibles, mais c'est faux. Regarde la jeune fille adorable avec laquelle Everest sortait.

— Elle a essayé de se suicider. Je prends part à une compétition. Et en plus…

— Personne ne veut que tu y participes ! *Personne*. Et je ne parle pas de Lucy et moi. Je parle d'absolument toute la meute.

Son commentaire me blessa.

— J'en ai assez de fuir, marmonnai-je. Et pour ta gouverne, *toute* la meute vient de m'inviter à sortir avec eux ce soir.

Il redressa les épaules, jusqu'à former un T parfait.

— Je croyais que tu voulais n'avoir rien à voir avec eux. Je croyais que tu ne cherchais pas à t'intégrer.

À l'extérieur, une voiture klaxonna et Amanda me fit signe depuis le siège passager d'une Dodge argentée.

— Moi aussi, c'est ce que je croyais, mais j'essaie de profiter au maximum de mon temps ici. Mais ne t'inquiète pas. Je cesserai bientôt d'être un problème pour toi.

Ce que j'avais espéré de tout mon cœur s'était produit, sauf que partir n'était plus ce que je voulais plus que tout.

Matt klaxonna à nouveau.

— À tout à l'heure.

Jeb pinça les lèvres. Soit il était à court de conseils que je ne désirais pas, soit il avait compris que c'était inutile.

Je poussai les portes et l'air de la nuit rafraîchit mes joues chaudes. J'ouvris la portière de la Dodge. Quelqu'un était déjà assis à l'arrière.

Sienna. Elle passait les doigts sur son débardeur, nerveusement.

— Salut, lançai-je.

Le regard rivé sur sa main, elle murmura :

— Salut.

Je n'étais pas sûre de savoir pourquoi, mais je me sentis soudain coupable. Comme si m'être proposée comme alpha avait poussé August à partir précipitamment – ce qui n'était pas vrai. Il était parti parce qu'il en avait besoin. Ça n'avait rien à voir avec moi.

Matt se retourna et me lança un sourire de loup.

— Petite louve est dans la place !

Je souris en entendant ce surnom.

— Tu as le droit de conduire ?

Il agita les doigts de sa main intacte.

— Je suis droitier. Dieu merci pour Amanda.

Amanda lui donna un petit coup et gloussa.

Je ne voyais pas le rapport entre ses doigts et sa copine, pas avant que Sienna ne dise :

— On se passera des détails, les gars.

Oh.

— Beurk, fis-je en plissant les yeux.

Un petit sourire apparut sur le visage de Sienna.

Matt lâcha un rire aussi imposant que sa cage thoracique, puis il tourna le bouton de la radio jusqu'à trouver une chanson de rap. Il fit vrombir le moteur et se mit en route. Ses phares déchirèrent l'obscurité du paysage aussi vite qu'un rayon laser.

— Tu ferais mieux d'attacher ta ceinture, cria Sienna en s'attachant elle-même.

La musique était si forte et sa voix si douce que je n'étais pas sûre de l'avoir entendue correctement, mais je crois qu'elle ajouta :

— Bon, tu ne peux pas mourir d'un accident de voiture de toute façon.

Mais c'était possible, non ?

Les loups-garous étaient plus résistants que des humains normaux, mais ils n'étaient pas immortels. Si Heath pouvait se noyer dans une piscine, je pouvais bien mourir d'un accident de voiture, non ? August pouvait mourir à cause de l'explosion d'une grenade ? Je trouverai la réponse à ma question plus tard.

Je pourrai demander à Everest. Après lui avoir crié dessus pour m'avoir lâchée.

Vingt-Et-Un

Contrairement à Los Angeles où la fête faisait rage toutes les nuits, les lundis à Boulder étaient calmes. Juste la meute, deux barmans et quelques consommateurs de bière à l'air de grizzly. Une petite foule.

En entrant, je commençai à regretter d'être venue. Peu importe d'où me venait mon enthousiasme, il était retombé comme un soufflé dès lors que j'avais franchi le pas de la porte.

Je me raidis et levai le menton. J'étais là maintenant, autant en profiter le plus possible. Et puis, j'allais partir, alors ils n'allaient pas avoir à me supporter bien longtemps.

Plusieurs regards passèrent sur moi quand je suivis Amanda et Matt. Même si j'étais en colère contre Everest, je le cherchai désespérément, mais croisai le regard fixe de Taryn à la place. Elle donna un coup de coude à Lucas, qui s'appuya sur sa queue de billard en se tournant vers moi. De l'autre côté du billard, Liam alignait le bout de sa queue avec la balle blanche. Il était tellement concentré sur son tir qu'une ride trônait entre ses sourcils. À côté de lui, il y avait Cole et encore à côté, Tamara. Celle-ci me regarda comme si j'avais la lèpre et que j'étais venue la contaminer, mais Cole me sourit.

— Tu as réussi à faire sortir Ness de sa tanière.

Cole accola son poing à celui de son frère.

— Je ne peux pas m'en vanter. C'est Amanda qui a tout fait, avoua-t-il en glissant un bras autour d'elle. Tout le monde sait qu'on ne peut pas lui dire non. J'ai essayé quand elle me courait après. Elle était infatigable.

— Pauvre bébé, quelle victime franchement.

Elle fit la moue pour accréditer ses propos. Il rit et embrassa sa tempe, puis la serra plus fort.

— Une victime très satisfaite, corrigea-t-il près de son oreille.

— Ils sont agaçants à être aussi mignons, fit Sienna de sa voix douce.

Il n'y avait aucune jalousie dans son ton, rien qu'une honnête affection.

— Ça fait longtemps que tu as emménagé à Boulder ?

— Depuis ma première année de lycée.

— D'où venais-tu ?

— Tucson, en Arizona.

— Tu te plais ici ?

Elle haussa une épaule couverte de taches de rousseur.

— Je paie la première tournée, déclara Matt.

Il se dirigea tout droit vers le bar, couvert de marques rondes collantes. La maniaque de l'hygiène en moi se crispa. Ça n'était quand même pas dur d'essuyer un comptoir !

— Dis-moi ce que tu veux, petite louve.

Encore ce surnom. Je secouai la tête.

— Une bière Sam Adams.

— Ça vient tout de suite.

J'étais tentée de le suivre jusqu'au bar. Je me sentais un peu mal à l'aise, debout à côté du billard, surtout depuis que Sienna et Amanda étaient parties rejoindre Taryn et Tamara. Je regardai Liam enfin tirer, mais il manqua. La queue glissa sur la bille blanche qui tourna sur elle-même sans toucher la moindre boule.

— T'as le trac, Kolane ? railla Lucas, les yeux brillants.

Cela lui valut un regard mauvais de Liam qui se redressa en étudiant la bille blanche, comme si c'était une chose vivante qui venait de lui manquer de respect.

Cole gloussa, puis leva sa queue. Il toucha la huitième bille, la noire, et la fit tomber dans un trou. Quand il se pencha pour faire un autre tir, je demandai :

— C'est pas une erreur ?

Je n'étais pas une passionnée de billard, mais j'étais sûre et certaine que la bille noire devait être rentrée en dernier.

— On joue une partie de *Cutthroat,* m'éclaira Liam en mettant de la craie sur le bout de sa queue.

— Comment y joue-t-on ?

Sans lâcher des yeux le jeu, il expliqua les règles : chaque joueur avait une section de billes et il fallait faire rentrer les billes de son opposant. Matt arriva ensuite et me tendit une bouteille de bière fraîche.

— Merci.

Je bus une gorgée et la sentis remplir mon estomac vide. J'avais besoin de manger avant de boire.

— Je devrais manger quelque chose, annonçai-je sans m'adresser à qui que ce soit vraiment, avant de proposer aux autres d'apporter de quoi manger.

Je priai pour que personne ne demande quoi que ce soit, car mon compte en banque en prendrait un sérieux coup. Tout le monde déclina ma proposition et je marchai vers le bar, m'assis sur un tabouret et attrapai un menu plastifié aussi collant que le bar. Je commandai des nachos avec du fromage et du bacon, puis me tournai sur mon tabouret pour regarder le jeu de billard. Encore une fois, je me demandai ce qui m'était passé par la tête de venir. Je réprimai un soupir, me tournai à nouveau vers le comptoir et sortis mon téléphone de mon sac.

August m'avait répondu. **Content que tu ailles bien. J'ai entendu dire que tu es la nouvelle fille préférée de Matt aussi, maintenant.**

Je souris.

Non. Uniquement la tienne. Il a Amanda.

Ce n'est qu'après avoir envoyé le message que je me rendis compte à quel point j'avais l'air de flirter. Je passai une main dans mes cheveux, désormais secs.

August m'envoya un smiley qui souriait.

Ce n'était pas la première fois, mais j'aurais aimé qu'il soit là, et non pas à un océan de moi. Cette idée me fit me sentir coupable et je coulai un regard vers Sienna. Elle riait à une histoire que Cole lui racontait. Je l'étudiai un instant, analysant son langage corporel. Ses yeux brillaient légèrement en regardant le mammouth blond, à la boule à zéro. Peut-être que ses yeux brillaient toujours. Ou peut-être qu'elle était passée à autre chose.

Je baissai les yeux et écrivis : **Tu serais fier de moi. Je suis Chez Tracy avec la meute. J'essaie de socialiser.**

Quelques secondes plus tard : **J'espère qu'ils se comportent de manière exemplaire.**

Personne ne m'a insultée pour l'instant.

S'ils le font, tu me le dis OK ?

Ça ira. Essaie de rester vivant plutôt.

Ce qui me fit penser à autre chose...

C'est aussi facile de mourir pour nous que pour les humains ?

Je ne comprends pas ta question.

Je bus une gorgée de bière, reposai la bouteille et tapai : **est-ce qu'on peut mourir d'autre chose que la noyade ou l'intoxication à l'argent ?**

Trois petits points apparurent. Puis : **L'argent, le feu ou l'asphyxie. Pourquoi ? Tu comptes tuer Lucas ?**

Je souris.

MDR. Même si j'aurais préféré que tu l'emmènes, non. Pas d'homicides prévus de mon côté. Je me posais la question, c'est tout.

Tu as de drôles de questionnements.

Le barman amena mon plat et l'addition. En sortant mon portefeuille, je me souvins que je devais cinquante dollars à Liam. Je payai mon repas, puis pris le montant que je devais et le glissai dans la poche avant de mon sac.

Quand je regardai mon téléphone à nouveau, August avait écrit : **Tu veux que je t'appelle ?**

Je fronçai les sourcils.

Une nouvelle ligne de dialogue apparut : **Pour un petit remontant, tapez Loup101.**

J'en avais bien besoin d'un. J'étais sur le point de taper oui quand Matt se glissa à côté de moi au bar. Il commanda une nouvelle bière et vola une chips de tortilla dans mon bol.

— À qui tu sextotes ?

La chips que je mâchai s'engouffra dans le mauvais trou. Je toussai, puis attrapai ma Sam Adam et bus une longue gorgée.

— Je ne *sextote* pas, sifflai-je.

Il me sourit d'un air bête.

— Bien sûr, oui.

— Vraiment.

Il vola une nouvelle chips.

— À qui est-ce que tu *envoyais un message* alors ?

— Everest.

— Menteuse.

Je me raidis.

— Tu ne peux pas parler avec Everest, parce qu'il est juste là, à aspirer le visage d'une fille.

Je fis volte-face sur mon tabouret. Everest était là ? En effet, il était assis sur un canapé en cuir marron dans un coin obscur de la pièce, à embrasser la fille du festival de musique.

— Alors ? À qui parlais-tu vraiment, petite louve ?

— Personne, *Hulk*.

Son sourire s'agrandit.

— Tant que ce n'est pas ce sale type avec qui tu es sortie l'autre jour, ça me va.

Je ricanai.

— C'est pas lui, mais merci pour ton inquiétude.

Même si je préférerais avaler un poisson rouge au lieu de l'avouer à Matt, son inquiétude me touchait un peu.

— Tu as fait attention à moi, alors maintenant je te rends la pareille. C'est normal. À moins que quelqu'un s'en charge déjà ?

Il regarda Everest à nouveau et je suivis son regard. Son inconstance me pinça le cœur. Cela faisait à peine un mois depuis la tentative de suicide de Becca et il embrassait déjà une nouvelle fille. D'accord, j'avais pensé que flirter lui ferait du bien, mais de là à se rouler des pelles... c'était trop, trop vite.

— August vient de te répondre.

Je tournai le visage vers Matt et retirai mon téléphone du comptoir. Je le glissai dans mon sac sans lire le message. Mon cœur avait fait un bond de quelques centimètres.

— On est juste amis.

— Je ne te juge pas. Je l'aime bien, fit-il en payant.

Je voulais ajouter « ne dis rien à Sienna », mais cela m'aurait trop incriminée. Je pris une cuillère de fromage un peu trop caoutchouteux et du bacon croustillant et j'enfournai le tout dans ma bouche, avec une chips.

— Lucas m'a éliminé.

Liam venait d'arriver, juste à côté de moi. Il prit une bière de la tournée de Matt et en but la moitié.

— À ton tour, Matt. À moins que tu veuilles jouer, Ness ?

Mon cœur se serra étrangement tandis que je levais la tête vers lui et l'imaginais me porter nue – *argh*. Ils avaient probablement dû tirer à la courte paille et il avait eu la plus petite.

— J'arrive à peine à bouger les bras.

Il s'installa sur le tabouret à côté de moi, examinant mes bras.

— Tu as pris de sacrés coups là-bas. Toutes ces pierres...

Était-il là à ce moment ? Avant de partir jouer, Matt me lança :

— Si Liam t'embête, appelle-moi. Que ce soit Matt ou Hulk. Je répondrai aux deux.

Je souris.

— Est-ce que Ness Clark vient de me lancer un *vrai* sourire ?

Matt me fit un clin d'œil et je secouai la tête en réponse. Il prit trois bières et retourna voir les autres.

— J'ai entendu dire que je devais te remercier de m'avoir ramenée à l'auberge.

Je fis tournoyer une chips en l'air, faisant tourner le fil de fromage attaché à elle jusqu'à ce qu'il se casse.

Liam ne dit rien. Sans lâcher ma chips du regard, je lui demandai :

— Dis-moi que je n'étais pas nue.

Si certains préféraient étouffer ce qui ne leur plaisait pas, j'étais du genre à mettre les choses qui fâchent directement sur le tapis.

— Tu n'étais pas nue.

J'expirai longuement.

— Ils t'ont couverte dès que tu t'es changée.

Un autre soupir de soulagement m'échappa.

— Je me demande comment les autres meutes – celles avec des femelles – fonctionnent.

— Tu veux dire si tout le monde se déshabille ensemble ?

La chaleur me monta au visage.

— J'imagine que la nudité ne leur pose pas problème.

J'osai enfin détourner les yeux de ma chips. Liam porta sa bière à ses lèvres et la pencha. Sa pomme d'Adam se souleva sous sa barbe de trois jours.

— Au moins, je n'ai plus à m'en préoccuper.

Il posa son avant-bras musclé sur le comptoir.

— Qu'est-ce que tu veux dire ?

— Eh bien, maintenant que je suis chassée de la meute.

Chassée de Boulder...

— Tu n'es pas chassée.

— Ils ont dit que si j'échouais, je ne pourrais pas entrer dans la meute.

— Mais tu n'as pas échoué.

— Si. Je me suis transformée pendant l'épreuve.

— Ness, tu es toujours dans la course pour le titre d'alpha. Matt est celui qui a été éliminé.

Je posai brusquement ma bière, éclaboussant le jean de Liam.

— Merde.

Je saisis une poignée de serviettes et tamponnai sa cuisse. Il enroula ses doigts sur mon poignet et m'arrêta. Je me figeai tandis que quelque chose pulsait contre mes phalanges. J'éloignai mon bras aussitôt.

— Pardon, marmonnai-je.

Je lorgnai vers les bouteilles d'alcool en me demandant combien je devais en ingérer pour oublier que ma main venait de toucher une partie très intime de l'anatomie de Liam Kolane. J'essuyai mes doigts tremblants sur une serviette.

— J'ai brisé les règles...

Ma traîtresse de voix tremblotait. J'espérais que Liam penserait que c'était l'émotion en apprenant que je n'étais pas disqualifiée qui affectait mon larynx et non pas...

— Pour sauver sa main.

Je feignis un grand intérêt pour le match de baseball sur la télé accrochée en haut de l'étagère d'alcools.

— Il ne l'aurait pas arrachée.

— Peut-être que si. Sous notre forme de loup, on peut agir comme des animaux.

Je lui lançai un regard de côté. Deux bras pâles se glissèrent autour de son torse.

— Bébé, tu m'as abandonnée.

Tamara essaya de l'embrasser, mais il tourna le visage et ses lèvres tombèrent sur le côté de sa mâchoire. Je fixai mon bol de chips tortillas à moitié mangées. Plusieurs minutes plus tard, elle cherchait encore à l'amadouer pour qu'il quitte le comptoir, alors je me levai.

— Avant que j'oublie.

Je sortis le billet de cinquante dollars et le lui tendis.

Tamara observa le billet, le nez plissé.

— Tu le paies pour qu'il passe du temps avec toi ?

Je fronçai les sourcils.

— Quoi ?

Elle me lança un sourire qui se voulait doux, mais qui était tout sauf doux.

— Ce n'est pas comme ça que tu gagnes ta vie ? En marchandant de l'argent en échange de ta compagnie ?

Si elle m'avait lancé un verre rempli de glaçons au visage, j'aurais été moins glacée qu'en entendant son commentaire.

Liam retira ses bras autour de lui. Je fis semblant de ne pas comprendre, au cas où j'aurais prêté le mauvais sens à ses mots.

— Pardon ?

— Les gars ont dit que tu étais une prosti...

— Tamara ! coupa Liam.

Son visage était légèrement rouge.

Tamara fit la moue et répliqua :

— Quoi ?

Dans quel monde avais-je cru avoir des amis ici ? Je reculai, puis me tournai, en furie. Mes oreilles bourdonnaient quand je sortis dehors. Je me sentais ivre et malade, pourtant je n'étais ni l'un ni l'autre. J'avais juste honte. Et j'étais en colère. Je ne pouvais même pas expliquer ce que je faisais sur un site d'escort.

Je me mis en route, sans m'intéresser à ma destination. J'avais juste besoin de m'éloigner d'ici.

— Ness ! m'appela quelqu'un.

Même si mes jambes me faisaient mal, j'accélérai l'allure, mais une main saisit mon bras et me retourna.

Vingt-Deux

— Lâche-moi, grognai-je à Liam.

Il m'obéit.

— Ness, je suis désolé.

— De quoi ? D'avoir dit à ta copine que j'étais une pute ? C'est vrai, hein ? Alors, pas besoin d'être désolé.

J'essayai de partir, mais Liam me suivit.

— On a jamais dit que tu étais une pute.

Ils avaient probablement utilisé le mot escort – quelle énorme différence, youpi ! Je commençai à traverser la rue pour m'éloigner de lui quand une voiture me klaxonna.

Liam tira sur mon bras, me ramenant sur le trottoir. Mon épaule m'envoya une salve de douleur face à ce geste brusque. Je grinçai des dents en repoussant sa main et frottai mon articulation meurtrie.

— Merde. Je t'ai fait mal ?

Il posa la paume de sa main sur sa nuque.

— Non, ne sois pas si sûr de toi.

— Oh, tu voudrais bien arrêter de faire comme si tu étais faite d'acier, putain. Un rocher a failli te couper la colonne vertébrale en deux, samedi. Tu as le droit d'avoir mal.

Donc il m'avait vu... Il était bel et bien là.

— Merci pour ta permission.

Il grogna des mots inintelligibles.

— Je ne te comprends pas. Vraiment pas.

Il repoussa une mèche de cheveux de son front.

— Qu'est-ce que tu ne comprends pas, Liam ? Tu croyais que j'apprécierais que tout le monde sache que j'avais eu un rendez-vous avec un homme pour de l'argent ?

Je serrai mes bras contre moi, essayant de réprimer les tremblements qui s'emparaient de moi. J'avais froid et j'étais en colère. Pas une bonne combinaison.

— Tu as dit que tu ne couchais pas avec tes clients, alors il n'y a pas de quoi avoir honte. À moins que tu... couches avec eux.

Mon estomac se noua.

— Avec *eux* ?

Il soutint mon regard. Savait-il pour son père ? Il ne pouvait pas, si ? Les yeux rivés sur lui, je démentis :

— Je ne suis sortie qu'avec Aidan.

Techniquement, c'était vrai. Je n'étais pas *sortie* avec le père de Liam, j'étais restée à l'intérieur.

— Mais je ne le referai plus, alors tu peux arrêter de le dire aux gens...

— Je suis désolé.

— Peu importe.

J'essayai de le contourner, mais il m'arrêta d'une main levée sur mon chemin.

— Reviens à l'intérieur. Laisse-moi te payer un verre pour me racheter pour m'être comporté comme un con.

— Dans quel monde crois-tu que je voudrais y retourner ?

— Alors, laisse-moi te payer un verre ailleurs.

Je croisai les bras.

— Mon Dieu, Liam, je n'ai pas besoin que tu me prennes en pitié.

— Je ne te prends pas en pitié, je m'excuse.

Je secouai la tête.

— Merci, mais non. Je veux juste marcher un peu.

Il baissa la main et je passai devant lui. Mais ensuite, il se mit à marcher à côté de moi.

— Le bar est de l'autre côté.

— Peut-être que je veux marcher aussi.

— Il y a d'autres trottoirs.

— J'aime bien celui-ci.

— Liam..., soufflai-je.

— Quoi ? Tu n'es pas obligée de me parler.

— Oh oui, ça va pas du tout être bizarre !

Je crus détecter un sourire, mais cela pouvait être juste une réaction nerveuse.

— Pourquoi ? demandai-je.

— Pourquoi, quoi ?

— Pourquoi marches-tu avec moi ? Et si tu me sors que c'est pour me protéger d'un passant aux mains baladeuses...

— Le premier souvenir de ma vie, c'est le moment de ta naissance.

— Ma naissance ?

— Ton père est venu chez nous annoncer qu'il avait eu un bébé et que c'était une fille. Je me rappelle combien mon père était effaré.

Son étrange confession me déstabilisa.

— Tu avais quatre ans.

— Et alors ?

— C'est trop jeune pour se rappeler quoi que ce soit.

Le regard de Liam se posa sur ma clavicule, comme s'il ne voulait pas croiser mon regard.

— Mon père a conseillé au tien de demander un test de paternité.

Je hoquetai.

— Ma mère n'aurait jamais...

— La suite est encore pire, Ness.

Gêné, Liam passa sa main dans ses cheveux. Pire que sous-entendre que ma mère avait trahi mon père ?

— Il lui a aussi dit qu'il ferait mieux de t'emmener dans les bois. (La voix de Liam baissa si soudainement que je dus faire un effort pour l'entendre.) Te laisser là-bas et réessayer.

— Me laisser dans la forêt ? Faire quoi ?

Je fronçai les sourcils, puis j'ouvris les yeux si grands que mes cils touchèrent mon arcade sourcilière.

— Oh... Il a dit à mon père de me *tuer* ? Parce que j'étais une fille ?

Je criai presque. Liam me regarda enfin.

— Ton père était hors de lui. Ma mère aussi.

— Et toi ?

— Pourquoi penses-tu que c'est le premier souvenir de ma vie, Ness ?

Sa voix était forte et aussi sombre que la fourrure de sa forme lupine.

Heath avait fait douter mon père au sujet de ma mère, puis avait suggéré que je devrais être tuée à cause de mon sexe ! S'il n'était pas déjà mort, j'aurais trouvé une lame en argent et l'aurais plantée dans son cœur noir.

— Quel est *ton* premier souvenir ? demanda Liam, chassant mes désirs d'homicides.

Je cherchai dans ma tête. Quand le souvenir me revint, je clignai des yeux. Cela ne pouvait pas être le plus ancien souvenir que j'avais. Je traquai un autre dans mon esprit, mais n'en trouvai pas.

— Les funérailles de ta mère.

Il tressaillit.

J'avais cinq ans à l'époque. Je me souvenais encore ce que j'avais porté – une robe en laine noire qui grattait, d'épais bas blancs et des chaussures noires vernies. L'air sentait la terre et les larmes et toutes les joues étaient humides.

Sauf celles de Heath.

Il n'avait pas pleuré, mais Liam l'avait fait pour eux deux.

Liam avait été un garçon grand et mince, avec des traits trop imposants pour son visage. Il avait grandi et ses traits avaient changé. Il ne ressemblait même plus à l'adolescent de seize ans au visage fin que j'avais vu le jour d'hiver où j'avais supplié la meute de m'accepter.

Nous traversâmes la rue vers un petit parc.

— Je me souviens m'être demandé si tu avais un trou dans le cœur. Maintenant, je sais. Pardon.

Le visage de ma mère m'apparut. Liam me lança un regard.

— Pardon pour quoi ?

— Pardon de te l'avoir rappelée.

— Parce que tu crois que je l'oublie sinon ? Il n'y a pas un jour qui passe sans que je pense à elle, Ness.

Sa voix contenait les mêmes ténèbres qui assombrissaient son visage. Nous portions la même douleur, lui et moi.

— On n'oublie jamais les gens qu'on aime, mais j'imagine que tu le sais, maintenant, ajouta-t-il doucement.

Un piège se referma sur mon cœur.

Je repensai à ma mère et à mon père – qui était *sans aucun doute* mon père –, pendant qu'on passait devant le terrain de jeu de mon enfance. Il avait changé, il y avait une nouvelle balançoire, mais l'échelle horizontale à laquelle je grimpais sans cesse était toujours là. Papa s'y pendait avec moi parfois et maman secouait la tête et riait en disant qu'il avait l'air ridicule – un gorille dans une cage de hamster.

Je ne me rendis pas compte que j'avais arrêté de marcher et commencé à pleurer avant de sentir un pouce passer sur ma joue.

J'inspirai profondément quand Liam le fit encore.

Oh non, non, non.

Son regard était si intense que je reculai. Ses doigts glissèrent de ma joue et retombèrent lentement. Il serra le poing.

Mon cœur bondit. J'espérai qu'il ne l'entendrait pas et qu'il ne verrait pas mon tee-shirt trembler.

Il leva la tête vers un grand lilas en fleur.

— Je suis désolé de t'avoir balancé ça. Je pensais que tu aimerais savoir.

— Je veux savoir, mais ça ne me fait pas regretter la mort de ton père.

Liam ne répondit pas pendant un long moment et j'hésitai à savoir si je devrais m'excuser, mais je ne pouvais pas. Je ne pouvais pas m'excuser pour des mots que je pensais. Son père était le diable même.

— Tu veux rentrer ? finit-il par demander.

Voulait-il parler de l'auberge ou de Los Angeles ?

Probablement l'auberge...

— Oui, mais j'appellerai un taxi.

Il posa ses yeux sur moi. Ils étaient si sombres, comme si ces pupilles prenaient toute la place.

— Je te déposerai. C'est sur mon passage.

Vraiment ?

— D'accord.

En silence, nous retournâmes au bar devant lequel sa voiture était garée. Je voyais la meute à travers les vitres, des queues de billard à la main, à rire et à boire. Je priai pour qu'ils ne me voient pas. Je ne voulais pas que de nouvelles rumeurs se propagent.

Liam ouvrit ma portière et, au lieu d'en faire toute une histoire, je montai. La tension dans la voiture était si forte que c'en était étouffant. J'ouvris ma fenêtre, mais la brise ne changea pas grand-chose.

Je posai ma tête sur le repose-tête et regardai les ténèbres s'étendre à l'extérieur, comme elles le faisaient dans ma tête. Liam n'était pas attiré par moi ; il avait pitié. Il pensait que j'étais pathétique, triste et trop fière pour mon propre bien. Et puis, *je* n'étais pas attirée par lui. D'accord, il était beau, mais beaucoup d'autres gars sont beaux. Ce n'est pas parce que mon corps réagit au sien que je devrais encourager ces sentiments.

— Les anciens veulent se réunir mercredi.

Sa voix me tira de mes pensées. Je me tournai vers lui. Son profil était éclairé par les lumières du tableau de bord.

— Pour discuter de la prochaine épreuve.

— Je ne devrais pas faire la prochaine épreuve.

Sa mâchoire fléchit tandis qu'il s'arrêtait à un stop devant l'auberge.

— Mais tu es toujours dans la course.

— Je ne le devrais pas.

— Écoute si tu ne veux plus participer, va à la réunion et dis-le-*leur*.

Je tressaillis en entendant la dureté de sa voix.

— Bien. À quelle heure c'est et où ?

— Ça sera chez mon père, à 18 h.

Un frémissement secoua ma colonne vertébrale.

— Pourquoi chez ton père ?

Il haussa un sourcil.

— Ça te dérange d'y aller ?

Je me détachai et ouvris ma portière.

— Non.

— Tu ne veux pas savoir l'adresse ?

— Je me souviens où c'est.

— Bien sûr que tu t'en souviens.

Mon rythme cardiaque devint chaotique.

Je me demandai ce qu'il voulait dire par là, mais je craignais sa réponse. L'agence lui avait-elle dit que j'avais été envoyée voir Heath, ou Liam l'avait-il découvert tout seul ? À moins que son père n'ait des caméras de sécurité ? Je n'en avais pas vu, mais cela ne voulait pas dire que cette ordure n'en avait pas installé.

Pourquoi est-ce que c'était important ? Ce n'était pas comme si je l'avais tué avec mes trois petites pilules empêchant sa transformation. Elles étaient inoffensives. Je le savais bien, parce que j'avais dû en avaler chaque jour, les trois premiers mois après notre départ de Boulder. Même si l'éloignement avec la meute finissait par bloquer la transformation, maman avait utilisé les pilules pour museler la magie métamorphe dans mes veines. Les médicaments étaient à mon père ; il en avait pris pour empêcher la transformation quand il s'était cassé les deux jambes et que ses os se ressoudaient.

Je sautai de voiture et marmonnai :

— Je te verrai demain.

Puis, je claquai la portière et sentis les vibrations de ce geste dans chacun de mes membres.

<h1 style="text-align:center;">Vingt-Trois</h1>

Le jour suivant, Lucy passa dans ma chambre au lever du jour pour demander comment j'allais. Je ne savais pas si ça l'intéressait vraiment. Je haussai les épaules et lui dis que j'allais mieux.

— J'ai entendu dire qu'ils t'ont gardée dans la course.

Elle croisa ses bras épais sur ses seins bonnet F.

— C'est ce que j'ai entendu, oui.

J'attendis qu'elle me dise de quitter la compétition. Elle n'ajouta rien et je ne l'informai pas de mes intentions d'abandon.

Ses yeux noisette passèrent au peigne fin mes jambes nues, dans mon short de pyjama.

— Tu peux travailler ?

— Oui.

J'étirai mes bras. Je n'avais plus l'impression qu'ils étaient attachés à des haltères, mais de légères courbatures demeuraient.

Elle m'assigna les chambres des invités. J'enfilai mon uniforme gris et m'attelai à la tâche, passai l'aspirateur sur les tapis, fis les lits sans le moindre pli, dépoussiérai les bocaux remplis de pot-pourri maison. L'effort physique m'aida à oublier les insinuations de Liam.

Seulement pour un moment.

L'après-midi, après avoir mangé avec Evelyn dans la cuisine, j'arpentai ma chambre comme un tigre en cage. Au bout d'un moment, j'attrapai le cadre sur ma table de chevet, un cliché de moi et mes parents. J'étudiai le visage de mon père et le comparai au mien. À part nos fossettes identiques et peut-être la forme de nos bouches, tous mes traits me venaient de ma mère.

Je grognai en comprenant ce que j'étais en train de faire. Comment les Kolane osaient-ils insérer le doute dans mon esprit ?

J'étais la fille de mon père.

J'étais un loup-garou, comme lui !

Je posai le cadre si fort que le verre claqua, mais heureusement il ne se brisa pas.

Un coup à la porte détourna mon attention et j'allai ouvrir. Les bras croisés sur ma poitrine, je regardai Everest d'un air mauvais, puis je lui balançai tout ce que je pensais. *Tout.*

Il laissa tomber un sac sur mon lit.

— Qu'est-ce que c'est que ça ? grommelai-je.

— Une robe. J'espère que c'est la bonne taille.

— Quoi ? Tu m'as acheté une robe ? Tu crois que je vais te pardonner parce que tu m'as apporté un cadeau ?

— Je l'ai pas achetée pour t'amadouer, mais parce que tu vas en avoir besoin ce soir.

— Pourquoi est-ce que j'aurais besoin d'une robe ce soir ?

Je me rendis compte que je criai quand Everest posa un doigt sur mes lèvres.

— Baisse la voix.

— Ne me dis pas de baisser la voix. Tu n'as pas le droit de me dire quoi faire ! Tu m'as laissée tomber.

Ma phrase se termina dans un sanglot. Everest soupira et m'attira à lui. Il secoua la tête.

— Je suis désolé. C'est mes parents. Et puis, j'ai découvert quelque chose et j'ai essayé de trouver une solution avant de venir te voir. Maintenant, calme-toi, que je puisse m'expliquer.

Je le repoussai.

— Liam a engagé un détective privé.

Ma gorge s'assécha.

— Il essaie de fureter partout pour découvrir ce qui est arrivé à Heath. Et devine où ça l'a mené ? Droit à l'agence d'escort.

Ses murmures sonnaient comme des cris.

— Sandra ne lui a pas donné ton nom. Elle m'a contacté, comme elle n'arrivait pas à te joindre. Bref, elle a promis de ne rien dire en échange d'argent.

— Tu l'as soudoyée ?

— Oui. Je l'ai soudoyée.

— Combien ?

— Ne t'en préoccupe pas, j'ai géré.

Il passa sa main dans ses cheveux roux en bataille.

— Je crois que Liam sait déjà. La nuit dernière, il a sous-entendu...

— Il ne sait pas. Il essaie de deviner, mais il ne sait pas.

Je me laissai tomber sur le fauteuil et reposai ma tête contre le dossier dans un soupir.

— Je sais bien qu'avoir été là-bas le soir de la mort de Heath me donne l'air coupable, mais je ne l'ai pas tué, Everest. Je devrais dire la vérité.

Comme Everest ne répondait pas, je levai la tête. Ses lèvres étaient si pincées et ses joues tellement pâles que mon cœur manqua un battement.

— Quoi ?

Il s'assit au pied du lit.

— Tu me fais peur... Qu'est-ce qu'il y a ?

— Ness, j'ai entendu Lucas et Matt parler des analyses toxicologiques de Heath. Le médecin légiste a trouvé de la drogue dans son système.

Je me raidis.

— Et donc ?

— Il s'est noyé à cause de ces pilules... Elles ont foutu la merde dans son système nerveux.

— Tu veux dire que... que...

Mes bras, mes jambes, ma poitrine et ma peau furent pris de tremblement. Je levai une main sur ma bouche ouverte.

— Non, murmurai-je.

Everest baissa la tête, tendit le cou et me lança un regard sombre et triste.

— Si.

La pièce se déforma autour de moi.

— Ce que tu es en train de me dire... c'est que...

— Que tu l'as tué. Oui.

Ma respiration s'arrêta tandis que la peur me prenait à la gorge et comprimait mes poumons.

J'ai tué Heath.

Malgré toutes mes pensées meurtrières, je n'aurais *jamais* voulu le faire pour de bon.

Je n'étais pas un bourreau assoiffé de sang.

Everest se pencha et attrapa l'une de mes mains.

— J'ai un plan.

J'essayai de déglutir, mais on aurait dit que quelque chose bloquait ma gorge, comme des cheveux dans la bonde d'une douche.

— Je dois... je dois fuir.

— Non.

J'avais tué le père de Liam. L'alpha de la meute. Tous les loups allaient me traquer et me déchiqueter.

— J'ai un plan. Un plan qui te garderait en sécurité. Je te le promets. Il n'y a aucune faille.

Il y a *toujours* une faille.

Des barreaux d'argent se matérialisèrent devant moi. Ils allaient me jeter dans un de leurs trous. Je retirai mes mains de celles d'Everest et me massai les temps. Si la meute ne me tuait pas, les autorités m'enfermeraient pour homicide involontaire. Peu importait mon intention.

Merde.

— Ness, j'ai quelqu'un qui pourra t'aider.

Je ne pensais pas que le président des États-Unis puisse me sortir de ce bazar.

— Julian Matz.

Comme si ce nom m'indiquerait quelque chose. Ça ne me disait rien.

— Qui est-ce, Julian Matz ?

Il tressaillit en entendant ma voix stridente.

— L'alpha de la meute des Pins.

J'en eus la chair de poule. Son plan, c'était d'impliquer l'alpha de la meute ennemie ? J'avais l'impression qu'on avait versé des glaçons dans mon estomac et de nouveaux frissons me traversèrent.

— Tu lui as... dit ?

— Je n'avais pas le choix.

Il n'avait pas le choix. J'étais folle de rage et je mourais d'envie de lui arracher les yeux.

— Tu lui as dit ! Comment oses-tu !

Everest cligna des yeux.

— Ness, je l'ai fait pour toi.

Putain. Ma vie était foutue. Je devrais peut-être essayer de sauter d'un toit comme Becca. Ou peut-être, me transformer en loup et voyager jusqu'à une lointaine montagne où je pourrais me perdre dans la nature.

— Écoute, tu vas retrouver Julian ce soir et il t'expliquera comment il t'innocentera.

Il me montra le sac.

— Porte la robe et retrouve-moi dans l'allée à dix-sept heures. Je t'emmènerai. Tu as deux heures pour te préparer.

Il se leva et marcha jusqu'à la porte.

— Pourquoi dois-je porter une robe ?

— C'est une soirée pour célébrer les fiançailles de son neveu.

Poignardez-moi. Non seulement je devais rencontrer un alpha ennemi, mais aussi assister à une cérémonie de fiançailles où toute la meute des Pins serait rassemblée.

J'aurais presque préféré mourir.

Presque.

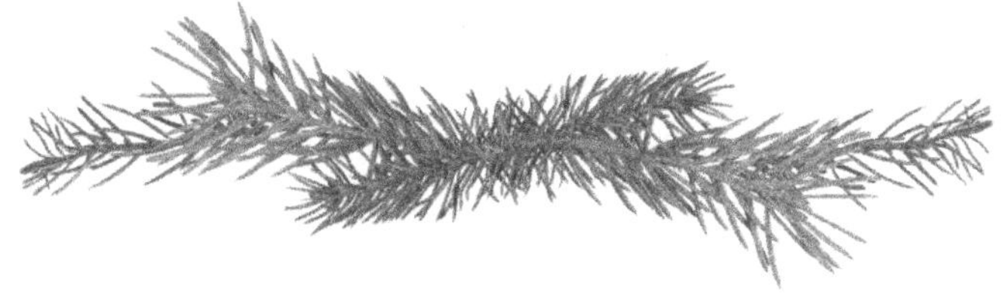

Vingt-Quatre

La robe qu'Everest m'avait achetée m'allait comme un gant... littéralement. Le cuir noir élastique suivait chacune de mes courbes, ne laissant rien à l'imagination. Et aucune place pour attacher un couteau à ma cuisse, ce à quoi j'avais pensé.

Mais j'avais changé d'avis de toute façon.

Amener une arme à une fête de fiançailles de loups-garous était de mauvais goût. Qu'est-ce que j'allais faire de toute façon ? Si la lame n'était pas en argent, ça ne me servirait à rien. Au souvenir de la révélation d'Everest, je donnai un coup de poing dans le miroir. Une fissure brisa la glace. Je la contemplai comme si c'était un mauvais signe. Qu'est-ce que ça impliquait, de casser un miroir ? *Ah oui... sept années de malchance.*

J'étais cuite.

Je pris une des pinces que j'avais coincée entre mes lèvres et la plongeai dans mon chignon, qui était censé être élégant, mais ressemblait à une pelote de laine qu'un chat aurait pourchassée dans l'escalier.

Une fois ma coiffure terminée, j'attrapai mon sac, mon portable, mes clés et enfilai mes talons noirs. En chemin pour sortir de l'auberge, je croisai Jeb. J'espérais qu'il n'avait aucune idée de ce que j'avais fait.

Il croisa les bras quand je passai devant l'accueil.

— Où vas-tu ?

— Manger avec Everest.

Son front se plissa.

— Il t'emmène où ?

— Il a dit que c'était une surprise pour se rattraper de m'avoir oubliée le jour de la première épreuve.

Les yeux de Jeb trahirent sa culpabilité.

— Bonne nuit, Jeb.

Il jeta un coup d'œil au parking par-dessus mon épaule, sûrement pour vérifier que je disais la vérité sur son fils.

Je montai dans la voiture d'Everest avec peu de grâce, car la robe comprimait mes mouvements.

— Je ne savais pas qu'ils faisaient des camisoles de force en cuir noir.

Everest sourit de toutes ses dents et pendant une seconde, il me fit oublier que c'était peut-être le jour le plus merdique de mon existence. Et pourtant, j'avais eu mon lot de jours merdiques.

J'attachai ma ceinture.

— Alors, qui était-ce cette fille avec qui tu échangeais ta salive Chez Tracy ?

— Juste une fille.

— La même que celle du festival de musique, non ?

— Oui.

— Et tu l'as rencontrée... par hasard ?

Ses oreilles rougirent.

— Ce n'est pas une escort.

Je ne voulais pas sous-entendre qu'il l'avait rencontrée via Sandra.

— Comment s'appelle-t-elle ?

Il me lança un regard.

— Pourquoi veux-tu savoir ?

J'étais un peu surprise de sa réaction.

— Parce que je suis ta cousine et que ta vie m'intéresse. Mais si tu ne veux pas me le dire...

— Elle s'appelle Megan. Elle est en L1 à UCB.

Tout en regardant la petite route éclairée par les lampadaires et bordée de pins, je passai mon pouce sur la bandoulière de mon sac.

— Et Becca alors ?

— Eh bien quoi ?

— Que se passera-t-il si elle se réveille ?

— Ça fait un mois, Ness.

— Alors tu abandonnes ?

— Je n'abandonne pas, mais je ne vais pas non plus attendre à son chevet pour le restant de ma vie.

Je n'étais pas une experte en relation amoureuse, mais passer à autre chose en un mois quand on a aimé quelqu'un semblait très brusque.

— Je ne voulais pas que tu te sentes coupable.

— Je ne me sens pas coupable.

Sa réponse était sèche, presque cassante. Pendant un long moment, nous regardâmes la route en silence.

Nous passâmes sur le territoire des Pins, dont la frontière était délimitée par une forte odeur d'urine et une clôture blanche de trois mètres de haut, gardée par deux loups sous forme humaine.

— Comment ça se fait que tu te sois tourné vers la meute des Pins pour avoir de l'aide ?

Everest baissa sa vitre et indiqua nos noms au garde. L'homme nous fit signe de passer et nous avançâmes sur une allée ombragée par les cèdres, décorée de ballons blancs.

— Ils détestent Heath.

J'y réfléchis un instant.

— Qu'est-ce qu'ils ont à y gagner ?

— Julian te le dira.

— Pourquoi toi, tu ne me le dis pas ?

— Parce qu'il l'expliquera mieux.

— Est-ce qu'ils veulent quelque chose...

Everest frappa son volant.

— Mon Dieu, Ness, sois un peu patiente, d'accord ?

Je me hérissai à le voir aussi sec avec moi. Il m'amenait dans une tanière remplie de loups, littéralement. La moindre des choses était de me donner un indice sur ce qu'ils attendaient de moi.

— Tu viens avec moi ?

— Non. Ça sera mal vu que j'y sois.

— Mais ma présence, elle, elle n'alarmera personne ?

— Tu n'es pas un loup de Boulder. Tu as tous les droits d'être là. Si quelqu'un t'embête, dis que Julian t'a payée pour que tu sois là. Il confirmera ta version.

Je voulais crier que je n'étais pas une escort, mais je réprimai mon irritation.

Il s'arrêta dans l'allée en virage du Q.G. des Pins, devant une structure faite de verre et de bois, qui ressemblait à un country-club luxueux. Bien mieux que le bâtiment tout simple en pierre grise de la meute de Boulder. Mais après tout, la meute utilisait à bon escient l'auberge ; c'était peut-être la raison pour laquelle elle n'avait pas cherché à améliorer son Q.G.

Un serveur en gants blancs ouvrit ma portière.

— Tu reviens me chercher ?

— Julian enverra quelqu'un pour te ramener.

— Tu ne peux pas venir toi ?

J'avais l'air d'une enfant chouineuse, mais je n'aimais pas être en territoire inconnu. Il soupira.

— Très bien. Appelle-moi quand tu es prête à partir.

Je lui lançai un petit sourire.

— Merci. Merci pour tout, Everest.

Ma gorge se serra à nouveau. Sans me répondre, il décréta :

— Ça sert à ça, la famille.

En serrant mon sac contre moi, je me retournai et montai les marches envahies par des pivoines, comme un prisonnier marche vers son exécution.

Vingt-Cinq

J'avais cherché Julian sur internet pour voir à quoi il ressemblait et ce qu'il aimait faire. Il n'était pas particulièrement du genre à cacher sa vie alors, j'avais déniché plusieurs photos de lui entouré de sa « famille ». J'avais même pu apercevoir sur quelques photos mon membre préféré de la meute des Pins, Justin Summix. J'avais ressenti l'envie d'imprimer une des photos pour planter des épingles sur son visage et son entrejambe. La misogynie faisait ressortir le pire en moi.

Le hasard voulut que la première personne sur laquelle je posai les yeux fût Justin. Peut-être l'avais-je remarqué en premier, car c'était le seul que je connaissais. Les autres m'étaient vaguement familiers, mais le deuil et l'éloignement avaient rendu mes souvenirs flous. Justin donna un coup de coude au gars à côté de lui et me pointa du doigt. *Subtile.*

Une fille pas beaucoup plus vieille que moi, avec de longs cheveux blonds bouclés et des lèvres colorées d'un rose vif, posa une main sur mon avant-bras. Ses narines étaient dilatées.

— Excuse-moi, ma chérie, mais je crois que tu t'es trompée de réunion de meute. Je sens les loups de Boulder partout sur toi. On ne prend pas leurs restes ici, m'expliqua-t-elle doucement.

Elle appuya sur mes bras pour me pousser à faire demi-tour. J'affichai un sourire espiègle et retirai sa main.

— Tant mieux, je ne suis pas un reste de Boulder. Je cherche...

Son nom resta coincé dans ma gorge quand je le repérai au centre de la pièce. Comme un étang troublé par un galet, tout le monde ondulait autour de Julian. Comme s'il m'avait sentie le regarder, Julian posa ses yeux bleu clair sur moi. Il fronça les sourcils, puis un lent, très lent sourire se dessina sur son visage.

Je descendis les marches, mes talons claquant sur la pierre. Les narines se dilataient sur mon passage et plus d'une personne fronça les sourcils tandis que je m'approchais.

— Monsieur Matz.

— Eh bien, tu es ravissante, Ness Clark.

Il prit une de mes mains et la porta à ses lèvres comme s'il allait l'embrasser. Ses lèvres ne touchèrent jamais leur cible, mais le geste si. Les loups que je sentais se rapprocher commencèrent à reculer. Il me fit tourner de sorte que mon dos soit pressé contre sa veste bordeaux. Un léger hoquet s'échappa de mes lèvres et il desserra le bras enroulé autour de ma taille.

— Ness Clark est notre invitée spéciale ce soir. J'espère que vous saurez tous vous montrer sous votre meilleur jour.

Mon regard croisa celui surpris et écarquillé de nombreuses personnes. Tout le monde semblait attendre une explication de la raison pour laquelle j'étais leur invitée spéciale, mais Julian ne rajouta rien et me relâcha en proposant son bras. Ne pas le prendre serait sûrement mal vu, alors je glissai mon bras au creux de son coude.

— Laisse-moi te présenter le couple de la soirée.

Il me mena jusqu'à des portes ouvertes donnant sur une grande pelouse soignée, parsemée de haies perpendiculaires. Les coins étaient si rectilignes que j'imaginai le jardinier les taillant muni d'une équerre.

Julian leva une main. À son auriculaire trônait une bague surmontée d'un diamant de la taille de son ongle.

— Robbie, Margaux ! appela-t-il.

Ils posaient devant une équipe de professionnels. L'équipement de photographie semblait aussi cher que ce que portait la mariée : une robe blanche en dentelle et une rivière de diamants autour de son cou de cygne.

Le neveu de Julian se tourna vers moi en premier. Il leva le nez un tout petit peu et renifla. Il fronça les sourcils, comme ses camarades. À l'évidence, Julian n'avait annoncé ma venue à personne d'autre que les gardes.

— Voici Ness Clark, annonça Julian en souriant, ce qui renforça le visage suspicieux de son neveu.

— La fille de Callum Clark ?

Julian hocha la tête.

— Celle-là même.

Il me lâcha et se pencha vers sa future belle-nièce.

— Margaux, ma chérie, tu es sublime ce soir.

— Comme toi, tonton.

— Tu as toujours un compliment pour ton vieil oncle.

— Tu n'es pas vieux.

Elle lâcha un petit rire qui donnait l'impression que ses lèvres étaient faites de cristal. Je reniflai, me demandant si elle était faite de peau ou de fourrure. Elle avait la même odeur que Robbie, comme si elle s'était baignée dans son odeur.

Quand l'équipe de photographes demanda s'ils pouvaient prendre une photo d'elle et Julian, l'alpha accepta.

Robbie croisa les bras en regardant son oncle pencher sa future femme sur son bras. Elle rit et ses yeux brillèrent devant les caméras, autant que s'ils étaient des diamants. J'étudiai Robbie. Est-ce qu'il s'inquiétait de la façon dont Julian touchait Margaux ? Après tout, Julian était l'alpha et les alphas aimaient prendre ce qui ne leur appartenait pas... du moins, c'était comme ça que cela fonctionnait dans notre meute.

— Tu as beaucoup grandi depuis la dernière fois que je t'ai vue, fit Robbie. C'était il y a combien de temps ?

— Six ans.

— Six ans...

Il regarda sa future femme qui gloussait parce que Julian l'avait soulevée dans ses bras.

— Je me suis toujours posé une question, reprit-il.

— Quoi, donc ?

— Pourquoi la meute n'a-t-elle pas puni le chasseur qui a tué ton père ?

— Pardon ?

— Le dernier chasseur qui a blessé l'un des nôtres a été aussitôt mis en pièce. Je pensais que les Boulder appliquaient la même règle que nous.

Mon corps pivota complètement vers Robbie.

— Bien sûr. Le chasseur a été tué juste après mon départ de Boulder.

Il fronça les sourcils nettement.

— L'homme est toujours bien vivant, Ness.

Mon cœur se mit à cogner contre ma cage thoracique, lui qui jusque-là s'était bien comporté.

— Tu étais avec ton père cette nuit-là, non ?

— Oui, mais il faisait noir et c'était une de mes premières sorties. Mon odorat n'était pas pleinement développé et...

— Alors tu ne te souviens plus du chasseur ?

— Je ne l'ai jamais vu, ou du moins je ne m'en souviens pas.

Je me rappelais le coup de feu, les éclaboussures chaudes du sang, l'odeur métallique, mais c'est tout ce qu'il me restait de cette nuit dévastatrice.

— Mais la meute l'a traqué et ils... (Ma voix me lâcha un moment) ils l'ont *tué*.

La pitié sur le visage de Robbie me hérissa la peau.

— Pour un homme mort, il a l'air terriblement vivant.

Bam. Bam. Bam, faisait mon cœur. Comme le fusil qui m'avait volé mon père. Robbie mentait, il essayait de me mettre en colère.

— Comment sauriez-vous qui c'était ?

— Tu ne crois pas qu'on mène nos propres enquêtes ? La mort d'un métamorphe nous affecte tous.

Ses mots me tapèrent sur les nerfs.

— Pourquoi devrais-je croire qu'il est toujours dehors ? Tu pourrais tout aussi bien être en train de me manipuler pour que j'aille tuer un homme innocent. Un homme dont la mort arrangerait les Pins peut-être ?

— Tu es du genre caractériel, non ?

— Réponds à ma question. Pourquoi devrais-je te croire ?

— La vérité, c'est que tu n'as aucune raison de me croire. Si j'étais toi, Ness, j'irais demander la vérité à ma meute.

— Je n'ai pas de meute.

Il pencha la tête sur le côté.

— Alors les rumeurs affirmant que tu fais partie d'une compétition pour le titre d'alpha sont fausses ?

— Je n'en fais plus partie. Je n'ai aucun intérêt à être une louve de Boulder.

Il referma ses bras musclés sur son torse imposant.

— Alors tu seras une louve solitaire ?

— Non. Je quitte Boulder.

— Ne pas te transformer raccourcira ton espérance de vie. Ce n'est pas naturel pour ton corps de ne pas être en loup. Ce serait comme être une femme sans avoir ses règles.

La comparaison me fit plisser le nez.

Margaux arriva soudain, pendant que Julian posait seul. Elle se précipita sur le bras de son fiancé, puis le lâcha pour resserrer le nœud autour de sa queue de cheval courte.

— On devrait retourner voir nos invités, Robbie.

Il l'embrassa, puis me souhaita :

— Profite bien de la fête.

Main dans la main, ils retournèrent vers la foule qui s'était déversée par les portes-fenêtres sur la terrasse pavée. Les visages et tenues formaient désormais un grand nuage flou vibrant de couleurs.

Une main attrapa mon coude.

— Ils aimeraient prendre une photo de nous. Voudrais-tu poser avec moi ?

— Non.

Julian étudia mon expression, puis fit un signe de main à l'assistante du photographe qui l'avait suivie. Elle s'en alla aussitôt.

— Monsieur Matz, qui a tué mon père ?

Julian secoua légèrement la tête.

— Ah, Robbie, Robbie, Robbie, soupira-t-il. Toujours à fourrer son nez dans des affaires qui ne le concernent pas.

— Dites-moi son nom. S'il vous plaît.

J'avais violemment besoin de la vérité. Il baissa le menton.

— Si je ne me trompe pas, tu as dîné avec lui il y a quelques jours.

— Moi, j'ai dîné avec l'assassin de mon père ?

Ma voix était forte, trop forte. Elle faisait écho dans mes oreilles.

Julian avait l'air lugubre.

— Aidan Michaels.

Tous les sons, les couleurs, les parfums et les odeurs s'estompèrent tandis que le nom s'imprégnait dans mon esprit.

Je m'étais assise à la table de l'assassin de mon père. J'avais parlé avec lui. J'avais accepté son argent.

Je levai une main à mon cou, prise de haut-le-cœur. Je fermai la bouche. Une goutte de sueur tomba sur le haut de mes lèvres. Un bras s'enroula à ma taille, me soutenant. Le monde tourbillonna avant de redevenir clair.

— Je suis désolé d'être le messager de si terribles nouvelles.

La stupidité me laissa un goût amer en bouche. Moi qui pensais que la meute ne m'appréciait pas. S'ils n'avaient pas vengé mon père, alors leur aversion pour moi était plus importante encore que je ne le pensais. Le dégoût parcourut ma peau et les griffes sortirent à la place de mes ongles.

— Respire, tes yeux ont changé.

Je respirai et le simple fait d'inhaler et d'exhaler fit disparaître mes griffes. En revanche, cela ne fit pas disparaître ma fureur.

— Heath avait trop de relations d'affaires avec Aidan Michaels pour se permettre de le tuer.

Il se pencha vers moi et son odeur de whisky emplit l'air.

— Le monde se portera bien mieux maintenant que tu l'as tué.

Mon cœur se fit de glace.

— Everest a dit que vous pourriez m'aider.

Pour la première fois depuis qu'Everest m'avait annoncé que j'étais une meurtrière, je m'en fichais.

Une expression amusée et presque satisfaite apparut dans les yeux de l'alpha. Contrairement à ce que croyaient les humains, les loups-garous vieillissaient au même rythme qu'une personne normale. Pourtant, Julian avait l'air d'un ancien, comme s'il était vivant depuis plus longtemps que ses quarante-sept ans.

— Je connais bien le détective privé que Liam a embauché. Un mot de ma part et il déviera l'enquête loin de toi.

— Qu'est-ce que ça me coûtera ?

— Tu ne tournes pas autour du pot, hein ?

Je redressai les épaules et ma robe en cuir se serra autour de moi comme une seconde peau.

— Qu'est-ce que ça me coûtera ?

— Continue ce petit jeu que vos anciens ont organisé.

Je rejetai ma tête en arrière.

— Je ne veux pas faire partie de ma meute.

— Tu n'en ferais pas partie. Tu en serais à la tête.

— Je n'ai pas envie de mener une bande d'abrutis.

— Pourquoi t'es-tu proposée, alors ?

— Parce que je ne voulais pas qu'un autre Kolane ait ce genre de pouvoir.

— Et tu as changé d'avis ?

— Non.

Julian sourit.

— Continue ces stupides épreuves et je m'assurerai que ton nom soit blanchi et que tu gagnes.

— Comment et pourquoi ?

— Ne t'embête pas avec le comment. Et pour ce qui est du pourquoi…

Julian referma sa main sur mon coude et me guida sur la pelouse.

— Je veux la paix entre nos deux meutes et je crois que tu es un bon instrument pour parvenir à cette paix. Il y a quelque chose de très spécial chez toi, et pas seulement parce que tu es la première femme née dans ta meute depuis un siècle. Enfin, peut-être que ton sexe influence bel et bien cette conviction.

Il m'arrêta sur la première marche du grand escalier en pierre qui menait à la terrasse.

— Avons-nous un marché, Ness Clark ?

Ses compliments et son soutien aiguisaient mon ego, ce qui serait une arme dangereuse.

— Les Boulder vous détestent. Ils pensent que vous êtes le mal à l'état pur.

Ses yeux brillaient comme des balles d'argent.

— Je n'en doute pas. Mais est-ce qu'un homme mauvais voudrait la paix ?

J'essayai d'apercevoir le loup tapi sous l'humain et sa peau bronzée, ses lèvres boudeuses et ses yeux bleus. Son loup semblait être un spécimen impressionnant.

— Je peux agrémenter cette offre en envoyant mes loups s'occuper d'Aidan. Tu préférerais ?

— J'aime régler mes propres affaires, mais merci pour cette proposition.

— Alors, tu continueras les épreuves ?

Avais-je le choix ? À part quitter Boulder, je n'avais aucune échappatoire.

— Oui.

Les dents de Julian se dévoilèrent dans un grand sourire. Il leva ma main à sa bouche et y déposa un baiser pour sceller notre marché.

— Tu aurais rendu ton père fier.

Du verre se brisa contre la pierre et des voix stridentes raisonnèrent au-dessus de nous. Je fis volte-face et découvris un homme presque méconnaissable, qui nous regardait l'air mauvais, moi et Julian. Du sang coulait de la tempe de Liam et de son nez.

— Écarte-toi de lui, Ness !

La voix de Liam me heurta comme un éclair, mais au lieu de me faire trembler, elle m'électrifia.

Avec un détachement presque aseptisé, je penchai la tête sur le côté et le regardai lutter contre les trois métamorphes qui le retenaient. Je me demandais si c'étaient les mêmes qui avaient frappé son visage. Liam montra les crocs et donna un grand coup de tête contre l'un d'entre eux. Son ravisseur s'étrangla et chancela en arrière. Du sang coula de ses narines, se mélangeant à celui de Liam sur les dalles de calcaire.

— Relâchez-le, ordonna Julian.

Liam retrouva sa liberté si soudainement qu'il trébucha en avant, mais il recouvrit aussitôt son équilibre.

— Que nous vaut le plaisir de ta visite, Liam ?

Liam parcourut mon visage des yeux.

— Je viens chercher mon loup.

Son loup ? Je n'étais le loup de *personne*.

La voix de Julian fit écho à mes pensées :

— *Ton* loup ?

Il haussa les sourcils tandis que Liam se colorait de rouge.

— Ness est un loup de Boulder.

— Si j'ai bien compris, ta meute ne l'a pas laissée prêter serment.

— Ness, allez. Je te ramène.

Son désespoir se heurta à ma carapace endurcie.

Maintenant, j'étais importante ? Je croisai mes bras sur ma poitrine. Dans ma tête, je murmurai : *Va-t'en. Tu te ridiculises.*

Julian enroula un bras possessif autour de mon biceps.

— Ness m'accompagne pour la soirée.

Le regard de Liam oscilla entre l'alpha des Pins et moi.

Il attendit.

Et attendit.

Que je démente. Ou peut-être que je retire la main de Julian.

Je ne fis aucun des deux.

Je vis le moment exact où il comprit qu'il avait perdu son temps à jouer au sauveur. Son visage se durcit et il recula. Puis, il secoua la tête, les lèvres pincées de dégoût.

Je gardai une expression neutre, vide d'émotion, et il recula jusqu'à disparaître.

Ce soir-là, je m'étais fait un allié, mais aussi un ennemi.

Vingt-Six

Je restai à la fête une heure de plus. J'avais mis un point d'honneur à ne pas partir avec Liam, mais je ne voulais pas rester trop longtemps. Je ne cherchai pas une meute de remplacements. Non pas que ce soit possible.

Je sortis mon téléphone de mon sac pour demander à Everest de venir me chercher, mais Julian anticipa ma demande en claquant des doigts.

— Sarah !

La louve aux cheveux ébouriffés qui m'avait dit que les restes de Boulder n'étaient pas désirés sur le territoire des Pins se retrouva avec la mission de me ramener. Vu l'agacement dans ses yeux bruns, je voyais bien qu'elle était tout aussi contente que moi.

À mi-chemin, elle lâcha :

— Tu l'as sucé ?

J'arrachai mon regard de la route. Ses traits étaient jolis, surtout comparés à la masse de boucles, mais je voyais que sa délicatesse était superficielle et que sa personnalité allait de pair avec ses cheveux.

Elle parlait probablement de Julian, mais je décidai de la provoquer.

— Va falloir être plus spécifique.

Elle plissa le nez.

— Mon Dieu, vraiment ? Beurk. Je voulais parler de Julian.

— Non.

— Mais tu lui as fait quelque chose, sinon il ne t'aurait jamais aidée.

— Tu sais où habite Liam Kolane ?

Elle leva un sourcil, déjà haut placé sur son visage.

— C'est une question piège ?

— Non. J'ai quitté Boulder à onze ans. À l'époque, Liam vivait toujours avec son père.

Une fossette apparut à sa joue, qu'elle mordillait sûrement jusqu'ici.

— Oui, je sais où il habite.

— Tu peux me déposer là-bas ?

— Pourquoi ?

— Je ne te dois pas d'explications, Sarah.

— Si tu trompes mon alpha, alors, si, tu m'en dois une.

— Pour le tromper, ça impliquerait qu'on soit ensemble, ce qui n'est pas le cas. J'ai juste besoin de parler à Liam.

— Je t'attendrai pas en tout cas. Je suis pas ton chauffeur personnel, grommela-t-elle.

— Parce que tu crois que je veux que tu m'attendes ?

— Tu couches avec Liam ?

— J'ai l'air de coucher avec ?

— Ma belle, tu as l'air d'être prête à beaucoup de choses.

— Qu'est-ce que ça veut dire ça ?

— Qui porte une robe aussi dominatrice à une fête de fiançailles ?

J'écarquillai les yeux. J'avais bien vu que mon cuir moulant détonnait au milieu du tulle et de la soie, mais je n'avais pas réfléchi à l'impression que ça donnerait aux autres. Après tout, je n'avais pas été inquiétée par la mode en l'enfilant.

— Je ne l'ai pas achetée.

— Un de tes amants te l'a offerte ?

Je tirai sur le tissu qui remontait.

— Mon cousin.

— Beurk. Si ma cousine m'achetait des trucs comme ça, je lui dirais de la porter elle-même. Et si c'était un mec, encore plus.

Une image d'Everest portant ma robe me vint à l'esprit. Elle sourit et cela fit fondre un peu de l'ambiance étouffante dans sa petite Mini rouge.

— Tu es une louve, hein ?

Je ne savais pas pourquoi je le demandais. Elle avait l'odeur d'une louve. Peut-être que je voulais avoir une confirmation. Savoir que je n'étais pas la seule louve du monde.

— Évidemment.

— Combien de femelles avez-vous dans ta meute ?

— Vingt-huit pour soixante-dix mâles.

La meute des Pins faisait le double de la mienne.

La mienne.

Cette pensée me surprit. Je secouai la tête, mais cette formulation était bloquée dans la toile de mon esprit. Le sang Boulder coulait dans mes veines, mais c'était tout. Les loups de Boulder n'étaient pas toute ma vie. Même si je devenais leur alpha, je n'y trouverais jamais ma place.

Je posai mon coude sur l'accoudoir et appuyai ma tête dans ma main en réfléchissant à ce que j'avais accepté : devenir l'alpha d'une meute qui me répugnait. Mon marché avec Julian n'était pas juste pour les Boulder, mais la justice n'était pas une valeur respectée dans ma meute de toute façon.

Je me massai les tempes. Qu'est-ce que j'étais censée faire ? Si seulement il y avait quelqu'un à qui je pouvais demander conseil. Je pensai à Everest, mais il m'avait presque forcée à rencontrer Julian, alors ses conseils seraient loin d'être impartiaux. Je pensai ensuite à Evelyn. Peut-être que, sans en dire trop, je pourrai lui faire part du tableau général pour qu'elle m'aide.

— On y est. Ça fera cent balles.

Sarah se tourna vers moi, les yeux brillants dans l'obscurité. Je levai la tête.

— Tu plaisantes, hein ?

— Ça dépend. Tu as ce genre de montant à balancer ? J'aurais bien besoin d'un nouveau casque.

— Tu dépenserais cent dollars dans un casque ?

— J'aime avoir un bon son.

Elle baissa la main.

— Mais cent dollars carrément ?

— As-tu déjà entendu parler de DJ Wolverine ?

— Non.

— Tu n'es jamais allée à la Tanière ?

— C'est quoi la Tanière ?

Elle leva les yeux au ciel.

— Juste la boîte la plus cool de tout Boulder. Je suis DJ là-bas les jeudis et les samedis. DJ Wolverine.

Elle se pointa du doigt.

— Je n'arrive pas à croire que tu n'y es jamais allée.

— Si c'est sur le territoire des Pins...

— C'est en territoire neutre. Les Boulder y vont avec leurs mordues.

— Leurs mordues ?

— Des filles qui se collent à eux parce qu'elles veulent être mordues. Les gens pensent toujours que s'ils sont mordus assez de fois par un métamorphe, ils en deviendront un.

Je clignai des paupières. Je ne me rappelai pas avoir vu la moindre morsure sur une des copines des loups de Boulder.

— Mon Dieu. Tu es vraiment une débutante. Robbie plaisantait pas.

— À propos de quoi ?

— Du fait que tu avais besoin qu'on t'éduque.

— Il t'a dit ça ?

Elle sourit. Ses dents étaient si blanches et brillantes qu'elles ressemblaient à des perles.

— Je suis sa petite sœur. Il me dit tout.

— Tu es sa sœur ?

Elle frappa son torse de la paume théâtralement.

— Je suis vexée.

— Que je ne sache pas que tu étais sa sœur ? Contrairement à toi, je n'ai pas étudié ton arbre généalogique.

— Qu'est-ce qu'ils t'ont appris à l'école des loups-garous ?

— Je n'ai pas... été à l'école des loups-garous.

Ça existait, déjà ? Elle me lança un sourire narquois qui se transforma ensuite en sourire franc.

— Tu y as cru ? Tu y as vraiment cru, hein ?

— Tu es bizarre.

— Dit celle qui est la seule femelle de sa meute.

— Ça me rend unique, pas bizarre.

Elle me lança un nouveau sourire narquois.

Une lumière s'alluma dans la jolie maison lambrissée, au bout de l'allée en terre. Je repérai du mouvement à travers les fenêtres allant du sol au plafond, sur un côté. L'endroit n'était pas démesurément grand comme chez son père, mais avait l'air quand même luxueux.

Le clic des portières de la voiture se déverrouillant me fit sursauter.

Sarah plissa les yeux en regardant la silhouette sombre en mouvement.

— Tu te le tapes vraiment pas ?

— Non, je ne me le tape vraiment pas. Merci de m'avoir ramenée.

Je posai la main sur la poignée. Elle agita la main. Deux de ses doigts étaient décorés de bagues en or avec une pierre précieuse.

— Y a pas de quoi. Ciao.

Je sortis et commençai à marcher. Je me tournai en l'entendant ajouter :

— Si jamais tu t'ennuies ou si tu as des questions à débattre entre louves, tu peux me trouver à la Tanière. Le jeudi et le samedi.

Je hochai la tête. C'était... gentil. Malheureusement, cette gentillesse me rendait suspicieuse. C'était pour ça que je faisais un détour. Je voulais la confirmation qu'Aidan Michaels avait bien tué mon père et une explication sur la raison pour laquelle il n'y avait pas eu représailles. Je me retournai vers la maison de Liam et avançai sur le chemin, éclairée par la lumière de la lune.

J'allais frapper quand la porte s'ouvrit. Liam m'avait sûrement sentie, comme moi j'avais senti son odeur distinctive de musc dès le début de l'allée.

Il resta debout, une serviette nouée autour de sa taille, ses cheveux noirs gouttant après la douche. Même s'il était dans l'ombre, je remarquai que son nez et une bonne partie de sa mâchoire avaient bleui. En revanche, le sang était parti.

Je détournai les yeux de son visage, me concentrant sur les meubles disposés à quatre-vingt-dix degrés sur des tapis en peau de vache. Liam se déplaça et son corps occupa tout le couloir, sûrement pour m'empêcher de voir sa maison.

Il croisa les bras. Ses tendons bougeaient sous sa peau dorée, comme des cordes d'amarrages.

— Qu'est-ce que tu veux ?

Je levai les yeux jusqu'à son visage.

— Est-ce qu'Aidan Michaels a tué mon père ?

Son expression perdit toute hostilité. Il ne s'attendait pas à cette question-là.

— Alors ? insistai-je. Oui ou non ?

Il fronça les sourcils.

— Je pensais que tu savais.

— Je ne te poserais pas la question si je savais.

Liam étudia l'obscurité derrière moi et je me retournai. Sarah était toujours là ? Avant que je ne puisse me retourner vers lui, il me tira à l'intérieur, me lâcha et ferma la porte.

— Qu'est-ce que tu faisais à la fête des fiançailles de Robbie, Ness ?

Mon regard tomba sur les muscles de son corps avant de se reporter sur quelque chose de plus sûr et d'inanimé : une lampe fixée à un bloc de marbre noir, qui éclairait l'accoudoir du canapé.

— Je répète, qu'est-ce que tu faisais à un rassemblement des Pins, Ness ?

Je relevai les yeux vers son visage austère.

— Comment as-tu su que j'y étais, d'ailleurs ?

— Frank a senti que tu étais sur leur territoire. Ensuite, j'ai vu une photo de toi sur leur compte Instagram. Les Pins sont de vraies catins des réseaux sociaux.

Sa voix était aussi dure et froide que sa maison. Je ne sais pas pourquoi, mais la dernière remarque me fit grogner :

— Tu as Instagram ?

— Qu'est-ce que tu foutais là-bas ? demanda-t-il en détachant chaque mot.

— L'agence m'a envoyée.

— Foutaises. Julian n'utiliserait jamais un loup de Boulder comme escort. Et puis, je croyais que tu arrêtais.

— Je ne suis pas de la meute de Boulder. Et puis, c'est de l'argent facile. Et ça m'a donné l'occasion de les rencontrer. Ils sont très gentils. Beaucoup plus civilisés que *ta* meute.

— Je t'ai dit que je pouvais payer tes dettes.

— Et je t'ai dit que je ne voulais pas de ta charité.

Ses mains se posèrent sur la serviette à sa taille.

— Ça serait pas de la charité si je couchais avec toi, hein ?

Je blêmis.

— Je... je vais... je vais juste à des rendez-vous. Je ne couche pas avec eux.

Ma gorge s'assécha. Il décoinça sa serviette lentement.

— J'ai du mal à le croire.

La serviette en coton grise tomba lourdement à ses pieds. Je reculai.

— Je ne coucherai pas avec toi, Liam.

— Mais tu écartes tes jambes pour Julian ?

— Je n'écarte mes jambes pour personne, aboyai-je.

— Regarde-toi. Regarde ce que tu portes.

Il désigna ma robe et je brûlai de rage. Je posai mes mains sur le cuir à mes hanches, regrettant de ne pas pouvoir le transformer en autre chose, quelque chose qui ne me donnerait pas l'impression d'être une prostituée.

— Tu es un vrai con, tu le sais ça ?

— Au moins, moi je suis honnête.

Sa voix était à peine plus qu'une vibration. J'avais les nerfs en boule. Il avança d'un pas et je reculai. Mon coccyx heurta le bois.

— D'abord...

Ses lèvres se fermèrent, puis se rouvrirent. Mon cœur, lui, s'était arrêté.

— D'abord Aidan. Maintenant Julian. Tu as un truc pour les hommes plus vieux ?

Il humidifia ses lèvres.

— C'était juste pour le travail.

Je m'aplatis contre le mur et Liam posa une main sur le bois, à côté de mon visage. Je sentais son souffle sur mon front.

— Prouve-le.

Je restai bouche ouverte. Comment voulait-il que je le prouve ? Ce n'est pas comme si je gardais des preuves de ce à quoi je passais mes soirées.

Un éclat inhumain dévora ses iris et s'empara du blanc de ses yeux. Puis, ses ongles s'allongèrent en griffes, à côté de mon visage. Elles cliquetèrent contre le bois tandis qu'il fermait les yeux. Quand il les rouvrit, ils n'étaient plus jaunes et ses griffes avaient disparu.

J'étais soudain pleinement consciente de sa nudité et de sa proximité. Il faisait attention à ne pas me toucher avec la moindre partie de son corps et pourtant je le sentais... partout. Je sentais son odeur, j'entendais le battement de son cœur à son cou.

— Putain, Ness, grogna-t-il. Prouve-le !

Son ton m'arracha à ma torpeur.

— Je n'ai rien à te prouver, Liam Kolane.

— Tu m'as foutu la honte aujourd'hui.

— Je ne t'ai jamais demandé de venir me chercher.

— À quoi joues-tu ?

La peur m'envahit.

— Éloigne-toi de moi.

Je poussai son torse avec mes mains, mais c'était comme essayer de bouger un arbre. Un arbre terriblement sexy. Son corps n'était pas en feu, mais c'était tout comme, surtout lorsque mes paumes maladroites le touchaient.

Il me retourna et me poussa contre le mur jusqu'à ce que ma joue soit collée au bois, puis emprisonna mes poignets derrière avec une de ses mains.

— Lâche-moi, criai-je.

— Pas avant que tu m'aies dit la vérité. As-tu oui ou non couché avec Julian Matz ?

— Va te faire foutre.

Une larme coula le long de ma joue. Puis une autre. Et une autre.

— Tu ne me laisses pas le choix.

J'entendis ses genoux heurter le sol quand il s'accroupit. L'horreur me traversa et j'essayai de lutter contre sa poigne. Allait-il me violer ? Oh, mon Dieu, Everest avait raison. Liam était bel et bien comme son père.

Silence. Puis, une longue inhalation. Il me flairait !

Une rage sans nom s'empara de moi. Je me retournai, arrachant mes poignets de sa main. Il se leva et je lui collai une gifle. Pas une, mais deux et je l'aurais encore frappé s'il n'avait pas attrapé mes mains.

— Tu es un porc ! Rien d'autre qu'un porc ! hurlai-je. Comment. Ose. Tu !

Son expression était calme. Je retirai mes mains de sa poigne et le frappai à l'estomac. J'aurais bien frappé plus bas, mais je ne voulais pas violer son intimité comme il avait violé la mienne.

Une ride s'afficha entre ses sourcils.

— Tu n'as pas couché avec.

Je tremblais. Je tâtonnai pour trouver la poignée de la porte.

— Je te déteste. Je te déteste ! Si tu t'approches encore une fois de moi, Liam, je te ferai tellement mal que même ton gène de loup ne pourra rien faire pour te guérir.

Liam resta immobile, perplexe. Je doutais que ma menace l'effraie. Je doutais qu'il me prenne au sérieux. Si ça avait été le cas, il ne m'aurait pas souillée ainsi.

— Ness...

Sa voix était rauque.

— Ne me parle pas.

J'ouvris la porte et fuis dans la nuit, trébuchant du haut de mes talons, que je retirai aussitôt. Ma colonne vertébrale, mon cœur et mon cerveau étaient remplis de ma colère et de mon humiliation.

— Ness ! l'entendis-je crier.

Je ne m'arrêtai pas ni ne me retournai. Je ne savais pas où j'étais, mais je courais quand même. N'importe où serait meilleur qu'ici. En courant, mes muscles vrombirent, mes os craquèrent et ma peau me picota. Les griffes sortirent en premier puis la fourrure. Mon corps se transforma si vite qu'il déchira ma robe et je tombai durement contre le sol d'asphalte.

Des phares apparurent loin devant et je me figeai.

La voiture s'approcha ; la lumière brillait comme du miel sur ma fourrure blanche et brûlait ma rétine. Je clignai des yeux au moment où une énorme forme noire me heurta.

Pendant une seconde, je volai en l'air, puis j'atterris si violemment sur ma croupe que je geignis. Le monde tourna comme les pneus de la voiture. Partout où je regardais, il n'y avait plus que les ténèbres ou la lumière éblouissante des étoiles.

Vingt-Huit

La peur m'envahit et plusieurs points de douleur irradièrent. Et mes poumons... ils pouvaient à peine se soulever sous le poids du corps qui m'écrasait. Je me trémoussai et le loup noir se releva et se traîna quelques mètres plus loin.

Dans l'ombre du fossé, je retins mon souffle, m'attendant plus ou moins à entendre les portières de voiture s'ouvrir et des bruits de pas s'approcher. Mais la voiture ne ralentit même pas et dépassa l'endroit où j'étais, en envoyant des graviers sur ma fourrure blanche couverte de terre. Lentement, je m'étirai et me relevai sur mes muscles encore tremblants. Je clignai des yeux pour m'accommoder à l'obscurité et distinguai l'éclat des yeux de Liam.

Il lâcha un gémissement. Je reculai, mais ma croupe bleuie heurta la terre du fossé.

Liam n'avança pas. Il ne recula pas non plus.

À cet instant, je me rendis compte que je lui devais la vie, mais m'avoir sauvé n'effaçait pas ce qu'il avait fait. Je montrai les crocs et grognai.

Il resta immobile.

Éloigne-toi de moi, aboyai-je. Il n'obéit pas, alors je sortis du fossé en l'évitant et m'enfonçai dans la forêt. Assaillie par une myriade d'odeurs, je me concentrai sur mon odorat détraqué. L'odeur de mousse humide se mélangeait au musc de Liam, au feu de bois et à l'odeur d'insectes.

Je dépassai des rochers et entrai dans un ruisseau. À un moment, je sentis l'odeur du jasmin blanc et de quelque chose d'autre. Une odeur chimique – du nettoyant pour vitre. J'approchai d'une maison.

Tu vas dans la mauvaise direction.

Je me figeai. J'aurais voulu demander quelle était la bonne, mais j'aurais arraché ma patte plutôt que d'admettre que j'étais perdue.

Les Flatirons sont à ta gauche.

La voix de Liam porta jusqu'à moi comme le bourdonnement des lucioles volant autour de mes oreilles.

Je m'étais reposée sur mon odorat en oubliant de regarder. Je levai la tête et localisai les Flatirons. Puis, je courus et esquivai les troncs d'arbres, mes muscles claquant comme des élastiques. Quand l'auberge se matérialisa, je ralentis. Des corps en mouvement sur la terrasse spacieuse faisaient tinter leurs verres. Le feu craquait dans de grandes fosses en cuivre situées entre les chaises longues.

J'étudiai les abords de la forêt, espérant que les arbres denses cacheraient ma silhouette fantomatique. L'odeur de la viande cuite au charbon et de la sauce barbecue acidulée flotta jusqu'à moi. Mon estomac gargouilla violemment.

Je me précipitai vers le parking et me figeai avant de tourner au coin. Je ne pouvais pas entrer dans l'auberge sous ma forme de louve.

J'avais besoin de me transformer, mais je serai nue. Et mon sac ? Où était mon sac ? Il avait dû tomber près de chez Liam. Je fermai les yeux, fouettant le mur avec ma queue sous le coup de la frustration.

Jeb avait forcément une deuxième clé.

Je tendis le cou pour chercher Liam dont j'avais perdu l'odeur dès mon arrivée à l'auberge.

Il était parti.

Enfin.

J'inspirai profondément, fermai les yeux et repris ma forme humaine. En quelques secondes, j'étais à nouveau une fille. Une fille nue, couverte de terre, les cheveux ébouriffés et pleins de nœuds. Heureusement, ils étaient assez longs pour cacher mes seins, ne laissant apparaître que la peau en dessous. Je me levai et cachai mes parties intimes, puis je me ruai vers la porte.

Une mère avec son enfant passa et je me plaquai contre le mur, espérant qu'elle ne m'avait pas vue. Quand j'entendis leurs voix s'estomper, je jetai un coup d'œil à l'intérieur. La voie était libre. Je pressai ma paume sale sur les vitres et poussai la porte, puis filai vers le bureau d'accueil et plongeai derrière. De petits pieds vernis couleur cuivre apparurent devant mon visage.

Je tendis le cou et croisai les yeux de Lucy. Un soupir de soulagement m'échappa.

Vu le regard qu'elle me lançait, je voyais bien que ce n'était pas réciproque.

— Ness, siffla-t-elle.

Elle tressaillit en entendant des voix et me poussa dans la salle interdite au public qui puait le pot-pourri à cause des étagères pleines de pétales séchés.

— Tu es folle ?

— J'ai perdu mon sac. Et mes vêtements.

C'était un peu évident.

— Qu'est-ce que tu crois qu'on gère ici ? Un chenil ?

Ouch.

— Je ne l'ai pas fait exprès, Lucy.

— Bien sûr que non.

— Est-ce que je peux avoir une robe de chambre s'il te plaît ? Ou une serviette ? Et une autre clé ?

— Une autre clé ? Tu as perdu la tienne ?

Ses joues étaient si rouges qu'on aurait des pommes d'amour.

— Elle était dans mon sac.

— Que tu as perdu.

— Je l'ai simplement égaré, je le retrouverai.

Je me relevai lentement, en me cachant avec mes mains.

À l'extérieur, j'entendis la voix de mon oncle. Lucy bondit pour bloquer l'entrée du bureau, en faisant cliqueter sa collection de bracelets en métal.

— Jeb, tu peux m'attraper une robe de chambre dans l'armoire à linge ?

— Une robe de chambre. Pourquoi as-tu besoin d'une robe de chambre ?

Elle bougea pour bloquer la vue.

— Ness en a besoin.

Un moment passa. Puis :

— Oh.

Quand il partit, Lucy avança vers un mur couvert de petits crochets et attrape une clé – un double de la mienne, j'imagine. Les crochets n'étaient pas numérotés, mais son système n'avait pas l'air très sécurisé. Je sentais bien que ce n'était pas le moment de lui prodiguer des conseils, mais cela me donnait encore plus envie d'avoir mon propre endroit, où je pourrais marcher nue si j'en avais envie.

Je repensai à mon appartement, à Los Angeles, puis à ma maison d'enfance ici. Je me demandai si je saurais toujours comment y aller. Si quelqu'un y vivait.

Une robe de chambre blanche me fut envoyée à la figure. Je l'enfilai en vitesse et refermai la ceinture sur mon corps.

— Tu peux rentrer, indiqua Lucy, sûrement à Jeb.

Mon oncle entra dans la pièce. Après avoir aperçu mes cheveux débraillés et mon visage couvert de boue, il lança :

— Je croyais que tu allais dîner avec Everest.

Ah oui.

— Oui, mais j'avais un rendez-vous après. Il m'a demandé si ça m'irait de rentrer en marchant. Je me suis perdue. Après je me suis transformée et... j'ai réussi à retrouver mon chemin.

Je repoussai mes cheveux de mon visage. Lucy secouait la tête d'incrédulité.

— C'est incroyablement irresponsable.

Est-ce qu'elle parlait de moi ou d'Everest ? Je préférais ne pas demander.

— Oh, et elle a perdu sa clé, souffla-t-elle.

— Les clés sont remplaçables, rassura Jeb.

— C'était un passe ? s'inquiéta soudain Lucy.

— Non, je ne quitte jamais l'auberge avec le passe.

Après avoir nettoyé les chambres, je le rangeais toujours dans le coffre-fort.

Mon oncle soupira profondément. Je ne pensais pas que cela ait quoi que ce soit à voir avec le type de clé que j'avais perdu. Il avait l'air fatigué.

— Je vais appeler, Everest. Je ne suis pas content après lui. Pas du tout, même. On l'a élevé mieux que ça.

Il porta son téléphone à son oreille et m'observa tout en parlant à Everest. Il dut confirmer mon histoire, car mon oncle finit par raccrocher en secouant la tête.

— Il s'excuse.

Il échangea un lourd regard avec sa femme.

— Je peux y aller ? demandai-je.

Il fit un signe vers la porte. Je me glissai entre eux, avançai rapidement sur le tapis bordeaux en espérant que les chandeliers n'éclairaient pas trop mon visage. Dès que j'entrai dans ma chambre, je m'appuyai contre la porte et me laissai tomber au sol.

Pendant un long moment, je ne bougeai pas, n'allumai pas les lumières, ne pris pas de douche. Je restai là, assise au sol, les genoux repliés contre moi à respirer. Juste à respirer.

L'adrénaline disparut de mon corps de la même façon qu'elle avait surgi – rapidement et sans prévenir.

Vingt-Neuf

Le lendemain matin, Lucy me fit commencer plus tôt.

Elle vint dans ma chambre pour me demander de passer l'aspirateur dans les espaces communs et de réarranger les meubles sur la terrasse. Aucune de nous ne mentionna les événements de la veille. C'était plus facile de prétendre que je n'avais pas pénétré dans l'auberge comme un animal sauvage.

J'attrapai mes écouteurs dans le tiroir de ma table de chevet, puis me rappelai que je n'avais pas mon téléphone, et donc, que je ne pouvais pas écouter de la musique en travaillant. Je soupirai. Mais c'était là le cadet de mes soucis. Je n'avais pas non plus mon portefeuille et une clé de ma chambre était perdue dans la nature, accrochée à un porte-clés avec le numéro de celle-ci ainsi qu'un logo de l'auberge de Boulder. Une belle invitation à venir payer une petite visite.

Après mon travail, il me faudrait revenir sur mes pas jusqu'à la maison de Liam. Est-ce que j'arriverais à reconnaître le chemin ? Avec un peu de chance, mon odeur de loup serait retrouvable et je pourrais suivre la piste.

L'aspirateur vrombit tandis que j'avançais et reculais le bras, aspirant les tapis et le sol en parquet. Mes épaules me faisaient mal, mais je continuais. Au bout d'un moment, mon corps s'adapterait à mes activités à quatre pattes et mes muscles se raffermiraient. Et puis, la douleur faisait pâle figure comparée à celle qui avait ravagé mon corps après la première épreuve.

Cela me rappela que je devais retrouver tout le monde le soir même, chez Heath.

Ce qui me rappela que je devrais m'asseoir dans la même pièce que Liam.

Je me mis à aspirer plus vite et plus violemment. Accroupie, je passai le manche sous les canapés, puis retirai les trois coussins aux motifs aztèques géométriques pour aspirer les sièges. Je secouai les coussins et les réinstallai comme des dominos. Je me tournai pour faire de même avec un autre canapé, mais heurtai quelqu'un.

Mon premier instinct fut de m'excuser, mais il disparut à la seconde où je vis la personne.

Le nez et la mâchoire de Liam étaient presque guéris. Ses yeux noirs, eux, étaient entourés de bleu. J'imaginai qu'il n'avait pas beaucoup dormi et j'espérai que c'était à cause de moi... à cause de ce qu'il avait fait. Je serrai les cuisses en me rappelant comment il m'avait reniflée. Le désir de le frapper s'empara de moi.

— Ness ?

Je fis comme si je ne l'avais pas entendu. Le cœur battant à toute vitesse – trop vite –, je me déplaçai dans la pièce en passant l'aspirateur rugissant sur chaque centimètre de sol, même les zones que j'avais déjà nettoyées. Si seulement je pouvais l'aspirer lui aussi.

J'entendis une inhalation lente et ressentis un élan d'indignation. Dans ma vision périphérique, je le vis avancer vers moi. J'agrandis la distance entre nous. Il parut comprendre le message, car il sortit du salon. Il me fallut quelques minutes pour que ma respiration revienne à la normale.

J'éteignis l'aspirateur et le portai à travers la pièce avec mezzanine. Soudain, je remarquai quelque chose sur un des canapés, qui n'était pas là avant.

Mon sac et mes chaussures.

Ma robe n'était pas là. Ce n'était pas comme si je l'aurais un jour reportée de toute façon.

Je m'assurai que le couloir était toujours désert puis allai récupérer mon sac et vérifier son contenu. J'ouvris même mon portefeuille. Je ne trimballais pas beaucoup d'argent liquide, mais le peu que j'avais était là. Je sortis mon téléphone, m'attendant à le trouver déchargé après la nuit, mais la batterie était pleine. Liam l'avait sûrement chargé pour fouiller à l'intérieur. D'accord, un mot de passe le protégeait, mais c'était ma date d'anniversaire – pas besoin d'avoir un bac+5 pour le craquer.

J'avais deux nouveaux messages.

Un d'Everest : **Tu as besoin que je vienne te chercher ?**

Un d'August : **J'ai entendu dire que tu étais toujours dans la course. Qu'est-ce qui se passe ? Appelle-moi.**

Je ne répondis à aucun des deux. Je fourrai mon téléphone dans mon sac, rangeai l'aspirateur dans le placard et arrangeai la terrasse. Une fois terminé, je passai dans la cuisine pour manger. Pendant le repas, je demandai à Evelyn si elle voulait bien m'accompagner faire un petit tour jusqu'à ma vieille maison.

Avec quelques hésitations, elle accepta. Nous quittâmes l'auberge en début d'après-midi et longeâmes une longue portion de route venteuse qui se termina en cul-de-sac.

— Un hiver, j'ai glissé sur la glace et j'ai dégringolé toute la pente. Maman a failli s'évanouir quand elle m'a vue. J'avais des égratignures partout sur les joues.

— Pire que l'état dans lequel tu es revenue samedi ?

Je lui lançai un sourire penaud.

— Non, probablement pas.

Elle passa son bras autour du mien, ralentie par sa jambe blessée. Les roches fébriles sous ses baskets m'inquiétaient – elle ne levait même pas le pied de sa mauvaise jambe.

— C'est trop difficile avec tes jambes ?

— Non, tout va bien. Je ne fais pas assez d'exercice et ça devient pentu, c'est tout.

Le bout du foulard en soie de maman, qu'Evelyn avait attaché autour de sa queue de cheval, flottait avec la brise chaude.

Je donnai un coup dans un caillou qui atterrit bruyamment sur un pan d'herbe brûlée par le soleil. La route, lisse par le passé, était pleine de trous. J'espérai que celui qui possédait ma maison d'enfance l'entretenait mieux que le chemin qui y menait.

Quand des ardoises apparurent au loin, mon rythme cardiaque s'accéléra, tout comme mon allure. En me rappelant la jambe d'Evelyn, je ralentis.

Aucune fumée ne sortait de la cheminée. Mais après tout, c'était l'été.

En approchant de la maison, je racontai à Evelyn comment j'avais interdit à mes parents d'allumer un feu le soir de Noël, terrifiée à l'idée de brûler le père Noël. J'étais convaincue qu'il était réel, jusqu'à notre départ pour Los Angeles. Les loups-garous l'étaient alors, pourquoi pas le père Noël ?

La mousse parsemait les murs en pierre violet-gris, donnant à la maison un air de repère de sorcière... si les repères de sorcières avaient les fenêtres brisées.

Je me renfrognai en voyant le verre cassé.

— Tout le terrain était à ta famille ?

Evelyn passa ses doigts sur la glycine fleurie qui s'enroulait autour des poteaux du porche et laissait planer leur parfum dans l'air. Après que maman l'avait plantée, il avait fallu des années avant qu'elle ne fleurisse.

Des abeilles bourdonnaient tranquillement autour des fleurs. Je repérai une nouvelle fenêtre fêlée et poussiéreuse. Il n'y avait pas de trace de vie dans la maison. Elle était abandonnée.

— Là, c'était ma chambre.

Les propriétaires d'avant avaient arraché le papier peint menthe des murs et peint un tournesol jaune, mais le sol avait cette même couleur miel un peu passée, avec des marques de griffures que personne n'avait pu enlever. Je me rappelai les avoir laissées la première fois que je m'étais transformée.

La seule chose qui restait dans la pièce était un placard intégré au mur, ouvert comme une grande bouche sans dents.

— Et ici ?

Je rejoignis Evelyn.

— C'était la chambre de maman et papa.

Seuls un sommier à ressorts vide et une tête de lit en fer demeuraient. Comme ma chambre, la pièce était vide et sale. Mon cœur se serra, les souvenirs affluaient : celui des draps couleur de l'aube, des espaces entre leurs deux corps chauds, des lèvres douces sur mon front, des doigts passés dans mes cheveux.

Ils m'avaient dorlotée, moi, leur unique enfant, avec une affection inébranlable et une douceur infinie.

Et Aidan m'avait arraché ça. Je ne comprenais pas pourquoi il avait tiré sur mon père avant d'insister pour dîner avec moi. Ça me faisait trembler de colère.

Une main se posa sur la mienne.

— Oh, *querida*.

Je m'appuyai contre Evelyn. Elle raffermit sa prise et me fit faire le tour de la maison, vers un mur qui s'ouvrait sur des portes vitrées.

— La cuisine était la pièce préférée de maman.

Evelyn observa la bande de soleil qui se déversait à travers la lucarne grise que papa et Nelson avaient installée, un été. August les avait aidés pendant que je leur servais de la limonade extra-amère pour leur montrer que j'étais mécontente de ne pas avoir le droit d'aider. J'avais ressenti une immense satisfaction quand ils avaient tous plissé les yeux, à cause du goût amer.

Mes parents ne voulaient pas que je grimpe en hauteur, de peur que je tombe et me brise le cou. Je ne m'étais pas encore transformée et j'étais toujours considérée comme une délicate humaine, même si tout le monde m'observait avec attention, cherchant un signe que j'avais hérité du gène Boulder.

Une nuit, pourtant, maman était partie en ville pour dîner avec des amies et papa m'avait laissée grimper sur le toit avec lui. Dos aux ardoises réchauffées par le soleil, on avait observé les étoiles. Il m'avait dit qu'une fois, après avoir vu une étoile filante, il avait fait le vœu que maman l'épouse et qu'ils aient ensemble un bébé en bonne santé.

— Tu es triste que je sois une fille ? avais-je demandé.

Il m'avait fixée, de ses yeux qui ressemblaient à la surface du lac Coot au lever du soleil – un gris profond qui virait à l'argenté –, et avait caressé ma joue.

— Non, ma chérie. Je suis terriblement content que tu sois née fille.

Je touchai ma joue, comme si je pouvais encore ressentir sa caresse.

Evelyn s'avança devant moi, m'entourant de son odeur mentholée.

— Ça suffit. On s'en va.

— Tout va bien.

— Non, ça ne va pas.

Elle passa ses pouces sur mes joues. Je poussai un long soupir. Elle avait raison. Ces sensations étaient trop fortes pour moi, j'avais besoin de m'éloigner. Sur le chemin du retour, mon téléphone vibra dans mon sac. Je regardai l'écran : c'était August. Je ne décrochai pas.

— Tu as des problèmes avec un garçon ?

— Non. Je n'ai juste pas envie de parler avec quelqu'un, là. À part toi.

Elle entoura ma taille de son bras et me serra contre elle.

— Tu te plais ici ? lui demandai-je.

Elle mordilla sa lèvre supérieure maquillée de rouge.

—Sí. Jeb est un homme bon.

— Pas Lucy ?

— Ta tante est un peu... autoritaire, ça ne veut pas dire qu'elle est malveillante. Je préfère ton oncle, c'est tout.

Une fois sur la route principale, elle commenta :

— Le garçon qui t'a ramenée samedi... il est très beau.

Ses mots résonnèrent dans mon cœur. Nope. Hors de question d'aborder le sujet de Liam.

— Il était très inquiet quand il t'a déposée...

Mes joues chauffèrent quand je me rappelai comment il avait agi la veille. Je n'oserai jamais dire à Evelyn ce qu'il avait fait. Elle serait dégoûtée, mais peut-être pas juste par lui. Peut-être aussi par moi. Elle se demanderait ce qui l'avait poussé à faire une chose pareille.

C'était une boîte de Pandore que je n'avais aucun désir d'ouvrir.

Pas maintenant.

Jamais, en fait.

J'arrivai à la réunion avec dix minutes d'avance, mais j'étais quand même la dernière arrivée. Je passai devant Liam, assis au comptoir en bois qui séparait la cuisine du salon.

Coiffé d'une casquette de baseball vissée sur le côté de sa tête, Lucas était aussi jovial et agaçant que d'habitude, à me lorgner des pieds à la tête.

— Tu t'es bien amusée à la fête de fiançailles de Robbie ?

Au lieu de me figer ou de l'ignorer, j'affichai un sourire feint.

— C'était génial.

Les cinq anciens serrèrent la mâchoire. Ils se regardèrent, puis fixèrent le tronc centenaire qui servait de table basse. J'imagine qu'ils avaient tous été mis au courant de ma visite chez la meute des Pins.

Lucas regardait obstinément les anciens, dont l'absence de condamnation claire l'agaçait visiblement.

— La participation de Ness à cette compétition pose à mes yeux un problème éthique.

Eric se trémoussa sur le canapé en daim.

— Peut-être qu'elle avait une bonne raison d'y aller.

Le globe en verre suspendu au-dessus du salon réfractait une lumière blanche sur son crâne chauve.

— En effet. Je voulais apprendre à connaître nos voisins. N'est-ce pas quelque chose qu'on attendrait d'un alpha ? Être au courant de tout ce qui se passe autour d'eux ? Et puis, ça ne serait pas mieux que les Boulder et les Pins puissent interagir sans violence ?

— Ce sont des connards calculateurs, siffla Lucas.

— Et toi, non peut-être ? répliquai-je.

Il me lança un regard noir.

— *Tu* as préparé mon échec depuis mon inscription à cette compétition, Lucas. C'est la définition même de quelqu'un de calculateur *et* d'un connard.

— Tu es pas un peu en pétard aujourd'hui ? Pourquoi est-ce qu'on la laisse continuer de toute façon ? Elle a brisé les règles.

Il s'appuya en arrière, les coudes sur le comptoir derrière lui.

— Elle s'est changée pour aider Matt, corrigea Frank.

Lucas ricana.

— Il s'en serait sorti.

— Peu importe, trancha Eric. L'empathie est une qualité louable.

Les narines de Lucas se dilatèrent. Sa haine pour moi était aussi âpre que les auréoles de sueur tachant son tee-shirt gris.

— Ness, pourquoi ne t'assoirais-tu pas pour qu'on discute de la deuxième épreuve ?

Frank montra du menton le tabouret entre Liam et Lucas.

Plutôt aller en enfer.

— Je suis bien debout.

Je m'appuyai contre la bibliothèque encastrée qui contenait des centaines de livres. Le terrible Heath avait apparemment été un lecteur avide. Dommage que cela n'ait pas fait de lui quelqu'un de plus gentil.

Frank se leva du canapé et attrapa une boîte en bois sur la table basse, puis avança vers Liam et Lucas.

— Un alpha doit être rusé. Vous devez vous demander pourquoi nous avons décidé de tenir la réunion ici. Il y a une raison derrière ce choix. Quand Heath a été nommé, nous lui avons confié un objet de la meute très précieux, qui était contenu dans cette petite boîte.

Il leva la boîte en l'air et la fit pivoter lentement.

— Si j'utilise le passé, c'est parce que cet objet a été volé.

— Peut-être que Heath s'en est débarrassé, suggérai-je.

Frank haussa l'un de ses sourcils broussailleux.

— Pourquoi aurait-il cassé la serrure ?

— Parce qu'il avait perdu la clé ?

Eric grogna.

— Nous avons appris le vol il y a un moment, mais nous n'avons pas agi pour récupérer l'artéfact jusque-là. D'abord, il fallait le localiser, ce qui est désormais chose faite. Julian Matz l'a.

J'eus aussitôt la chair de poule.

— Alors quelqu'un des Pins l'a volé ?

— On ne sait pas qui l'a pris, on sait juste qu'ils l'ont. Alors, tu vois, lança Frank à Lucas, la relation de Ness avec les Pins pourrait bien lui servir pour cette deuxième épreuve.

Lucas souffla.

— Qu'est-ce qu'on cherche exactement ? demanda Liam.

Frank se tourna vers Liam, mais pas moi. Si je le pouvais, je ne poserais plus jamais mes yeux sur lui... *plus jamais.*

— Un bout de bois fossilisé.

— Sérieux ? On traque un bout de bois ?

Lucas croisa ses bras costauds. Le tabouret de Liam crissa quand il changea de position.

— Qu'a-t-il de si spécial ?

— Ses propriétés ne concernent que l'alpha et nous.

Frank se désigna lui et les quatre autres anciens.

Cela ne fit qu'augmenter ma curiosité sensiblement.

— Si on le trouve, est-ce qu'on pourra savoir ce que c'est ?

— Si tu deviens alpha, Ness, tu pourras savoir, annonça-t-il en lançant un regard aux autres.

Vu son regard, je pouvais mettre ma main au feu qu'il croirait plus facilement à l'existence des leprechauns qu'en la possibilité que moi, Ness Clark, une fille, je puisse devenir alpha.

Mais il ne savait pas que j'avais le soutien de Julian.

Le soutien de Julian...

Waouh.

Julian avait dit qu'il m'aiderait à devenir alpha. Aussi soudainement que les rochers qui avaient écrasé mon corps le jour de la première épreuve, une illumination me vint. Frank avait raison. Julian l'avait forcément volé. Il devait savoir qu'ils viendraient le chercher.

Un nouveau scénario se déroula dans ma tête : *Heath découvre que Julian l'a volé, se met en colère, menace Julian qui vient ou envoie l'un de ses subalternes – comme Justin – pour faire taire Heath pour toujours.*

La possibilité que je n'avais pas tué Heath envahit mon esprit. J'eus l'impression que mon sang s'écoulait plus lentement dans mes veines.

— Vous croyez que Julian a quelque chose à voir avec la mort de Heath ?

— Non.

C'était Liam qui avait répondu, sans aucune hésitation.

Je posai mes yeux sur la bottine en cuir noir qu'il avait posée sur son autre genou.

— Comment peux-tu en être si sûr ?

Il hésita une seconde avant de répondre :

— Parce qu'il sait quelles sont les conséquences du meurtre d'un autre alpha ou de l'implication dans une tentative de meurtre.

— Et c'est quoi, ces conséquences ?

Les lacets de ses deux bottines étaient détachés. J'imagine que c'était fait exprès. Une bottine, ça aurait pu être une coïncidence, mais pas deux.

— Lui et sa meute entière peuvent être détruits.

— Détruits ? Tu veux dire tués ?

— Oui.

Eh bien, mon espoir volait en fumée. La veine à mon cou palpitait de déception. Je fourrai mes mains dans les poches arrière de mon short blanc, pour que personne ne remarque combien mes doigts tremblaient.

— Et s'ils ont détruit le morceau de bois ? demanda Lucas.

Je détestais l'admettre, mais la question était pertinente.

Frank se frotta la barbe.

— Espérons qu'ils ne l'aient pas fait.

— Combien de temps avons-nous pour le trouver ?

— Eh bien, le mariage de Robbie est la semaine prochaine et ils ont invité la meute.

Lucas mit sa casquette de baseball vers l'arrière.

— Putain, non. Vous êtes pas sérieux. C'est un piège.

— Nous y avons bien réfléchi, Lucas, et même si nous ne pensons pas que c'est un piège, nous avons décidé qu'uniquement moi, Eric et vous trois viendriez. Cela vous donnera l'occasion de trouver l'artéfact sans entrer par effraction.

Frank ouvrit la boîte et la tint vers moi. Je fronçai les sourcils en regardant l'intérieur. Il voulait que je confirme que c'était vide ?

— Sens-la, Ness.

Oh. Je penchai la tête et reniflai. Mes yeux s'humidifièrent à cause de l'odeur rance. C'est comme ça que j'imaginais l'odeur des os qui pourrissaient – un mélange de craie et de décomposition.

Frank avança ensuite vers Lucas qui l'inhala profondément.

— C'est infect.

Il tint la boîte vers Liam. Je ne le regardai pas, mais l'imaginai plisser le nez lui aussi.

James, l'ancien enrobé, se leva du canapé et glissa ses doigts sous les bretelles de son pantalon kaki. Même si les anciens se transformaient toujours en loup les soirs de pleine lune, le reste du temps, ils étaient des humains avec un métabolisme normal et lent.

— Le mariage aura lieu sur la propriété de Julian. Nous pensons que notre artéfact est conservé dans ses locaux, d'où notre raisonnement pour le mariage. Les garçons, il vous faudra des costumes et toi Ness, une robe. Vous avez tous ce qu'il faut ?

— Oui bien sûr, ricana Lucas. J'ai un placard rempli de costards.

— Loues-en un, Lucas, ordonna Eric. Liam ?

— J'en ai un, mais je sais pas s'il me va toujours. Je l'essaierai ce soir.

— Ness ?

— Je n'ai pas de robe de bal dans mon placard. Je peux en louer une quelque part ?

— J'en sais trop rien, fit Eric.

— Pourquoi est-ce que tu demandes pas à un de tes clients de t'en acheter une ? balança Lucas.

Je sortis mes mains de mes poches et lui fis un doigt d'honneur, ce qui lui arracha un sourire.

— Je peux demander à ma femme si elle en a un, proposa Eric. Elle fait à peu près ta taille.

Je blêmis en entendant sa proposition. Si sa femme avait le même âge que lui, j'imagine mal qu'elle ait quelque chose que je voudrais porter. Mais je ne pouvais pas faire la difficile.

— Peut-être que Taryn en a une qu'elle pourrait prêter à Ness. Elles font à peu près la même taille.

La proposition de Liam, elle, me rendit aussi rigide qu'une bibliothèque. Je préférais porter une robe vintage que quoi que ce soit appartenant à la terrible Taryn.

Lucas ne répondit pas. Il fusillait même Liam du regard.

Je pinçai les lèvres et marmonnai :

— Je trouverai quelque chose.

Peut-être que je pourrais demander à Julian et faire passer ça dans notre marché.

— Très bien alors.

Eric claqua des mains une fois, pour indiquer que la réunion était ajournée.

— J'ai une dernière question, l'arrêta Liam.

J'examinai minutieusement mes baskets tachées par l'herbe.

— Il n'y a qu'une chose à trouver et nous sommes trois.

— Bonne question, fiston. La personne qui trouve l'objet choisira son adversaire pour la dernière épreuve.

Je levai aussitôt la tête et mon regard croisa celui de Liam. Ses yeux noirs brillaient soudain d'espoir... à l'idée de pouvoir me disqualifier. Je parie que Lucas et Liam travailleraient même ensemble pour le trouver. Mais Liam ne savait pas que Julian me le donnerait à *moi*.

Je pourrais enfin éliminer Liam.

Mon cœur s'accéléra et l'adrénaline monta. Je sentis mes yeux changer et clignai des paupières pour chasser la transformation.

Quand j'ouvris les paupières, tout le monde s'était levé.

Je m'éloignai de la bibliothèque et évoquai la question qui m'avait rongé ses vingt-quatre dernières heures :

— Pourquoi la mort de mon père n'a-t-elle pas été vengée ?

Tout le monde se figea. Une vague de honte apparut sur les visages abîmés des anciens et creusa leurs rides. À moins que je veuille croire que c'était de la honte. Peut-être était-ce seulement de la gêne. Il y avait un éléphant dans la pièce – *moi* – qui les forçait à reconnaître la vérité.

— Nous n'avons pas vengé la mort de Heath non plus.

Un frisson remonta le long de ma colonne vertébrale. Ma vue se troubla tandis que le sang battait à mes tempes. Le fait que cela soit un accident m'épargnerait-il ?

— Je ne vous parle pas de Heath, répondis-je d'une voix calme malgré mes poumons en feu. Je vous parle de mon père. Pourquoi Aidan Michaels est-il encore en vie ?

Personne ne parla pendant une longue minute douloureuse. Eric frotta son crâne chauve et Frank soupira.

— Pourquoi...

— Parce qu'il a des fichiers détaillés sur nous, coupa James. Des photos complètes de notre transformation.

— Et alors ? Les loups-garous ne sont pas un secret.

— Ce n'est pas parce qu'une poignée de personnes savent qu'on veut que le monde entier découvre notre existence. Tu te rends compte du nombre de tarés qu'une nouvelle pareille attirerait ?

Je mordillai ma lèvre inférieure.

— Mais si Aidan meurt, le fichier disparaît. Ce serait gagnant-gagnant pour nous.

— S'il meurt, le fichier sera partagé.

— Comment ?

— Il en a fait des copies, Ness. Il les a données à des gens bien placés. Trop pour qu'on puisse les traquer. Je suis désolé, mais on ne peut pas prendre le risque, s'excusa Frank.

Je pinçai les lèvres.

— A-t-il été un minimum puni ou a-t-il reçu un laissez-passer complet ?

Frank se frotta la nuque.

— Heath l'a réprimandé. Il lui a dit que s'il tuait à nouveau, il arrêterait toute relation commerciale avec lui.

Mes yeux s'enflammèrent.

— Vous plaisantez ? Tout ce que Heath a fait c'est le *menacer* d'arrêter de faire affaire avec lui ? Il détestait mon père ? C'est ça ? Il le détestait parce qu'il avait eu une fille et pas un garçon ?

Ma voix stridente résonnait contre les poutres en bois au plafond.

— Ness..., commença Frank.

Je levai la paume de ma main.

— Je croyais que les alphas étaient censés faire passer la meute avant tout. J'imagine que j'avais tort.

Ma poitrine se levait et descendait rapidement. Je sortis de la pièce d'un pas lourd, furieuse, et quittai la maison comme une créature sauvage. Je n'arrivais même pas à concentrer mon regard sur quoi que ce soit.

Je devais me calmer et vite ou mon corps allait se transformer et détruire en lambeaux mon short et mon tee-shirt préférés. Sans compter que j'allais être forcée de rentrer nue à l'auberge, encore une fois.

J'arrachai mon téléphone de ma poche arrière et tapai le nom d'Aidan dans le moteur de recherche. Une seconde plus tard, des pages de données s'affichèrent sous mes yeux. Une seule chose m'intéressait, pourtant. Dès que je la trouvai, je mémorisai l'information, puis installai une application d'enregistrement.

Je trouverai justice moi-même.

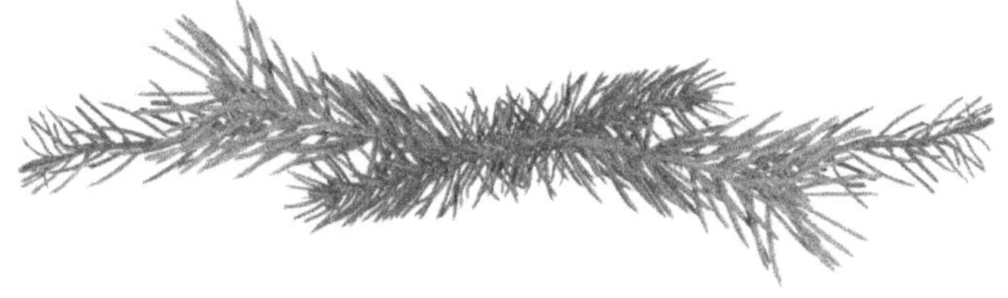

Quand la nuit tomba, j'empruntai un VTT à l'auberge et pédalai les cinq kilomètres de chemin irréguliers qui menaient chez Aidan Michaels. Peut-être qu'il ne serait pas chez lui, mais j'étais une personne patiente avec un besoin désespéré de réponses et rien à faire de mieux un mercredi soir.

Je pouvais attendre.

Heureusement, son palais de verre et de pierre était allumé et projetait de grands carrés de lumière sur les buissons et les dalles pêche menant jusqu'à sa porte. Je pédalai plus vite, cherchant des caméras de sécurité. J'étais presque sûre d'avoir aperçu des points rouges luisants, mais cela pouvait être mon imagination.

Je posai mon vélo contre les buissons bien entretenus près de la porte, puis sortis mon téléphone et allumai le microphone. Après l'avoir posé avec soin dans mon sac, j'avançai jusqu'à la porte d'entrée et sonnai. Comme un gong, le son résonna contre les vitres et dans ma poitrine.

En attendant, je me léchai les lèvres, qui avaient l'air gercées. Des bruits de pas retentirent à l'intérieur, des griffes glissèrent sur la pierre, puis la serrure cliqueta et la porte s'ouvrit.

— Ness !

Aidan attrapa le collier de son chien et le tint en arrière. Le chien grogna, pas sur son propriétaire, mais sur moi.

J'avais oublié qu'il avait un chien. Je passai ma langue sur mes lèvres encore, en priant qu'il ne laisse pas le chien m'attaquer. Autrement, il me faudrait le frapper et l'idée ne me plaisait pas.

— C'est au sujet du rabais ? demanda-t-il.

Mon regard se retourna vers Aidan.

— L'argent ?

Je ne voulais pas de ça sur l'enregistrement.

— Non. C'est au sujet de mon père.

— Ton père ?

Derrière ses lunettes métalliques, le regard d'Aidan étudia l'obscurité autour de moi, comme s'il cherchait mon père dans la nuit.

— L'homme sur qui vous avez tiré il y a six ans ?

J'avais l'air agressive. Je devais me calmer ou il me claquerait la porte au nez. Ou pire, il lâcherait son chien. L'animal grogna de nouveau et de la bave coula de ses bajoues. Le loup en moi se hérissa.

— Tu dois te tromper. Je n'ai jamais tiré sur un homme.

Les yeux bleu marine d'Aidan croisèrent les miens avec un aplomb déconcertant.

— Il n'était pas un homme quand vous avez tiré. Mais vous le savez. Vous savez tout sur nous. C'est pour ça que vous m'avez emmenée dîner, n'est-ce pas ? Vous avez trouvé des trucs intéressants à rajouter à votre dossier de chantage au moins ?

Il pinça les lèvres.

— Attention, Ness. Un appel à la police et je leur montre ton profil d'escort. Je ne crois pas qu'ils apprécieront qu'une mineure...

— Parce que vous croyez qu'ils apprécieront qu'un vieil homme paie la mineure en question ?

Il me fit un demi-sourire.

— Je ne suis pas si vieux. Et puis, je ne t'ai jamais payée directement.

L'argent sur mon compte bancaire avait été transféré via l'agence, mais la police pouvait retracer son paiement, à moins qu'il ait payé en liquide.

— Écoutez, je ne suis pas venue vous contraindre à vous excuser pour ce que vous m'avez fait à moi ou à mon père. Je me fiche de si vous m'avez emmenée dîner pour rassembler des informations sur ma meute. Je suis là parce que j'ai besoin de passer à autre chose. De comprendre *pourquoi* vous lui avez tiré dessus.

Il examina encore l'obscurité et je pensai alors à vérifier sa main, celle qui ne tenait pas le chien, au cas où il aurait un fusil, un couteau ou n'importe quoi qu'un reclus fou qui chasse des loups-garous pourrait posséder. Les doigts de sa main droite étaient vides et jouaient avec son lobe d'oreille.

— J'ai tiré sur un loup sur ma propriété. Je n'ai pas tiré sur ton père.

Il choisissait avec prudence ses mots, comme s'il savait que je l'enregistrais. Mais il ne pouvait pas le savoir. Mon téléphone était plongé dans mon sac.

— Alors pourquoi n'avez-vous pas tiré sur l'autre loup qui était avec lui ?

Aidan étudia mon visage.

— Le petit loup n'était pas *menaçant*.

— L'autre ne vous menaçait pas non plus.

— Il était sur ma propriété, répéta-t-il comme si c'était une raison suffisante pour tuer.

— Tout comme le petit loup.

Ses yeux soutinrent mon regard.

— Avec du recul, j'aurais dû tirer sur le petit loup.

— Mais vous ne m'avez pas tiré dessus.

Sa pomme d'Adam tressauta, faisant onduler la peau souple et mal rasée de son cou.

— Tu veux la vérité, Ness Clark ?

Je croisai les bras sur mon débardeur, qui me collait au dos.

— C'est pour ça que je suis là.

La sueur perlait entre mes seins, rapidement absorbée par le tissu de mon soutien-gorge rose.

— Les meutes ont des alphas, qui sont plus gros que les autres loups.

Je fronçai les sourcils. Ses mots pénétrèrent dans mon esprit comme la sueur sur mes vêtements.

— Mon père n'était pas l'alpha.

— Il faisait sombre. Il y avait un petit loup à côté d'un plus gros loup. Comment aurais-je pu savoir que c'était un louveteau ?

— Alors vous vouliez tuer Heath ? La mort de mon père n'était qu'une... qu'une *erreur* ?

Aidan hocha la tête.

Merde. Dis ces putains de mots à voix haute ! J'essayai de reformuler ma question pour qu'une réponse verbale soit nécessaire quand sa main lâcha son lobe d'oreille. L'instant d'après, il avait lâché son chien et attrapé un fusil qu'il pointait sur mon torse. Je fermai les yeux, m'attendant à ce que le chien se jette sur moi, mais il s'enfuit vers les grands pins au bord de la propriété.

Je commençai à reculer quand il siffla :

— Si tu bouges, je tire.

Son chien aboya, avant de s'arrêter. Un craquement d'os retentit. Puis, le silence.

Je fis un effort pour regarder derrière moi, mais ma vision était floutée par la peur.

— Ils viennent de tuer mon chien, murmura Aidan, l'air fou.

Qui vient de...

Il enfonça le canon de son fusil contre ma poitrine et je reportai mon attention sur lui.

— Ils ne me laissent pas d'autre choix que de tuer le *leur*.

Le leur ? Est-ce qu'il parlait de moi ? L'adrénaline monta en moi et ma vision devint claire. J'attrapai le canon et l'envoyai en l'air. Un coup résonna. Je poussai violemment la crosse de son fusil contre son épaule. Sa poigne faiblit, mais il ne lâcha pas l'arme.

Des grognements se firent entendre derrière moi et les yeux d'Aidan s'agitèrent, avides de sang. Il arma le fusil. J'essayai de le pousser vers son épaule encore, mais la sueur rendait mes paumes glissantes. Il arracha le fusil de mes doigts et le pointa vers les loups derrière moi.

Ceux qui venaient de m'aider. Ils ne méritaient pas de se faire tirer dessus.

— Partez, criai-je en me mettant devant le canon toujours chaud.

Mon cœur tourbillonna comme une toupie. Je leur criai à nouveau de partir, mais aucun loup ne bougea. Je pouvais les sentir à quelques mètres de moi, comme je pouvais sentir l'odeur âpre de la poudre à canon.

Aidan fléchit le genou.

Mon corps réagit aussitôt. Mes ongles s'allongèrent en griffes et je repoussai le fusil de nouveau. Le coup partit en l'air. Pendant qu'il appuyait sur la détente, je frappai au niveau des pattes de sa barbe, arrachant de mes griffes peau et poils. Le sang coula jusqu'à sa gorge.

— Petite salope, grogna-t-il.

Je bondis loin de lui pendant qu'il fixait ses doigts ensanglantés, oubliant momentanément l'arme dans ses mains. Pourquoi avais-je reculé ? Je n'aurais jamais dû... Je devais lui retirer son fusil.

Je plongeai vers lui, mais il leva le fusil contre ma joue. Mon cou craqua, mais je ne baissai pas la tête. Le baril encore chaud écorcha ma peau et la collision fit bourdonner mes oreilles.

— Espèce de tarée !

Il remit son fusil à son épaule.

— Mieux vaut ne pas me tirer dessus sous ma forme humaine, lançai-je. Vous ne pourrez pas le faire passer comme un... vulgaire *accident de chasse*.

Il pointa le fusil vers ma cuisse. Mes oreilles bourdonnèrent plus fort. S'il répondit quelque chose, je n'entendis rien à cause des loups derrière moi qui hurlaient.

Aidan sourit et ses phalanges blanchirent sur la détente.

L'odeur de poudre à canon déchira l'air au moment même où je plongeais sur le côté. Ma tête frappa les dalles si fort que des étoiles explosèrent dans mon champ de vision. Étourdie, je clignai des yeux. Le monde redevint net, mais je ne voyais que des ombres.

Des ombres épaisses et impénétrables.

Je tendis les doigts et tombai sur de la fourrure.

Même si bouger m'envoyait des salves de douleur, je me redressai pour voir au-delà de la fourrure.

Un loup noir était étendu sur moi.

Il m'avait renversée pour que je ne me prenne pas la balle et maintenant, il écrasait mes poumons. Je bougeai à nouveau, essayant de m'extirper.

Une salve de grognements et de cris explosa autour de moi. En grinçant des dents, je me tournai vers la cacophonie. Un loup gris était sur Aidan, crocs exposés devant le visage blême et en bouillie du psychopathe.

Les lèvres d'Aidan bougèrent. Le bâtard était toujours vivant. Comme j'aurais aimé qu'il soit mort.

Il cracha sur le loup, qui frappa le visage de l'homme de sa patte géante. La joue au teint cireux d'Aidan heurta violemment les pierres collantes et humides. Ses paupières violettes se fermèrent.

Je posai une paume tremblante sur le sol et me redressai jusqu'à être assise.

Le loup gris fit disparaître sa fourrure et ses crocs. *Lucas.* Il tourna la tête vers moi. Les pourtours de sa bouche étaient teintés de rouge, ses cheveux noirs étaient ébouriffés et ses yeux bleus tourmentés.

— Liam ! cria-t-il en sautant d'Aidan et en se précipitant vers moi.

Liam ?

Liam m'avait sauvé ?

— Liam !

Il reposait immobile, aussi immobile qu'Aidan et le chien.

Une nouvelle vague de terreur m'assaillit.

Lucas fit rouler l'imposante stature du loup de Liam et posa une main sur son flanc. Quand il écarta celle-ci, elle était couverte de sang.

— Appelle Matt !

La nausée me prit soudain.

— Ness, putain ! Appelle-le ! brailla Lucas.

Les mains tremblantes, je cherchai mon téléphone dans mon sac. Je parvins à m'en saisir, mais il glissa de mes mains et tomba au sol.

Lucas, qui avait pressé ses mains contre la blessure de Liam me grogna dessus :

— T'attends quoi, qu'il meure ?

— N... Non.

Je repris mon téléphone. J'entrai le mauvais code. Deux fois. La troisième fois, je parvins à le déverrouiller. Je commençai à faire défiler mes contacts quand je me souvins que je n'avais pas le numéro de téléphone de Matt.

— Je... je ne l'ai pas.

Lucas m'aboya le numéro.

Il me fallut plusieurs tentatives sur l'écran avant d'avoir le bon numéro.

Avant que je puisse parler, Matt demanda :

— C'est qui ?

J'essayai de retrouver l'usage de ma voix, mais elle restait coincée dans ma gorge, entre deux respirations instables.

— M-M-Matt...

— Ness ?

Je hochai la tête, comme une idiote.

Matt ne pouvait pas m'entendre la hocher.

Lucas grogna et m'arracha le téléphone des mains. Pendant qu'il parlait, je touchai le cou de Liam. Je sentis un battement de cœur irrégulier.

Je lissai la fourrure de sa joue.

— Il... Il est vivant.

— À peine, murmura Lucas. L'enculé a dû utiliser une balle en argent.

Il se tourna pour regarder Aidan, qui n'avait pas bougé.

Son torse se soulevait et se baissait toujours, mais il était inconscient.

— Si Liam meurt, je déchiquette le corps d'Aidan avec mes griffes, puis j'arrache sa carotide avec mes crocs et ensuite, je le regarde se vider de son sang.

C'était mesquin, mais avec la meute on ne se vengeait pas dans la dentelle.

— Putain. J'arrive pas à arrêter le saignement.

— Tiens.

Je retirai mon débardeur, le roulai en boule et le tendis à Lucas. Il l'appuya sur la plaie.

— Est-ce que la balle est sortie ?

Lucas me regarda sans comprendre un instant, puis il souleva la jambe de son ami et tâtonna à l'aveugle à la recherche d'un deuxième trou.

— Putain, j'arrive pas à voir quoi que ce soit !

Je m'approchai et tâtai la chair à mon tour. Je ne trouvai rien. La balle était toujours dans son corps.

Et si elle était en argent...

Je frémis, puis revins près de la tête de Liam et posai ma paume doucement contre son nez. Il était humide et froid. Je sentais une faible pulsation contre ma main poisseuse.

Cela aurait dû être ma jambe qui se vidait de sang.

Cela aurait dû être moi.

Pourquoi as-tu fait ça ?

Tandis que je caressais sa fourrure, le moteur d'une voiture rugit et du caoutchouc crissa.

Une Dodge argentée brilla dans l'obscurité.

Matt était là.

Trente-Deux

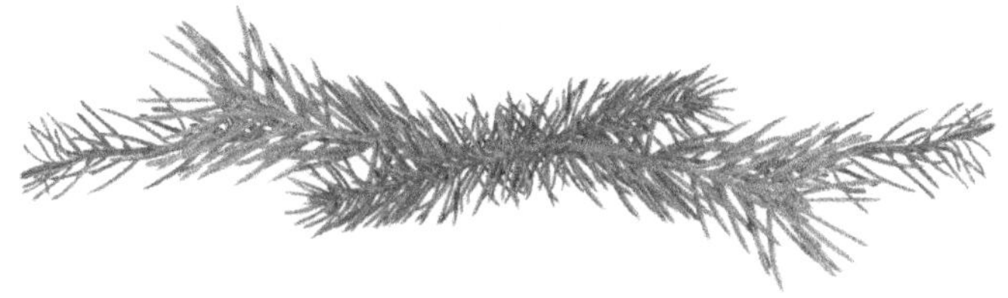

Matt avait dû écraser d'un coup la pédale de frein, car les pneus crissèrent et la voiture s'arrêta net. Il ouvrit la portière, le visage aussi pâle que les nuages voilant la lune, sortit une grosse couverture de son coffre et courut vers nous. Sans dire un seul mot, il étala le tissu épais sur les dalles trempées de sang, me poussa et glissa un bras sous le cou de Liam avant d'attraper ses pattes avant.

— Ness, tiens ça !

Lucas fit un signe du menton vers mon débardeur toujours pressé contre la plaie béante.

Je me dépêchai de me lever et attrapai le tissu trempé.

Lucas referma ses bras autour de la croupe de Liam et, au signal de Matt, ils hissèrent leur ami sur la couverture. Ils attrapèrent ensuite les bords du tissu de leurs doigts blancs et soulevèrent l'ensemble. Tout en faisant pression sur la blessure, je me levai à l'unisson.

Je le lâchai uniquement quand Matt me dit d'ouvrir la portière arrière. Il déposa l'extrémité du corps à l'intérieur, puis contourna la voiture et rampa sur le siège. La respiration hachée, il tira la couverture jusqu'à ce que Liam soit entièrement sur la banquette. Puis, il claqua la portière.

Je montai en voiture à côté de Liam et posai sa tête sur mes cuisses froides. J'avais la chair de poule. Je pressai à nouveau mon débardeur sur sa blessure. Les portières claquèrent, les pneus crissèrent et les phares éclairèrent la route.

Tandis qu'on traversait l'obscurité, j'entendis des bribes de la conversation entre Lucas et Matt : *il voulait tirer sur elle... inconscient, mais pas mort... balle en argent, je pense... Greg est en route.*

— Ce n'est pas la bonne direction pour l'hôpital, protestai-je quand Matt tourna à gauche et non pas à droite.

Il se retourna juste assez longtemps pour me lancer un regard furieux.

— On ne va pas à l'hôpital. Ni chez le vétérinaire.

Il n'y avait pas d'humour dans sa voix, juste de la colère.

Il était en colère après moi. Je me demandai si c'était uniquement dû à ce soir ou si d'autres facteurs contribuaient à son agressivité – comme la fête de fiançailles à laquelle j'avais assisté, au bras de l'alpha de la meute ennemie.

Je dévisageai Liam, mes doigts caressant doucement les longs poils noirs duveteux à son cou. Sa fourrure avait commencé à rétrécir, à rentrer à l'intérieur de ses pores. Ensuite, son museau se raccourcit et ses oreilles migrèrent sur le côté de son visage.

— Les garçons, il se transforme.

La forme noire sur les joues devint un visage humain doté d'un teint cireux et d'une bouche grande ouverte.

— Merde, jura Lucas.

Ce n'était pas une bonne chose, alors. Pourquoi, ça, je n'en avais aucune...

Ma main s'immobilisa sur le sourcil de Liam.

Mon père s'était retransformé quand la balle avait atteint son cœur, retirant sa magie de loup-garou, puis sa vie.

Ma vision tangua et devint floue, les doigts agrippant mon tee-shirt détrempé se serrèrent si fort sur le tissu que des filets de sang coulèrent sur la cuisse nue de Liam.

Il était en train de mourir.

Trente-Trois

Il avait commencé à pleuvoir pendant le trajet jusqu'à chez Liam. De petites gouttes d'eau s'écrasaient sur le pare-brise, puis sur la couverture marine, enroulée autour de Liam.

Mon ventre nu avait la chair de poule, ce qui ne venait pas vraiment du temps, mais plus de l'état inquiétant de Liam et du souvenir d'un autre jour, où une balle en argent avait traversé la chair d'un loup. Je croisai mes bras devant moi, pour recouvrir mon corps et repousser les frissons qui s'emparaient de moi.

Quelques secondes après notre arrivée, un homme d'âge moyen portant des Crocs et un tee-shirt bleu d'infirmier frappa à la porte.

— Où est Liam ?

C'était sûrement Greg, le médecin dont Matt avait parlé dans la voiture. L'homme ne faisait pas partie de la meute et ne sentait pas le loup. Vu son style vestimentaire, il devait être un vrai médecin. Il se précipita à l'intérieur, un sac en nylon noir dans une main. Je le suivis dans la chambre sombre de Liam, en évitant la silhouette à l'air cadavérique installée sous une couverture en laine marron.

Malgré moi, mon regard était rivé sur une immense plume de paon suspendue en haut de la cheminée, encadrée dans un cadre en plexiglas, mon attention était concentrée sur la conversation murmurée autour de Liam.

— Tu vas devoir m'aider, Matt. Tiens-le.

Je grinçai des dents en entendant le métal cliqueter – sûrement des outils chirurgicaux.

— Prêt ? demanda Greg.

Matt dut hocher la tête, car aussitôt, un cri rauque déchira l'air. Liam n'était pas mort. Aussi soudainement que le cri avait jailli, il se tut et le silence s'installa.

Un silence abyssal.

— Je la vois. Tiens-le bien.

Je fermai fort les yeux.

Cette fois, le cri fut contenu, comme si la capacité de Liam à former des sons s'était prise dans la toile de ses respirations sifflantes.

Le métal tinta contre le métal. Des bruits de pas. Un filet d'eau. Était-ce terminé ? Greg se lavait-il les mains ? Avait-il retiré la balle ?

Je regardai Liam, inconscient. Son visage était pâle et luisant de transpiration, comme de la cire fondue. Le large front plissé de Matt était lui aussi couvert d'un voile de transpiration. Il parlait doucement, calmement, utilisant des mots doux et le souvenir de moments passés, pour garder en vie son ami.

Lucas veillait de l'autre côté de Liam, habillé d'un jean taille basse qu'il avait sûrement emprunté. Quand ses yeux troubles croisèrent les miens, je posai mon regard sur mon ventre nu et ensanglanté.

J'étais une intruse... Je n'avais pas le droit d'être là.

Alors je partis.

Le salon était lumineux. Trop lumineux. Je frottai mes yeux, regrettant de ne pas pouvoir effacer l'horreur de cette nuit. En attendant des nouvelles, je m'assis sur le bord du canapé. J'essayai de prier comme le faisait Evelyn quand je l'accompagnais à la messe, puis les nombreuses prières que j'avais prononcées pour ma mère me revinrent en mémoire. La réponse avait été un silence assourdissant.

L'enchevêtrement de voix me ragaillardit. Les conversations se faisaient toujours à voix basse, mais je repérai de l'espoir dans leur ton. Greg avait dû retirer la balle... À moins qu'elle ne soit pas en argent, finalement.

Ça serait bien.

Un instant plus tard, Matt sortit de la chambre, les épaules voûtées, mais le front plus détendu.

— Est-ce qu'il... Est-ce que...

Les nerfs m'empêchaient de parler.

— Greg a retiré la balle. Elle était en un seul morceau.

Je frottai mes paumes moites contre mes cuisses et expirai profondément.

Il me jeta un bout de tissu – une chemise en tartan. Puisqu'il portait toujours son haut, j'imagine que c'était un vêtement à Liam. Je l'enfilai, et son odeur m'enveloppa.

— Merci.

Je n'osais pas croiser le regard de Matt. Rien que la sensation de ses yeux pleins de reproches sur moi était douloureuse.

— Elle était en argent ?

— Oui.

Je frissonnai, puis frottai la partie droite de mon crâne, qui avait une bosse de la taille d'un œuf. L'assise du canapé s'affaissa sous le poids de Matt.

— Ça va ?

— Ça va. Je suis juste secouée.

Les lèvres de Matt étaient pincées.

— On t'a dit de rester loin d'Aidan Michaels, mais tu n'as pas écouté.

Il secoua la tête.

— Je ne te comprends pas, Ness. Je croyais comprendre. Je croyais avoir tout déchiffré de toi. Je pensais que tu étais une fille douce et timide qui essayait de se la jouer dure à cuire pour t'intégrer dans la meute, mais je ne crois pas que tu sois timide. Et je ne crois pas que tu essaies de t'intégrer dans la meute.

Je déglutis, nouant mes doigts ensemble au-dessus de mes cuisses. Comme Matt, je n'étais plus sûre de savoir qui j'étais et ce que je faisais.

— Pourquoi es-tu allée voir les Pins, Ness ? Et s'il te plaît, ne me sors pas que c'était pour l'argent, parce qu'on mettrait tous la main à la pâte pour te donner le montant dont tu as besoin. Il faudrait que tu demandes, mais on le ferait.

Il toucha doucement mon genou et je tressaillis.

— Demander de l'aide n'est pas une faiblesse ni un défaut.

Je rougis. De honte. Mais aussi de gratitude.

Comme j'aurais aimé pouvoir me défaire de mon fardeau, mais si je disais à Matt pourquoi j'avais rendu visite aux Pins, je signerais mon arrêt de mort.

— C'était juste du travail, mentis-je.

Puis, je répétai les mots que maman avait criés à Evelyn, à l'époque :

— Je ne veux pas de charité. Je suis trop fière.

Au moins, cette partie était vraie. Comme ma mère, j'avais ma fierté. Elle l'avait portée toute sa vie comme une armure et ça lui avait valu le respect de nombreuses personnes.

Matt laissa échapper un soupir.

— Et qu'est-ce que tu faisais chez Aidan Michaels ?

Cette fois, je lui dis la vérité. Comment j'avais espéré comprendre pourquoi il avait tué mon père. Comment j'avais prévu de le piéger en enregistrant sa confession.

Matt ricana, amer.

— Quoi ?

— Aidan Michaels est le plus grand donateur du département de police. Il a tous les officiers de cette ville dans sa poche. Si je peux te donner un conseil, et j'espère que cette fois tu l'écouteras, ne va... jamais... voir la police. Certaines personnes parmi eux connaissent notre existence et ils partagent tous le point de vue d'Aidan : ils pensent que nous sommes des abominations. S'ils n'avaient pas une peur bleue de ce qu'on ferait à leur famille s'ils lançaient une attaque, ils auraient essayé de nous éliminer depuis longtemps.

Lucas sortit de la chambre et nous le regardâmes tous les deux, dans l'attente.

— Le docteur a besoin d'alcool.

Il sortit une bouteille de tequila du cabinet sur roulettes, dans le coin du salon. Je devais avoir froncé les sourcils, car il expliqua :

— Pour désinfecter la plaie. On n'est pas encore rendu à célébrer la victoire.

Il lança un regard à Matt, puis disparut dans la chambre sombre.

— Comment ont-ils su que j'étais là ?

Ma voix était faible, autant que l'air froid qui murmurait dans la ventilation du plafond.

—Aidan est l'ennemi numéro un de la meute. On a piraté son système de sécurité pour avoir un œil sur lui à tout moment. Mon frère, Cole, est un prodige avec les technologies. Il surveille constamment le mec. Quand il t'a vue là-bas, il m'a appelé. Liam et Lucas étaient avec moi. Liam... il a flippé.

Matt se gratta derrière l'oreille.

— Il a dit que tu t'étais mise dans une colère noire à propos de la décision de Heath de ne pas se venger. Bref, il était sûr qu'Aidan allait te tuer ou... pire.

La culpabilité m'assaillit. Mais la conversation que j'avais eue avec Aidan repassa dans mon esprit.

— Aidan a tiré sur mon père parce qu'il croyait que c'était Heath. Est-ce qu'Aidan... est-ce qu'il aurait pu tuer le père de Liam ?

J'avais tant d'espoirs que c'en était pathétique. Matt me dévisagea longuement et sévèrement.

— Comme je te l'ai dit, Cole le surveille, dit-il lentement. Aidan était chez lui toute la nuit.

— Peut-être qu'il a embauché quelqu'un pour le faire à sa place ?

— Peut-être.

Cette courte réponse m'apaisait plus que le soutien de Julian.

Lucas sortit de la chambre à pas de loup. Il ne souriait pas, mais semblait plus détendu.

— La plaie se referme. Il guérit.

Matt expulsa une bouffée d'air de ses poumons.

— Dieu merci.

— Je remercierais Greg, pas Dieu. Je dois aller faire un débriefing avec la meute.

La voix de Lucas claquait contre les murs vitrés du salon. Le soulagement le rendait instable et presque excité. Je m'attendais presque à ce qu'il prenne Matt dans ses bras et le tape dans le dos, mais il n'en fit rien. Il se contenta de lui demander de l'emmener.

Comme s'il se souvenait de ma présence, Matt proposa de me déposer à l'auberge. Je me levai au moment où Greg sortait de la chambre, en essuyant ses mains sur une serviette grise qui me rappelait celle que Liam avait autour de la taille, la nuit où il...

— Il te demande, Ness, m'informa Greg.

<h1 style="text-align:center;font-style:italic">Trente-Quatre</h1>

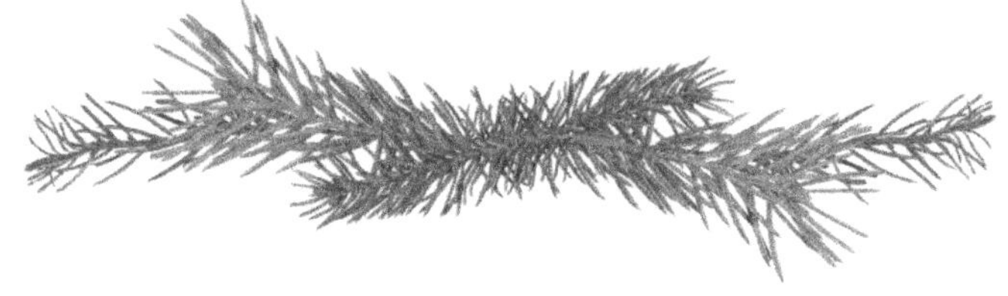

Mon cri de surprise fut si fort que je m'en étouffai.

— Il veut me voir moi ?

Greg hocha la tête pendant que Lucas et Matt échangeaient un regard silencieux et appuyé.

— Tu restes, hein, Greg ? demanda Lucas.

— Bien sûr.

Il darda sur moi ses yeux bleus.

— Jusqu'à ce que l'un de nous revienne, après ça ira.

Lucas craignait-il que je finisse le travail entamé par cette balle ou avait-il peur que Liam ait besoin d'un médecin dans le coin ? J'espérais que ce serait la deuxième proposition, mais je craignais bien que ce soit la première. Malheureusement, Lucas et Matt avaient toutes les raisons de ne pas me faire confiance.

— Je resterai là, promit Greg.

Il s'assit sur le canapé et prit un grand livre de la table basse en fer forgé. *L'histoire des loups.*

Je me demandai s'il évoquait les loups-garous.

— On devrait être de retour dans une demi-heure maximum, dit Matt.

— C'est bon. Je ne suis pas de service ce soir.

Donc c'était bien un vrai médecin.

Il posa son pied sur la table et feignit un grand intérêt pour le livre sur ses genoux.

— Ça va aller, Clark ? demanda Lucas.

Je doutais que ça lui importe vraiment. Il s'inquiétait plus à l'idée de savoir si Liam irait bien avec moi dans la même pièce.

— Oui.

J'avançai vers la chambre. Même si la porte était entrebâillée, je frappai.

— Je peux entrer ?

— Oui, répondit une voix rauque.

Sans regarder les autres, j'entrai, laissant la porte ouverte pour montrer que je n'avais pas de mauvaises intentions. Liam avait été redressé à l'aide de trois oreillers. Même s'il avait toujours l'air pâle, ses joues avaient retrouvé quelques couleurs et ses yeux s'étaient animés. Dans l'obscurité, ils luisaient d'une lumière inquiétante qui me prenait au piège. Sa mâchoire serrée m'indiquait qu'il était en colère.

Très en colère.

La porte d'entrée claqua et je sursautai.

— Ferme la porte.

Sa voix était grave et rauque, comme si la balle avait écorché sa gorge. Mon cœur résonna comme le coup de feu d'Aidan.

— S'il te plaît.

Sa pomme d'Adam avait fait un bond sur son cou musclé.

Je mordillai ma lèvre inférieure et jetai un coup d'œil à la poignée. Enfin, j'enroulai mes doigts autour du métal froid et poussai la porte. Les cliquetis du pêne dans le mécanisme créèrent un écho dans la chambre.

J'avais décidé de ne plus jamais le regarder après ce qu'il m'avait fait, et voilà que je m'enfermais dans une chambre avec lui. Cette nuit testait les limites de ma santé mentale. Je croisai les bras et plongeai mon regard dans le sien.

— Je sais que tu ne supportes pas de me voir après ce que j'ai fait.

Il observa ma réaction.

Mes narines tressaillaient. L'odeur cuivrée du sang mélangée à celle de sa peau me donnait le vertige. À moins que cela soit l'intensité avec laquelle il m'étudiait.

— Si seulement je pouvais effacer mon geste, Ness. J'aimerais pouvoir revenir en arrière et te laisser partir sans me comporter comme un... un...

Même s'il hésitait, son regard demeurait stable.

— Un sauvage, termina-t-il. J'ai terriblement honte de ce que j'ai fait.

Sa voix était aussi douce que le murmure des gouttes de pluie contre la fenêtre.

— C'est pour ça que tu as pris une balle à ma place ce soir ? Pour que je puisse te pardonner et oublier ?

— Non.

Ses paupières se fermèrent pendant une longue seconde. Quand il ouvrit les yeux, ils brillaient encore plus qu'avant. Des yeux de loup.

— Je comprendrais que tu ne me pardonnes jamais.

Ma poitrine se serra.

— S'il te plaît, dis quelque chose, croassa-t-il.

— Je suis contente que tu ailles bien.

— Vraiment ?

— Oui.

Il haussa un sourcil, comme s'il ne me croyait pas vraiment. Mais c'était vrai, et il dut le voir sur mon visage, car son sourcil s'aligna à l'autre, lentement.

— Pourquoi as-tu fait ça ?

— Parce que j'étais blessé et...

Il regarda le tableau de la plume, au-dessus de la cheminée.

— Jaloux.

Je desserrai les bras.

— Jaloux ? D'Aidan ?

Son regard revint à moi. Il rougit.

— Quoi ?

Je déglutis.

— Je t'ai demandé pourquoi tu avais pris cette balle à ma place.

— Oh.

À l'évidence, il n'avait pas répondu à cette question-là. Il détourna à nouveau le regard et un pli apparut entre ses sourcils.

— J'ai réagi. C'est tout.

Ses lèvres avaient à peine remué et pourtant, à ses mots, l'ambiance étouffante dans la pièce changea.

J'avais à peine entendu sa réponse après l'écho que la précédente avait trouvé en moi. *Jaloux.*

— De quoi pensais-tu que je parlais ?

Les tendons à son cou bougèrent tandis qu'il se redressait et appuyait ses épaules un peu plus dans les coussins.

— De quand j'ai perdu la tête, quand tu es venue chez moi.

Il ferma les yeux et pressa sa tête contre la tête de lit en bois.

— Cette conversation est plus douloureuse que se faire tirer dessus.

Un souffle s'échappa de ma poitrine.

— Je te *plais* ?

Ses yeux restèrent fermés. Il était tellement immobile que je vérifiai que son torse se soulevait toujours.

Liam avait des sentiments pour moi ?

— Tu essaies de me torturer encore plus ?

Sa voix brisa le sort jeté par sa confession.

— Non. Je... *pourquoi* ?

Il ouvrit grand les yeux et les posa sur moi.

— Pourquoi est-ce que tu me plais ?

— Personne ne m'apprécie ici.

— D'abord, ce n'est pas vrai. Ensuite, je ne sais pas. Je t'aime bien, c'est tout. Mais visiblement, le sentiment n'est pas réciproque. Alors si tu pouvais oublier ce que j'ai dit, ça serait génial.

Il tourna la tête vers la porte de la salle de bain.

— J'avais peur ce soir. Peur que tu meures.

Mon sang frémit dans mes veines et réchauffa ma peau.

Avec mes orteils, je triturai les tapis étendus sur presque chaque centimètre de parquet et étudiai les longues fibres, essayant de déterminer s'il était violet ou marron. Dans l'obscurité, c'était difficile à discerner.

— Je ne te déteste pas, Liam.

Violet. Il était violet. Un violet profond, presque électrique.

Des pieds nus aplatirent les filaments et s'arrêtèrent à quelques centimètres des miens. Les battements de mon cœur s'accélérèrent. J'étais comme une truite agitée.

La chaleur de son corps pénétra la mince fosse entre nous. De la chaleur impliquait que son état s'améliorait, à moins qu'il ait de la fièvre. Sa plaie s'était-elle infectée ? Je n'osais pas bouger. Je n'osais pas lever les yeux. Mais Liam ne me laissa pas le choix. Il posa un doigt sous mon menton et releva mon visage.

— J'ai failli mourir ce soir, Ness, et ça m'a rappelé que je ne suis pas immortel. Aucun de nous ne l'est. On est peut-être plus forts que des humains, mais on ne vit pas pour toujours.

Je sentis ma gorge se serrer.

— Tu sais ce que j'ai pensé quand la balle m'a touché ?

Ses pupilles palpitaient, traçant un chemin jusqu'à mon cœur.

— Quoi ? soufflai-je.

— Je me suis dit que je détesterais mourir alors que tu me considères comme un connard.

Je retirai mon visage de son emprise.

— Liam...

— Laisse-moi finir.

Son ton était doux, mais tremblant, comme si couper la connexion entre son doigt et mon menton avait ébranlé sa confiance.

J'allais dire que ce n'était pas ce que je pensais de lui. Du moins, plus maintenant. Plus depuis qu'il avait pris une balle pour moi.

— La deuxième chose à laquelle j'ai pensé...

Il remit une mèche rebelle derrière son oreille et je frémis.

— C'est que je ne voulais pas mourir avant d'avoir pu t'embrasser.

Je clignai des paupières.

— Tu veux m'embrasser ?

Si j'avais mal entendu et qu'il voulait dire autre chose alors... la scène allait devenir très gênante.

— Oui, Ness Clark. J'aimerais t'embrasser.

Je compris tout à coup que Liam ne pensait pas que j'avais tué son père. Je fermai les yeux.

— Liam, ne m'aime pas. Je ne suis pas quelqu'un de bien. Pas pour toi... je ne t'apporterais rien de bon.

Mes cils s'humectèrent. *Non, non, non...* Je ne pouvais pas pleurer. Pas devant Liam. Oh, mon Dieu, j'étais une épave.

— Pourquoi ne le devrais-je pas ?

— Parce que... tu ne le devrais pas.

Les larmes coulèrent.

Traîtresses de larmes.

Je sentis ses pouces passer sur mes joues et ses doigts se refermer sur moi. Il releva encore ma tête vers lui.

— Il va falloir me donner une meilleure raison.

Je le regardai et mon cœur battait si fort que j'eus l'impression qu'il allait sortir de ma cage thoracique. Une meilleure raison, c'était la vérité.

— Tamara, lâchai-je sans autre idée.

— Tamara ?

— Tu lui plais, Liam. Je ne pourrais pas lui faire ça.

Mon excuse était pathétique, du genre à vous faire lever les yeux au ciel.

— Laisse-moi clarifier les choses : je me fiche complètement de Tamara.

— Mais...

— Sors une fois avec moi.

— Liam...

— Une fois. Je promets de porter des vêtements.

Elle afficha un sourire en coin. Bien sûr, cette réplique me fit prendre conscience qu'il était nu.

— Lucas a dit qu'on ne sortait pas avec un membre de la meute.

— Lucas est un idiot et c'est une règle pourrie. Je sais de source sûre que deux des loups de notre meute sont ensemble.

Pendant un court instant, je me demandai qui, avant de me reconcentrer sur la question principale.

— Nous sommes adversaires. Les adversaires n'ont pas de rendez-vous amoureux ensemble.

Sa mâchoire tressaillit.

— D'après quelle règle ?

— Ça ne serait pas éthique.

— Vraiment ?

Son visage se dressait au-dessus de moi, morose. Je léchai mes lèvres, qui semblaient aussi sèches que ma gorge.

— Oui. Vraiment.

— Abandonne la compétition alors.

Cette idée ébranla quelque chose en moi. Je m'écartai.

— C'est de ça qu'il s'agit ?

— Quoi ?

Il plissa le front.

— Tu essaies de me faire abandonner ?

Ses yeux s'assombrirent et il secoua la tête doucement.

— Pourquoi est-ce que tu ne laisserais pas tomber *toi* ?

— J'ai travaillé là-dessus toute ma vie, Ness. Toi, tu ne l'as voulu que pour m'énerver.

— Ce n'est pas vrai, lâchai-je.

Mais ça l'était.

C'était. Tellement. Vrai.

Il croisa ses bras sur son torse taché de sang.

— Tu ne t'es pas opposée à moi parce que tu détestais l'idée d'avoir un Kolane à la tête de la meute ?

Au lieu de lui répondre, j'utilisai notre dispute pour revenir à mon argumentation précédente.

— Tu vois ? On ne peut pas se fréquenter, Liam.

Il renifla, mais ne me donna pas tort. De toute façon, la porte de sa chambre s'ouvrit à la volée.

En nous voyant, Matt haussa les sourcils.

— Tout va bien, ici ?

Liam me lança un regard noir. Pour quelqu'un dont le dernier vœu avait été de m'embrasser, il était vite passé à autre chose.

— Oui, marmonnai-je en regardant le grand dadais devant la porte au lieu de celui furieux, à quelques centimètres de moi.

Matt reporta son attention sur Liam, aussi immobile que s'il avait été glacé.

— Tu peux me ramener ? demandai-je.

— Bien sûr.

Je commençai à m'éloigner, mais la voix de Liam m'arrêta :

— Pourquoi veux-tu mener cette meute, Ness ?

Mes joues me brûlèrent d'être ainsi mise dans l'embarras.

— Je n'ai pas à t'expliquer mes raisons.

— J'espère juste que tes raisons sont nobles, car ce sont des hommes bien. Des hommes qui méritent quelqu'un d'honnête, ayant les intérêts de la meute à cœur.

Je fixai les bottines sales de Matt. Je déglutis, encore et encore, mais ma salive continuait d'envahir ma bouche. Enfin, je parvins à énoncer :

— Et ils auront celui qu'ils méritent.

Pour la première fois depuis longtemps, je disais vrai.

Car ce ne serait pas moi.

Je m'assurerais de perdre la prochaine épreuve. Je ne savais pas encore comment, mais j'étais sûre que ça viendrait. Si je perdais, Julian ne m'en tiendrait pas rigueur. Si ?

Peut-être bien. Il reviendrait sûrement sur sa proposition de parler au détective. S'il lui avait déjà parlé, il le rappellerait. Mais peu importe, car Liam aurait déjà appris la vérité de ma bouche.

Après les prochaines épreuves, je me confesserai.

Je confesserai tout et me débarrasserai de ma culpabilité étouffante. Et si cela impliquait de ramper pour ma vie, je m'agenouillerais et je ramperais. Mon seul espoir était que Liam me montre la pitié que son père avait été incapable d'offrir à ma mère.

Trente-Cinq

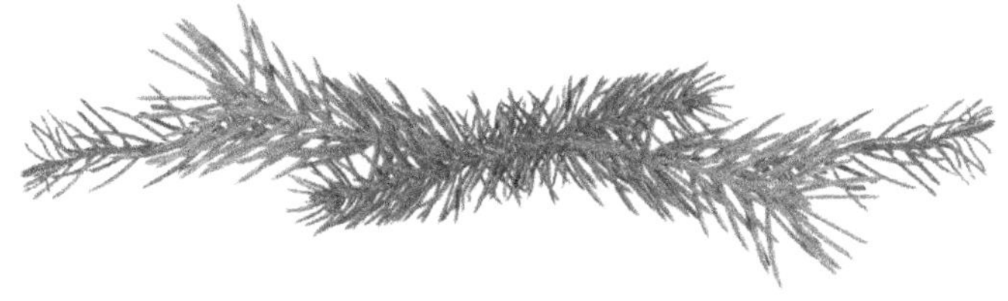

J e passai chaque minute des trois jours suivants avec Evelyn. Si cela devait être mes dernières heures sur Terre, je voulais les passer avec elle. Plusieurs fois, elle me demanda ce qui n'allait pas. *Rien*. C'était ma réponse. *Rien*, accompagné d'un sourire joyeux.

Mais elle me connaissait mieux que cela. Elle savait aussi qu'il était inutile de me pousser. Quand je me renfermais sur moi-même, impossible de briser ma solide carapace.

La semaine prochaine, mon sort serait scellé.

Le cœur lourd, je repensai au mariage. J'avais toujours besoin d'une robe. J'essayai d'appeler Everest afin obtenir de l'aide, mais Lucy m'expliqua qu'il avait eu de mauvaises nouvelles au sujet de Becca et qu'il avait pris la route pour se changer les idées.

Je ne voulais pas utiliser son chagrin contre lui. Après avoir évité les appels et les messages d'August, je lui répondis ce matin. Comme une mourante, je remettais ma vie en ordre et cela passait par remercier August d'avoir pris soin de moi, même si je ne savais pas pourquoi il le faisait. Je n'étais plus la petite fille innocente à laquelle il ébouriffait les cheveux et taillait des statuettes d'animaux en bois.

En essuyant des verres de vin dans le garde-manger, je sentis mon cœur se serrer, si fort qu'une douleur vive me traversa la poitrine. Je m'apitoyai encore sur mon sort. Mon Dieu, je ne voulais pas faire ça. Je me concentrai sur mon entourage, sur les conversations enjouées des deux serveuses qui travaillaient le soir et le week-end à l'auberge. Elles prévoyaient d'aller à la Tanière.

L'une d'entre elles, celles avec une coupe à la garçonne et un milliard d'anneaux à son oreille droite – Emmy –, dut se rendre compte que j'écoutais, car elle proposa :

— Tu veux venir avec nous, Ness ?

Je faillis faire tomber le verre que j'essuyai. Emmy et l'autre serveuse – Skylar – avaient au moins dix ans de plus que moi et ne m'avaient jamais parlé auparavant. J'avais supposé que c'était parce que j'étais plus jeune et de la famille de leur patron.

— Je n'ai que dix-sept ans.

— Tu n'as pas l'air d'avoir dix-sept ans, fit remarquer Emmy. Et puis, tu es trop jolie pour qu'on te refuse l'entrée. En plus, c'est DJ Wolverine ce soir. Elle est géniale.

DJ Wolverine... Il me fallut une seconde pour faire le lien. DJ Wolverine était la nièce de Julian, Sarah. Elle pourrait m'aider à le contacter.

— D'accord. J'en suis.

<hr>

Je n'étais jamais allée en boîte, alors je ne savais pas comment les gens s'habillaient. Même si l'idée de porter la robe noire que j'avais mise en allant chez Heath me donnait de l'urticaire, c'était le seul joli vêtement que j'avais. Enfin, avec la robe rouge, mais une couture c'était déchirée sur le côté – sûrement quand je l'avais enlevée rapidement pendant ma transformation.

À la lumière, les sequins noirs cousus sur le tissu brillaient et renvoyaient des étincelles sur le tableau de bord de la petite voiture d'Emmy. De la musique enivrante vibrait déjà dans la voiture.

— Ça va, ma belle ? demanda Skylar.

Elle avait attaché ses cheveux décolorés dans un chignon haut. On aurait dit du glaçage sur un cupcake.

— Tu n'as vraiment pas l'air dans ton assiette.

Je me mordillai l'intérieur de la joue.

— Ça va.

Emmy baissa la musique.

— C'est au sujet de ta maman ?

— Ma mère ?

Deux jours avant, pendant ce court instant où l'on est encore ensommeillé, mais réveillé, j'avais pris mon téléphone pour l'appeler et lui demander conseil. Ce n'était que quand je ne l'avais pas trouvée dans mes contacts que je m'étais souvenue qu'elle n'était plus là. J'étais restée allongée dans mon lit un long moment, à regarder la lumière grise devenir dorée.

Emmy consulta Skylar du regard.

— On a entendu que tu l'avais perdue quelques mois avant de venir ici.

Skylar se retourna sur son siège et étudia mon visage de ses grands yeux bleus, dignes de figurer dans un manga.

— J'ai perdu la mienne l'année dernière et même si je ne dis pas que notre douleur est la même, si tu as besoin de parler, tu peux venir me voir, ma belle. On pourra se plaindre et se lamenter ensemble. Je suis très forte pour me plaindre de la vie.

Elle ne semblait pas être d'ici.

— C'est l'un de ses nombreux talents.

Emmy sourit et Skylar gloussa.

Essayant de dévier le sujet de conversation loin de la femme que j'aimais tant, je demandai :

— Ça fait longtemps que vous vous connaissez ?

— On s'est rencontrées il y a deux ans.

Skylar passa sa main sur celle d'Emmy et lui caressa les doigts.

— On a commencé à travailler à l'auberge en même temps.

Emmy laissa échapper un petit soupir.

— On s'est aimées au premier regard.

— Oh... vous... vous êtes ensemble ?

— Depuis un an et demi ! Comme le temps passe vite. Et toi, Ness ? Tu es en couple ?

Je fixai la lune par la fenêtre, qui s'épaississait jour après jour.

— Non.

— Personne n'a attiré ton attention ?

— Pas vraiment.

— Peut-être que tu rencontreras quelqu'un ce soir, répondit Skylar. La Tanière a son lot de bombes.

— Peut-être.

Nous nous garâmes très vite à côté d'un bâtiment en brique illuminé par un immense néon qui clignotait. Un videur costaud surveillait les portes en métal et repoussait trois géants maigrichons, avant de laisser passer un troupeau de filles bruyantes qui portaient trop de maquillage et pas assez de vêtements. Je ne m'étais jamais sentie trop habillée auparavant, mais à ce moment, en suivant Emmy et Skylar, j'étais très mal à l'aise. Le regard intrigué des gens dans la queue n'aidait pas.

Alors que je marchais vers le bout de la queue, Skylar attrapa mon bras et me tira vers le début. Des grognements se firent entendre derrière, mais Emmy et Skylar ne semblaient pas s'en préoccuper.

— Salut, Bobby ! fit gaiement Skylar.

Le videur se tourna vers nous.

— Skysky.

Il baissa la tête vers moi et haussa un sourcil.

— C'est qui cette petite ?

Cette petite. Skylar faisait quelques centimètres de plus que moi, mais j'étais loin d'être petite. À moins qu'il fasse référence à mon âge. C'était probablement ça. Mes paumes devinrent moites. *Ne demande pas à voir ma carte d'identité. Ne demande pas à voir ma carte d'identité.*

— Ness est ma petite sœur. Elle nous rend visite de Los Angeles.

Le mensonge sortit de sa bouche avec tant de facilité que Bobby poussa la lourde porte en métal. La musique émergea de l'intérieur et résonna dans la rue sombre.

— Soyez sage.

— Comme toujours, non ?

— Y a qu'Emmy qui est sage. Toi, c'est pas trop ça.

Il sourit et nous lança un clin d'œil pendant qu'on passait devant lui. Puis, il referma la porte.

Des néons en mouvement illuminaient le bâtiment caverneux, qui devait avoir été une centrale électrique fut un temps. Des tubes en métal exposés à la vue et des bouches d'aérations décoraient le haut plafond comme un laby-rinthe fourbe, réfléchissant l'éclairage des projecteurs. Au milieu de la piste de danse se tenait un comptoir carré et imposant, géré par plusieurs serveurs. Les clients se déversaient autour du comptoir, bougeant leur corps en rythme avec la musique assourdissante. Sur la mezzanine en métal, certains étaient assis à table, vidant des bouteilles et de grands verres remplis d'alcool. D'autres étaient appuyés contre la rambarde et regardaient la foule en contrebas.

— Où est le stand du DJ ? criai-je à l'oreille d'Emmy.

Ma bouche était entrée en contact avec certains anneaux en argent. Mes lèvres me brûlèrent aussitôt et je m'écartai. Je léchai la zone douloureuse et fermai la bouche en voyant Emmy me fixer.

Ses narines bougèrent et elle pointa le haut de l'escalier menant à la mezzanine. Là, derrière un stand à côté du public, Sarah, alias DJ Wolverine, s'occupait de la musique, un casque rose sur sa crinière de boucles.

Emmy tapota mon épaule.

— C'est moi ou de la fumée s'échappe de tes lèvres ?

Je les léchai de nouveau.

— Ça doit être ton imagination.

Elle fronça les sourcils.

— Je vais dire bonjour à quelqu'un.

— OK. On reste là.

Après un hochement de tête, je partis et traversai la pièce en slalomant entre les corps.

Un autre videur costaud se tenait en bas de l'escalier. Il me barra le passage d'une main quand j'approchais.

— La DJ est une amie à moi, me justifiai-je.

Il me lança un regard grognon, lourd de sous-entendus. Il ne me croyait pas.

— Demandez-le-lui.

— Je ne peux pas interrompre sa prestation.

— S'il vous plaît. Son nom est Sarah. Son oncle s'appelle Julian Matz. Son frère...

Le videur grogna.

— Très bien. Mais je te surveille.

Je me glissai à côté de lui avant qu'il puisse changer d'avis. Quand j'atteignis Sarah, elle trifouillait des boutons sur sa platine.

— Hé ! criai-je.

Avec son casque, elle ne m'entendait pas, alors je bougeais les mains. Cela attira son attention et elle leva les yeux de son ordinateur. Elle fronça les sourcils un instant, puis me reconnut et un sourire s'étira à ses lèvres. Elle leva un doigt, tapa sur son ordinateur – sûrement pour mettre en place la prochaine chanson –, puis elle abaissa son casque.

— Bienvenue dans mon repère. Comment es-tu montée ?

Je me penchai au-dessus du stand.

— J'ai besoin du numéro de Julian.

— Pourquoi ?

— Pour lui demander quelque chose.

— Demande-le à moi, plutôt.

J'imagine que je pouvais, oui.

— J'ai été invitée au mariage de ton frère et j'ai besoin d'une robe.

Elle fronça ses sourcils fins.

— Je ne sais pas ce que tu as entendu, mais mon oncle ne porte pas de robes.

Je reculai en entendant sa réponse.

— J'espérais juste qu'il pourrait m'aider à m'en procurer une.

— Pourquoi t'aiderait-il ?

— Parce qu'il m'a proposé son aide l'autre jour.

Avant qu'elle ne puisse imaginer d'autres raisons pour lesquelles son oncle m'aiderait, j'ajoutai :

— Il a pitié de moi, parce que je suis la seule fille dans ma meute.

Pas mon meilleur mensonge, mais cela sembla apaiser Sarah, car son front se dérida. Elle leva encore un doigt, puis remit le casque sur ses oreilles pour s'occuper de la musique. Les notes se chevauchèrent sans heurts, avant que la nouvelle chanson remplace celle qui s'estompait.

Elle retira de nouveau son casque et m'évalua du regard.

— Tu fais quoi, du 36 ?

Je hochai la tête.

— Tu peux emprunter une des miennes. Viens chez moi demain.

— Vraiment ?

Elle leva les yeux au ciel.

— Oui, vraiment. Maintenant, va danser. J'ai besoin de me concentrer sur ma musique.

Je commençai à me détourner, avant de me rappeler que j'ignorais où elle vivait.

— Je ne sais pas où tu habites.

— Donne-moi ton téléphone.

J'entrai mon mot de passe et le lui donnai.

Elle tapa ses coordonnées, puis me rendit mon téléphone.

— Ne viens pas avant midi ! Je n'existe pas pour le monde le matin.

— D'accord. Merci.

Elle agita sa main d'un air de dire « c'est rien », remit son casque et agita la tête en rythme.

Je redescendis l'escalier, passai devant le videur qui s'était désintéressé de moi quand il avait vu que je n'étais pas juste une fan. Je me concentrai sur là où étaient Skylar et Emmy, près du comptoir, et me taillai un chemin à travers la masse de corps.

Les gens s'étaient mis à sauter en levant le poing en entendant la nouvelle chanson de Sarah. Deux fois, on me marcha sur le pied. La première personne ne s'excusa pas – elle ne s'en était sûrement pas rendu compte. La deuxième personne m'attrapa le bras et se pencha pour s'excuser. L'haleine du gars sentait la bière et l'hygiène buccale douteuse.

— C'est pas grave, lançai-je en repoussant sa main.

Son regard parcourut mon visage, puis le décolleté en V de ma robe. *Discret*.

— Je peux te payer un verre ?

J'allais refuser, mais quelqu'un fut plus rapide.

— Non, tu ne peux pas, répondit Liam, menaçant derrière lui.

Mon interlocuteur se retourna, puis recula plus rapidement qu'un lapin effrayé.

— Peut-être que je voulais un verre gratuit.

Les yeux de Liam brillèrent d'une lueur dangereuse.

— Alors je te l'achèterai *moi*.

Pas la réponse que j'attendais.

— Oublie. Je ne veux rien boire.

— Tu es venue avec Everest ?

Je secouai la tête.

— Il a quitté la ville.

La mâchoire de Liam tressauta.

— Bien sûr, oui.

Pourquoi réagissait-il ainsi ?

— Tu es venue seule ? reprit-il.

— Non ! Je suis venue avec deux collègues de l'auberge.

Quelqu'un me rentra dedans et je perdis l'équilibre un instant. Liam tendit la main et attrapa mon coude pour me stabiliser. Une fois qu'il vit que je tenais sur mes deux pieds, il me lâcha.

Je frottai la peau qu'il avait touchée.

— Je devrais aller les rejoindre.

— Au féminin ou au masculin ?

Je fronçai les sourcils ; sa question était étrange.

— Tes collègues, ce sont des femmes ou des hommes ?

— Des femmes. Pourquoi ?

— Juste comme ça.

Mmh. Bizarre.

— Je devrais aller les rejoindre.

Le cœur battant sur le rythme frénétique de la basse qui se déversait dans les haut-parleurs partout, je me frayai un chemin jusqu'à Skylar et Emmy. Elles s'étaient rassemblées avec un autre couple : Francine et Lark. Francine était petite et féminine. Lark était autre chose. Malgré sa boule à zéro et son tee-shirt AC/DC ample, Lark ne semblait pas être un homme. Mais peut-être que c'en était un.

Ils étaient tous sympas et m'inclurent dans chaque conversation, ce qui était déjà plus que ce que faisait la meute. À un moment, je levai les yeux vers la mezzanine et tombai sur Liam qui m'observait, l'air sombre. Ses avant-bras étaient appuyés sur la rambarde en métal. Matt était à côté de lui et derrière eux, il y avait le reste de leur groupe, ainsi que leur harem de filles.

Quand un bras fin et pâle se noua autour du torse de Liam, agrippant son col en V, je détournai les yeux. Trois jours avant, il avait déclaré vouloir m'embrasser et n'entretenir aucun intérêt pour Tamara et pourtant elle était là, enroulée autour de lui comme le ruban d'un cadeau d'anniversaire.

Son inconstance me blessait plus que cela l'aurait dû.

Trente-Six

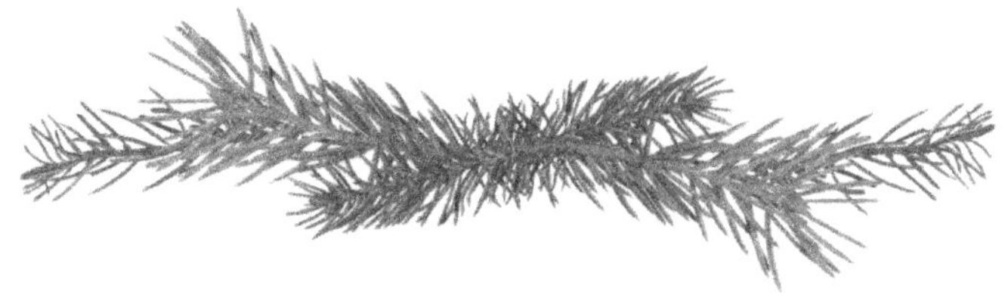

J'attendais dans la queue pour aller aux toilettes depuis des heures – c'était du moins mon impression – et elle s'était à peine raccourcie. Qu'est-ce que les femmes faisaient là-dedans ?

Je commençai à taper du pied pour penser à autre chose que ma vessie remplie. Comme ça n'aidait pas, je sortis mon téléphone. Je n'étais pas particulièrement active sur les réseaux sociaux – pas de Facebook, pas d'Instagram, pas de Twitter, pas de Snapchat – alors je regardai l'actualité, surtout ce qui se passait à l'étranger. Même si August avait dit que peu de choses pouvaient tuer un loup-garou, j'étais inquiète pour sa sécurité. Et si un rebelle assoiffé de sang mettait le feu à son camp ?

Je frémis rien qu'à y penser.

Au bout du cinquième article, seules deux personnes attendaient devant moi. Je contemplai l'entrée des hommes qui s'ouvrait sans cesse. Des garçons entraient et sortaient si vite qu'à mon avis, ils ne se lavaient pas les mains. J'aurais aimé que les femmes sacrifient leur hygiène pour la rapidité. Au moment où j'eus cette pensée, la porte des toilettes des hommes s'ouvrit de nouveau et, ô, surprise, Liam Kolane sortit.

Je rivai mon regard sur la queue de cheval de la fille devant moi, feignant un grand intérêt pour son élastique violet.

Quand elle tourna la tête et ouvrit légèrement la bouche, je fermai un court instant mes yeux. Je pouvais sentir Liam à côté de moi et la chaleur de son corps imposant.

— Qu'est-ce que les filles peuvent bien faire là-dedans ? demanda-t-il.

Je lâchai un soupir et ouvris les yeux. Pourquoi était-il toujours là ? Avait-il un radar interne qui annonçait ma localisation à tout moment ?

— Je me demande bien, marmonnai-je en bougeant à peine les lèvres.

— Viens.

Je levai les yeux.

— Où ?

Il montra d'un signe de tête les toilettes des garçons.

— Je ne peux pas aller là.

— On a des toilettes aussi.

Ils avaient aussi des urinoirs et probablement une ligne de mecs en train de les utiliser.

— Avec des portes ?

La commissure de ses lèvres se retroussa.

— Oui.

Il se pencha jusqu'à ce que ses lèvres soient alignées à mon oreille. Je frémis quand je sentis son souffle chaud contre mon lobe.

— Si tu deviens alpha, il te faudra surmonter ta pudeur.

Je levai les yeux vers lui. *Mais je ne serai pas alpha, Liam. Dès la semaine prochaine, je ne ferai même pas partie d'une meute. Peut-être même que je ne ferais plus partie du monde.* Je ne dis rien et me contentai d'accepter sa proposition, car j'allais me faire dessus si je ne trouvais pas vite des toilettes. Je le suivis donc jusqu'à celles des hommes. Deux garçons essayèrent d'entrer, mais Liam leur indiqua d'attendre. Il ouvrit la porte. Trois personnes étaient aux urinoirs. *Génial.* Pas gênant du tout.

— Sortez, ordonna-t-il.

Un fourmillement me parcourut sous l'effet de la gêne, quand je compris qu'il chassait tout le monde. Les trois garçons se tournèrent – juste leur visage, heureusement –, bouche bée. En voyant l'expression sérieuse de Liam, ils se rhabillèrent rapidement et sortirent en passant devant les éviers.

— Tu n'avais pas besoin de chasser tout le monde.

Je m'avançai vers un cabinet de toilette et il me lança un sourire satisfait. Il s'appuya contre la porte pour la garder fermée.

— Tu aurais préféré avoir une audience ?

Non, en effet. Je m'enfermais dans le cabinet et, accroupie au-dessus du siège couvert d'urine, je vidai ma vessie. J'essayai de ne pas penser à Liam, à l'extérieur.

En tirant la chasse, j'entendis quelqu'un frapper. Liam dut ouvrir la porte, car la musique retentit dans la pièce.

— Les toilettes sont hors service, annonça-t-il pendant que je sortais.

Il s'appuya contre la porte en métal, puis posa un pied dessus.

Je lavai mes mains avec le savon rose qui sentait l'antiseptique et la cerise chimique.

— Je t'ai vue parler avec Sarah Matz.

Bien sûr qu'il avait une raison pour m'aider et chasser tout le monde. Il voulait des informations. Au lieu de tourner autour du pot et de demander s'il était illégal de discuter avec un loup des Pins, j'allai droit au but :

— Et tu veux savoir de quoi on a parlé, j'imagine.

Il ne répondit pas et m'étudia, pendant que je m'approchais de lui en essuyant mes mains sur ma robe. Les sequins n'absorbaient pas grand-chose.

— Je lui ai demandé si je pouvais lui emprunter une robe pour le mariage de son frère.

Ses yeux semblaient ambrés avec la lumière rouge fluorescente des toilettes.

— Pourquoi lui as-tu demandé une robe ?

— À qui aurais-je dû m'adresser ? Ma tante fait plusieurs tailles de plus que moi et Evelyn n'a aucune jolie robe. J'ai regardé en ligne, mais contrairement à vous, je n'ai aucun magasin où louer des robes à Boulder.

Quelqu'un tenta d'entrer. Liam ouvrit la porte et aboya :

— C'est hors service.

Puis, il s'appuya à nouveau contre elle.

— J'ai fini, Liam, tu peux les laisser...

— Moi, j'ai pas fini.

Je fermai les poings.

— Je ne lui ai pas parlé d'autre chose.

— Taryn doit bien avoir une robe.

— Je ne veux pas d'une robe de Taryn.

— Je t'emmènerai faire du shopping demain.

J'eus un brusque mouvement de recul.

— Hors de question.

Son regard se plongea dans le mien et mon pouls s'accéléra. J'essayai de respirer pour me calmer. Après la quatrième inspiration, qui était loin d'être apaisante, je marmonnai :

— Reste enfermé avec moi plus longtemps et les rumeurs vont se propager.

— Je me contrefous des rumeurs.

— Ça ne sera pas le cas de Tamara.

— S'il te plaît, arrête d'utiliser Tamara comme excuse pour me repousser.

— Je ne l'utilise pas comme excuse. Elle te pelotait rien que tout à l'heure ! Je l'ai vue.

Ses pupilles se dilatèrent et ses iris s'assombrirent.

— Tu m'observais ?

La chaleur me monta à la tête.

— Je regardais autour de moi et je suis tombée par hasard sur elle et toi.

— Tu es la première fille à repousser mes avances.

Alors c'est de là que venait son étrange comportement ? Je ne me sentais plus menacée et mes poings se relâchèrent.

— Je te dirais bien de t'y habituer, mais je doute que tu en aies besoin dans ta vie.

Il ne sourit pas et ne réagit même pas à mon compliment indirect.

— Sérieux, tu peux me laisser sortir ? Ça pue ici.

Comme il ne bougeait pas, j'attrapai moi-même la poignée derrière lui. Il saisit mon bras et me retourna et, en quelques secondes, je me retrouvai appuyée contre la porte, la tête bloquée par son avant-bras.

J'avais eu tort de me détendre. Liam était imprévisible.

— Ness...

La façon dont il prononça mon prénom, d'une voix grave et basse, provoqua des bruissements dans mon estomac.

— Ness, je ne suis pas comme mon père.

Je m'étais attendue à beaucoup de choses, mais pas ça. La façon dont il prononçait mon prénom, d'une voix rauque et grave, faisait tourbillonner mon estomac.

— Alors, ne me retiens pas contre ma volonté.

Je sentais sa respiration sifflante sur mon front. Lentement, presque douloureusement, il s'écarta de la porte... et de moi.

Il me laissa partir.

<h1 style="text-align:center">Trente-Sept</h1>

Le lendemain après-midi, à seize heures, j'entrai dans un bâtiment moderne pas très loin de la Tanière. Je vérifiai sur mon téléphone le numéro d'étage de Sarah et appuyai sur le numéro cinq.

Le stress monta en même temps que l'ascenseur. Et si sa générosité était un subterfuge ? Et si elle avait appelé plusieurs métamorphes des Pins et s'apprêtait à me tendre une embuscade ?

Je me massai les tempes et l'ascenseur s'ouvrit sur le cinquième. D'où me venait toute cette anxiété ?

La nuit dernière, je n'avais pas beaucoup dormi. Je m'étais couchée bien trop tard et j'avais été réveillée par Lucy bien trop tôt. C'était comme si elle voulait me faire payer le fait d'être sortie. À moins que ce soit pour le vélo manquant – celui que j'avais laissé chez Aidan le soir où il avait tiré sur Liam. Je lui avais dit que quelqu'un l'avait volé pendant que je m'inscrivais pour le permis. Mieux valait cette explication que la vérité.

J'avais pensé à aller le chercher, mais je ne voulais pas prendre le risque qu'Aidan me colle une balle dans le crâne... s'il était chez lui. Vu ses blessures, il devait être couvert de bandages, comme une momie, dans un lit d'hôpital.

J'arrivai devant la porte de Sarah et appuyai sur la sonnette. Une longue minute plus tard, des grognements se firent entendre, suivis par des bruits de pas. Sarah ouvrit la porte, un masque de sommeil rose indiquant « Dégagez » sur le front. Des petits croissants de maquillage coulé soulignaient ses yeux.

— Merde. Il est déjà midi ?

— Il est seize heures, corrigeai-je en souriant.

—Merde.

La tenue qu'elle portait la veille reposait sur le dossier d'un canapé en velours lavande. Le sol en carrelage blanc était jonché de divers vêtements. Elle hocha la tête pour m'indiquer d'entrer.

— Pour quelqu'un qui voulait cent balles pour un casque, tu vis dans un appart super sympa.

J'étudiai le luminaire en cristal qui oscillait au-dessus d'une table basse en cuir. Les cristaux étaient taillés sous forme de gouttes de pluie, suspendues à différentes hauteurs.

— Tes parents sont là ?

— Non. Pourquoi le seraient-ils ?

— Tu ne vis pas avec eux ?

— Mon Dieu, non. Dès que j'ai eu dix-huit ans, j'ai quitté la maison.

— Alors cet appart est entièrement à toi ?

— Oui, madame.

— Tu as une coloc' ?

Elle plissa le nez.

— Je ne joue pas à ça.

— J'aimerais pouvoir vivre seule, moi aussi.

— Tu loges à l'auberge, non ?

— Oui, soupirai-je.

— Ça craint.

— M'en parle pas.

Par-dessus son short noir et son débardeur noir, elle portait une robe de chambre en soie turquoise avec un héron.

— Tu veux un verre d'eau ? Du café ? Ou...

Je souris à la voir jouer l'hôte.

— Juste une robe.

— J'ai besoin de café avant.

Elle s'éloigna vers la cuisine ouverte. L'équipement en acier brillait autant que les tuiles en céramique grises qui l'entouraient. Son appartement était vraiment génial, sorti tout droit d'un magazine de *lifestyle*. Pendant qu'elle remplissait la machine de café, je posai mon sac sur l'un des nombreux tabourets, sous l'îlot en marbre de la cuisine. Elle appuya sur un bouton et me montra d'un geste un couloir qui faisait deux fois la taille d'un couloir normal.

Comme le reste de son appartement, la chambre était monstrueusement grande et couverte d'habits.

— Tu ne peux pas te permettre de payer une femme de chambre ?

Je me rendis compte après coup que cela sonnait comme une critique. Après tout, elle était bordélique et elle ne semblait pas l'ignorer.

— Je n'aime pas que les gens touchent à mes affaires.

— Et pourtant ça ne te gêne pas que je t'emprunte une robe ?

Elle haussa un sourcil, comme si elle voyait soudain à quel point c'était scandaleux. De toute façon, tout chez cette fille semblait contradictoire. Elle conduisait une mini, mais vivait dans un palais en marbre ; elle était DJ dans une boîte, mais n'avait à l'évidence pas besoin de l'argent.

— Nettoie-la à sec avant de me la rendre.

Elle m'adressa un sourire qui agrandit ses yeux ensommeillés. Elle ouvrit théâtralement une porte qui laissa place à un miroir.

— Je vais porter la robe jaune. Choisis parmi les autres.

Je fixai les rangées de cintres sur lesquels reposaient des vêtements en soie et en satin, en tulle et décorés de sequins.

— Tu collectionnes les robes ou tu vas vraiment à autant de fêtes bien habillées ?

— Je vais à beaucoup de fêtes. Mais j'aime les vêtements, aussi. Beaucoup.

Je parcourus du regard le reste de son placard, les piles chancelantes de pulls et de tee-shirts, les jeans alignés de toutes les couleurs imaginables, au-dessus de la colonne de chaussures allant des baskets aux talons en cristal, à tous les styles de bottes disponibles sur le marché.

— Tu baves.

Je fermai brusquement la bouche. Je bavais, oui, mais pas à proprement parler. Aucune salive ne coulait de mon menton ou quoi que ce soit.

— Une autre raison pour laquelle je n'aurai jamais de coloc' : elle volerait tous mes vêtements.

— Seulement si elle faisait ta taille.

— Elle pourrait faire en sorte d'atteindre ma taille rien que pour rentrer dans mes vêtements.

Elle se laissa tomber sur son lit, puis étira ses bras au-dessus de sa tête.

Je touchai le tissu d'une robe noire.

— Tu ne dois pas porter de noir à un mariage.

— D'accord.

— Ni de blanc. Essaie la rouge. Le rouge va souvent bien aux blondes.

Elle tira son masque de sommeil sur ses yeux. Je sortis la robe rouge et m'émerveillai devant.

La machine à café gargouilla et bipa. Sarah se redressa.

— Arrête de la dévorer du regard et essaie-la.

Elle jeta son masque de sommeil satiné sur ses draps froissés, se leva et alla dans la cuisine.

Pendant qu'elle se servait un café, je retirai mon tee-shirt et glissai la robe fluide dos nu par-dessus ma tête. Une fois le tissu enfilé, je déboutonnai mon short et l'enlevai. Je me plaçai devant le miroir. La robe était splendide. Un peu trop. Et si je la déchirais ou la tachais ou...

— Je t'avais dit que tu serais superbe dedans.

Sarah était appuyée contre le gigantesque cadre de la porte, une tasse de café entre les mains. En dorée, une inscription disait : *Princesse*. Comme c'était approprié.

— Elle est très jolie, mais peut-être... *trop* jolie ?

Ma voix partait légèrement dans les aigus.

— Tu préférerais porter quelque chose de moche ? Parce que si c'est le cas, je n'ai rien pour toi.

— Non, c'est juste que... elle est chère, non ?

Je caressai le tissu de la jupe flottante.

— Sûrement. Ma mère me l'a donnée.

Elle s'écarta du cadran de la porte.

— Écoute, je ne vais pas te forcer à porter quelque chose dans lequel tu n'es pas à l'aise, mais sache que je ne la porterai sûrement plus. J'essaie de ne pas porter les mêmes habits deux fois. Si tu t'inquiètes de la ruiner, ne t'en fais pas. Il y en a beaucoup d'autres.

— C'est vraiment gentil.

Elle haussa les épaules et sa robe de chambre en soie tomba sur son bras. Elle la remit en place, puis retourna sur le lit, où elle s'assit les jambes croisées.

— J'ai une question pour toi.

J'arrêtai d'admirer la robe.

— Pourquoi es-tu la seule fille dans ta meute ?

— J'ai toujours pensé que c'était un coup du hasard. (Je me mordillai l'intérieur de la joue.) Tu sais, toi, pourquoi je suis la seule fille de ma meute ?

Je me rendis compte que j'avais utilisé un pronom possessif et me corrigeai :

— Enfin, de la meute de Boulder ?

— Non. Aucune idée. Ça doit faire bizarre… mais ça doit être cool.

Elle but une gorgée de son café fumant.

— C'est bizarre, oui, mais pas cool du tout. J'aimerais tellement ne pas être la seule.

— Tu as tous ces canons pour toi toute seule. Pourquoi voudrais-tu partager ?

— Ils ne sont pas *tous* canon. Et puis, aucun ne m'apprécie.

Du moins, ils ne m'apprécient *plus*…

— Ma belle, retire tes œillères. Tu vois la façon dont tu regardes cette robe ? Eh bien, Liam te fixait de la même façon touuute la nuit. Sérieux, j'ai presque foiré ma performance avec vous deux.

— Il me fixe parce qu'il ne me fait pas confiance. Comme tous les loups de Boulder. Après m'avoir vue te parler, il est venu me questionner sur ce qu'on s'était dit.

Elle leva les yeux au ciel.

— Les Boulder pensent que tout le monde cherche à s'en prendre à eux.

— Et ils ont tort ?

— Eh bien, oui. C'est pas le cas de *tout le monde*. Les gars sont des hommes de Néandertal. Canon, d'accord, mais des hommes de Néandertal quand même. Qu'est-ce que ma meute *très évoluée* irait faire avec eux ?

Elle but le reste de son café et posa la tasse à côté d'une bouteille à moitié vide.

— Ils n'ont rien qu'on n'ait pas déjà.

— Ils sont tous des mâles.

Elle se renfrogna.

— Et alors ?

— Ils sont tous plus forts que moi.

— Ce n'est pas parce que tes muscles ne sont pas aussi imposants que tu es faible, Ness.

Elle tapota son index contre sa tempe :

— Ça va te sembler ringard, mais la plus grande des forces vient de là.

Je pinçai les lèvres, pas parce que je croyais qu'elle avait tort, mais parce qu'elle était idéaliste à mes yeux. C'était facile de l'être quand on possédait tout : la richesse, la sécurité, le statut, la famille. Je n'avais rien de tout cela.

Elle pencha la tête sur le côté.

— Et moi qui pensais que tu étais cette fille sûre d'elle, arrogante. C'est faux, hein ?

Je lui adressai un sourire forcé.

— Je fais une bonne première impression, non ? Tu es aussi étonnement différente de ce que j'avais imaginé. En fait, tu es très sympa.

— Haha. Je crois que tu es la première à me dire ça.

Elle enroula ses longues mèches en un chignon qui tenait tout seul.

— Tu pourrais dire ça à ma mère samedi ? J'adorerais un siège en première ligne pour voir sa réaction...

Mon sourire devint honnête.

L'estomac de Sarah poussa un long gargouillis sonore.

— J'ai faim. Tu veux aller manger quelque part ?

Je lançai un regard aux chiffres rouges sur son réveil.

— Il est seize heures trente.

— Le moment parfait pour manger.

Elle avança jusqu'à une autre porte et l'ouvrit. De l'autre côté se trouvait une salle de bain en marbre blanc.

— Alors ? Ça te dit ?

— Oui.

Pendant qu'elle se douchait, je retirai délicatement la robe et la pliai. Je me rhabillai, mais mon short en jean et mon tee-shirt bleu marine semblaient minables à côté. Je lui demandai deux fois si elle était sûre d'elle au sujet de la robe. Deux fois, elle hocha la tête et me répondit oui.

Nous mangeâmes Chez Tracy, où je m'attendais à croiser des membres de la meute de Boulder, mais nous ne vîmes que des Pins. Heureusement, Justin Summix n'était pas là.

Quand je parlai de lui, Sarah plissa le nez et se pencha, son hamburger suspendu en l'air, du jus de viande coulant de sa salade.

— C'est le pire.

Moi qui l'appréciais déjà, je l'aimais encore plus après ça. Ça en disait long. Comme j'aurais aimé qu'elle soit une louve de Boulder ! Je me demandai pourquoi j'aurais aimé qu'elle fasse partie d'une meute dans laquelle je n'étais moi-même pas admise. Et pourquoi était-ce important de toute façon ? Au bout du compte, elle était louve, comme moi. Ce n'était pas parce que nous ne répondions pas au même alpha – je n'obéissais à aucun d'ailleurs – que nous ne pouvions pas être amies.

Trente-Huit

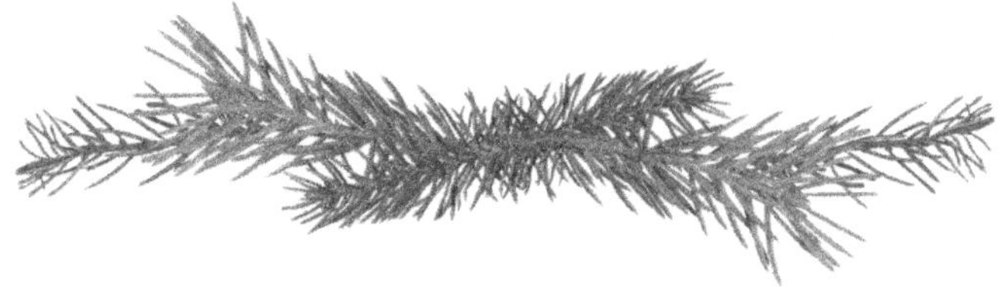

Sarah et moi avions prévu de nous revoir dans le courant de la semaine, mais elle avait dû annuler pour des préparatifs du mariage. Le ton ennuyé de sa voix m'avait indiqué qu'elle n'avait guère envie d'aller à ce que sa famille avait prévu pour elle.

Le restant de la semaine, j'étais restée tranquille et ne m'étais transformée qu'une seule fois en louve pour aller courir. Je ne m'étais pas éloignée trop loin, là-haut dans les montagnes, mais j'avais martelé le sol du coucher du soleil au crépuscule, exerçant mes nerfs à vif.

Toute la semaine, j'avais essayé d'appeler Everest, mais il n'avait pas répondu. Je commençais à croire qu'il ne voulait pas me parler. Peut-être qu'il pensait qu'être lié à moi représentait une honte, après ce que j'avais fait à son alpha. Peu importe ses raisons, son silence était une nouvelle entrée dans la longue liste de choses qui me perturbaient.

J'avais parlé à August quelques fois, en dirigeant toujours l'attention vers lui. Nous avions parlé stratégies de bataille et déserts chauds, grenades et endoctrinement religieux. Des sujets joyeux.

À la fin de notre dernier appel, je l'avais interrogé sur la date de son retour et il m'avait demandé s'il me manquait. Un silence douloureux et gênant avait suivi, auquel il avait mis fin en annonçant qu'il devait s'équiper, car son unité l'attendait.

La vérité c'est que oui, il me manquait ; ce que j'attribuais à mon statut de paria solitaire. C'était probablement mieux qu'il soit loin. S'il était là, il serait peut-être resté avec moi par pitié et j'aurais détesté ça.

Le samedi, j'étais malade d'angoisse, trop nerveuse pour manger et pour faire quoi que ce soit d'autre que les corvées que m'avait attribuées Lucy. J'avais demandé à Evelyn si elle voulait aller se promener, mais elle avait mal à la tête.

Avant de partir pour le mariage, habillée de ma robe rouge, je passai dans sa chambre où elle regardait des rediffusions de *New York, police judiciaire*. Installée dans un fauteuil fleuri qui semblait aussi vieux que l'auberge, elle leva ses yeux qui se mirent à briller.

— *Que linda*, répéta-t-elle plusieurs fois.

Tellement de fois que le bout de mes oreilles devint aussi rouge que ma robe.

— Comment te sens-tu ?

— Comment *toi* tu te sens ? demanda-t-elle.

— Bien.

Ses sourcils froncés m'indiquaient qu'elle ne me croyait pas.

— Je vais être en retard si je ne me dépêche pas.

Je me penchai et déposai un bisou sur son front. Elle attrapa ma main et la serra.

— Tu me raconteras ce mariage demain ?

— Oui.

Je m'attardai un instant, fixant son profil éclairé par l'écran.

Que se passerait-il si Liam ne me pardonnait pas ? Jeb et Lucy la garderaient-ils ? Est-ce qu'ils la chasseraient ?

Elle surprit mon regard. J'effaçai l'anxiété de mon visage et affichai un sourire. Je refermai la porte avant qu'elle ne puisse me demander ce qui n'allait pas, puis marchai d'un bon pas, au cas où elle déciderait de me suivre.

Jeb, qui remplissait un tableur au bureau, me suivit à l'extérieur pour attendre Frank. Même si le soleil commençait à décliner, il faisait quelques millions de degrés dehors. Pourtant, la chaleur n'apaisa pas les frissons qui parcouraient mes os.

— Tu n'es pas obligé de rester là avec moi, Jeb.

Mon oncle plissa les yeux vers le soleil couchant.

— Cette journée fait partie des épreuves pour la compétition d'alpha, non ?

— Oui.

Il fit la moue.

— Pourquoi prends-tu part à cette compétition ? Tu essaies de prouver quelque chose à quelqu'un ?

En fixant la balle de feu qui glissait sous les grands pins, je me mordillai la joue.

— Plus maintenant.

— Tu le veux vraiment ?

Je ne répondis pas. À la place, je l'interrogeai :

— Everest est fâché contre moi ?

Jeb fronça les sourcils.

— Pourquoi serait-il en colère contre toi ?

Si mon oncle me demandait cela, c'est qu'Everest n'avait pas dû leur dire ce qui était arrivé à Heath.

Comme je ne répondais pas, Jeb reprit :

— Lucy m'a dit qu'il avait eu de mauvaises nouvelles. Apparemment, les parents de Becca ont décidé de demander l'arrêt des machines qui la maintiennent en vie.

Il soupira.

— C'est tellement triste. Elle était très jeune et semblait très gentille.

— Semblait ? Tu ne la connaissais pas ?

— Pas très bien, non. Everest ne l'amenait pas souvent. Il est très secret.

Je le sentis m'étudier en silence pendant un long moment.

— En parlant de connaître les gens, Ness, à quel point connais-tu Evelyn ?

Un frisson remonta ma colonne vertébrale en réaction à sa question.

— Très bien. Pourquoi ?

Il coinça ses pouces dans les passants de son jean, se balançant d'un pied sur l'autre.

— *Pourquoi* ? insistai-je.

Il arrêta son manège.

— L'autre jour, un invité a voulu rencontrer notre nouvelle cuisinière et quand je les ai présentés, la femme l'a appelée par un autre nom : *Gloria*. Evelyn a dit qu'elle ne connaissait pas de Gloria, mais ses yeux brillaient. Je ne suis pas un expert pour analyser le comportement des gens, mais je crois...

— Evelyn n'est pas une menteuse. Elle n'est jamais allée à Boulder.

J'étais agacée que mon oncle essaie de détruire ma foi dans la seule personne à qui je faisais confiance.

Il hocha la tête.

— Je ne faisais que le mentionner, au passage. Au cas où...

— Tu ne devrais pas mentionner des choses qui peuvent être blessantes.

Il ouvrit un peu la bouche. Je voyais bien qu'il voulait rajouter quelque chose, mais l'expression de mon visage dut le dissuader. Heureusement, une voiture remonta l'allée. Frank arrivait. Quand je reconnus les roues géantes, mon soulagement disparut.

Ce n'était pas Frank qui venait me chercher.

La voiture ralentit jusqu'à s'arrêter devant moi. Lucas était assis à l'avant, habillé d'un costume noir usé aux épaules. Son bras était posé à la fenêtre ouverte.

— Bonjour, Monsieur Clark.

— Bonjour les garçons.

Mon oncle inclina la tête avant d'ouvrir la portière arrière et de tendre une main pour m'aider à monter.

— Vous êtes tous très bien habillés, ce soir.

— Bah, vous connaissez les Pins et leur soirée je-me-la-pète.

Jeb afficha un petit sourire, mais ses yeux restaient sérieux.

— Prenez soin de ma nièce, qu'il ne lui arrive rien. Je n'aime pas trop les jeunes Pins.

— Oh, Ness n'a pas besoin de nous pour ça, railla Lucas. Surtout maintenant qu'elle a fait ami-ami avec la nièce de Julian.

Jeb se tourna vers moi, surpris.

— Tu es amie avec Sarah Matz ?

— C'est interdit ?

Je n'étais pas de bonne humeur. Pas du tout. Mais cela n'avait pas grand-chose à voir avec le commentaire de Lucas et tout avec celui de Jeb.

— Ça arrive, que Ness soit de bonne humeur ? demanda Lucas à mon oncle.

Je grognai en montant en voiture.

Mon oncle ne répondit pas à Lucas, trop occupé à m'étudier.

Evelyn ne me mentirait pas.

Elle ne s'appelait pas Gloria.

— Tu sens que tu vas échouer misérablement, c'est ça ? chicana Lucas.

Liam m'observa dans le rétroviseur intérieur et nos yeux se croisèrent pendant un court instant. Je détournai le regard avant lui.

— Tu es tellement intelligent pour lire les gens, Lucas.

Je n'avais pas envie de me prendre la tête avec lui ce soir.

Il m'adressa un sourire bête avant de se frotter les mains.

— Allez, on y va à cette fête ? Je meurs d'envie de manger des petits canapés ou je ne sais quels mets délicats avec lesquels se nourrissent les Pins.

Tout le long du chemin jusqu'à la propriété de Julian, Liam ne parla pas une seule fois. Pourtant, il n'y eut jamais un moment de calme, car Lucas était un vrai moulin à parole. Il *adorait* le son de sa voix.

Une fois passé le portail surveillé par deux loups costauds sous forme humaine, je me mordis les lèvres avant de me souvenir que j'avais mis du rouge à lèvres rouge pour aller avec la robe. Je vérifiai mon reflet dans l'appareil photo de mon téléphone, corrigeai mon rouge à lèvres, puis restructurai les boucles que j'avais formées avec le vieux lisseur de ma mère. J'avais dû m'aider de dix tutoriels sur YouTube et j'avais échoué neuf fois sur dix quand il s'agissait de les recréer.

La maison de Julian se dressait sur un monticule, tel un nuage pâle. Pendant le trajet, Lucas m'avait informé que l'alpha des Pins avait tiré son inspiration d'un château français.

— Ce mec croit qu'il est un putain de roi, avait-il dit.

En voyant la façade de pierre et les vitraux aux fenêtres qui semblaient s'étendre sur plusieurs milliers de mètres, je devais donner raison à Lucas : Julian appréciait se placer comme souverain.

Un valet habillé d'un pantalon noir et d'une veste rouge ouvrit ma porte et me tendit une main gantée. Avant que je ne puisse m'y appuyer, Liam contourna la voiture, passa devant le valet et tendit sa propre main.

J'hésitai à le toucher. Une tempête se leva dans son regard. En revanche, il ne baissa pas la main et s'entêta à demeurer immobile. Je rassemblai les plis de ma robe rouge dans une main et cédai, attrapant les doigts de Liam. Le fâcher risquerait de jouer contre moi quand je l'implorerai de me laisser la vie sauve.

Dès que mon pied toucha le sol, je retirai ma main. Ses épaules se raidirent, tirant sur le tissu de son costume. Lucas marchait devant nous vers les immenses portes d'entrée, sa tête allant de la droite à la gauche. Soit il cherchait de possibles menaces, soit il admirait le repère tout de marbre noir de Julian. Les finissures dorées accentuaient les meubles sombres et des vases en cristal débordant de roses écarlates trônaient sur chaque table.

— Julian s'est-il déjà marié ?

— Pourquoi ? Tu es intéressée ? répliqua Lucas.

Je levai les yeux au ciel, mais vis Liam qui m'observait. Même si je n'avais pas prévu de répondre à la question tordue de Lucas, le poids de son regard m'y poussa :

— Bien sûr que non. Il pourrait être mon père.

— Je ne pensais pas que l'âge t'importait.

Je détournai mon attention de cet homme aux cheveux ébouriffés, qui me rendait folle.

— Tu pourrais me lâcher la grappe ce soir, Lucas ? Je ne suis vraiment pas d'humeur.

Un serveur s'approcha de nous avec un plateau de flûtes de champagne. J'en attrapai une et la vidai de manière très peu polie. Je m'en fichais, cela dit. Cette soirée allait être difficile, alors j'avais besoin d'autant de courage liquide que possible. Je reposai le verre à pied sur le plateau de l'homme avant de m'engager sur la terrasse bondée, devant la maison.

Le silence tomba et toutes les têtes se tournèrent vers nous. Même si beaucoup me regardaient, la plupart regardaient Liam. Entre sa mâchoire ciselée, ses cheveux bien coiffés et son costume noir, il semblait sortir d'une page du magazine Q.G. Peut-être que ce n'était pas pour cela qu'ils le regardaient, mais je pariai que c'était la raison pour laquelle certains *continuaient* à le fixer.

L'eau d'une imposante fontaine créait un gargouillis incessant qui perturbait le silence oppressant. J'inhalai lentement en essayant de calmer mes nerfs, mais cela ne réussit qu'à remplir mes poumons de l'odeur entêtante des roses qui parsemaient les treillis en bois formant le toit de la terrasse. Quelques rayons orange du soleil coloraient les pétales veloutés et les épines acérées et drapaient la foule d'éclats de lumières. Des bougies étaient allumées sur de petites tables surmontées de nappes blanches. Des sphères en verre dépoli brillantes étaient suspendues au treillis, comme des lunes miniatures.

Lucas se trouvait proche de moi et Liam, encore plus près. Tous les deux plissaient les yeux devant la foule silencieuse qui les observait. Julian apparut alors, vêtu d'un costume émeraude. Il joua des coudes pour nous atteindre, un verre à la main et une femme à son bras. Je crus d'abord que c'était la personne avec qui il était venu, mais la ressemblance était si troublante que je devinai qu'il s'agissait de la mère de Sarah.

— Bienvenue, bienvenue. Ma sœur Nora et moi-même sommes très contents que vous ayez pu venir.

Sa voix retentissait autour de lui, puissante et joyeuse. Il lâcha la main de sa sœur pour prendre la mienne et la lever jusqu'à ses lèvres.

— Ness, il n'y a pas de mots pour te décrire ce soir.

— J'en ai quelques-uns qui me viennent à l'esprit, moi, marmonna Lucas. Rouge, par exemple. À moitié nue.

— Quel poète tu es, mon cher Mason, fit remarquer Julian en lui lançant un regard glacé. Les femmes doivent t'adorer.

— Eh bien oui, en fait.

Liam s'avança entre Julian et moi, le forçant à lâcher ma main.

Un grand sourire s'étira aux lèvres de l'alpha.

— Eh bien, un peu possessif, non ?

Liam ne répondit pas. Heureusement, Lucas intervint :

— Frank et Eric ne sont pas encore là, si ?

— Vous êtes les premiers à arriver. Mêlez-vous à la fête et amusez-vous.

Ses yeux brillèrent, tandis que de nouveaux invités arrivaient sur le patio étincelant. Il prit le bras de sa sœur et, ensemble, ils allèrent les accueillir.

Les musiciens recommencèrent doucement à jouer de leur instrument à cordes. Même si les Pins restaient en alerte, nous jetant ponctuellement des regards, les conversations reprirent leur cours.

— Il s'attend vraiment à ce qu'on discute avec sa meute ? marmonna Lucas.

— Merde, meuf, j'avais raison.

Un éclat de jaune apparut dans mon champ de vision. Sarah marchait jusqu'à nous, ses cheveux blonds et bouclés ondulant sur la robe bouton-d'or, qui suivait ses courbes comme une seconde peau.

Elle déposa un bisou sur ma joue ; ce qui valut à Lucas et Liam de rester bouche ouverte. Ils avaient entendu dire que nous étions amies, mais visiblement, ils n'y croyaient pas.

— Vous aussi, les gars de Néandertal, vous avez fait des efforts pour être bien habillé.

Lucas, qui avait attrapé un verre de champagne sur un plateau, s'étouffa avec sa boisson.

— De Néandertal ?

Je souris.

— Oui. Néandertal, confirma Sarah. Surtout toi, Mason. De ce que j'ai entendu, tu es un spécimen masculin particulièrement sous-évolué.

Les yeux de Lucas se firent perçants.

— Vous devez bien vous entendre, toi et Ness. Deux sorcières.

— Lucas..., le reprit Liam.

Il se tourna vers son ami.

— Quoi ? C'est pas moi qui balance des observations blessantes.

— Excuse-moi, sorcières, c'était censé être un compliment ?

Il afficha un sourire railleur.

— Comparé à ce que je pense vraiment, ça l'est.

Les yeux de Sarah brillèrent de malice.

— Tu fais le DJ ce soir ? demanda Liam.

Je me demandai combien il était douloureux pour lui de jouer les cordiaux.

— Après manger, c'est mon tour.

— Merde. J'ai oublié mes boules quies, se plaignit Lucas avant de vider son verre.

— Oh, je t'ai vu danser sur ma performance mardi dernier.

— Tu as dû me confondre avec quelqu'un d'autre. Je ne danse pas.

— Tu es mauvais, mais tu le fais quand même.

Lucas serra le poing et craqua ses phalanges.

— Pourquoi m'observais-tu déjà, la blondasse ?

— Ça fait partie du job. Je garde un œil sur la foule. Je dois m'assurer que vous entendez tous ce que vous voulez entendre.

— Alors tu lis très mal en moi.

Sarah croisa les bras.

— Vraiment ? Alors qu'est-ce que tu veux entendre ?

Il passa sa main dans ses cheveux bruns.

— Tout, sauf la merde que tu mets.

— Tu es un con, Mason. Un gros con.

Ils s'affrontèrent du regard pendant si longtemps que je commençai à la tirer vers le côté, mais elle ne voulait pas bouger.

— Sarah, ma chérie ! l'appela Nora depuis l'autre bout du jardin. Viens accueillir nos invités.

Toujours agacée, mon amie se tourna et alla retrouver sa mère et son oncle.

— Être agréable, c'est complètement impossible pour toi, Lucas ? grognai-je.

Il suivait Sarah du regard et se détourna soudain.

— Ses lèvres et ses seins sont naturels déjà ?

— Oh, mon Dieu, ferme-la.

— Quoi ? J'ai pas le droit de demander ? Ils ont l'air faux.

— Lucas..., commença Liam.

Lucas se tourna pour regarder Sarah à nouveau.

— Ne me dis pas qu'on ne se posait pas la même...

— Je ne m'interrogeais pas là-dessus, non, contredit Liam à voix basse.

L'attention de Lucas se reporta sur son ami.

— D'accord.

Il m'observa, puis aperçut un serveur portant un plateau de petits sandwichs. Il en attrapa trois et les fourra dans sa bouche.

— On se retrouve plus tard, les enfants, nous salua-t-il.

Je ne demandai pas où il allait, je le savais déjà. Il comptait commencer à traquer le morceau de bois en décomposition.

Après le départ de Lucas, je demandai à Liam :

— Tu ne devrais pas y aller ?

— Ils vont être suspicieux si je pars aussi, tu ne crois pas ?

Liam examinait quelque chose derrière moi. Je me tournai et aperçus Justin et ses deux amis du festival de musique.

— Tu n'as pas une petite idée de la raison pour laquelle ce qu'on cherche est si important ?

Il étudia mon visage, puis plus bas, ma clavicule maquillée de poudre étincelante.

— Non.

Mon cœur s'emballa.

— Pas même une hypothèse ?

Il secoua la tête et plongea ses yeux dans les miens. L'intensité de son regard me donnait l'impression que ma cage thoracique se resserrait sur mes poumons. Personne ne m'avait jamais regardée avec tant d'attention. Après tout, personne n'avait jamais essayé de voir ce que j'avais dans la tête aussi désespérément que Liam Kolane. Je fermai les paupières, espérant que la fine peau cache mes machinations encore un peu plus longtemps.

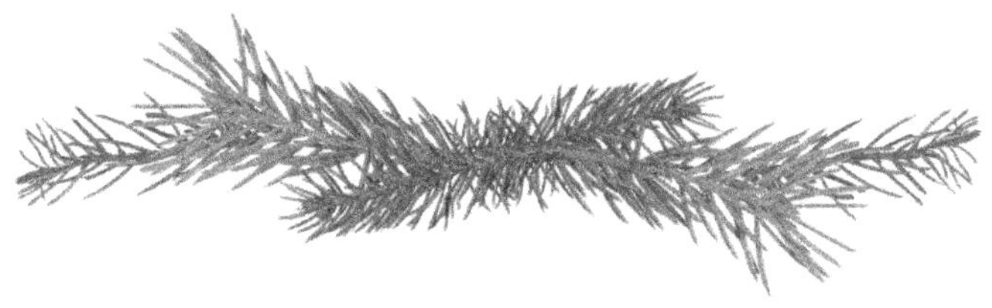

Lucas revint quelques minutes avant le début de la cérémonie, les mains vides, et énervé. Il traîna des pieds et dépassa Frank, Eric et sa femme pour atteindre le siège que Liam lui avait réservé.

Il échangea quelques mots à voix basse avec lui, probablement pour lui dire où il avait regardé. Aucun doute sur le fait qu'ils menaient cette épreuve à deux.

Liam allait partir, quand il s'arrêta et se pencha vers moi.

— Pardon, je ne suis pas très poli. Pourquoi est-ce que tu n'irais pas ?

L'odeur du musc voleta jusqu'à moi, tandis que son souffle chaud caressait mon lobe d'oreille. L'espace d'un instant, mon esprit se retrouva embrumé. Mon Dieu, il sentait si bon. Pourquoi ne pouvait-il pas me répugner ? J'essayai de mettre de l'espace entre nos deux corps, mais l'arrière de mes genoux toucha l'assise de ma chaise.

— Je veux voir ce que porte la mariée.

Ma voix était aussi rauque que celle d'un gros fumeur.

Liam se redressa, l'air sombre.

— Tu ne veux pas me battre ?

— Ce n'est pas parce que je te laisse y aller en premier que je ne gagnerai pas.

Les tendons de son cou bougèrent pendant qu'il m'étudiait. Voyait-il que je mentais ?

Il commença à baisser la tête vers mon oreille, mais les premières notes de la marche nuptiale retentirent. Tous les invités assis se levèrent dans un bruissement de tissu.

— Tu ferais mieux d'y aller, murmurai-je.

Liam passa devant moi et avança vers l'allée extérieure, s'éloignant rapidement.

———

Il revint après la cérémonie, mécontent. J'en déduis qu'il avait échoué à localiser l'artéfact.

— La cérémonie n'était-elle pas merveilleuse ? demanda Julian, debout dans l'allée couverte de pétales, près de notre rangée.

— C'était charmant, confirma la femme d'Eric en glissant une petite boucle blanche derrière son oreille.

Contrairement à Eric, Frank était venu seul à la cérémonie. Peut-être qu'il n'était pas marié. En fait, je ne savais pas grand-chose sur les anciens. Juste qu'ils avaient eu des fils, que seul celui d'Eric était toujours vivant, mais que tous les deux avaient des petits-fils de quatorze ans qui faisaient partie de la meute.

— Il y a des mariages à l'horizon, dans la meute Boulder ?

Frank jeta un coup d'œil à Lucas, puis Liam.

— Aucun de nos gars ne s'est engagé pour l'instant, mais nous nous assurerons de te tenir au courant, Julian.

Nos gars. Un joli couteau dans la plaie.

Un sourire distant apparut aux lèvres de Julian, puis il se tourna vers moi.

— Ness, puis-je avoir le plaisir de ta compagnie, avant que le repas ne commence ?

Vexée de l'exclusion de Frank, je passai devant *ses gars* et pris le bras que Julian me tendait. Je savais de quoi cela avait l'air, mais j'étais trop froissée pour m'en préoccuper. Nous nous éloignâmes des festivités, vers les haies qui formaient un labyrinthe parfaitement entretenu.

— Ah... les Boulder et leurs gars.

Julian lâcha un ricanement.

— Dommage que les loups ne peuvent pas prêter allégeance à d'autres meutes. Je t'accueillerai les bras ouverts.

— C'est gentil de votre part, monsieur Matz.

— Julian. Monsieur Matz me donne l'impression d'être un vieux professeur d'université avec un penchant pour le tweed.

Il plissa le nez.

— Comment se déroule la compétition ? changea-t-il de sujet.

— C'est en cours.

Je baissai les yeux vers le tissu rouge virevoltant à mes chevilles.

— Pourquoi est-ce que tu la remets à plus tard, alors ?

Je vacillai, et je serais tombée au sol s'il ne m'avait pas retenue. Cela n'empêcha pas mes talons fins de s'enfoncer dans la terre molle.

— Je ne la remets pas à plus...

— Ness, épargne-moi tes mensonges. Je ne suis pas un idiot. Quand Lucas et Liam ont écumé ma maison, tu es restée plantée sur ma pelouse comme un chiot morose.

Il me guidait d'un coin feuillu à un autre, puis un autre. J'étais désorientée. Pas seulement par le labyrinthe, mais aussi par sa déclaration. Il savait pour quoi nous étions là. Comment ? J'ouvris la bouche, mais ne dis rien. Je me contentai de rester bouche bée.

— Tu as cru que l'invitation au mariage de mon neveu était dénuée d'intérêts ?

J'essayai de fermer la bouche, mais n'y parvins pas, sous le choc.

— Je possède quelque chose de précieux pour ta meute et McNamara le sait. Ce n'était qu'une question de temps avant qu'il n'envoie ses *gars* le trouver.

Ma bouche se remit enfin en marche.

— Mais comment... comment saviez-vous que cela ferait partie des épreuves ?

— En envoyant une invitation à venir sur ma propriété, je me suis assuré que ce soit le cas.

Un cri sonore résonna. Je levai les yeux au ciel pour repérer l'oiseau capable d'un son si aigu, mais je ne vis rien.

— Si j'avais été Frank et que votre meute avait quelque chose qui m'appartenait, au lieu d'entrer par effraction, j'aurais sauté sur l'occasion d'entrer comme si de rien n'était par la grande porte.

— Alors votre meute l'a vraiment volé ? murmurai-je.

— Non.

— Mais alors comment...

— Quelqu'un me l'a donné en échange d'une faveur. Je savais que c'était d'une grande importance, car Heath m'avait rendu visite quelques jours avant sa mort pour me demander de le lui rendre. À ce moment-là, je n'avais aucune idée de ce dont il parlait. Mais bien sûr, sa requête a grandement attisé ma curiosité. Et quand ce qu'il cherchait a atterri sur mes genoux, un peu plus tard... eh bien, tu peux imaginer ma joie.

Julian nous arrêta. Il se renfrogna et relâcha mon bras. J'imagine que quelqu'un venait, mais je n'entendais pas de bruits et ne sentais rien. C'était difficile de sentir quoi que ce soit d'autre que l'odeur aigre qui imprégnait l'air. Il tendit la main derrière moi pour cueillir une feuille qui dépassait du mur de végétation.

La raison pour laquelle on s'était arrêtés.

J'eus la peau glacée en comprenant que si je sortais du plan qu'il avait échafaudé pour moi, il me romprait probablement le cou, comme il avait arraché cette imperfection.

Julian reporta son attention sur moi. Je reculai d'un pas et mon omoplate nue toucha la haie. Qu'est-ce qui m'avait prise de le suivre dans un labyrinthe qu'il connaissait comme sa poche ?

Le ciel s'était teinté d'un bleu pervenche identique à celui de ses yeux. Il buvait mon effroi comme un homme savourait un vin délicieux.

Il tendit son bras.

— On y va ?

Je déglutis et forçai mes membres à bouger, même si la seule pensée de toucher Julian me donnait la chair de poule.

Nous recommençâmes à marcher.

— Peu de temps avant notre rencontre, j'ai contacté McNamara pour lui faire savoir que j'avais ce que Heath avait désespérément cherché, lui promettant de le lui rendre s'il m'expliquait son importance.

Je déglutis encore.

— Il n'a pas dû vous le dire, si vous l'avez toujours.

Il émit un petit sifflement.

— Tu as peu de foi en moi, Ness Clark.

Mes yeux s'écarquillèrent.

— Il vous l'a dit ?

— Oui.

— Mais vous ne l'avez pas rendu.

Un autre cri. Je levai de nouveau la tête.

— J'avais toutes les intentions du monde de le rendre, jusqu'à ce que j'apprenne à quoi cela servait. Après, je voulais le détruire, mais je me suis retenu, attendant qu'un nouvel alpha monte au pouvoir dans votre meute. C'est plus édifiant que de troquer des cendres.

— À quoi ça sert ?

Julian s'arrêta encore, mais cette fois, uniquement pour me faire face.

— Tu n'en as vraiment aucune idée ?

Je secouai la tête.

— Ils grattent le bois dans le verre de ceux qui promettent allégeance. Le jour où ils rejoignent votre meute.

Je fronçai les sourcils.

— Tu ne t'es jamais demandé pourquoi il n'y a que des mâles au sein de la meute de Boulder ? Tu pensais vraiment que c'était un trait d'évolution, comme le clament tes anciens ?

Le monde s'arrêta un instant, puis il bascula. Julian glissa ses paumes sous mes coudes pour me rattraper.

— J'espère que ceci renouvellera ton désir de gagner.

Un brin de vent s'engouffra dans le labyrinthe, agitant les feuilles brillantes. La colère jaillit en moi, chassant l'engourdissement glacé que j'avais ressenti toute la semaine.

— Quand tu deviendras alpha, tu pourras le détruire et changer le futur de ta meute.

Mes joues durent se colorer, car Julian afficha un grand sourire qui plissa à peine la peau trop jeune et trop brillante de son front.

Il se pencha vers moi.

— Devrais-je te dire où je le garde caché ?

— Pourquoi m'aidez-vous ?

— Je te l'ai déjà dit. Je veux un ami au sein de ta meute et je crois que tu serais une bonne amie.

— Vous avez déjà Everest.

— Je ne le considère pas comme ami. Juste un messager efficace. Mais si tu ne souhaites pas être mon amie, alors...

— Où est-il, ce putain de bâton ?

Un lent sourire se dessina sur ses lèvres pulpeuses, révélant la blancheur parfaite de ses dents.

— Ça, c'est une bonne fille, comme je les aime.

— Je ne fais pas ça pour vous.

Il passa son doigt sec sur ma joue. Sa main sentait si fort l'acétone et la lotion qu'elle éclipsa un instant l'odeur dégoûtante de l'air ambiant.

Je me hérissai et m'écartai de sa caresse.

— Prends toujours à droite à partir de maintenant. Au centre du labyrinthe, tu trouveras la cage dans laquelle je garde mes superbes animaux. Ce que tu cherches est à l'intérieur.

Une cage ? C'est de là que venaient les cris et l'odeur nauséabonde ?

Julian me tendit une petite clé.

— Tu auras besoin de ça.

Je refermai mes doigts sur la clé dorée et m'éloignai quand il m'interpella.

— Après ta naissance, ton père est venu me voir.

Je ne me retournai pas, mais attendis, tendue.

— Il m'a demandé si je pouvais l'éclairer sur la raison pour laquelle on lui avait donné une fille.

— Il n'a pas dû boire la concoction de la cérémonie.

— Peut-être. À cette époque, je n'avais pas de réponse. Je lui ai conseillé de demander à son alpha. Il m'a dit qu'il l'avait déjà fait. Voudrais-tu savoir ce que Heath lui a répondu ?

— Il lui a ordonné de me tuer et de réessayer. Oh... et il a aussi suggéré un test de paternité, énonçai-je à sa place, amère.

Le silence qui s'ensuivit m'indiqua que Julian ne s'attendait pas à ce que je puisse répondre.

— Je sais que tu t'en veux, Ness. Je sens la culpabilité qui pèse sur tes épaules. Repousse-la. Heath Kolane n'était pas un homme bon. Et puis, pense à ton père. Pense à la victoire que cela aurait été pour lui de te voir, sa fille belle et forte, monter jusqu'au plus haut rang d'une meute qui l'avait chassée à cause de son sexe.

Mon cœur se fit d'acier. Ma détermination aussi. Je ne me leurrais pas en pensant que Julian était mon ami. C'était un homme mielleux et mani-pulateur, mais il m'avait donné deux outils, le courage et le savoir, pour rectifier l'un des nombreux méfaits de ma meute et pour ça, je lui en étais reconnaissante.

Je me remis en marche et pris la première à droite.

Le premier tournant vers un futur meilleur.

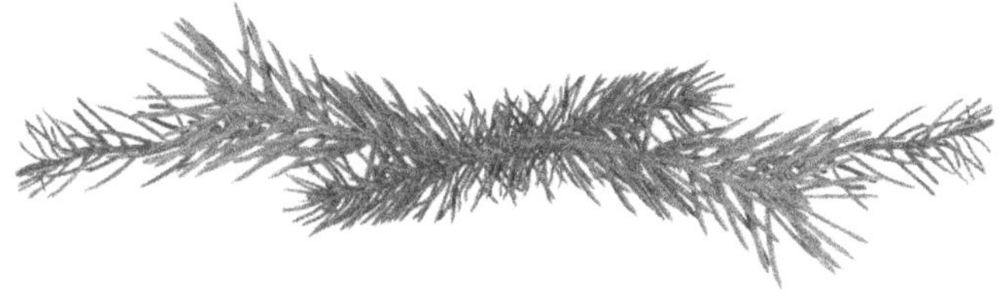

Quarante

ême sans les indications de Julian, j'aurais trouvé sa cage d'oiseaux grâce à l'odeur. Ses perroquets bruyants aux couleurs vibrantes puaient. En approchant de leur cage, je levai une main pour me boucher le nez. Mes yeux piquaient à cause de l'odeur agressive.

Pas étonnant qu'il ait caché le vieux morceau de bois à l'intérieur. L'odeur nauséabonde des oiseaux couvrait celle de l'artéfact. Je ne savais pas à quoi ressemblerait l'objet et regrettai de ne pas avoir demandé sa couleur ou sa position dans la cage. Quand Julian en avait parlé, j'avais imaginé une petite cage, pas une dans laquelle je pouvais entrer sans même avoir à me pencher.

Les oiseaux me regardaient de leurs yeux noirs et perçants ; ils s'immobilisèrent et se turent en me voyant avancer. Je lâchai mon nez et reniflai, à la recherche de ce que je devais trouver. Mes yeux s'humidifièrent, mais je continuai à humer l'air. Je repérai une trace de pourriture et m'arrêtai. Deux perroquets avaient tourné la tête pour m'observer, leur bec pointu enfoncé dans le plumage rouge de leur poitrail.

Je m'accroupis pour voir si l'odeur émanait du sol en copeau de bois. Mon nez me brûlait. L'odeur rance venait bien d'en dessous. Sous la faible lumière de la lune, je parcourus du regard le sol jusqu'à trouver ce qui sortait de l'ordinaire. Là, quelque chose brillait au milieu des copeaux mornes, comme un os poli.

En camouflant mon nez derrière ma paume, je contournai la cage jusqu'à la porte et glissai la clé dans la serrure. Quand le loquet s'ouvrit, je poussai la porte et entrai. Je la refermai en vitesse pour que les précieux animaux de Julian ne s'envolent pas. Tout en conservant un œil sur les oiseaux calmes, j'avançai jusqu'à l'irrégularité que j'avais repérée et déterrai l'objet.

Épais. Jauni. Brillant. Pourri.

La clé de la sélection entre les sexes.

Je ne comprenais pas comment qui que ce soit avait pu avaler un verre dans lequel il y avait ça. J'aurais pu vomir rien qu'à l'odeur.

Peut-être que c'était ce qui était arrivé à mon père. Peut-être qu'il avait tout vomi.

Je posai doucement mes doigts autour de l'objet dégoûtant et sortis de la cage. Les perroquets n'avaient pas bougé d'une plume. Je tournai la clé, puis refermai ma main sur elle.

En me retournant, je heurtai quelqu'un.

Quelqu'un de grand, costaud dont les yeux jaunes brillaient.

Quarante-et-Un

L iam était face à moi, la mâchoire si serrée qu'elle aurait pu broyer du verre.

Mon pouls s'accéléra en sa présence, si proche de moi.

— Tu l'as trouvé.

Le timbre grave de sa voix m'ébranla. Il était en colère. Terriblement en colère.

Je fermai plus fort le poing qui recelait la clé.

— Oui.

J'aurais probablement dû laisser tomber la clé dans l'herbe et prier pour qu'il ne la voie pas briller, mais je ne le fis pas. Je n'osai pas bouger.

— Tu arrives trop tard.

— Tu n'aurais pas eu de l'aide, par hasard ?

— Ça changerait quelque chose ? Les règles du jeu étaient de trouver l'artéfact. Personne n'a précisé la méthode à employer pour cela.

Il m'adressa un sourire mauvais.

— Tu es douée, Ness. Sournoise, même.

J'essayai de le contourner, mais il me bloqua.

— Écarte-toi de mon chemin, Liam.

— Tu as triché.

Je le fusillai du regard, d'un air de défiance.

— J'ai utilisé mes relations pour le trouver. En quoi est-ce tricher ?

— Tes relations... ou ta bouche ?

Je lâchai le morceau de bois. Il toucha l'herbe au moment exact où je giflai Liam.

Comment avais-je pu envisager l'idée de le laisser gagner ?

— Je n'ai jamais touché un homme ainsi !

— Alors pourquoi Julian t'aide-t-il ?

— Peut-être parce qu'il pense que je ferais un meilleur alpha que vous.

Je m'accroupis pour ramasser l'artéfact. Des copeaux de bois s'étaient pris dans le jupon de ma robe, mais je ne m'embêtai pas à les retirer. Mes mains tremblaient trop pour faire autre chose que m'agripper à la clé et à l'artéfact.

Je secouai la tête en me relevant et passai devant lui en enfonçant mon épaule dans son torse, exprès.

— Tu pars du mauvais côté.

— Tant que c'est loin de toi, ça devrait être le bon.

Mon champ de vision s'était rétréci sous le coup de la colère et de l'adrénaline. Je parviendrai à trouver mon chemin pour sortir de ce labyrinthe. Rien ne pressait. J'avançai d'un bon pas, mes talons s'enfonçant dans la terre. Je pris à gauche à chaque tournant que je trouvais. Au lieu d'arriver sur la grande pelouse, je retombai sur la cage d'oiseaux.

Je grognai de frustration.

Au moins, Liam était parti.

Je réessayai, en me concentrant cette fois-ci. Je me souvins avoir émergé du labyrinthe du côté face à la porte de la cage, alors je reculai vers là et pris à gauche, encore à gauche et encore. Au sol, à mes pieds, je repérai la branche filiforme que Julian avait arrachée. Boostée par le fait de savoir que j'allais dans la bonne direction, je me concentrai sur la façon dont j'étais venue jusque-là. Il me fallut trois tentatives pour trouver mon chemin.

En sortant du labyrinthe, j'exhalai longuement, puis inspirai un bon coup en découvrant mon comité d'accueil.

Liam, Lucas et Frank m'attendaient. Tous les trois bras croisés.

— Quoi ? Pas d'applaudissements ?

Apparemment, la colère me rendait narquoise.

— Tu as eu de l'aide, énonça Lucas.

Je lançai un regard à Liam, qui le soutint. Il ne tressaillit même pas.

— Peut-être que oui, mais autant que je me souvienne, ce n'était pas interdit.

Lucas repoussa ses cheveux de son front.

— C'est de la triche.

— Ce n'est pas moi qui ai inventé cette épreuve, Lucas. Ce sont les anciens.

— Frank, voyons…, commença Lucas en agitant les bras. Vous ne pouvez pas la laisser gagner.

Le regard rivé sur Frank, je le défiai de me disqualifier.

Lentement, son torse se souleva et il soupira. Il ouvrit les lèvres et demanda :

— Laisse-moi voir.

— Vous ne le sentez pas ?

J'étais sûre que l'odeur ne quitterait jamais ma peau, même si je plongeais ma main dans de l'eau de Javel.

— Je dois m'assurer qu'il est entier.

Je levai le menton un peu plus haut et m'approchai. Je tendis ma paume et ouvris les doigts. Quand il essaya de le prendre, je les refermai autour de l'objet et le cachai dans mon dos.

— Je ne vous le rendrai pas.

Frank haussa un sourcil.

— Si tu ne le rends pas, tu seras disqualifiée.

— Je sais à quoi ça sert, annonçai-je, tremblante de colère.

Il baissa la tête.

— Je m'en doutais.

— Comment avez-vous pu l'utiliser ? Perpétuer une telle sauvagerie ? murmurai-je avec dégoût.

Liam et Lucas reportèrent leur attention sur Frank.

— Pouvons-nous en discuter en privé, Ness ?

— Pourquoi ? Vous avez peur de la réaction de *vos gars*, Monsieur McNamara ?

Il tressaillit.

— Non. En fait, vas-y, dis-leur. Cela ne devrait plus être un secret.

Il bluffait. Il bluffait forcément. Les alphas et les anciens avaient gardé ce secret pendant un siècle.

— C'est trop tard de toute façon. Pour leur génération du moins, c'est trop tard.

— Qu'est-ce que ça fait ? demanda Liam.

Frank leva les yeux vers moi.

— Dois-je leur dire ou devrais-je te laisser cet honneur ?

Comme je ne répondais pas, il expliqua :

— Un tout petit bout de ce bois est mélangé aux boissons pendant les cérémonies d'intégration d'un nouveau membre. Cela détruit les spermatozoïdes féminins.

Liam et Lucas écarquillèrent tous les deux les yeux et ouvrirent grand la bouche. Ils ne savaient vraiment pas.

— Du génie, souffla Lucas.

Je me dérobai à cette réponse. Bien sûr qu'il trouvait que c'était du génie. Je regardai Liam, attendant sa réaction, mais il ne dit rien et se contenta d'un léger relâchement dans sa posture.

— Pas les réactions que tu attendais, hein ? demanda Frank.

Et dire que mon père avait dû lui obéir en étant jeune.

— Tu trouves que c'est du génie, toi aussi ? demandai-je à Liam.

Je détestais comme j'avais désespérément besoin qu'il dise non. Il cligna des yeux, mais ne dit rien.

— Je ne pense pas que la meute aurait pu gérer plus de filles, prétendit Lucas.

Cela fit sourire Frank. Je voulais le frapper pour effacer ce sourire de son visage et faillis lui enfoncer son fossile jaune dans la joue, mais je me retins.

— Au moins, nous ne tuons pas les embryons féminins comme ils le font dans d'autres meutes. Parce que c'est ce qui se passe ailleurs. Les femmes interrompent leur grossesse en découvrant que leur progéniture est de sexe féminin.

— Pas les Pins.

— *Même* les Pins. Pourquoi crois-tu qu'il n'y a pas autant de femmes que d'hommes dans leur meute ? Ils ne font que couvrir leurs actes mieux que d'autres meutes.

— Vous mentez.

— Non, Ness. Je ne mens pas.

Je voulais grogner et cela sortit tout seul.

Frank tendit la main.

— Dernière chance de rester dans la compétition.

En secouant la tête, je déposai violemment le bâton pourri dans sa paume. Qu'il récupère son abominable outil de sélection des sexes. Si je devenais alpha, je le détruirais. Et si je ne parvenais pas au sommet, je n'aurais plus à m'inquiéter de cette saleté d'objet, parce que je n'appartiendrais plus à la meute Boulder.

— Callum ne l'a pas bu, Frank ? l'interrogea Liam. C'est pour ça qu'il a eu Ness ?

Je retins ma respiration.

— Il l'a bu, mais ça l'a rendu malade. Nous pensons que c'est pour cette raison que cela n'a pas fonctionné sur lui.

Je relâchai l'air contenu dans ma poitrine en détestant combien l'explication de Frank m'apaisait.

— Ah, merde, grogna Lucas. J'avais parié que Ness n'était pas une Boulder.

— Tu as parié que ma mère avait trompé mon père ?

— Lucas, le réprimanda Frank, non seulement c'est inapproprié, mais...

— Oh, allez, Monsieur McNamara. Ce n'est pas pour ça que Heath a refusé l'intégration de Ness ? Pour lui épargner la douleur de découvrir son héritage à cause du problème de communication ?

— De quoi tu parles ? rugis-je.

— Si tu n'es pas de Boulder, tu n'entendras pas l'alpha.

Le silence se fit. Je repoussai une longue mèche de cheveux derrière mon oreille avant de me rappeler que c'était la main avec laquelle j'avais touché l'artéfact. La puanteur me picota les yeux.

— Vous doutez aussi de ma parenté, Monsieur McNamara ?

Frank glissa un doigt dans son nœud papillon noir et tira dessus, comme si c'était trop serré.

— Ta mère était une femme très bien.

Ce n'était pas une réponse.

— J'imagine qu'on le découvrira si tu gagnes, Ness, lança Lucas. Si aucun de nous ne peut t'entendre...

— Assez ! Assez.

Le visage de Frank était si rouge que ses sourcils semblaient encore plus blancs.

— Qui choisis-tu comme adversaire pour la dernière épreuve, Ness ?

Je détestai le doute qui s'était à nouveau glissé en moi. Agacée, j'exhalai, puis regardai Lucas et Liam. La peste ou le choléra.

Je finis par faire un choix.

— Liam. Je choisis Liam.

Puis, je m'éloignai et rentrai chez moi de la même façon que j'avais trouvé mon chemin dans le labyrinthe.

Seule.

Quarante-Deux

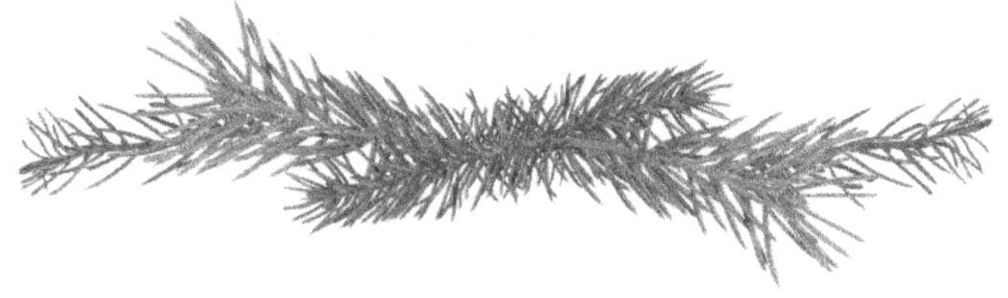

J'essayai d'étouffer mon esprit hyperactif avec un livre, mais ce n'était d'aucune aide. Après trois pages, que j'avais aussitôt oubliées, je jetai le livre et éteignis ma lampe de chevet. Je fermai les yeux et priai pour que le sommeil m'engloutisse.

Mais non. J'avais trop les nerfs en pelote pour dormir.

— Oh, maman. Qui est mon père ?

Une larme glissa le long de mon nez jusqu'à mon oreiller.

Je roulai sur le dos, puis fixai la peinture blanche et immaculée au plafond, en chiffonnant ma couette entre mes doigts. Je ressentis un élan de nostalgie incompréhensible au souvenir des traces d'eau qui tachaient notre plafond à Los Angeles.

Un coup à ma fenêtre fit bondir mon cœur. Je me redressai en vitesse et le monde tourna. Je l'avais imaginé ? Un autre coup résonna, cette fois plus insistant. Je sortis lentement du lit, attrapai la clé de ma chambre sur mon bureau et la positionnai entre mes doigts.

Qui frapperait à ma fenêtre ? Everest peut-être...

Je tirai les rideaux.

Liam était sur mon balcon, à peine visible dans l'obscurité, habillé de vêtements sombres. Seul son visage ressortait, pâle comme la lune derrière lui.

La colère gronda en moi. Je refermai les rideaux.

— Ness, laisse-moi entrer.

Il frappa à nouveau sur la vitre et je sentis ce coup jusque dans ma poitrine.

— Je réveillerai toute cette putain d'auberge si tu ne me laisses pas...

Je repoussai les rideaux, ouvris la porte, puis reculai loin de lui, les doigts enroulés fermement autour de la clé.

Il ouvrit la porte si fort qu'elle se prit dans un bout du rideau beige.

Il se renfrogna en repérant l'éclat du métal dans ma main.

— Je ne suis pas là pour te faire du mal.

Je ne relâchai pas mon arme improvisée.

— Pourquoi es-tu là, alors ?

Il inspira sèchement.

— Pour obtenir des réponses. Pourquoi es-tu la marionnette de Julian ?

— Je ne suis pas sa marionnette.

Il frappa le bureau d'un coup sec et je sursautai.

— Oh, à d'autres ! Tu disparais dans un putain de labyrinthe avec lui et tu en ressors victorieuse et toute fière.

— C'est si dur à croire qu'il apprécie peut-être ma compagnie ?

Liam laissa échapper un rire cruel.

— Oui, ça l'est, asséna-t-il. Julian est un connard manipulateur et ne me dis pas que tu ne t'en es pas rendu compte, parce que tu as beaucoup de défauts, Ness, mais tu n'es pas stupide. Maintenant, dis-moi ce qui se passe, putain, parce que je suis à ça (il rapprocha son pouce et son index à un cheveu l'un de l'autre) de devenir fou.

Je refermai la bouche, non pas pour repousser mon aveu, mais pour empêcher Liam de voir que mes lèvres tremblaient. Pour la même raison, je redressai mes épaules.

— Tu pensais que Lucas ne m'aurait pas tué ? C'est ça la raison ?

Mon cœur bondit.

— Quoi ?

— Ne me sors pas que tu ne savais pas que la dernière épreuve était un jeu à mort.

Dans cette phrase, deux mots n'auraient jamais dû être réunis.

— Un j-j-jeu à mort ?

Son visage s'assombrit.

— Le vainqueur rafle tout. Y compris la vie du perdant.

La clé glissa de mes doigts moites et cliqueta contre le parquet.

Il haussa un sourcil, surpris.

— Quoi ? Tu ne savais pas ?

— Ils vont...

Je déglutis, mais cela ne changea pas grand-chose au nœud qui s'enroulait dans ma gorge.

— ... nous faire...

Je m'étais convaincue que je ferais face à la punition de Liam le menton haut, quelle qu'elle soit. Mais c'était parce que je ne pensais pas vraiment qu'il me tuerait.

Je n'étais pas prête à mourir.

Je ne voulais pas mourir.

— C'est une mauvaise blague ?

— Non. Ça ne l'est pas. Je ne plaisanterais pas sur quelque chose comme ça.

Liam passa une main dans ses cheveux, repoussant une mèche qui était tombée sur son front.

Une pensée s'immisça dans mon esprit. Il avait prévu de choisir Lucas comme concurrent. Était-ce pour m'épargner ?

— Tu aurais été prêt à tuer Lucas ?

— Je n'aurais pas eu à le faire. Les anciens auraient laissé l'un d'entre nous se retirer de la compétition. Ils n'auraient pas voulu éliminer un membre de la meute.

Ses mots s'engouffrèrent en moi comme des grains de sable dans un sablier. Comme ces mêmes grains, ils marquaient le temps qu'il me restait.

Je me rendis compte que cette épreuve était le moment idéal pour se débarrasser de moi une bonne fois pour toutes.

— Mais puisque c'est moi et que je ne fais pas partie de la meute, ils refuseront un abandon ?

Je chancelai un instant et m'appuyai sur ma chaise de bureau. Mes phalanges blanchirent.

— C'est pour ça que tu es là ? Pour mettre fin à cette stupide compétition ? demandai-je.

Son regard s'assombrit, à en devenir noir.

— Tu crois vraiment que je pourrais te tuer ?

Un silence assourdissant s'ensuivit.

— Tu veux être alpha plus que tout, Liam. Alors oui, je crois que tu *pourrais* me tuer.

Il se laissa choir au pied de mon lit et poussa un soupir.

— C'est vrai. Je le voulais plus que tout au monde. Pour mon père, pour les anciens, il n'y avait pas de doute : je serais le prochain leader. J'ai été élevé pour ça.

Je glissai une mèche de cheveux derrière mon oreille. Mes doigts tremblaient.

— Tu feras un très bon alpha, Liam, admis-je doucement. Je ne le pensais pas, avant. Je croyais que tu étais comme Heath et, parfois, tu me fais penser à lui. Mais d'autres fois, tu me rappelles ta mère, et c'était une femme gentille qui pensait toujours aux autres avant de penser à elle. Du moins, c'est ce que ma mère m'a dit. Je ne me souviens pas très bien d'elle.

Il ricana.

— Pas besoin d'être gentille avec moi. Je ne vais pas te tuer.

Je lâchai la chaise et m'assis à côté de lui.

— Je le pense vraiment.

Je joignis mes doigts sur mes genoux et observai comme mes ongles avaient repoussé vite et étaient devenus vigoureux, presque aussi durs que mes griffes de louve.

— J'ai proposé mon nom pour te défier, mais je suis restée parce que j'étais trop fière et que je détestais être considérée comme plus faible parce que je suis une femme. Je voulais vous prouver, à toi et à la meute, mais aussi à moi-même, que je valais quelque chose. Je ne comptais pas gagner la dernière épreuve. C'est pour ça que je t'ai choisi toi, et pas Lucas. Parce que... parce que je voulais que ce soit toi qui gagnes.

— Ness...

Je resserrai mes doigts.

— Laisse-moi finir. Je ne veux pas de cela, Liam. Je ne veux pas d'une meute qui me rejette. Et certainement pas au coût d'une vie.

J'avais tué une fois.

Jamais plus.

Jamais plus.

— Je quitterai Boulder et je ne reviendrai plus jamais. Ils ne peuvent pas t'obliger à me tuer si je ne suis plus là, hein ?

Je tournai la tête vers lui, qui me fixait les yeux écarquillés.

— Non.

— Ça ne marchera pas ?

Il changea de position et l'un de ses genoux entra en contact avec le mien, créant un point de chaleur sur ma peau froide.

— Tu ne devrais pas avoir à quitter ton chez-toi à cause de moi.

Je reniflai, amère.

— Mon *chez-moi* ? Ce n'est pas chez moi, ici, Liam. (Je levai les yeux vers le plafond sans taches.) J'habite dans une auberge. Avec une tante qui, pour une raison que j'ignore, me méprise et un oncle qui n'a guère une haute opinion de moi. Mon seul ami est mon cousin, mais il est parti et m'a laissée. Vous voulez que je m'éloigne de la seule amie que je me sois faite ici, parce qu'elle est notre ennemie. La seule personne ayant été gentille avec moi est partie se battre au Moyen-Orient. J'ai peut-être un toit sur la tête et une femme qui tient à moi comme si j'étais sa petite-fille, mais je ne suis pas ici chez moi.

Liam leva une main vers moi, caressa ma joue et tourna mon visage vers lui.

— Tu ne peux pas partir, murmura-t-il.

— Pourquoi pas ?

Son souffle chaud réchauffa ma peau.

— Parce qu'après, je passerai des jours à te traquer au lieu de me concentrer sur la meute. Quel genre d'alpha serai-je alors ?

— Tu crois qu'ils te feraient me traquer ?

— Personne ne m'y forcerait.

La pièce était si silencieuse que je l'entendis avaler sa salive.

— Est-ce que... tu ressens quelque chose pour moi... autre chose que du dédain ?

Il tenta de sourire, mais il semblait nerveux et n'y parvint pas.

— Ça changerait quelque chose ?

L'émotion traversa son visage, aussi rapide et puissante qu'un éclair.

— Ça changerait *tout*.

Il avait parlé si lentement que j'en eus la chair de poule, ce qui se voyait sur mes jambes et mes bras nus, ainsi que sur mon ventre, visible entre mon tee-shirt et mon short de pyjama.

— Oui, ou non ?

J'eus l'impression d'avoir même la chair de poule sur les côtes.

— Qu'est-ce que tu en penses ?

— Je ne veux pas penser, je veux savoir. Oui, ou non ?

Même si sa poigne à mon menton était douce, ses doigts ne l'étaient pas. Il les enfonçait dans ma peau comme s'il voulait y laisser des marques.

— Oui, murmurai-je.

Aussitôt, il posa ses deux mains sur mes hanches, me souleva et m'installa sur ses genoux. Je plaçai mes jambes autour de ses cuisses. Puis, il glissa une main dans mes cheveux, une autre le long de ma colonne vertébrale. Et ses lèvres... elles étaient sur les miennes, pressantes et douces, éprouvantes et gentilles.

Une série d'explosions résonna en moi.

J'embrassais Liam Kolane.

Liam Kolane m'embrassait.

Quand sa langue passa le long de ma bouche, mon corps entier fut traversé par un frisson. Jusque-là, j'avais posé mes mains en douceur sur ses biceps, mais je m'agrippai désormais à ses épaules. J'enfonçai mes doigts dans son tee-shirt, craignant de tomber, si je ne m'accrochais pas assez.

J'ouvris la bouche et acceptai sa langue. Il grogna et ses mains se firent plus fermes.

Il me souleva et se leva. Je verrouillai mes jambes autour de lui, ma bouche toujours pressée contre la sienne. Il marcha jusqu'à un côté du lit, appuya ses genoux sur le matelas, puis posa nos deux corps entremêlés. Lentement, je relâchai mes jambes autour de sa taille et les étendis sous lui. Il se redressa sur ses avant-bras et posa à nouveau ses lèvres sur les miennes, mêlant sa langue à la mienne.

Embrasser Liam Kolane, c'était comme courir dans un champ étoilé sous ma forme de loup, la forme la plus pure de pouvoir et de sensation qui soit, dans ce monde vaste et sombre.

Je fis courir mes doigts sur sa colonne vertébrale, puis plongeai mes mains sous son tee-shirt noir pour toucher la peau chaude et bronzée que j'avais à peine osé entrevoir. Ses muscles grondaient sous mes mains ; les tendons se contractaient, la chair se tendait.

Il rompit notre baiser.

— Ce n'est pas juste, murmura-t-il d'une voix rauque.

Je haussai un sourcil.

Il nous fit rouler pour que je sois sur lui et qu'il puisse glisser ses grandes mains sous mon débardeur.

— Je mourais d'envie de te toucher, Ness. Putain, chaque centimètre de ta peau. Alors, c'est mon tour.

Il caressa ma colonne vertébrale, mes côtes, les courbes à ma taille, avant de remonter plus haut. Il passa ses pouces sur mon ventre, ma cage thoracique, le dessous de mes seins, avant de s'arrêter sur mes tétons. Son contact provoqua en moi tant de tremblements que je faillis m'effondrer sur lui, mes bras tremblants. Il dessina une ligne de baisers allant du coin de ma mâchoire jusqu'au creux de ma clavicule.

Je grognai. Terriblement fort que c'en était gênant. Et pas qu'une fois.

Il reposa sa bouche sur la mienne et avala le reste de mes gémissements, puis redescendit ses mains plus bas.

— Putain, tu es tellement parfaite, murmura-t-il contre mes lèvres.

Ces mots furent ma perte. Et pas de manière romantique.

Je commençai à pleurer, des montagnes de larmes.

S'il savait ce que j'avais fait à son père, il ne me trouverait pas parfaite.

Il ne voudrait pas m'embrasser.

Il ne voudrait pas me toucher.

— Hé.

Il me fit glisser sur le côté, puis passa ses doigts sur mon visage pour sécher les larmes.

— Hé. Qu'est-ce qu'il y a ?

Un sanglot sauvage émana de ma poitrine jusqu'à ma bouche. Je posai le dos de ma main sur mes lèvres tremblantes et me mordis la peau pour me réduire au silence.

Il chassa une mèche de cheveux.

— Dis-moi ce qui ne va pas.

J'avais les mots sur le bout de ma langue, mais ils ne sortirent jamais. Je ne pouvais pas lui dire.

J'essayai de me détourner de lui, mais il me força à le regarder.

— Toi aussi, tu crois que ma mère a trompé mon père ? croassai-je.

Ce n'était pas ce qui m'avait fait pleurer, mais c'était presque aussi perturbant.

La tension de ses traits crispés se défit pendant qu'il inspirait.

— Tu as ses fossettes. Et son sourire.

Des fossettes et un sourire étaient-ils les preuves d'une affiliation génétique ?

Il caressa le côté de mon cou.

— C'est tout ce qui te tracasse ?

Je déglutis avant de mentir :

— Oui.

— Bien.

Il sourit. La lente caresse de ses ongles était douloureusement agréable.

Je frissonnai, pas à cause de la douceur de son contact, mais parce que je savais, sans l'ombre d'un doute, que la prochaine fois que ses doigts entreraient en contact avec mon cou, ça ne serait pas pour le caresser, mais pour me le tordre.

Quarante-Trois

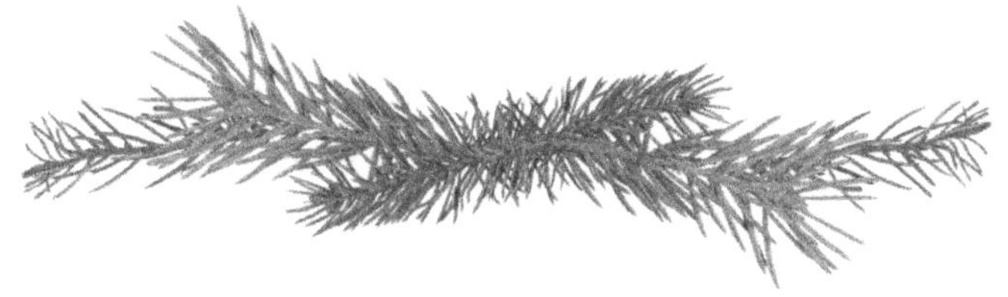

Un peu après minuit, Liam s'en alla. Je fis semblant de m'endormir pour qu'il ne souille pas plus ses lèvres sur les miennes. La culpabilité de l'avoir laissé m'embrasser était dix fois pire que celle d'avoir drogué Heath.

Aux petites heures du matin, des pensées lugubres m'habitaient. Le ciel était coloré d'une teinte morne et mon humeur était à l'avenant. Je me levai et me rendis sur mon balcon. Un vent chaud soufflait sur les grands pins, qui frémissaient, tout comme moi. Ma peau me démangeait, avide d'une transformation, et je cédai. Je retirai mon pyjama et me transformai en mon autre moi puis, je sautai du balcon et courus loin de l'auberge, sans me préoccuper si des clients étaient réveillés. Ils avaient tous envie d'admirer des loups, de toute façon.

Le ciel lavande n'était plus constellé d'étoiles, l'environnement était calme et l'on entendait que l'effervescence des ailes de petits insectes. Près d'un ruisseau, je tombai sur un troupeau de cerfs hémiones. Même si je ne leur voulais pas de mal, ils tendirent l'oreille à mon approche. Quand leurs grands yeux brillants me repérèrent, ils caracolèrent au loin, dans un nuage de fourrure gris-brun.

Je les regardai partir, comme tout le reste dans ma vie.

Il n'allait me rester qu'Evelyn.

Evelyn...

J'avais besoin de retourner la voir. De lui parler. Mais que lui dirais-je ? Je n'avais pas décidé quoi faire. Partir ou rester ?

Je fixai l'horizon.

Je *pourrais* courir.

Là, maintenant, je pourrais m'enfuir. En tant que loup, je couvrirai plus de terrain.

Mais Liam aussi pouvait courir. Je n'avais aucun doute sur le fait qu'il pourrait suivre ma piste sans difficulté. Même si j'avais des heures d'avance sur lui, ses pattes étaient plus longues que les miennes et il me rattraperait. Et après ?

Une mouche bourdonna à mon oreille, bruyamment. J'agitai mes oreilles.

Si je parvenais à partir, je devrais réapprendre à vivre seulement en tant qu'humaine, mon corps figé dans une seule forme. Je l'avais déjà fait. Je pourrais le refaire, mais était-ce là ce que je voulais ? Le besoin d'être un loup était devenu viscéral, une part de moi, comme le bleu de mes yeux et le blond de mes cheveux.

J'observai l'horizon devenir jaune et vert, puis me retournai et revins sur mes pas en courant, savourant chaque foulée sur le sol humide de rosée, chaque bruissement de caillou, chaque brin d'herbe sous mes pattes. J'inspirai longuement l'air frais de l'aube, chérissant chaque respiration comme si c'était la dernière.

Je pensai à Liam. À sa bouche et à ses mains. Mes muscles enflèrent sous l'adrénaline. J'étais reconnaissante de la nuit dernière. Reconnaissante de m'être sentie désirée. Je regrettais presque d'avoir feint le sommeil. J'aurais voulu retirer les vêtements de Liam et le laisser dévêtir mon corps pour enfin savoir ce que tant de gens m'accusaient de faire contre paiement.

Mais cela aurait été avide et injuste.

J'étais reconnaissante de ce que nous avions partagé, bien que hantée par la haine qu'il ressentirait pour moi quand il saurait qui était vraiment la fille qu'il avait estimée *parfaite*.

Devant moi se dressait la haie de pins qui me séparait de l'auberge, comme une clôture. Je ralentis.

Si c'étaient là mes derniers moments en tant que louve, j'en savourerais chaque seconde.

Je revins à l'auberge sans être découverte, sautant sur le petit balcon que Liam avait escaladé quelques heures plus tôt. Je trottai jusqu'à ma chambre, faisant crisser mes griffes sur le parquet, puis je me changeai à nouveau.

Aussi vite qu'elle était apparue, ma fourrure se rétracta, ne laissant qu'une peau rougie. De la sueur avait coulé sur mes lèvres. Je léchai le liquide salé et me relevai. Je me dirigeai vers la douche, mais m'arrêtai en repérant un papier plié à côté de la porte de ma chambre. Les muscles tendus, je m'approchai, me saisis de la lettre et la dépliai aussitôt.

```
        Si tu veux revoir Evelyn,
      Va au bout de la dernière épreuve.
Ne parle à personne de ce message, ou elle mourra.
```

Mes doigts se firent aussi froids et rigides que la glace. Je serrai le papier et lus les mots encore et encore. Les lettres devinrent floues, fragmentées, avant de se lier à nouveau entre elles et de reprendre leur forme initiale.

Qui me ferait ça ?

Quelqu'un qui savait combien Evelyn était importante. Je n'en avais jamais fait un secret, mais quand même... combien de personnes le savaient ? Elle quittait tellement rarement l'auberge que c'était forcément quelqu'un proche de moi.

Qui pouvait me faire du chantage pour que je tue Liam ?

À moins que leur intention soit que je me *fasse tuer* par Liam ?

Était-ce Julian ? Il avait deviné que Liam tenait à moi – il y avait fait plusieurs fois allusion la nuit dernière – et ne voudrait pas me tuer, ce qui me forcerait *moi* à tuer Liam et devenir alpha, comme le voulait Julian.

Mais Julian ne savait pas pour Evelyn. Comment aurait-il pu ? J'avais parlé d'elle à Sarah quand nous avions mangé ensemble. Avait-elle enquêté sur moi pour tout répéter à son oncle ? Son amitié était-elle qu'une mascarade ?

Tout mon être se glaça.

Julian avait pourtant vu combien j'étais déterminée la nuit dernière. Il ne pouvait pas savoir que je m'étais dégonflée. À moins qu'il ait entendu ce qu'impliquait cette épreuve...

Une certitude s'affirma. La personne qui m'avait envoyé le message savait ce qu'était la dernière épreuve. Savait que du sang serait versé. Le mien ou celui de Liam. La mort de qui voulait cette personne ?

Lucas me détestait et n'avait jamais caché combien il voulait que Liam devienne alpha. Découvrir mon lien avec Evelyn aurait été facile, mais cela n'aurait rien changé pour lui. Je pourrais aller le voir et lui expliquer mon plan, sauf s'il ne m'avait pas envoyé le message...

Je rapprochai le papier de mon nez. Des fleurs écrasées. L'odeur aurait pu émaner de la terre sous mes ongles. Je humai à nouveau le papier. Il y avait une autre odeur. Quelque chose de presque aigre et pourtant un peu sucré. Je humai tant de fois que ma tête commença à tourner et que toutes les odeurs se mélangèrent. Je froissai le papier et le jetai contre la porte.

Un frisson violent parcourut ma peau, rapidement remplacé par une chaleur. Je bouillais de rage. Une personne mourrait aujourd'hui... et ça ne serait ni moi, ni Evelyn, ni Liam.

Ce serait celui qui avait écrit ce message, qui qu'il soit.

Quarante-Quatre

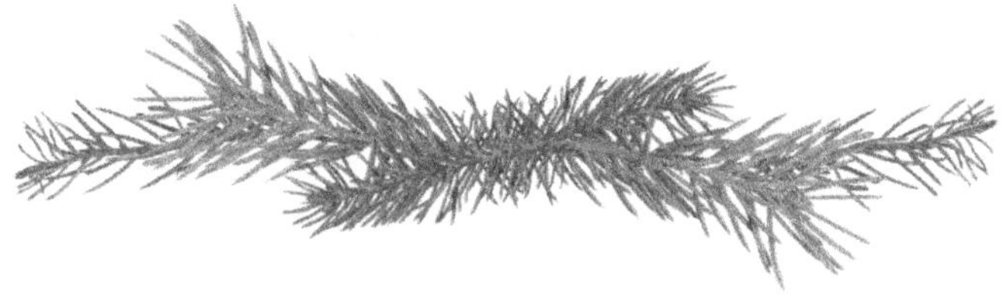

Je me jetai sur le premier vêtement que je trouvai dans mon placard, puis filai hors de ma chambre.

La porte d'Evelyn était déverrouillée et son lit défait. Celui qui l'avait emmenée l'avait arrachée de son sommeil, car elle veillait toujours à ce que son lit soit fait. Je touchai l'oreiller froissé. Et froid. Je m'accroupis à côté du lit. Le tissu avait une faible odeur mentholée, mais il sentait autre chose : le tabac froid.

Evelyn ne fumait pas.

Donc, c'était son ravisseur.

Mon téléphone vibra dans la poche arrière de mon short. Je me relevai, fixant le numéro inconnu sur l'écran. Était-ce le kidnappeur ?

Lentement, je glissai un doigt sur l'écran pour prendre l'appel.

— Allo.

— Ness ? C'est Frank.

Sa voix anéantit mon espoir.

— McNamara, ajouta-t-il.

Comme si j'avais pu oublier.

— Qu'y a-t-il, monsieur McNamara ?

— Nous aimerions que tu nous rejoignes à l'ancienne manufacture de ton père. Celle que les Watts ont reprise.

Le sang trépigna dans mes veines, picotant ma peau. Exactement ce dont j'avais besoin. Un voyage dans mes souvenirs.

— Pourquoi ?

— Nous avons besoin de discuter d'un... *retournement de situation* avec la meute.

Je lançai un regard au parking des employés, à travers les fenêtres à guillotine. À notre arrivée, j'avais essayé de changer de chambre avec Evelyn pour qu'elle ait une meilleure vue, mais elle avait insisté sur le fait qu'une chambre au rez-de-chaussée était mieux pour elle. Je ne voyais pas en quoi, étant donné qu'elle sortait rarement.

Les rideaux d'Evelyn oscillèrent. Je plongeai en avant et les ouvris si vivement qu'une poignée de petits crochets se dégondèrent.

Le cœur serré, je sortis sur le parking.

— Ness ? Tu es toujours là ?

Frank avait une voix métallique.

— Je suis là.

Je protégeai mes yeux du soleil et étudiai la ligne de sapins qui bordait le parking, ainsi que les locaux.

— Liam est venu nous voir.

Mon estomac se noua. Leur avait-il demandé d'annuler la dernière épreuve ? Leur avait-il dit que j'étais prête à abandonner ? Qu'arriverait-il à Evelyn s'ils annulaient l'épreuve ?

— Il faut que tu viennes nous voir. La meute t'attend. Ton oncle a dit qu'il t'emmènerait.

— Maintenant ?

— Maintenant.

Je serrai fermement le téléphone en entendant sa réponse.

— J'arrive dès que possible.

L'air chaud sentait le gaz d'échappement des voitures, les ordures et la rosée évaporée. Des taches sombres coloraient l'asphalte. J'eus un frisson. Forçant mes jambes à se plier, je m'accroupis et reniflai.

De l'huile.

Pas du sang.

Mon téléphone vibra ; j'avais un message d'un numéro inconnu. Frank avait dû oublier de me dire quelque chose.

Tic-tac, disait le message.

Ce n'était pas de Frank.

Une voiture klaxonna si fort que je bondis sur mes pieds. Un minivan noir doté du logo de l'auberge reculait sur le parking des employés. Nouveau coup de klaxon. Le son strident résonna dans mon crâne.

— Je t'ai cherchée, tu n'étais pas dans ta chambre, fit Jeb, penché par la fenêtre de la voiture. Que fais-tu là ?

— Je suis passée voir Evelyn.

J'observais son visage. Il regarda la fenêtre ouverte, mais ne me demanda pas comment elle allait. Savait-il qu'elle n'était pas là ?

— Frank t'a appelée ? La meute nous attend à l'entrepôt des Watt.

— Je l'ai eu au téléphone.

— Tu es prête à partir ?

Non. Je n'étais pas prête, mais avais-je le choix ? J'ouvris la portière passagère et montai.

Tic. Tac. Les mots faisaient écho en moi en même temps qu'une réflexion assourdissante faisait rage. Ma tante était une grosse fumeuse.

— Où est Lucy ?

— Avec Everest.

— Où ça ?

Ma voix était si brusque que mon oncle fronça les sourcils.

— Je ne sais pas, Ness.

Lucy avait-elle pu kidnapper Evelyn ? Me forcer à concourir dans un duel à mort serait une manière bien pratique de se débarrasser de moi. J'appuyai mon coude sur la portière et me massai le front.

— Si seulement tu m'avais écoutée. J'aurais aimé que tu n'aies jamais participé à ces épreuves.

La voix de mon oncle se brisa et un sanglot jaillit de sa poitrine.

Je relevai la tête.

Mon oncle pleurait.

Pour *moi*.

Il pleurait pour moi.

La surprise éclipsa momentanément ma nervosité.

— J'ai échoué à te protéger, comme l'aurait voulu ta mère, croassa-t-il en s'essuyant les yeux.

À part Evelyn, je ne pensais pas que quelqu'un pleurerait ma mort, mais apparemment, j'avais tort. Mon oncle Jeb me pleurerait.

— Je ne suis pas encore morte.

Mes mots étaient plats, peu convaincants. Je ne pouvais pas gérer son chagrin ou ses remords. Pas maintenant. Peut-être jamais. À chacun ses douleurs.

— Est-ce qu'on peut y aller ? Je veux juste en finir avec...

Ses sanglots reprirent aussitôt. Entendre un homme adulte pleurer m'agaçait, avant ; mais cette fois-ci, cela ne fit que m'engourdir.

Comme il ne conduisait toujours pas, je répétai :

— On peut y aller, s'il te plaît ?

Il inspira profondément, me dévisagea, malgré mon expression figée et se mit enfin à conduire.

Le monde s'étala en une longue traînée de couleurs. Je n'avais pas pris cette route depuis des années. Elle avait changé. Le magasin de glace *Maman et Papa* était toujours là, avec son néon clignotant en forme de cône. Pareil pour la station à essence, déserte à cette heure-ci. En revanche, de nouveaux bâtiments avaient surgi au milieu de l'herbe brûlée par le soleil. Tous étaient estampillés du mot *Watt*.

August et son père avaient beaucoup développé l'entreprise. J'étais contente que cela leur ait été profitable, même si voir leur nom sur ces plaques au lieu de celui de mon père m'envoyait un petit pincement au cœur.

L'entrepôt au toit plat et gris apparut au loin. Il était identique à celui que nous avions quitté avec maman, après avoir donné les clés et les papiers à Nelson.

Jeb se gara devant l'aire de chargement vide. Je descendis du van et fermai la porte.

Une silhouette surgit de l'ombre de l'entrepôt et traversa le parking.

Liam. Les rayons du soleil parcouraient son beau visage, dansaient sur ses lèvres.

Mon cœur se tut. Quand il tendit la main vers moi, je reculai. S'il me touchait, j'allais craquer. Protégeant mes yeux, je fixai le parking, puis revins à lui. Il observait le parking lui aussi.

— Tu attends quelqu'un ?

— Non.

Jeb contourna la voiture.

— Bonjour, Liam.

Liam lança un regard au visage strié de larmes de mon oncle et écarquilla les yeux, comme s'il comprenait soudain mon humeur.

— Le combat est annulé. Mais seulement si on déclare tous les deux forfait.

Jeb plissa ses yeux rougis.

— Mais alors, qui devient alpha ?

— Lucas.

Comme s'il avait entendu son prénom, Lucas sortit de l'entrepôt, ses cheveux d'un noir brillant face aux pâles rayons du soleil.

Un frisson parcourut ma colonne vertébrale. S'il devenait alpha, alors Lucas n'était pas celui qui me faisait chanter.

À moins qu'il ne veuille pas du titre.

Non. Il le voulait. Il ne l'aurait pas volontairement pris à son ami, mais il ne refuserait jamais cette opportunité.

Peut-être que c'était vraiment Lucy, mais mon oncle ne serait-il pas au courant des machinations de sa femme ?

À moins que Julian soit derrière tout ça.

— Tu dois dire aux anciens que tu abandonnes.

Liam posa sa main en bras de mon dos pour me guider dans l'entrepôt. Son toucher était léger, pourtant je sentis ses doigts s'imprimer dans ma chair.

Tout le monde posa ses yeux sur moi. Sur Liam. Là où sa paume touchait mon corps.

L'entrepôt était tellement silencieux. À moins que je n'entende plus rien à cause du son assourdissant de mon pouls paniqué. Mon téléphone vibra dans ma poche. Je sursautai. Je parcourus du regard tous les hommes dans la pièce, cherchant un téléphone dans leurs mains. Aucun n'en tenait un.

Tendue, je sortis mon téléphone de ma poche. La coque en silicone se prit dans le message froissé qui tomba sur la sciure. Avec horreur, j'observai mon oncle s'accroupir pour le ramasser. Le temps s'arrêta tandis qu'il se relevait, le papier coincé dans sa paume.

Le monde se remit en marche ; les doigts de Liam se logèrent sur ma taille.

— C'est tombé, fit Jeb en me tendant le papier sans même vraiment le regarder.

Mes doigts étaient si raides que j'aurais pu n'avoir qu'une phalange par doigt. Pourtant, je parvins à attraper le papier et le remettre dans ma poche.

Liam plissa le front. Son inquiétude grandit quand je m'écartai de lui pour lire mon message.

J'essayai de me raisonner : ça pouvait être n'importe qui.

C'était peut-être d'August.

Le numéro était inconnu. **Je te vois.**

Rien d'autre. Rien de plus.

Ma gorge se serra.

Quelqu'un toucha mon épaule et je sursautai.

— Tout va bien ? demanda Jeb.

J'éteignis mon téléphone. S'il regardait, alors il était là. Il n'avait plus à communiquer grâce à des messages énigmatiques. Je voulais crier sur celui qui était assez dérangé pour jouer ainsi avec moi. Je voulais lui dire d'être un homme et de se dévoiler, mais je ne fis rien de tel. Je respirai à peine.

— Liam t'a expliqué ce que nous proposons ?

Les cheveux blancs de Frank encadraient sa peau tannée comme un halo.

Je hochai la tête.

Eric fronça les sourcils. Une faible lumière éclairait son crâne chauve.

— C'est un grand sacrifice qu'il fait pour sauver ta vie.

— Déclares-tu forfait, Ness ? demanda Frank.

Le sol en ciment tangua, et pourtant, tout le monde restait debout. Les lumières au plafond bourdonnaient comme des guêpes. Les bouches bougeaient, mais les voix ne m'atteignaient pas. Je voulais crier *oui, je déclare forfait*. Mais les mots sur mon téléphone semblaient imprimés sur ma rétine.

Je. Te. Vois.

Julian n'était pas là.

À moins qu'il nous observe depuis une caméra de sécurité.

Je déglutis, m'étouffai avec ma salive, toussai.

Liam se mit devant moi, le visage baissé vers le mien.

— Ness ?

— Non.

Le mot sortit de ma bouche comme une balle.

— Je ne déclare pas forfait.

Le regard de Liam m'ébranla comme un coup de couteau.

— Qu'est-ce que tu fais ?

— Je te donne une dernière chance pour réaliser ton rêve.

La surprise se peignit sur son visage.

— Je t'ai dit que...

— Mais nous nous battrons sous notre forme de loup, car je n'ai aucune chance sous ma forme humaine.

Je priai pour que le ravisseur d'Evelyn ne comprenne pas pourquoi je voulais me battre en loup.

— Tu es une tricheuse, Ness, siffla Lucas.

Il se tenait aux côtés de Matt qui fut un temps, m'avait regardée avec gentillesse. Dans ses yeux, il n'y avait plus de cela.

— Si tu gagnes, je ne t'obérai jamais.

Matt baissa le regard, puis se détourna et s'en alla dans l'ombre de l'entrepôt.

Frank observa autour de lui. Les quatre autres anciens hochèrent la tête et il déclara :

— Nous acceptons tes conditions.

— Pas moi, refusa Liam.

— Tu préfères te battre sous forme humaine que sous forme lupine ?

Sa colère augmenta.

— Je ne me battrai pas contre toi.

— S'il te plaît.

— S'il te plaît ? (Il passa ses mains sur son visage.) Mais qu'est-ce qui ne va pas chez toi ?

— Tout va bien chez moi. C'est toi qui as un problème si tu refuses de te battre pour ce que tu veux.

— Je me bats déjà pour ce que je veux.

Mon cœur se brisa en mille morceaux. Je fermai les yeux un instant. *Sois forte. Sois forte.* Quand je les rouvris, ma détermination était intacte.

— Pouvons-nous nous transformer, monsieur McNamara ?

— Vous pouvez débuter. Mais n'oublie pas, abandonner ne sera plus permis après cela.

Je hochai la tête, retirai mes chaussures et mon débardeur.

Liam avança devant moi, bloquant la vision de mon corps. Il irradiait de colère. Ses muscles palpitaient.

— Ness, c'est de la folie.

Je déboutonnai mon short et le laissai tomber au sol. Je ne m'embêtai pas à retirer mon soutien-gorge ou ma culotte. Je ne les remettrai jamais de toute façon.

Les morts n'avaient pas besoin de sous-vêtements. Ou de vêtements tout court, d'ailleurs.

Avant que mes crocs ne poussent, je murmurai :

— Ne me fais pas attendre trop longtemps.

Puis, je tombai à quatre pattes.

Allez, le suppliai-je, mais il ne pouvait entendre qu'un geignement.

En loup, nous comprenions le langage humain.

Mais en tant qu'humain, nous ne comprenions pas le langage loup.

Je creusai dans la sciure avec ma patte, fébrile à l'idée qu'il entende mon dernier aveu.

Ma dernière excuse.

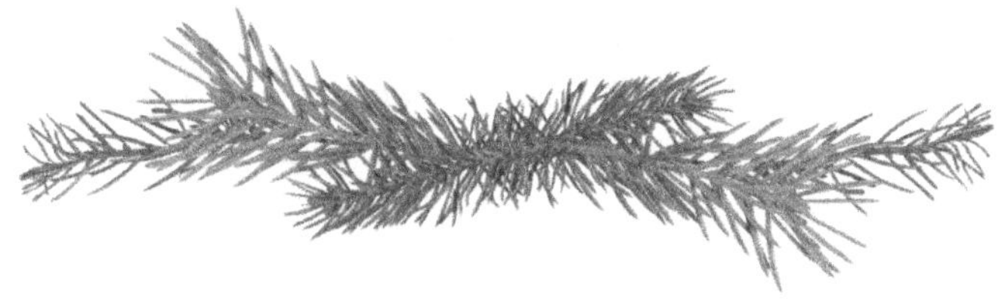

Quarante-Cinq

Liam cria quelque chose à Frank que je n'essayai pas de comprendre. J'étais trop occupée à regarder autour de moi pour voir si quelqu'un d'autre se transformerait.

Personne n'enlevait ses vêtements. Personne ne se transformait. La plupart des loups-garous étaient trop occupés à nous regarder bouche bée, Liam et moi.

Des sciures volèrent devant moi quand un tee-shirt noir tomba au sol. Je relevai la tête tandis que Liam retirait son jean en jurant.

Quelques secondes plus tard, une bête noire aux yeux luisants se tenait devant moi.

Ne réagis pas à ce que je m'apprête à te dire, commençai-je.

Ses narines bougèrent.

On me fait chanter. Quelqu'un a kidnappé Evelyn et a menacé de la tuer si je n'allais pas au bout de la dernière épreuve.

Il s'immobilisa et je montrai les crocs et me lançai sur lui pour mordiller son cou.

Bats-toi ou il saura que je parle.

J'enfouis mes crocs dans sa peau.

Putain, Liam, bats...

Il lâcha un grognement à glacer le sang et me jeta loin de lui d'un coup d'épaule. Je glapis en atterrissant sur mon arrière-train, soulevant un nuage autour de moi, comme de la fumée.

Il avança vers moi.

Il m'a envoyé un message qui disait Je te vois. *Alors il est là où il regarde, je ne sais pas trop comment.*

Quand il tourna la tête – ce qui annonçait clairement que je parlais –, je me jetai sur son dos comme une flèche. Il tordit son corps massif et je tombai sur le dos. Il se dressa au-dessus de moi, me bloquant au sol.

Et maintenant ? gronda-t-il. *Parce qu'il est hors de question que je te tue.*

Si, tu vas le faire.

Il émit un son profond et guttural qui hérissa ma fourrure.

Dans tes rêves !

Tu le feras quand tu sauras... quand tu sauras ce que j'ai fait.

Il devint aussi immobile qu'une sculpture de bois.

Qu'as-tu fait ?

Je fermai les yeux pour ne pas voir sa réaction.

Je... J'ai tué ton père.

Rien ne se produisit pendant si longtemps que j'ouvris mes yeux pour le voir.

C'est à cause de moi qu'il est mort.

Ses pupilles se rétrécirent en deux fentes noires, deux épingles.

Qu'est-ce que tu racontes ?

La foule s'approcha de nous, mais personne ne se transforma. Peu importe. Je me moquais que quelqu'un d'autre m'entende. Je confessai mon crime, pas celui d'un autre.

J'ai commencé à travailler à l'agence d'escort pour avoir un rendez-vous avec Heath. Je savais qu'il ne me laisserait pas entrer et ne m'écouterait pas autrement. Je voulais le voir et lui dire ce que j'avais sur le cœur. Je lui ai donné trois pilules...

Je déglutis, mais on aurait dit que ma gorge était pleine de coton.

Des pilules pour empêcher la transformation. Puis, je lui ai dit que je savais ce qu'il avait fait à Becca Howard... et à ma mère.

Le choc emplit le visage de Liam, mais il fut vite remplacé par une autre émotion. Il s'assombrit.

Qu'a-t-il fait à ta mère ?

Il ne demanda pas pour Becca, ce qui voulait dire qu'il savait déjà.

Quand elle l'a supplié de me laisser entrer dans la meute et de m'entraîner, il... il l'a violée.

J'inspirai, dans tous mes états.

Je détestais ton père, Liam, mais je ne voulais pas le tuer. C'était vraiment un accident. Si je pouvais revenir en arrière... si je pouvais juste...

Ness, mon père n'est pas mort à cause d'une drogue.

Mes yeux me brûlaient, malgré l'air froid.

Je sais comment il est mort, Liam. Je sais qu'il s'est noyé. Mais il s'est noyé à cause de l'effet provoqué par les pilules.

Tu crois qu'il est tombé dans sa piscine et qu'il s'est noyé ?

Sa voix rocailleuse était presque stridente.

Oh, Ness...

Il frotta son nez humide contre ma joue.

Mais Everest a dit...

Qu'est-ce qu'il a dit ?

Son ton était sec. Je ne répondis pas. Je ne pouvais pas. Ma gorge me comprimait, comme si on m'étouffait.

Mon père est bien mort dans sa piscine, mais il a été étranglé par une corde en argent.

L'air sembla tourbillonner entre nous, froid et chaud, bruyant et silencieux.

Étranglé ?

Tes pilules l'ont peut-être ralenti, mais elles ne l'ont pas tué.

Il baissa sa tête et d'une voix très basse, il ajouta :

Je me demandais pourquoi il ne s'était pas transformé. Everest savait pour les pilules, non ?

Il les avait suggérées. Je ne voulais en donner qu'une seule, mais Everest m'avait recommandé d'en mettre trois. Il m'avait dit que les alphas n'étaient pas constitués comme des loups normaux.

Soudain, tout prit sens. La rapidité avec laquelle Everest m'avait accusée, puis poussée vers la meute ennemie pour me donner l'air d'une traîtresse. Son départ précipité de Boulder. Pourquoi il m'avait fait chanter pour que j'aille au bout de la dernière épreuve.

Avec ma mort, son secret serait en sécurité.

Avec celle de Liam, mon cousin aurait été libre de toutes représailles.

Il n'avait pas compté sur le fait que je partage mes découvertes avec le fils de Heath et que je comprenne ses machinations.

Mon cerveau semblait noyé, mais mon cœur, lui, sortait des profondeurs dans lesquelles il s'était enlisé.

Je dois y aller. Je dois y aller.

J'essayai de me trémousser sous lui, mais il appuya sur l'une de mes épaules avec ses pattes géantes.

Liam, je dois y aller ! Laisse-moi partir ! Everest a kidnappé Evelyn. Je dois la sauver.

Je tournai la tête pour voir mon oncle. Il regardait aussi intensément que les autres, curieux. Était-il dans le coup ? Était-ce lui qui m'observait ?

Je me tordais dans tous les sens, mais Liam ne me lâchait pas. Je grognai.

Je dois la trouver.

J'irai avec toi.

Si tu viens, il saura que j'ai parlé.

Qu'est-ce que je suis censé faire ? Te laisser partir et affronter seule Everest ?

Oui.

Non.

Ses yeux jaunes brillaient comme le feu.

Il tuera Evelyn si tu viens avec moi.

Il pourrait vous tuer toutes les deux si tu pars seule.

On perd du temps. Tu veux m'aider ? Alors, retransforme-toi et dis-leur que je m'enfuis parce que je ne peux pas déclarer forfait. Ça me laissera le temps de la trouver et cela induira Everest en erreur.

Ness...

Je me tournai si vivement sur le côté qu'il faiblit. Il essaya de me bloquer de nouveau, mais sa patte ne fit que glisser sur mon visage, éraflant ma joue. La plaie n'était pas profonde, mais elle piquait.

Liam coucha ses oreilles en arrière.

Merde.

Je voyais mon reflet dans ses yeux et le rouge coulant sur le blanc.

Mettant à profit l'effet de surprise, je me mis à plat ventre et bondis hors de sa portée. Mon sang coulait sur le sol en ciment.

Je courus loin de ce garçon qui faisait battre mon cœur avec force, loin de cet entrepôt qui me rappelait de précieux souvenirs de mon enfance, loin de cette meute dont j'avais voulu faire partie, même si j'avais refusé de l'admettre.

Quarante-Six

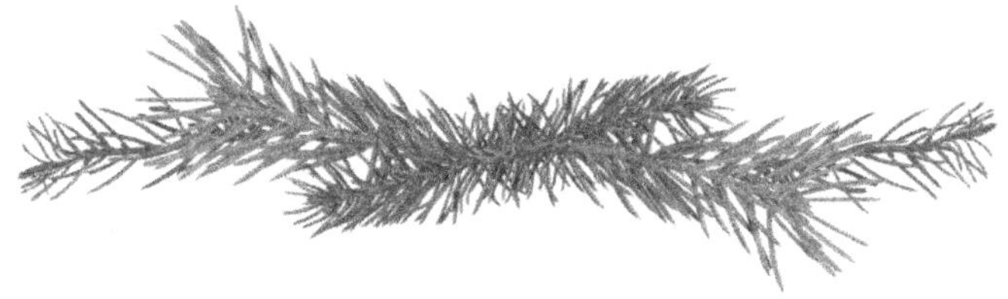

Liam ne me suivit pas, ce qui me poussa à croire qu'il s'était changé pour plaider ma cause. Je priai afin que son explication parvienne aux oreilles d'Everest et qu'il ne fasse pas payer à Evelyn ma supposée désertion.

Je détalai vers l'auberge tel un éclair, martelant le sol si violemment que je crus que mon cœur se fêlerait. L'urgence et l'adrénaline ensevelissaient l'horreur de ce que je venais d'apprendre... de ce que mon cousin avait fait.

En atteignant le terrain de l'auberge, je ralentis pour m'assurer qu'il n'y avait pas trop de personnes, mais je perdais de trop précieuses minutes. Au diable la discrétion. Je n'étais pas une créature impressionnante, contrairement à Liam et le reste de la meute. Ils ne pouvaient pas passer pour de véritables loups, mais moi si. Je me frayai un chemin entre les sapins épineux et bondis dans le parking. La fenêtre d'Evelyn était toujours grande ouverte.

En trottant vers elle, je baissai le nez vers l'asphalte chaud et j'inhalai. La voilà encore. L'odeur des cendres d'une cigarette écrasée et celle de la crème mentholée d'Evelyn. Everest ne fumait pas... *Je crois*. À quel point connaissais-je mon cousin ?

L'odeur des crèmes pour l'arthrite se trouvait tout le long du parking, mélangée à celle des gaz d'échappement. Il avait emmené Evelyn en voiture. Comment pouvais-je traquer une voiture ?

Je trottinai jusqu'au bord de la route. Je découvris un mégot de cigarette recouvert de salive sèche, puis repérai l'odeur de la crème d'Evelyn. Je priai pour que mon esprit confus ne soit pas en train d'inventer des odeurs.

Le soleil réchauffait ma peau, mais heureusement, ma fourrure blanche repoussait la chaleur. Je marchai encore, perdis leur trace plus d'une fois, avant de la retrouver. Elle restait dans l'air, comme une chaîne brisée qu'on aurait abandonnée. La seule explication était que son ravisseur ait gardé les fenêtres ouvertes.

La route se découpa soudain en deux. Je sentis l'air et me figeai en observant l'environnement autour de moi.

Non...

NON !

J'avais suivi une vieille odeur. Le désespoir affûtant ma vue, je fixai les collines pentues et la route cabossée qui menait à ma maison d'enfance, le cœur lourd. Je reculai et marchai dans une flaque de boue qui tacha ma patte arrière. Je retirai ma patte et remarquai des traces de boue au sol, autres que les miennes.

Des traces fraîches.

Une voiture était bel et bien passée par là.

Peut-être que je n'avais pas suivi une vieille piste.

Je me dépêchai de remonter la colline, le cœur battant. Un minivan noir doté du logo de l'auberge était garé derrière la maison. Une part de moi espérait m'être trompée. Que ce n'était pas ma propre famille qui m'avait fait ça. Ce véhicule piétinait mes espoirs.

Les loups ne pouvaient pas avoir la chair de poule, pourtant ma fourrure me picotait de partout.

Je vacillai, puis me repris et approchai de la maison, les oreilles dressées. À travers les fenêtres crasseuses de ma vieille maison, j'aperçus quelque chose qui me priva de tout mon oxygène.

Evelyn était attachée à une chaise, ses cheveux entremêlés reposant sur ses épaules voûtées. Mon champ de vision se rétrécit sous la colère quand je vis ses jambes maintenues à la chaise avec du ruban adhésif, ses bras tendus en arrière, ses mains liées par une attache en plastique. J'essayai d'apercevoir sa poitrine, pour voir si elle respirait, mais elle était dos à moi.

Le désir de plonger mes crocs dans de la chair et faire couler le sang monta en moi, si fort que mes muscles tressaillirent.

L'un des doigts d'Evelyn bougea.

Elle n'était pas morte !

Une voix éraillée et pourtant féminine se fit entendre, à l'intérieur.

— Elle n'a pas été au bout de l'épreuve.

Ma vision devint floue, puis se précisa.

Lucy !

Je contournai ma maison jusqu'à une fenêtre brisée dans ma chambre. Dès que le verre tomberait sur le parquet, Lucy saurait que je suis là.

Mon estomac se serra en sentant l'odeur de cigarette et de menthe.

Maintenant !

Le verre mordit dans ma chair et s'abattit sur le parquet.

J'entendis un léger coup dans le salon. Puis, le silence. Je me lançai vers la porte ouverte, mes griffes glissant sur le bois. Ma tante ouvrit grand la bouche et hoqueta au moment où je bondis sur elle et la clouai au sol. Son crâne craqua comme une coquille d'œuf, à moins que cela soit l'un des os de son corps, car elle écarquilla les yeux. Je dévoilai mes crocs et grognai.

L'odeur vive de l'urine et de la peur emplit la pièce.

— Ness ! cria-t-elle.

Mais ce n'était que des grésillements statiques à mes oreilles bourdonnantes.

J'aboyai et elle cligna des paupières.

Soudain, quelque chose heurta mon flanc et m'arracha de ma tante, trempée d'urine.

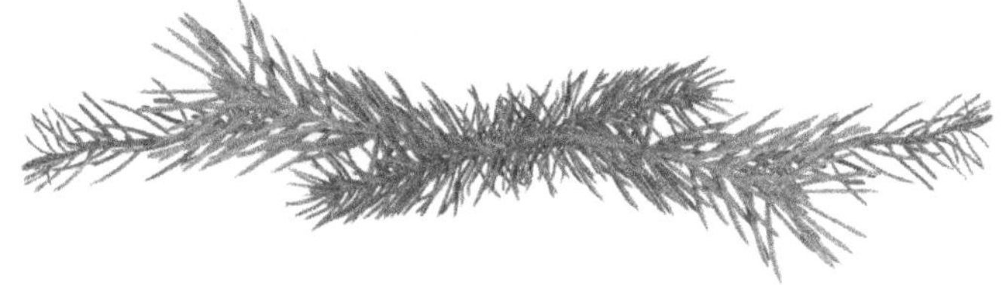

Je m'attendais à moitié à trouver mon cousin, mais ce n'était pas Everest qui m'avait poussée ; c'était Liam. Il la bloqua sous son corps massif.

Qu'est-ce que tu fais ? sifflai-je.

— Ce n'est pas ce que tu crois, marmonnait Lucy.

Liam lui grogna dessus si sauvagement qu'elle se tut et devint aussi blanche que les serviettes que j'avais lavées pour elle, jour après jour.

Liam tourna la tête vers moi.

On doit trouver Everest ? Jeb ne sait pas où il est, mais je parie qu'elle le sait.

Je le dévisageai, les yeux grands ouverts. Mon oncle n'était pas dans le coup ? Comment avait-il pu ne pas savoir ? Comment ?

Les autres sont en chemin.

Je me tournai vers les fenêtres tout autour et, en effet, des voitures remontaient la route. Soudain, la pièce se remplit d'hommes.

Frank se précipita vers Evelyn qui sanglotait en tremblant. À la seconde où il la libéra, elle glissa ses bras à son cou. Il lui murmura quelque chose à l'oreille, puis embrassa sa joue.

Et elle le laissa faire.

Liam se mit devant moi et obstrua ma vue. Il lécha ma joue et sa salive chaude me piqua. Puis, il essaya de lécher mon épaule et je compris qu'il essayait de retirer le sang.

Je le repoussai. Je panserai mes blessures plus tard. D'abord, je devais m'assurer qu'Evelyn n'était pas blessée.

Cole et Lucas relevaient Lucy. Je les sentis regardant dans ma direction, mais ne leur rendis pas leur regard, entièrement concentrée sur Evelyn. Elle lâcha Frank et boita vers moi. Lentement, elle s'agenouilla. La douleur creusait chacune de ses rides. Elle tendit les bras et je marchai jusqu'à elle.

Je tremblai quand ses doigts caressèrent ma fourrure.

— *Querida*, murmura-t-elle d'une voix rauque. Elle m'a dit que tu avais besoin de moi ici, que tu m'y attendais.

Elle prit mon visage dans ses mains et posa son front contre le mien.

— *Lo siento.* Je suis désolée de l'avoir suivie.

Elle passa ses mains sèches et tremblantes sur mon museau.

Un puissant frémissement s'empara de moi ; des larmes coulèrent et se mélangèrent à ma fourrure ensanglantée. La peur, le soulagement, la colère et la tension m'envahirent par vague.

Evelyn était en sécurité.

Elle allait bien.

J'essayai de lui dire que je l'aimais et me souvins que j'étais toujours un loup. Elle ne pouvait pas me comprendre. Je me rendis compte que c'était la première fois qu'elle me voyait sous ma forme de bête et me figeai.

Elle glissa de nouveau ses doigts dans ma fourrure, caressant mon cou encore et encore.

Elle ne fuyait pas en hurlant.

Je me laissai aller à son étreinte, mais une main toucha mon arrière-train. J'écartai brusquement ma tête des mains d'Evelyn et grondai sur celui qui avait osé me caresser. Frank retira sa main, comme s'il craignait que je ne le morde.

Je léchai la main d'Evelyn. Elle fixa la peau que ma langue avait touchée, puis me regarda et j'eus l'impression d'avoir mal agi. Mais son visage pâle se fendit d'un sourire étonné et elle enroula ses bras autour de mon cou pour me presser contre elle.

Son odeur s'infiltra en moi, atteignant tous les endroits que ses bras ne pouvaient atteindre. Comme les pétales d'une fleur fanée, mes membres de loups s'atrophièrent, laissant place à un corps humain.

Plusieurs choses se passèrent d'un coup. Evelyn étouffa un cri. L'air devint froid. Quelqu'un lança un tee-shirt sur mes fesses. Une voix forte s'éleva au-dessus des autres, demandant à tout le monde de sortir. Celle de Frank. De grandes mains aidèrent Evelyn à se lever et à s'asseoir sur le canapé, puis se posèrent sur mes bras tremblants et crispés.

— Que quelqu'un lui trouve des habits !

La voix frénétique de Frank portait au loin.

— Je suis désolé, reprit-il. Nous ne savions pas.

Je bougeai la tête ; c'était à moitié un hochement de tête, à moitié un tremblement.

Frank se leva et quelqu'un d'autre s'accroupit devant ma silhouette nue et recroquevillée. *Liam*.

— Tiens.

Je gardai les yeux sur les dalles en bois, tachées par l'eau et poussiéreuses, celles que mon père huilait tous les deux ans. Celui qui avait acheté cette maison ne s'en était pas préoccupé du tout.

Liam passa un tee-shirt au-dessus de ma tête, puis leva mes mains l'une après l'autre et les guida vers les manches. Il tira le tee-shirt vers le bas, jusqu'à mes cuisses. Après cela, il prit mon menton et m'obligea à le regarder.

— Elle est en sécurité, Ness. Tu l'as sauvée.

Il repoussa mes cheveux vers l'arrière et attira mon corps tremblant à lui.

La pièce vacilla, puis devint floue. Ma vision s'assombrit et enfin, ce fut le noir complet.

Quarante-Huit

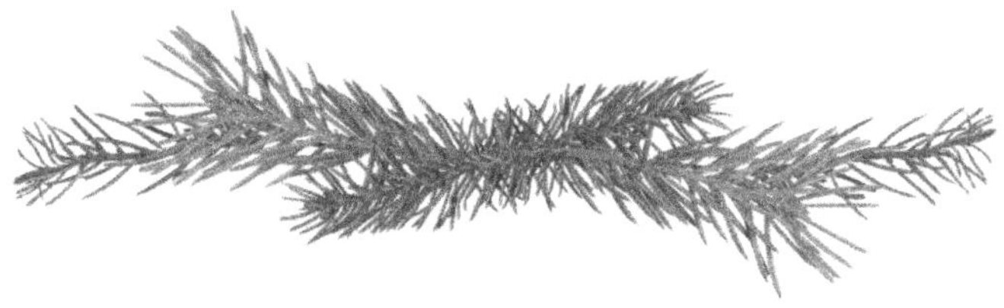

Je me réveillai si vite que ma tête se mit à tourner et ma vision se fragmenta.

— Evelyn !

— Je suis juste là, *querida*.

Elle m'apaisa et me rallongea, en suivant de ses doigts les contours de mon visage.

Je clignai des yeux.

— Tu vas bien ?

— Je vais bien.

— Lucy, elle… elle t'a fait du mal ? murmurai-je.

— Non.

Les images de ma tante aux yeux protubérants et d'Evelyn, voûtée sur sa chaise, me revinrent en tête. J'avais un goût de bile dans la bouche et je sentais le chien mouillé. J'étirai mes bras et mes jambes puis me redressai, plus lentement cette fois-ci. Ma joue me picotait ; je levai mes doigts jusqu'à elle et sentis de la peau boursouflée.

Evelyn enroula ses mains autour de mon bras. Même si je n'avais pas besoin de soutien, je la laissai me guider jusqu'à la salle de bain et… s'occuper de moi. Elle referma la cuvette des toilettes et me fit m'asseoir.

Pendant qu'elle faisait chauffer l'eau, je retirai mon tee-shirt et mon short. Je ne me souvenais pas de les avoir mis.

Quand la vapeur remonta jusqu'au pommeau de douche, j'entrai dans la baignoire, m'assis et levai le visage, laissant l'eau chaude couler sur moi. Evelyn frotta le savon entre ses mains et lava mon corps. Puis, elle frictionna mes cheveux avec du shampooing. Elle s'attaqua ensuite à l'après-shampooing, démêlant les nœuds en douceur avec ses doigts. Elle me rinça longuement et éteignit l'eau. Pendant qu'elle sortait une serviette, je m'appuyai sur le bord de la baignoire pour me hisser et en sortir. Elle tamponna mon corps et mes cheveux. J'avais l'impression d'être à nouveau un bébé. Elle me força à me rasseoir sur les toilettes fermées et alla me chercher des habits propres : un legging et un débardeur. J'enfilai les deux. Elle sécha un peu plus mes cheveux avant de les coiffer.

En me levant, le monde tourna encore un peu et mon estomac grogna, comme s'il n'avait pas été nourri depuis des jours et non pas des heures.

— Il faut que tu manges quelque chose.

Elle me conduisit dans son fauteuil chiffonné et encore chaud.

— Assieds-toi là et ne bouge pas.

— D'accord.

Je penchai ma tête contre le dossier et fermai les yeux, savourant la tranquillité.

Un peu plus tard, elle revint avec d'épaisses tranches de pain caoutchouteux agrémentées de morceaux de dinde. Je mangeai doucement. La nourriture tombait dans mon estomac comme la neige au milieu d'un blizzard. Evelyn retira les draps de mon lit et en disposa de nouveaux. Pendant un moment, le bruissement du tissu et le parquet craquant sous ses pas furent les seuls bruits dans la pièce. Je repensai à ma journée. À Lucy, à Everest et à Jeb. Cela me rappela les insinuations de mon oncle.

— Evelyn ?

Elle secouait mes oreillers.

— Oui ?

Je retirai une croûte de pain et l'émiettai entre mes doigts.

— Je peux te demander quelque chose ?

Elle se raidit, comme un jouet articulé.

— Tout ce que tu veux.

— Ton vrai prénom... c'est Evelyn ?

Même si ses pupilles étaient presque impossibles à distinguer avec ses iris noirs, je les vis s'agrandir, à moins que je ne l'aie senti. Pendant quelques secondes, qui devinrent de véritables minutes, elle me fixa du regard. Elle finit par détourner le regard et se concentrer sur un point derrière mon épaule. Elle ferma ses paupières, couronnées de longs cils.

Je n'avais pas voulu croire Jeb. Je ne voulais toujours pas le croire. Mais lors de son évasion...

— Qui est Gloria ?

Le silence devint douloureux. Lentement, elle ouvrit les yeux. Les larmes y brillaient, aussi fort que les étoiles dans le ciel derrière elle. L'assiette glissa de mes genoux. Elle ne se cassa pas, mais des miettes et des morceaux de dinde tombèrent sur le tapis.

Elle s'assit au bout du lit et joignit ses mains sur ses genoux. Ses cheveux noirs encadraient son visage baissé et ses joues pâles.

— C'est toi, Gloria ? murmurai-je.

Au même moment, elle dit :

— Je suis désolée.

Cela me blessa. Je ne voulais pas que mon oncle ait raison. Je clignai des yeux pour chasser le brouillard qui s'installait.

— Notre rencontre, c'était une coïncidence ?

Elle secoua la tête.

Je m'agrippai aux accoudoirs.

Ses lèvres tremblaient, derrière le rideau noir de cheveux.

— Cela ne change rien à mon amour pour toi, Ness.

J'étudiai l'arc de lumière projeté par ma lampe de chevet sur le mur.

— Dis-moi tout.

Evelyn... Non, pas Evelyn. *Gloria* se redressa.

— Avant, je m'appelais Gloria. J'ai changé mon prénom pour Evelyn pour que mon mari ne me retrouve pas.

Je fronçai les sourcils. Son *mari* ?

— Je suis née au Mexique, mais j'ai déménagé aux États-Unis quand j'étais enfant. Pour payer la fac, j'ai pris des jobs de ménage. C'est comme ça que je l'ai rencontré. Je l'ai épousé pour les papiers, et lui, parce que sa grand-mère refusait de le laisser accéder aux économies mises de côté pour lui tant qu'il était célibataire.

J'arrêtai d'observer le mur pour la regarder.

— La romantique en moi croyait que, peut-être, nous tomberions amoureux. Il était beau et bien éduqué, mais il avait beaucoup de secrets. Des secrets sombres. Il passait la plupart de ses journées enfermé dans son bureau et, quand il quittait la maison, il fermait la porte à clé. Il me faisait tellement peur que j'ai fini par le confronter à ce sujet. Il m'a dit que si je le questionnai à nouveau... que si j'entrai un jour dans son bureau, il me ferait expulser. Alors j'ai arrêté d'espionner et je suis restée loin. Du moins, aussi loin que possible quand deux personnes partagent un toit. Un jour, il a oublié de fermer la porte du bureau. J'avais peur que ce soit un piège et j'ai failli ne pas rentrer, mais je voulais désespérément savoir avec quel genre d'homme je vivais. Et s'il était un tueur en série ? Ou un terroriste ? C'était bel et bien un piège. Il m'a attrapée sur le fait avant que je ne puisse trouver quoi que ce soit, puis il m'a fait chanter. Si je voulais rester aux États-Unis, je devais faire quelque chose pour lui.

Elle tourna la tête pour regarder par la fenêtre.

— Il m'a forcée à séduire un homme. Et cet homme, c'était Frank McNamara.

Je me figeai, sous le choc.

— Frank ?

Le souvenir de leur rencontre avant le festival de musique me revint. Puis, le baiser qu'il avait déposé sur sa joue, un peu plus tôt.

— Tu viens d'ici ? croassai-je.

Sans se détourner de la fenêtre, elle hocha la tête.

— J'avais tellement peur que j'ai obéi à mon mari. Frank était un homme marié. Le séduire allait contre toutes mes valeurs.

Elle posa une phalange contre son nez et inspira, émue.

— Frank est tombé dans le panneau. Mais très vite, ça n'était plus de la comédie pour moi. Nous sommes tombés amoureux et j'ai avoué la vérité à Frank. C'était terrible.

Elle ferma les yeux et une larme coula sur sa joue. Elle mordit sa lèvre tremblante.

— Après avoir dit à Frank la localisation de tous les appareils d'écoute que j'avais installés, il m'a fait partir. Je suis retournée dans la maison que je haïssais, vers l'homme que je détestais. Il ne me restait que quelques mois pour avoir mes papiers, mais je ne pouvais pas rester, alors j'ai fait mes valises. Mon mari est rentré à ce moment-là. Il savait déjà que j'avais retiré tous les appareils d'écoute. Je lui ai annoncé que c'était fini. Il m'a menacé d'appeler la police et je lui ai dit que je m'en fichais, maintenant. J'ai fait l'erreur de lui tourner le dos.

Elle étendit sa jambe blessée devant elle.

— Il m'a tiré dessus. La balle était censée se loger dans mon cœur, mais un loup l'a attaqué et il m'a manqué. La seconde d'après, Frank était à côté de moi. Je ne me souviens pas de grand-chose, juste d'une seule... Une seule image qui n'avait aucun sens jusqu'à très récemment. Je me rappelle avoir vu le loup se transformer en homme. Pendant des années, des décennies, j'ai cru que c'était un mirage dû à la perte de sang.

Sa voix se brisa et elle sanglota, pendant un long moment.

— J'ai trahi Frank, je l'ai espionné et, pourtant, il m'a sauvée.

Chaque fibre de mon être me hurlait de venir sur le lit avec elle, mais mes muscles ne m'obéissaient plus, sous le choc.

— Il m'a emmenée voir un homme qui a guéri ma jambe autant que possible, puis il m'a conduit hors du Colorado, jusqu'en Arizona. Il avait une grand-tante qui vivait à Tucson. Il lui a demandé de m'accueillir et elle a accepté. C'était une dame très gentille.

Evelyn... Gloria... frotta ses mains ensemble lentement, comme elle faisait quand ses paumes étaient couvertes de farine.

— Avant de partir, il m'a obtenu de nouveaux papiers. Je suis devenue Evelyn Monroe. J'ai vécu chez sa grand-tante plusieurs années et, pendant tout ce temps, Frank n'est venu qu'une fois. Pour ses funérailles.

Elle ferma les yeux et inspira profondément.

— Il m'a autorisée à rester vivre là-bas, dans sa maison, quelques années de plus. Je faisais du ménage dans des magasins et des bureaux, mais je n'ai jamais gagné assez pour le rembourser de tout ce qu'il avait fait pour moi. Il est revenu dans ma vie il y a six ans. Je pensais qu'il m'apportait des nouvelles de mon mari. Qu'il était enfin mort !

Elle me regarda.

— Mais ce n'était pas ça. Il voulait une faveur, que j'ai acceptée. J'aurais fait n'importe quoi pour cet homme.

Mes côtes tremblaient tant mon cœur battait vite.

Je savais ce qu'elle allait dire.

— Il m'a demandé de déménager à Los Angeles pour veiller sur toi et ta mère. Il savait que s'il envoyait quelqu'un d'autre, ta mère t'aurait fait déménager. Il ne voulait pas te perdre de vue. Il ne m'a pas dit pourquoi tu étais si importante. Non pas qu'il ait à s'expliquer devant moi. Surtout pas après m'avoir dit...

Le silence s'épaissit.

— Qu'est-ce qu'il t'a dit ? murmurai-je.

Elle leva ses yeux vers moi. Deux étangs noirs éclairés par la lune qui frissonnaient.

— Que vous aviez quitté Boulder à cause de mon mari.

Je me lançai dans des calculs rapides. Aucun n'avait de sens, mais je demandai quand même :

— Tu étais la femme de Heath ?

Avait-il eu une deuxième femme ?

— Non, *querida*. J'étais mariée à un autre monstre.

Y avait-il plus monstrueux que Heath Kolane ? Elle fit la moue, honteuse.

— J'étais mariée à l'homme qui a tiré sur ton père.

Je déglutis ; ma gorge me brûla comme si j'avais avalé des morceaux de glace. Je toussai, comme si la glace avait envahi mes poumons.

— *El diablo.*

Je ne parvenais plus à respirer.

— T-tu étais marié à... à Aidan Michaels ?

— Reste loin de lui, tu m'entends ?

Je hochai la tête. Le dîner que j'avais passé avec lui me donnait envie de vomir.

— C'est pour ça que tu ne quittes pas l'auberge ?

Elle pinça ses lèvres.

— *Sí.*

— Tu n'aurais pas dû revenir ici, Evel... je veux dire, Gloria.

— Ne m'appelle pas Gloria. Ce n'est plus moi.

Elle se leva, avança vers moi et s'assit à nouveau, en face de moi cette fois. Elle tendit les mains, les paumes vers le ciel. Comme je ne les prenais pas, elle ajouta :

— Je t'ai peut-être rencontrée pour de mauvaises raisons, mais s'il te plaît ne doute pas de la force de mon amour. À mes yeux, tu es comme ma petite-fille, Ness.

Ma gorge se serra.

— S'il te plaît, *querida*, ne me déteste pas pour mes mensonges. Je ne peux pas te perdre. *Te quiero tanto...*

Mon cœur bondit, en même temps que je posai mes mains sur celles d'Evelyn. Elle referma ses doigts autour de moi, comme si elle craignait que je change d'avis. Ça n'arriverait pas. Je ne pourrais jamais changer d'avis. Peu importe comment elle était rentrée dans ma vie. Ce qui importait, c'est ce qu'elle avait fait depuis et elle n'avait fait que m'aimer. Aussi profondément et fort que mes parents avant elle.

J'avais tellement de questions, mais la première qui me vint fut :

— Tu ne savais vraiment pas ce que j'étais ?

Un sourire s'afficha à ses lèvres.

— Non. Je ne savais pas que des hommes ou des femmes pouvaient se changer en loup.

— Frank ne te l'avait jamais dit ?

— Non. Après le soir où il m'a sauvé, je n'ai jamais osé demander. Je crois qu'une part de moi ne voulait pas savoir la vérité.

Son sourire disparut lentement et elle caressa mes mains de son pouce.

— Il est venu te voir il y a quelques heures. Il m'a demandé de te convaincre de rejoindre la... meute.

J'inspirai si fort que j'eus mal au nez. Était-ce possible, maintenant ?

— Je lui ai dit que je ne le ferai pas. Que cela devait être ta décision. Mais...

Elle tapota ses pouces sur mes mains.

— Mais... ?

— Je crois que tu devrais y réfléchir. Je m'inquiète pour toi, *querida*. Je m'inquiète que sans la protection de la meute, quelqu'un essaie de te faire du mal.

— Mon père avait la protection de la meute et il est mort.

Ses pouces s'immobilisèrent et sa peau se colora sous l'horreur.

— La meute ne peut me protéger de tout, Evelyn. Regarde ce que ma propre famille t'a fait.

Ce qu'ils m'ont fait. Savait-elle qu'Everest m'avait fait porter le chapeau pour son crime ?

— J'imagine que tu as raison.

Elle se tut un moment, les yeux rivés sur les croissants qu'elle dessinait sur ma peau.

— Frank dit que mon ex-mari n'a pas tué Heath, mais je crois qu'il dit ça pour me rassurer. C'est peut-être juste mon imagination. Quel soulagement de t'avoir tout dit ! Quel soulagement !

Je trépignai d'envie de lui dire la vérité sur Heath, au moins pour la rassurer : ce n'était pas le monstre qu'elle avait épousé qui l'avait tué.

J'allais me lancer dans une histoire alambiquée quand elle me coupa :

— Liam est dehors. Il a attendu de pouvoir te parler toute la journée.

Je posai les yeux vers le balcon. Elle sourit, puis rit.

— Tu crois que je laisserai un homme attendre sur le balcon de ta chambre ?

Elle secoua la tête.

— Il t'a attendu sur la terrasse toute la journée. Frank est venu, mais Liam aussi... Liam aussi.

Quarante-Neuf

Je ne m'enfuis pas dès le départ d'Evelyn. Je passai de longues minutes à digérer ce qu'elle m'avait appris ; à accepter que notre rencontre n'ait pas été motivée par de la gentillesse pure ; qu'elle avait été mariée à l'homme qui avait tué mon père ; que Frank s'intéressait assez à moi pour envoyer quelqu'un pour veiller sur moi. J'avais pourtant été convaincue que tout le monde dans la meute de Boulder me détestait.

Mon cœur s'accéléra quand je posai ma main sur la poignée et ouvris la porte. Le couloir sembla interminable et j'étais si étourdie que le sol semblait tourner comme dans une attraction. Plusieurs fois, je dus m'appuyer contre le lambris pour me stabiliser.

Le salon caverneux était faiblement éclairé et occupé par quelques clients qui sirotaient leur vin. J'étais surprise que l'auberge n'ait pas été fermée après ce qui s'était passé. Jeb était-il là ?

Je parcourus des yeux la terrasse à la recherche de Liam et le trouvai penché à la balustrade. Je le fixai pendant un long moment, observant comment son corps se découpait à la lumière de la lune. Cette nuit d'été était chaude et fraîche, une nuit de pleine lune.

Les anciens doivent être à courir avec la meute. C'était étrange de penser qu'un jour, je ne pourrais plus me transformer à volonté.

Liam ne m'avait pas encore sentie, à moins qu'il n'ose pas montrer qu'il savait que j'étais là, de peur de m'effrayer. Je marchai lentement jusqu'à lui et appuyai mes avant-bras sur la rambarde encore plus lentement.

Il garda le regard rivé sur l'immensité qui s'étendait devant nous, splendide.

— Je suis désolé, Ness.

— Pour quoi ?

— Pour ne pas avoir attrapé Everest avant qu'il fuie. Pour ce que mon père a fait à ta mère. Pour avoir rejeté ta demande pour rejoindre la meute après la mort de ton père. Pour t'avoir blessée.

Il toucha ma joue, marquée par ses griffes, puis baissa les yeux. Je savais qu'il s'excusait aussi pour une autre nuit.

— J'ai affaibli ton père, Liam. Et après ça, j'ai pourchassé quelque chose que tu voulais juste pour t'embêter. Si quelqu'un ici a besoin de s'excuser, c'est moi.

J'observai la douce brise sur les grands pins, presque aussi verts qu'en plein jour, grâce à la lumière vive.

— Et dire que j'ai sympathisé avec Julian parce qu'Everest m'avait dit que l'alpha des Pins me protégerait de ta vengeance, quand tu découvrirais ce que j'avais fait.

La chaleur que je ressentais, mêlée à l'air froid, me piquait les yeux.

Il se tourna vers moi.

— C'était pour ça ? Je croyais que tu avais une relation avec lui.

— Mon Dieu, non.

Je frémis. Il pensa que j'avais froid et frotta ses mains sur mes bras nus. Cela ne fit qu'aggraver mes frémissements.

Il fronça les sourcils.

— Tu as froid ?

— Non.

Il esquissa un sourire, puis glissa une paume sur mon épaule, vers mon cou, arrêtant son pouce sur le creux de ma clavicule. Ses quatre autres doigts reposaient sur mes vertèbres. Je sentais mon pouls frénétique battre au contact de son pouce.

— Tu sais, le soir où c'est arrivé, probablement peu de temps après ton départ, mon père m'a appelé. Il était agité et ivre. Et en colère. Très en colère. Il m'a ordonné de mettre le feu à l'auberge. Il a dit que ta famille causerait la ruine de la meute. Je lui ai répondu qu'il était ivre et fou et que personne ne mettrait le feu à quoi que ce soit. Ensuite, il m'a traité de lâche. De lâche, comme ma mère. Et il a ajouté...

Il pressa ses doigts presque douloureusement autour de mon cou. Je posai ma main sur la sienne et l'écartai. Il ferma les yeux.

— Qu'est-ce qu'il a dit ?

Il pinça ses lèvres, si fort que je crus qu'il ne les rouvrirait jamais.

— Il a dit qu'il avait espéré que se débarrasser d'elle ferait de moi un homme.

Ma main se figea sur la sienne.

— Se débarrasser de...

— Mon père battait ma mère. Le soir de sa mort...

Il hésita, perturbé. Je serrai sa main pour l'apaiser.

— Ils se sont disputés sur quelque chose que j'avais fait.

Sa voix se brisa sur un sanglot étouffé. Il ferma ses lèvres fort encore, puis les rouvrit, en même temps que ses yeux humides.

— J'avais toujours suspecté qu'il avait battu ma mère à mort, mais je n'en avais jamais été sûr. Pas avant qu'il me l'avoue. J'ai perdu les pédales à ce moment. Je lui ai dit que j'allais le tuer. Ensuite, j'ai raccroché.

Mon cœur se brisa, comme la stature de Liam. Il s'affaissa contre moi, secoué de sanglots. Je n'étais pas sûre de savoir si c'était pour son père ou sa mère. Je le conduisis jusqu'à une chaise longue avant que le poids de son chagrin nous mette tous les deux à terre. Il m'attira à lui et me serra contre lui comme un enfant effrayé s'accroche à sa mère. Tirant sur le tissu de mon débardeur, pleurant au creux de mon cou.

Ses sanglots s'apaisèrent enfin, mais il ne releva pas la tête.

— Lucas et August étaient à côté de moi quand je l'ai dit, alors quand on a retrouvé mon père mort dans sa piscine quelques heures plus tard, ils étaient convaincus que c'était moi. Ils sont allés jusqu'à en parler avec Frank. J'ai pété un câble et j'ai mené ma propre enquête. J'ai engagé un détective et je lui ai demandé d'enquêter sur toi. J'avais senti ton odeur sur le canapé de mon père. Je ne pensais pas que tu l'avais tué, du moins, pas seule.

Je passai mes doigts dans ses cheveux, espérant que ma caresse l'apaiserait un peu.

— Il a fallu qu'Everest quitte la ville pour que je comprenne enfin.

J'avais appris pour Becca à ce moment, et j'avais fait le lien. Ensuite, Frank m'a dit qu'Everest avait volé la relique des Boulder...

— C'est Everest qui l'avait volée ?

Il hocha la tête.

— Pourquoi ?

— Je ne sais pas trop. Pour faire du chantage ?

Il soupira et je sentis son souffle chaud sur ma peau.

— Demain, je commencerai à le chercher, mais ce soir... Ce soir, je ne veux pas penser à mon père. Ni à Everest. Ni à la crise cardiaque que j'ai failli avoir quand tu m'as demandé de te tuer...

Il lâcha mon débardeur et me regarda puis posa ses mains au creux de mes reins. Sa respiration se calma et devint régulière. La chaleur de son souffle me donnait la chair de poule *partout*.

J'avais soudain conscience que ce n'était pas un enfant devant moi et je desserrai mes doigts. Ses lèvres se posèrent sur mon épaule et y restèrent – pas vraiment un baiser. Je ne pensais pas qu'une épaule pouvait être aussi sensible, mais chaque terminaison nerveuse de mon corps sembla converger vers ce point-là.

Il posa une main sur mon crâne et approcha mon visage beaucoup plus proche.

— Frank veut que je rejoigne la meute, lâchai-je.

— Il n'est pas le seul.

Du bout du doigt, il traça une ligne du centre de mon visage jusqu'au milieu de ma gorge, s'arrêtant là où l'on sentait mon rythme cardiaque effréné. Il pressa sa paume contre mon cou.

— Tu crois vraiment que Frank nous aurait fait nous battre à mort ? demandai-je.

— Probablement pas, mais il était hors de question de risquer ta vie pour le découvrir.

Ses yeux brillaient dans l'obscurité violette, réfléchissant la lumière des étoiles, au-dessus de nos têtes.

Il se pencha vers moi et posa ses lèvres sur les miennes. L'odeur de sa peau se mélangea à celle de la forêt, de la lune et de la terre. Son étreinte se durcit, tandis qu'il me poussait à ouvrir les lèvres. Sa langue s'enroula autour de la mienne.

Liam embrassait de la même façon qu'il agissait dans la vie, pour tout : avec une faim profonde, sauvage et territoriale.

Au loin, un loup hurla et mon corps y répondit ; ma peau se hérissa. Celle de Liam aussi. Sous mes doigts, la peau douce se transformait en fourrure.

Il rompit notre baiser et jura.

— Pleine lune, expliqua-t-il.

Je fronçai les sourcils.

— Nos corps meurent d'envie de se transformer, plus que n'importe quoi d'autre.

Je mourais d'envie de lui, surtout.

— Putain. Je préférerais rester humain ce soir.

Un autre hurlement déchira la nuit, tentant et profond, comme une invitation. Mes doigts s'allongèrent en griffes. Les yeux de Liam brillaient d'un éclat inhumain et un croc apparut légèrement à ses lèvres.

— Tu as quelque chose de prévu demain ? demandai-je.

Il fronça les sourcils et son croc se raccourcit.

— Non.

— Tu veux passer la journée avec moi ? Sous forme humaine ? On pourrait apprendre à se connaître... et pas juste au sens littéral.

La chaleur me monta aux joues.

Il repoussa une mèche de cheveux de mon visage.

— Je ne pensais pas que Ness Clark pouvait rougir.

Il déposa un baiser sur la base de mon cou.

Je frémis.

— J'ai besoin de courir.

— Mmh... C'est ce dont tu as besoin ?

Je tapai son épaule et il me fit un clin d'œil. Puis, il raffermit sa prise à ma taille, se leva et me leva également.

Un autre hurlement ponctua le silence.

Liam noua ses doigts aux miens et, ensemble, nous courûmes en bas de l'escalier sur le côté de la terrasse et traversâmes le terrain éclairé par la lune.

Quelqu'un nous cria de faire attention aux loups. Je lançai un regard à l'auberge, mes cheveux fouettant mon visage. Des clients étaient appuyés sur la rambarde, le regard rivé sur la forêt. Ils parlaient, mais je n'entendais plus ce qu'ils disaient. J'imagine qu'ils débattaient sur les deux imprudents qui courraient vers une mort certaine.

Je comprenais alors pourquoi la meute n'avait pas vengé mon père. Qu'est-ce que ces gens nous feraient s'ils savaient que de la magie coulait dans notre sang ? Est-ce qu'ils organiseraient des rafles avec des balles en argent ou installeraient des appareils d'écoute ?

Aucun de ces deux scénarios n'était enviable.

Et pourtant, laisser un homme comme Aidan Michaels vivre était des plus déplaisant.

Cinquante

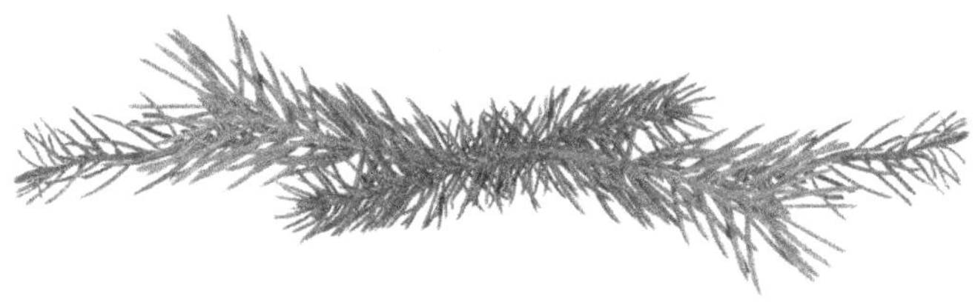

Sous le couvert des arbres, Liam se déshabilla. Mon regard s'attarda sur les formes parfaites de son anatomie. Ce n'était pas la première fois qu'il se trouvait nu devant moi, mais c'était la première fois que mon regard glissait plus bas que sa taille.

— À ton tour.

Il souriait, ses yeux incandescents plus jaunes que marron.

— Ah... oui.

Je devais me déshabiller pour me transformer ou je n'aurais plus de vêtements dans ma garde-robe. Vérifiant que personne d'autre ne regardait, je retirai maladroitement mon débardeur, coinçant mes cheveux au passage.

Liam n'était déjà pas bien loin, mais il s'approcha encore et tendit les mains vers mes épaules nues pour m'aider à démêler l'enchevêtrement de coton et de mèches blondes. Son torse frotta contre mes seins nus. Je voyais bien que c'était calculé, car, après avoir jeté mon débardeur sur le sol, il continua de bouger, encore et encore.

— Tu as besoin d'aide avec ton legging ?

Sa voix était aussi douce qu'une caresse.

— Non, soufflai-je en glissant mes doigts dans la taille élastique. Tourne-toi.

— Vraiment ?

— Oui, vraiment.

— Je t'ai déjà vue toute nue, Ness.

J'allais lui demander quand, puis me rappelai. La première épreuve. C'était lui qui m'avait ramenée à l'auberge. S'il m'avait vue, c'est que le reste de la meute sûrement aussi. *Merde.*

— J'étais inconsciente, alors ça ne compte pas.

Il m'adressa un sourire espiègle et très lentement, il se tourna, étalant une trace chaude sur mon nombril, qui brillait à la lumière de la lune.

Les secondes passèrent, mais je ne quittai pas des yeux la trace sur mon ventre.

— Tu es sûre que tu n'as pas besoin de moi ?

Je me dépêchai de retirer mon legging et de le jeter sur le côté. Peu importe combien j'étais excitée, ma première fois n'aurait pas lieu dans les bois, contre un arbre. Je fermai les yeux et appuyai sur ce petit interrupteur qui me transformait en animal. En un battement de paupières, j'étais à quatre pattes à côté d'une bête menaçante. Il poussa du museau mon cou, ce qui provoqua un frisson délicieux en moi. Bien que chaste, ce geste semblait aussi intime qu'un baiser.

Liam leva la tête vers le ciel et lâcha un long hurlement. Un instant plus tard, un long cri nous répondit. La meute était sur les Flatirons.[1]

Nous partîmes vers eux. Liam adaptait sa vitesse à la mienne. De temps à autre, je m'arrêtai pour regarder le sol de la forêt et lui jetai un regard. L'ironie de ce moment ne m'échappait pas : j'adorais courir avec lui et être à ses côtés. J'avais pourtant passé les années les plus importantes de ma vie à détester les Kolane, les estimant tous dignes de mon mépris.

Père et fils n'avaient pourtant rien en commun.

En courant, Liam me regarda, les yeux si brillants qu'ils ressemblaient à des fragments d'étoiles.

Il s'est passé quelque chose entre toi et August ?

Sa question me fit trébucher sur un éclat de roche qui égratigna mon jarret. Liam s'arrêta si soudainement que ses griffes s'enfoncèrent dans la terre et soulevèrent de la poussière. Étonnée, il me fallut un instant pour reprendre la course.

Il pencha son long cou vers le filet chaud qui coulait de ma jambe et lécha le sang. À nouveau, tout mon être trembla.

Non. Il ne s'est jamais rien passé, finis-je par répondre. *Mais ce n'est pas la première fois que tu me demandes ça. Pourquoi ne me crois-tu pas ? August a dit quelque chose ?*

Il secoua la tête.

J'ai senti ton odeur sur lui, le soir de son départ.

Étrange. Puis, ma dernière rencontre avec August dans la lingerie me revint en mémoire.

Je lui avais fait un câlin.

Liam sembla se renfrogner.

On aurait dit que vous vous étiez accouplés.

Tu veux dire qu'on avait couché ensemble ?

Il regarda au loin, comme s'il était embarrassé de poser la question.

Liam, je n'ai jamais couché avec August, ou qui que ce soit d'autre, d'ailleurs.

Il tourna brusquement la tête vers moi. Sa gêne avait été remplacée par la surprise. Oh là là, il pensait vraiment que j'avais vendu mon corps.

Jamais ?

Il s'approcha d'un pas et toucha mon museau avec le sien.

Je ne suis devenue escort que pour pouvoir voir ton père.

Et Aidan.

Mes épaules se raidirent en entendant son nom.

Argh. Ce dîner avec lui était un accident. Enfin, vraiment. J'avais dit à l'agence que je n'étais plus intéressée, mais apparemment, Aidan a insisté pour me rencontrer. J'ai dit non, mais il a proposé trois mille dollars. J'ai regretté chaque seconde de ce dîner.

Tu étais furieuse que je te tire de là.

Tu crois que j'aurais admis que j'étais soulagée ? Je te considérai comme la progéniture du diable.

Ses yeux s'assombrirent.

Je l'étais... Je le suis.

Désolée. Je ne voulais pas dire ça. Je...

C'est la vérité, Ness. Mon père était un homme horrible.

Pendant un moment, il ne dit plus rien. Il se contenta d'inspirer.

Je léchai son museau, ce qui allégea son humeur morose.

Tu n'as rien à voir avec lui.

Eh bien, si c'est pas mignon !

Liam se retourna, se plaçant devant moi pour me cacher la vue du loup qui venait d'arriver. Je ne mis pas longtemps à comprendre qui c'était. Un troupeau de loups se déversa de chaque côté de lui.

Julian, le salua Liam, tendu.

Je pensais que l'un de vous deux serait mort, à cette heure-ci. Personnellement, j'espérais que ce serait toi, Kolane. Sans vouloir t'offenser.

Il y a de quoi, pourtant, grogna-t-il.

Julian se déplaça sur le côté pour me voir. Non pas que je me cache derrière Liam, j'étais juste trop occupée à jauger les intentions des Pins pour bouger.

Ness, ma chérie. Je crois que nous devons parler.

Je cherchai Sarah parmi les visages lupins et crus la voir, mais cela aurait pu tout aussi bien être l'une des autres femelles de la meute de Julian.

J'ai perdu. Pardon, fis-je distraite par les crocs d'une créature marron foncé.

Je mettrai ma patte à couper que c'était Justin Summix.

Pardon ? Eh bien, je m'excuse aussi. Devrais-je dire à Liam ce que tu as fait, ou tu préfères t'en charger ?

Allez-y, je vous en prie.

Le loup marron me grogna dessus – sûrement parce que je manquais de respect à son alpha. Je grognai en retour.

Julian resta silencieux si longtemps que je le regardai enfin. Il était plus impressionnant en fourrure qu'en humain, et pourtant, il ne m'inspirait aucune peur.

Il se trouve que je n'ai finalement pas tué Heath.

Après un long moment, il comprit :

C'était Everest, c'est ça ?

Ce ne sont pas tes affaires, Julian, grogna Liam.

Un tueur d'alpha concerne tous les alphas.

Mon père n'a pas été visé parce qu'il était alpha. Il a été tué parce que c'était un homme cruel.

Julian digéra l'information pendant de longues secondes. Il resta immobile et silencieux et je crus qu'il ne se remettrait jamais du choc.

Je t'ai peut-être mal jugé, Liam.

En effet.

Comme moi.

Qui sera le prochain alpha Boulder alors ?

Lucas Mason, annonçai-je.

Ma déclaration provoqua plusieurs soupirs. J'en déduisis que Lucas n'était pas très apprécié chez les Pins. Je partageai leur antipathie, mais c'était l'ami de Liam. Peut-être n'était-il pas aussi mauvais que je le croyais. À moins qu'il ne le soit et que Liam soit aveuglé par leur histoire commune.

Une voix féminine surgit au milieu des autres :

Ness ?

Sarah ?

Elle avança vers nous ; sa fourrure dorée et ondulée brillait à cause de la transpiration et de la lune.

Désolée, je chassais un lapin. Qu'est-ce que j'ai raté ?

Du sang tachait son museau, qu'elle lécha.

Lucas Mason sera nommé alpha.

C'est pas vrai !

Elle s'arrêta à côté de moi, huma l'air, puis ma fourrure. Elle fronça les sourcils, puis ses yeux s'écarquillèrent.

Beaucoup de surprises dans la meute Boulder ce soir, hein ? Suivez mon conseil, c'est tout aussi agréable sous forme de loup, commenta l'alpha dans un sourire sauvage.

La température de mon corps s'emballa si vite que l'air trembla sûrement autour de moi. Sarah lâcha un petit bruit qui ressemblait à un gloussement. Je la fusillai du regard. Elle riait toujours quand Julian la rappela.

Julian, pourquoi Everest t'a-t-il donné la relique ?

Il s'arrêta et se retourna pour me faire face.

Il a dit que c'était pour t'aider.

M'aider ? C'était plus pour s'aider lui. Mon cousin se fichait de moi. Il avait été prêt à me sacrifier.

Je vous souhaite sincèrement de bien profiter de votre soirée.

Sur ce, Julian partit et le son des pattes de la meute résonna tandis qu'elle suivait son alpha. Liam fixa l'endroit où ils étaient partis en silence si longtemps que je mordis son cou. Ça le ramena à la vie. Puis, il baissa la tête vers moi.

Comment puniras-tu Everest ?

Un courant de vent chatouilla ma fourrure.

Ça sera à Lucas de décider.

Mon estomac se noua.

Il le tuera…

Liam observa un oiseau s'envoler dans l'arbre au-dessus de nous, immobile jusque-là.

Il ne mérite pas de mourir ?

Je détestais mon cousin. Aucun doute là-dessus. Mais voulais-je pour autant le savoir mort ?

Il me donna un petit coup de museau près de l'oreille.

Ne t'inquiète pas là-dessus pour l'instant.

Toutes mes pensées au sujet de mon cousin disparurent quand Liam glissa son nez mouillé le long de mon cou et de mon dos, inspirant profondément mon odeur.

Un frisson délicieux me traversa, tandis que son souffle chaud irradiait ma chair.

Tu m'as marquée exprès, hein ?

Il me contourna, baissa son visage vers le mien.

Tu es en colère parce que je voulais que tout le monde sache que tu étais avec les Boulder ?

Comme mes parents s'étaient battus pour que j'y entre ! Comme je m'étais battue moi-même !

Pour que tous sachent que tu étais avec moi ? ajouta-t-il

Non.

Je pressai ma joue contre sa mâchoire et sentis son rythme cardiaque sous sa fourrure noire.

Son pouls était accordé au mien.

Non, ce n'était pas vrai.

Mon pouls à moi ne sprintait pas.

Il dansait.

Épilogue

LE JOUR SUIVANT

Même si je n'avais pas encore décidé si je voulais jurer fidélité à Lucas Mason, je choisis d'assister à la cérémonie, qui avait lieu au Q.G. des Boulder.

J'y allais pour Liam. Certes, il avait juré qu'avoir perdu sa chance de guider la meute ne lui faisait rien, mais je pensais qu'il l'affirmait pour dissiper ma culpabilité.

— Tu y as bien réfléchi ?

Dans la voiture, il tendit la main vers mon siège pour prendre la mienne. Sa paume était calleuse à cause de la course de la veille, ses ongles ébréchés, et pourtant, son toucher était l'un des plus doux de ma vie.

— Ness ?

Je détournai le regard de nos mains jointes.

— Oui ?

— S'il te plaît, rejoins la meute.

Je mordillai ma lèvre inférieure. Ce serait mentir que d'affirmer que la veille, courir avec un groupe d'hommes qui me ressemblaient de tant de façon à part sexuellement n'avait pas été magique. Ça l'avait été. Mais combien de cette magie était-elle due à Liam ?

Si c'était lui qui avait été alpha...

— Il y a une date d'expiration à cette proposition ?

— Bien sûr que non, mais je veux que tu sois avec moi, Ness.

Il s'arrêta à un feu. Le dernier avant d'arriver à notre destination.

— La nuit dernière était incroyable, non ?

— Oui.

— Alors pourquoi hésites-tu ?

Les yeux rivés sur le pare-brise, j'expliquai doucement :

— C'était incroyable grâce à toi.

Il tira sur ma main, m'attira plus près.

— Regarde-moi.

Je m'exécutai. Des cheveux noirs balayés sur le côté, des yeux sombres, des lèvres pleines, surtout la lèvre supérieure.

— Une fois, je t'ai raconté mon premier souvenir, mais je ne t'ai jamais dit ce qui m'avait marqué le plus. Ce qui a tourné en boucle pendant six ans. Toi, toute petite, mince, fragile, au Q.G., à demander qu'on t'entraîne et t'accepte.

Le souvenir me pinça le cœur.

— Vous avez tous dit non. Enfin, tous, sauf August, Nelson et Everest.

J'essayai de retirer ma main de celle de Liam, mais il resserra son emprise.

— Je t'ai laissée partir une fois ; *on* t'a laissée partir. C'était une erreur. J'adorerais repousser la faute sur mon père, mais ce serait injuste. En vérité, nous étions lâches. Presque tous. Nous étions une confrérie d'hommes. On pensait qu'avoir une femme parmi nous, ça nous changerait, ça changerait tout. Et ça change tout, Ness, mais les Boulder sont prêts pour du changement. Un nouvel alpha sera nommé ce soir. Une nouvelle ère commencera. Tu es aussi forte, rusée et déterminée que nous. Et beaucoup plus jolie à regarder.

— Arrête.

— Arrête quoi ? De dire la vérité ?

— Tu m'as déjà séduite, Liam.

Il sourit.

— Et toi, tu as séduit la meute.

Je levai les yeux au ciel.

— Je suis sérieux. Matt parle sans cesse de la manière dont tu as sauvé sa patte. Et puis, Frank nous a parlé de ta vie à Los Angeles, comment tu t'es occupée de ta mère jusqu'à la fin, et il nous a expliqué pour Evelyn. J'ai entendu plusieurs anciens parler de combien tu étais devenue intelligente et forte, comme ton père, sans te départir du tempérament féroce de ta mère.

— Sérieux, arrête ça.

J'essuyai une larme au coin de l'œil, mais souris en entendant parler du tempérament de ma mère. Elle avait toujours brûlé d'un feu plus fort et plus chaud que la majorité des femmes.

— Ness, tu as gagné leur respect. Le respect de tout le monde.

— Sauf celui de Lucas.

Non pas que ça m'importe. Je me contrefichais de Lucas.

— Bébé, la nuit dernière, tu m'as laissé rester avec eux. Quand j'ai insisté pour rentrer avec toi, tu as voulu absolument que je reste avec eux. La plus grande peur de Lucas, c'est qu'une fille se mette entre nous.

— C'est vraiment ça, sa plus grande peur… ?

— Plus ou moins. Lucas a perdu ses parents très jeune.

Lucas avait eu un accident de voiture quelques années après ma naissance. Un éclat de verre avait coupé son sourcil, laissant une vilaine cicatrice qu'il avait toujours. Il avait survécu parce qu'il avait oublié d'attacher sa ceinture. Son père et sa mère n'avaient pas eu la même chance. Quand la voiture était tombée dans le lac Coot, ils n'avaient pas réussi à se détacher.

— Et ensuite, quand son grand-père est mort, il ne lui restait rien d'autre que nous. Il ne te déteste pas.

Je battis des paupières, les yeux humides. Un chatoiement encadra son visage. Je clignai à nouveau des paupières et le chatoiement disparu, seul resta son visage.

Solide.

Réel.

Je tendis la main et touchai sa mâchoire.

— J'y réfléchirai.

Il arrêta la voiture sur le côté de la route.

— Tu ne t'inquiètes plus à l'idée de ne pas être une Boulder, si ?

Je mordillai ma lèvre.

Il secoua légèrement la tête et se pencha par-dessus le levier de vitesse pour m'embrasser et forcer mes lèvres à s'ouvrir. Ce baiser apaisa mon anxiété dévorante.

Quand nous nous écartâmes, le ciel était rose lavande et les pins vert doré.

Le restant du trajet se déroula en silence. Je n'étais pas sûre de savoir à quoi il pensait, trop concentrée sur mes propres pensées. Combien je mourais d'envie de parler de Liam à ma mère. De lui raconter les épreuves et l'invitation de Frank à rejoindre la meute. Je fermai les yeux et vis dans ma tête ses yeux briller, son sourire. Le souvenir tressaillit comme des bougies d'anniversaire. Ensuite, je pensai à mon père. À ce qu'il m'avait appris sur les constellations et à ses histoires inventées de princesses guerrières aliens voguant d'étoile en étoile. Ses princesses étaient toujours blondes, avec des fossettes et des yeux bleus, comme moi. Chaque nuit, grâce à son imagination débordante, je vivais une nouvelle vie, sur une autre planète, traversais de nouvelles épreuves face à de nouveaux ennemis. Je n'étais pas toujours victorieuse, en revanche. « Une défaite t'apprend plus qu'une victoire » me disait papa les soirs où mon alter ego retournait vaincue à ses parents.

Je n'avais plus de parents vers qui me réfugier quand je perdais.

Mais j'avais Evelyn.

Et maintenant, j'avais aussi Liam.

Il caressa le haut de ma main.

— On est arrivés.

Nous traversâmes la clôture ouverte et nous garâmes à côté d'une longue rangée de voitures. Je coiffai mes cheveux dans un chignon en bas de mon crâne, puis glissai l'alliance de ma mère dans mon tee-shirt bleu ciel pour que l'anneau doré repose contre mon cœur.

Liam contourna la voiture par devant et prit ma main dans la sienne. Nous marchâmes lentement jusqu'au bâtiment en pierre, illuminé d'une lueur jaune. À l'intérieur, des corps s'amassaient. L'excitation débordait des fenêtres ouvertes, en cette chaude soirée de juillet.

Quand nous entrâmes dans la pièce spacieuse, les regards se posèrent sur nos mains jointes. Liam me lâcha et glissa sa main autour de ma taille pour m'attirer à lui.

Matt vint à nous avec un grand panier plein de lames de rasoir.

— C'est moins douloureux que les griffes.

Liam en prit une, mais pas moi ; même si Matt attendit un long moment, au cas où je changerais d'avis.

— L'alpha se coupera au-dessus du cœur et nous autres, nous nous couperons au poignet avant de toucher son torse, expliqua Frank aux plus jeunes.

Je le sentis regarder dans ma direction, puis derrière moi et son expression changea.

Une nouvelle odeur apparut au milieu des corps imposants autour de nous. Une que je n'avais pas sentie depuis des semaines : une odeur de sciure et d'Old Spice. Elle domina aussitôt les autres odeurs. Mon cœur s'emballa tandis que je regardai par-dessus mon épaule, osant espérer le retour d'August.

Il était là, dans un coin poussiéreux et sombre. Quand nos regards se croisèrent, un sourire illumina mon visage. Lui ne sourit pas, il s'immobilisa. Je quittai aussitôt les bras de Liam.

— Tu ne m'as pas dit qu'August rentrait, murmurai-je.

La mâchoire de Liam était légèrement contractée. N'était-il pas content de voir son ami ? Son frère ?

— Donne-moi une seconde.

Je retirai la main de Liam à ma taille et avançai vers August qui semblait s'enfoncer plus profondément dans le mur derrière lui.

— Tu es revenu !

Il passa une main sur ses cheveux tondus, faisant saillir les muscles de ses avant-bras.

— Oui, mais juste pour la cérémonie. Je repars dans quelques heures.

Ses yeux verts m'observèrent intensément.

— Alors, toi et Liam, hein ?

Je regardai derrière moi. Liam nous dévisageait, les épaules raidies, le visage austère. Était-il en colère contre August d'avoir cru qu'il était impliqué dans la mort de Heath ? Ou juste jaloux ?

Je reculai légèrement, mais quelque chose me tira en avant et me déstabilisa. Je vérifiai les mains d'August, supposant qu'il m'avait retenue, mais il les avait dans les poches.

Frank frappa dans ses mains et je sursautai.

— Nous sommes tous là, alors commençons.

Un cercle se forma autour de Lucas.

August s'éloigna le premier et je le sentis s'écarter de moi comme si une corde d'amarrage nous reliait. *Qu'est-ce qui se passe ?* Je retournai vers Liam, lentement, la main posée sur mon débardeur bleu.

Liam regardait August, positionné loin de nous, les bras croisés et le regard rivé sur Lucas.

— Ça va ? s'enquit Liam.

Je hochai la tête et souris en voyant que cela ne semblait pas le rassurer.

Lucas cisailla l'un de ses poignets. Des rubans pourpres coulèrent à l'intérieur de son avant-bras.

— Ton torse, fiston, le corrigea Frank. Tu dois couper ici.

Il tapota deux doigts contre son cœur. Mais Lucas ignora sa consigne. Il s'approcha de Liam.

— Retire ton tee-shirt, Kolane.

Une ride apparut entre les sourcils de Liam.

— Qu'est-ce que tu fais ?

— Hors de question que je te prenne ça.

— Lucas, ne...

— Ferme-la donc et déshabille-toi, mec. Tu n'aurais jamais cru que je te dirai ça hein ? ajouta-t-il dans un souffle.

Comme Liam ne retirait pas son tee-shirt, il déclara :

— J'espère que tu n'y tiens pas trop.

Il tira sur le tee-shirt de Liam, le coupa avec la lame de rasoir, puis le jeta sur le côté et tailla une mince coupure sur le cœur de Liam.

Je hoquetai.

Lucas pressa son poignet contre la plaie de Liam et s'agenouilla devant son ami.

— Je jure loyauté et fidélité à toi, Liam Kolane, aussi longtemps que je foulerai cette Terre à quatre pattes. Longue vie à toi et puisse ton règne durer.

Pendant un moment, personne ne bougea. Puis, tous se déplacèrent en même temps. Même si les hommes me repoussaient pour s'approcher de Liam et échanger leur sang avec leur nouveau leader, il tint fermement ma main, me maintenant à ses côtés.

Quand le tour d'August arriva, le silence se fit. Il entailla son poignet, puis le posa contre le torse de Liam. Des ruisselets de sang coulaient sur son ventre jusqu'à la taille de son jean, tachant le tissu bleu. August ne dit pas un mot. J'imagine qu'ils n'étaient pas nécessaires pour que la magie les lie tous les deux.

Il baissa la tête vers Liam et partit sans un regard pour moi. À nouveau, je sentis quelque chose se raidir dans mon ventre. La sensation grandit et sembla sur le point d'exploser quand les feux de son pick-up disparurent derrière la clôture rouillée.

— Puisses-tu bien nous guider, fiston, souhaita Frank en agrippant l'épaule de Liam.

Il fallut presque une heure pour que tout le monde puisse faire le serment. Quand vint le tour de Jeb, mon oncle s'approcha, les yeux plus cernés que jamais. Il me lança un regard peiné, puis, tremblant, il mélangea son sang à celui de Liam.

— Merci, Jeb.

Ses lèvres étaient chevrotantes et ses épaules voûtées. Il se retira au fond de la pièce. Frank alla le voir. Je les regardai parler et vis mon oncle pleurer en passant un mouchoir rougi autour de son poignet.

Je fixai ensuite Liam et pris la lame de rasoir dans sa main. Il me regarda, suivit des yeux mes doigts guidant la lame sur mon poignet. Quand le sang perla, l'émerveillement brilla dans ses yeux sombres.

J'appuyai ma plaie contre sa peau entaillée. Son torse palpitait plus fort que mes mots.

— Avec fourrure comme sans, je resterai à tes côtés, Liam Kolane.

Il ne sourit pas, mais attrapa mon poignet et le maintint contre son cœur. Quelque chose palpita dans ma poitrine, mais ce n'était pas mon cœur. Je sentis un lien se mettre en place entre moi et mon alpha.

Il leva mon poignet à ses lèvres et l'embrassa. Quand il l'abaissa à nouveau, ses lèvres souriantes étaient tachées de sang et j'entendis des mots dans ma tête : ***Je resterai à tes côtés, moi aussi.***

Je chassai mes larmes.

— Je t'ai entendu, murmurai-je d'une voix rauque. Je t'ai entendu.

Son sourire s'agrandit, comme le bruit autour de moi. L'air vibrait, sous l'excitation et l'importance du moment que nous venions tous de partager.

Les pleurs de mon oncle brisèrent l'enchantement. Je rétractai mon bras toujours tendu vers Liam et allai voir Jeb.

— Tu savais ce que manigançaient Lucy et Everest ?

— Non. Je te jure que je ne savais pas, Ness.

Soudain, il me prit dans ses bras et je le laissai faire. Je caressai même son dos voûté.

— Je suis désolé, tellement désolé, continua-t-il de répéter.

Je le croyais.

— J'ai tellement honte de ce qu'ils t'ont fait.

Frank posa une main sur l'épaule de mon oncle et exerça une gentille pression.

— Tu mets du sang partout sur son joli débardeur.

Le sourire de l'ancien approfondissait les pattes d'oie à ses yeux.

Jeb s'écarta de moi.

— Ne t'inquiète pas. Evelyn m'a appris une méthode infaillible pour retirer les taches de sang.

— Un attendrisseur à viande et de l'eau, répliqua Frank.

J'ouvris la bouche en grand, puis me rappelai la confession d'Evelyn.

— Merci de l'avoir mise sur mon chemin.

Jeb fronça les sourcils et des plis apparurent à son front.

— Evelyn ?

— M. McNamara l'avait envoyée veiller sur maman et moi.

— Quoi ? s'étonna Jeb, bouche ouverte.

— Ness, appelle-moi Frank, s'il te plaît. Quant à Evelyn, elle et moi partageons une histoire tumultueuse.

Jeb ouvrit la bouche encore plus grand. Au moins, il ne pleurait plus.

— Je devais bien à Callum de prendre soin de sa petite fille. C'était un homme bien.

À la mention de son frère, un bruit étouffé échappa à Jeb. Il frotta ses poings sur ses yeux rougis.

— Je suis content que tu aies rejoint la meute, Ness.

Frank toucha ma joue, puis se pencha et déposa un baiser sur mon front.

— Bienvenue dans la famille.

De petits papillons s'envolèrent dans mon estomac et je souris, reconnaissante.

— Puis-je vous demander quelque chose, Frank ? Vous nous auriez forcés à nous entretuer ?

Il sourit faiblement.

— Ça, tu ne le sauras jamais.

Mais je savais. Son visage m'indiquait tout ce que j'avais à savoir. Il ne nous aurait pas obligés à faire couler le sang. C'était là quelque chose qu'Heath aurait fait.

Je restai avec mon oncle quand Frank partit.

— Où est Lucy ?

Il frotta ses yeux avec ses mains.

— Eric... Eric l'a enfermée dans sa cave jusqu'à ce qu'elle parle. Jusqu'à ce qu'elle révèle où se cache Everest.

Les mots avaient du mal à sortir.

— Que se passera-t-il si elle ne parle pas ?

Ma tante aurait préféré mourir plutôt que dénoncer son fils unique.

— Ils enverront la meute le traquer.

Je posai la question par rapport à elle, mais ne clarifiai pas. C'était assez dur pour Jeb.

— Espérons qu'il soit parti loin, très loin, alors, murmurai-je juste assez fort pour que Jeb entende.

Ses yeux enflés s'écarquillèrent, comme s'il n'arrivait pas à croire que je ne sois pas la première à vouloir trancher la gorge de son fils.

Je voulais des réponses et les cadavres ne parlent pas.

Je lançai un petit sourire à Jeb, puis commençai à me détourner quand il m'interpella.

— J'ai quelque chose qui t'appartient.

Il fouilla dans la poche de son jean et sortit une clé qu'il posa dans ma paume.

— Il m'a fallu plusieurs années pour rassembler l'argent, mais j'ai racheté ta maison.

Voilà comment Lucy est entrée...

Je chassai cette pensée morose.

— À ton nom, précisa-t-il.

— Je ne peux pas...

— Si, tu peux.

— Mais il me faudra des années pour te rembourser.

— C'est un cadeau.

— Jeb...

Il referma ses doigts autour des miens, me forçant à accepter la clé dans ma paume.

— Je n'ai pas pu empêcher Aidan de tuer mon frère. Je n'ai pas pu protéger ta mère de Heath. Et récemment, je n'ai pas pu empêcher ma femme et mon fils de t'utiliser à de terribles fins. Laisse-moi me racheter.

— Mais rien de tout ça n'était ta faute.

— S'il te plaît, Ness. S'il te plaît, prends-la. Elle est dans un état terrible, mais Nelson a dit qu'il pouvait t'aider. Ou peut-être qu'August...

— Merci. Qu'arrivera-t-il à l'auberge ?

L'émotion floutait ses traits pâles.

Il renifla.

— Je continuerai à la gérer et j'embaucherai un nouveau manager. Peut-être qu'après l'été, je la fermerai un petit peu. Je ne sais pas encore.

Il fixa ses mocassins marron.

J'imagine que travailler l'empêcherait de penser au destin de sa famille.

— Je t'aiderai.

— Tu n'es pas obligée de...

— J'en ai envie.

Je peux te récupérer maintenant ?

La voix dans ma tête me fit sursauter. Liam n'avait pas bougé depuis que je l'avais quitté et, bien qu'entouré de sa meute, son attention était rivée sur moi.

— Merci encore pour ça, fis-je en montrant mon poing. Je ne saurais même pas dire combien c'est important pour moi.

Un sourire apparut sur son visage défait.

Je me frayai un chemin entre les corps imposants jusqu'à atteindre Liam.

— Hé, la nouvelle sœur.

Lucas me prit dans ses bras pour un câlin à vous briser les os et me leva dans les airs.

— Tout va bien entre nous ? demandai-je quand il me reposa.

— Tant que tu te comportes bien avec mon pote, tout va bien entre toi et moi, petite louve.

L'avertissement était édulcoré, mais clair.

Lucas soutint mon regard une seconde. Nous n'échangeâmes aucun mot. Contrairement à ce que Liam m'avait dit dans la voiture, je sentais que j'étais loin d'être sa personne préférée. Peut-être qu'on finirait par s'apprécier. Peut-être pas. Nous n'avions pas besoin d'être les meilleurs amis du monde, mais nous pouvions être cordiaux, pour le bien de Liam.

Quelqu'un attrapa mon menton et leva gentiment mon visage.

Une veine palpitait à la tempe de Liam. ***Tu rentres chez moi ce soir ?***

Comme le plumeau que je tenais le soir de nos retrouvailles, la voix de Liam balaya toute la pièce : les hommes sauvages et bruyants qui nous encerclaient, le mal de cœur insoluble de mon oncle, l'étrange froideur d'August. Prise dans le faisceau du regard de Liam, même les odeurs masculines de musc me semblaient lointaines.

— Oui.

Il sourit et m'embrassa. Des sifflements et applaudissements jaillirent autour de nous. Quand il écarta sa bouche de la mienne, j'avais le souffle court. Et j'aurais juré que le lien qui nous liait venait de se resserrer encore un peu plus.

POURSUIVEZ L'AVENTURE AVEC :
UNE MEUTE DE PROMESSES ET DE LARMES

Prêt pour une nouvelle aventure?

Découvrez ma saga angélique ultra-romantique aujourd'hui :

Ou plongez-vous dans un monde fantastique de corbeaux et de faës:

Remerciements

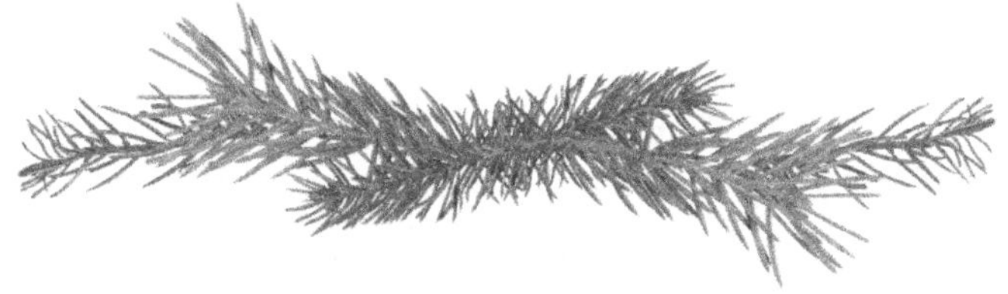

Depuis mon enfance, j'ai une fascination pour les loups-garous, alors il était temps que je me fasse plaisir et écrive une histoire avec mes lycanthropes préférés. L'intrigue a pris forme dans ma tête après une nuit très courte de sommeil et s'est développée pendant un très fatigant voyage pour rentrer des montagnes. Qui eût cru que fixer le pare-brise pouvait alimenter la créativité ? Bien sûr, avoir un fabuleux passager à mes côtés m'a bien aidé.

Vee, merci d'être une excellente critique et de m'avoir donné l'idée du verre de cérémonie magique, sans lequel une meute remplie d'hommes aurait eu peu de sens. Merci aussi d'être une merveilleuse sœur. Comme j'aimerais qu'on vive dans le même pays !

Katie et Astrid, mes deux lectrices et auteures préférées, comme j'ai de la chance de vous avoir dans ma vie. Merci d'avoir lu chacun de mes manuscrits et de m'avoir défiée – même si ça m'a menée à de nombreuses réécritures ! Mes intrigues et mes personnages s'approfondissent et mûrissent à votre contact.

À mon éditrice, Krystal Wade, ceci fut notre première collaboration et pas notre dernière. Tu as vu le potentiel de mon histoire et tu l'as sublimée. Non seulement tu as amélioré ma prose – souvent en la simplifiant –, mais tu as aussi perfectionné le déroulement et le rythme de l'histoire.

À mon merveilleux correcteur, Josiah Davis, merci d'avoir repéré ces maudites erreurs qui s'étaient glissées dans la forêt de mots.

À ma graphiste, Emily, j'adore comme tu as réussi à mélanger les ténèbres et la magie présentes dans *Une meute de sang et de mensonge* en une seule image. C'est tout ce que je voulais et bien plus encore.

À ma traductrice, Emma, merci de m'avoir ouvert de nouveaux horizons.

À mes enfants et mon mari, je vous aime jusqu'au bout de l'univers. Vous m'inspirez chaque jour.

À mes parents, je ne serais rien sans vous... littéralement. Merci de m'avoir faite. De m'avoir aimée, même quand je suis désagréable.

Enfin, le plus important, mes chers lecteurs, merci de vous être lancés avec moi dans cette aventure lupine. J'espère que vous avez aimé l'histoire de Ness et que vous continuerez la saga. Je lui réserve encore beaucoup de surprises dans le prochain roman.

Autres titres disponibles

LES ANGES D'ELYSIUM

#1 Plume

#2 Celeste

#3 Étincelle

LES LOUPS DE BOULDER

#1 Une Meute de sang et de mensonges

#2 Une Meute de promesses et de larmes

#3 Une Meute d'amour et de haine

#4 Une Meute d'orages et d'étoiles

LE ROYAUME DES CORBEAUX

#1 La Maison aux ailes déployées

#2 La Maison aux cœurs exaltés

#3 La Maison aux promesses ardentes

LES MALÉDICTIONS MORTELLES

#1 La pierre de sang

#2 Les épreuves du coeur

À propos de l'auteure

Olivia Wildenstein a grandi à New York, fille d'un père français au sens de l'humour exceptionnel et d'une mère suédoise avec laquelle elle discute au moins trois fois par jour.

Elle a choisi de faire ses études à l'université Brown, où elle a décroché une licence en littérature comparée. Après avoir été joaillière pendant plusieurs années, Wildenstein a troqué ses outils contre un ordinateur portable et un fauteuil très confortable, pour un métier plus cohérent avec son sujet d'étude.

Pour en savoir plus sur Olivia Wildenstein :
Facebook Olivia's Darling Readers
TikTok @OWildWrites
Instagram @Olives21
Site web http://oliviawildenstein.com

Notes

CHAPITRE 7

1. La challah ressemble à une sorte de brioche qui ne contient ni de lait ni ne beurre et les remplace avec de l'huile et de l'eau. Moelleuse, légère et goûteuse. La challah (ou hallah) est un pain traditionnel juif, qui se déguste les vendredis soir (le shabbat). ... La challah est très goûteuse, légère et moelleuse !

CHAPITRE 50

1. Les Flatirons sont une formation rocheuse culminant à 2 286 mètres à Boulder dans le Colorado. Les cinq sommets sont numérotés du nord au sud et s'élèvent le long du versant oriental de Green Mountain dans les montagnes Rocheuses